GUÍA DE BRUJAS PARA CITAS FALSAS CON UN DEMONIO

GUÍA DE BRUJAS PARA CITAS FALSAS CON UN DEMONIO

SARAH HAWLEY

Argentina • Chile • Colombia • España
Estados Unidos • México • Perú • Uruguay

Título original: *A Witch's Guide to Fake Dating a Demon*
Editor original: Berkley Romance
Traducción: Mónica Campos

1.ª edición Febrero 2024

ISBN: 978-84-19131-48-5
E-ISBN: 978-84-19936-33-2
Depósito legal: M-33.364-2023

Fotocomposición: Ediciones Urano, S.A.U.
Impreso por Romanyà Valls, S.A. – Verdaguer, 1 – 08786 Capellades (Barcelona)

Impreso en España – *Printed in Spain*

A mis padres: gracias por estimular mi curiosidad y creatividad, y por animarme a escribir, aunque lo haga sobre cosas extrañas. (Por favor, leed solo la versión que os he proporcionado).

UNO

—¡Oh, no!

Mariel Spark miró fijamente a la asustada gallina que se había materializado en la encimera de su cocina.

—Esto no es lo que quería hacer.

En la mesa que había a su lado, Calladia Cunnington casi se atragantó con su té.

—En fin, es sorprendente. Pero al menos las dos tienen alas.

Mariel *miró* a su amiga. Había pronunciado un conjuro para invocar a un hada del aire, no un ave de corral.

—Es lo único que tienen en común.

—¿Te dan puntos por creatividad?

A pesar de la broma, la mueca de dolor de Calladia mostró cuánto la entendía. Como bruja y amiga de Mariel desde hacía mucho tiempo, sabía cuánto la decepcionaba estropear un hechizo.

—Es un hechizo básico de invocación, no un cuadro de Jackson Pollock.

Mariel se apartó un rizo de la cara y frunció el ceño ante el inesperado invitado que se acicalaba las plumas al lado de la tostadora. Los hechizos solían salirle mal, pero este era un error garrafal.

—Pues yo creo que es mona —dijo su otra amiga, Themmie (diminutivo de Themmaline-Tibayan), que flotaba en el aire con las piernas cruzadas. La *pixie** revoloteaba con sus alas iridiscentes mientras le sacaba fotos al pájaro con su *smartphone*.

—Claro. Pero ¿qué hago con ella?

La gallina arañaba con sus uñas la estrella de cinco puntas dibujada con tiza que tenía bajo sus patas. ¿Qué podía tranquilizar a un pájaro que había sido teletransportado a la cocina de una bruja?

—¿Puedes devolverla por donde ha venido? —preguntó Calladia, apretándose la coleta rubia. Tenía un aspecto asquerosamente jovial para ser un viernes por la mañana, con la camiseta azul de tirantes húmeda por el sudor de una reciente visita al gimnasio.

Mariel se mordió el labio para no estallar. Calladia era la mejor persona del mundo (aunque nadie pudiera alcanzar sus estándares físicos), pero nunca había tenido que esforzarse con la magia como lo hacía ella.

—Tal vez. Si supiera de dónde viene.

Para empezar, no estaba segura de cómo había invocado una gallina. Es cierto que su mente había divagado por la lista de la compra mientras lanzaba el hechizo, pero había sido una distracción sin importancia. ¿Y por qué una gallina viva, en vez de unas milanesas de pollo, coles de Bruselas o un litro de leche?

Themmie elogiaba a la gallina mientras le hacía más fotos.

—Pavonéate ante la cámara, monada. Haz esa pose que solo tú sabes.

Como *influencer* en las redes sociales, la *pixie* estadounidense de raíces filipinas le sacaba fotos a todo y su aspecto cambiaba constantemente. Esta semana se había teñido el cabello negro y liso de color verde y rosa, y en su nariz relucía un aro a la luz del sol que entraba por la ventana de la cocina.

Calladia puso los ojos en blanco.

—¿Qué es esto, *America's Next Top Chicken*?

---

* Criaturas del folclore británico. A diferencia de las hadas, cuya mitología se remonta a fuerzas espirituales malignas, los *pixies* eran seres traviesos, infantiles y de baja estatura con un origen humano. (N. de la T.)

America's Next Top Witch había sido un programa de televisión muy popular entre los seres humanos, tanto mágicos como corrientes. La serie derivada de *America's Next Top Model* se centraba más en la lencería que en la magia, pero las modelos seguían haciendo trucos o cambiando de forma durante las sesiones fotográficas. Mariel había disfrutado del programa hasta que advirtió de adolescente que, incluso comparándose con ese *reality show*, estaba muy *muy* por debajo en cuanto a habilidades mágicas.

—Míralo por el lado bueno —dijo Themmie—. Es probable que la hayas rescatado de una vida cruel dentro de una jaula. —El activismo ecologista siempre rondaba la mente de Themmie y su rostro se iluminó—. Podemos hacerle un gallinero.

—No me la voy a quedar —dijo Mariel. Aunque se la veía adorable observando su freidora de aire.

—Intenta invertir los símbolos —sugirió Calladia—. Eso debería enviarla de vuelta.

Sus amigas no solían asistir a sus sesiones prácticas de brujería, pero ahora Mariel se alegraba de que hubieran venido. No la juzgaban por cagarla con la magia, como sí hacía su familia.

Mariel respiró hondo y regresó con la tiza a la encimera. Hizo una estrella de cinco puntas y luego dibujó los símbolos de la invocación invertidos en cada brazo. La caligrafía le salió temblorosa. ¡Por Hécate! ¿Por qué era tan difícil escribir al revés? Al menos se trataba de una invocación bastante sencilla y no necesitaría ninguna de las grandes armas brujeriles, como sal, salvia o esperma de tritón. Cuanto más complicado era el hechizo, más posibilidades había de cometer un error.

Por milmillonésima vez, Mariel deseó que la magia fuera tan fácil como hornear o cultivar un huerto. Pero, aunque Mariel había perfeccionado una deliciosa tarta de arándanos y había cultivado unas flores preciosas, no podía lanzar un simple hechizo de limpieza sin cometer un error. Y, aunque sería vergonzoso para cualquier bruja, lo era mucho más para la heredera de los Spark que había anunciado la profecía. Antes de que Mariel naciera, el viento, la tierra y las estrellas habían anunciado que sería la bruja más poderosa en varias generaciones de la famosa familia de magos.

«¡Qué horror!», pensó Mariel mientras trazaba otra temblorosa runa en la estrella de cinco puntas. «Soy malísima».

La gallina aleteó torpemente y luego cayó al suelo en un revoltijo de plumas. Empezó a cacarear y a picotear demasiado cerca de sus tobillos.

Mariel cerró los ojos y se concentró en su hechizo. Para su disgusto, los conjuros mágicos no se pronunciaban en latín, una lengua que al menos tenía una estructura lógica. La magia tenía su propio lenguaje, que era tan complejo que resultaba frustrante. Estaba repleto de palabras provenientes de docenas de lenguas, así como de otras que parecían directamente inventadas, y las reglas gramaticales y de conjugación resultaban caóticas en el mejor de los casos. A veces tenía la tentación de prender fuego al diccionario.

—¡Vaya! Chanticleer acaba de cagarse en el suelo —dijo Themmie.

—Chanticleer era un gallo —dijo Mariel, con los ojos aún cerrados—. Perdón, soy entusiasta de Chaucer. Y... mmm... esta gallina parece que come *mucha* fibra.

Estupendo. Mariel frunció el ceño y buscó en su cabeza las palabras que enviarían a la gallina de vuelta antes de que estropeara aún más su cocina.

—¡*Adolesen di pullo!* —exclamó.

Y la gallina explotó.

✦　✦　✦

Aufrasen —dijo Calladia con delicadeza mientras Mariel fregaba el suelo—. La palabra correcta era *aufrasen*.

—Demasiado tarde.

A Mariel se le llenaron los ojos de lágrimas y las náuseas le revolvieron el estómago. Por lo general, no le molestaba la sangre, pero acababa de hacer explotar una gallina adorable y se sentía fatal por ello. Por no hablar de los trozos de carne y huesos que había esparcidos por toda la encimera. Al parecer, su magia se parecía más a un cuadro de Jackson Pollock de lo que ella pensaba. Mariel tenía que hornear unas magdalenas para la señora Rostow, pero no creía que pudiera hacerlo.

Themmie también parecía tener náuseas. Se mantenía cerca del techo, lo más lejos posible de la carnicería.

—Al menos murió rápido.

Y al menos Themmie había dejado de grabar y hacer fotos. No creía que sus seguidores disfrutaran de una película gore sobre gallinas.

Mariel se sentó sobre sus talones y se secó la frente. Se le manchó de sangre la piel y gimió al ver que tenía trozos de gallina por todas partes.

—Apesto.

—No apestas —dijo Calladia, saliendo en defensa de Mariel, como siempre hacía—. Aprender a invocar lleva tiempo. Y tú eres increíble con la magia de la naturaleza.

Claro que llevaba tiempo, pero las dos brujas tenían la misma edad y, mientras que Calladia llevaba más de una década invocando, Mariel tenía veintiocho años y las habilidades de una quinceañera. Excepto cuando se trataba de plantas, pero...

—Sabes que mi madre no tiene muy buena opinión de la magia de la naturaleza —dijo Mariel de mal humor. Era el eufemismo del siglo.

—En general, la opinión de tu madre es cuestionable. ¿Por qué debería importarte mientras a ti te haga feliz?

—Me importa. Mi madre solo me pagará el posgrado si mejoro en teletransporte y transfiguración.

Su madre, Diantha Spark, era una de las mejores teletransportadoras del mundo y no comprendía por qué Mariel tenía tantos problemas con esa habilidad, sobre todo teniendo en cuenta la profecía. Aunque Diantha había insistido en pagarle a Mariel la Universidad y una casa (de hecho, había sido dificilísimo convencerla de que Mariel solo necesitaba un bungaló y no una mansión con bolera), se había opuesto a que estudiara un posgrado. Y no porque fuera demasiado caro: una tarjeta Black no haría mella en los fondos que los Spark habían acumulado durante siglos. No. Diantha simplemente no quería financiar «magia aburrida». Mariel había tardado mucho tiempo en convencerla de que hacer un posgrado en Herbología Mágica era una buena idea, ya que su madre no creía que la magia con plantas fuera lo bastante interesante. Al final, llegaron a un acuerdo: si Mariel mejoraba en aquellas habilidades que no estaban relacionadas con la naturaleza, su madre utilizaría una parte de los fondos para pagar la matrícula.

Calladia resopló.

—Tu madre nada en la abundancia. Debería apoyarte sin condiciones.

—Sí, bueno, díselo a a mi banco. —Mariel suspiró—. En cualquier caso, explotar cosas no me ayudará.

—Quizá el problema sea que estás invocando cosas aburridas —sugirió Themmie desde las alturas—. ¿A quién le importa un hada del aire? Deberías invocar a un novio.

Mariel puso los ojos en blanco.

—Que no tenga citas no significa que quiera tenerlas.

Themmie se encogió de hombros.

—Entonces conjura a un follamigo. En serio, estás demasiado tensa con todo esto del legado de los Spark.

Themmie aún estaba en la Universidad, pero incluso con los ojos pegados al teléfono todo el día, había ganado mucha más experiencia que Mariel o Calladia con parejas de todo el espectro de géneros y especies.

—Echar un polvo no me hará mejor con la magia de invocación.

—No, pero alivia mucho el estrés.

Calladia se agachó junto a Mariel y alargó una mano como si quisiera acariciarle el hombro. Dudó, luego retiró la mano y, sí, había trozos de gallina por toda Mariel.

—Sé que te preocupa estar a la altura de la profecía. Pero dominarás las habilidades en tu línea temporal, no en la de tu madre.

Mariel suspiró.

—Eso espero.

✦ ✦ ✦

Aunque Calladia se había ofrecido a limpiar la cocina con un hechizo, hacerlo a mano le pareció a Mariel una buena penitencia. Calladia y Themmie la dejaron sola, prometiendo reunirse pronto con ella. En cuanto estuvieron fuera de casa, a Mariel se le escaparon unas lágrimas por la gallina muerta.

—Lo siento —le susurró al asqueroso revoltijo que había en el cubo de la basura. Como era una gallina y estaba bien muerta no respondió, pero, ¿quién sabía?, a lo mejor había un plano especial para las aves de corral y el alma de la gallina estaba mirándola en ese momento, cacareando el equivalente a «¡Pero qué coño!».

Tras una larga ducha, Mariel se sintió un poco mejor. Llenó una regadera y se dirigió al jardín, donde había un pequeño invernadero entre parterres de plantas. La casita de cristal era su lugar favorito en el mundo.

La jardinería era un campo en el que Mariel destacaba, tanto con magia como sin ella. El año anterior había ganado el premio El Mejor de su Clase: *Dianthus* y *Alstroemeria* en la División Sobrenatural del Campeonato Floral del Noroeste del Pacífico, uno de los eventos más importantes del Festival de Otoño que se celebraba cada año en Glimmer Falls. En pocas semanas, Mariel aspiraría al premio al Mejor Arreglo Floral con unas flores mejoradas con magia.

Miles de turistas de todas las especies acudían a Glimmer Falls con motivo del Festival de Otoño, una de las épocas favoritas de Mariel. Los tonos otoñales se extendían sobre las majestuosas Montañas de las Cascadas y el pueblo, que estaba enclavado en sus estribaciones, vibraba con los espectáculos de magia.

Glimmer Falls habría sido como cualquier otro pueblo estadounidense del siglo XXI (habitado mayoritariamente por seres humanos y con una dinámica subcultura de brujos y otros seres sobrenaturales) de no ser por una inusual confluencia de líneas ley que había insuflado magia a la tierra. Como resultado, el pueblo atrajo a una gran variedad de seres humanos mágicos y otras criaturas. También lo habitaban seres humanos corrientes, claro, ya que la sociedad había estado muy cohesionada a lo largo de la historia, pero mientras que los brujos representaban el quince por ciento de la población humana mundial, en Glimmer Falls eran más del setenta por ciento, y eso sin tener en cuenta a centauros, duendes, sirenas, hombres lobo y otras especies que lo consideraban su hogar. Glimmer Falls era emocionante, impredecible y maravillosamente extraño, y Mariel quería a su pueblo natal con todo su corazón.

Sus hombros se relajaron en cuanto inhaló el aire cálido del invernadero.

—Hola, pequeñas —dijo a las plantas. Empezó a regarlas, comprobando la humedad de cada parterre metiendo un dedo en la tierra. Las plantas se inclinaban a su paso como si ella fuera el mismo sol.

—Buena chica —murmuró a su lirio de fuego mientras este le acariciaba los dedos con sus largos pétalos rojos. Podía sentir la felicidad de la planta por ver satisfechas sus necesidades.

La magia de jardín carecía de la espectacularidad de la transfiguración o la teletransportación, pero era la única habilidad mágica a la que Mariel se había aficionado al instante. Cuando era niña, las plantas ya se inclinaban a su paso y su primera mascota había sido un rosal. Cuando Mariel caminaba entre las hileras de plantas, les insuflaba un poco de magia y nutría sus raíces con vida. Gracias a esta habilidad, sus plantas florecían durante todo el año, sin que les afectara el clima exterior. Octubre estaba a punto de clavar sus fríos dedos en Glimmer Falls, pero dentro del invernadero el tiempo parecía haberse detenido.

El teléfono sonó en su bolsillo y Mariel gimió. Era la hora del control diario de su madre. Las plantas se estremecieron por ella. Mariel contestó al teléfono, temiendo ya el interrogatorio que se avecinaba.

—Hola, mamá.

—¿Cómo va tu brujería? —La estridente voz de Diantha Spark irrumpió por el altavoz y Mariel se apartó el teléfono de la oreja—. ¿Pudiste invocar a un hada del aire?

—Hice una invocación —dijo Mariel, omitiendo los datos clave.

—¡Qué bien! Son muy molestas, siempre pululando por ahí, pero vienen muy bien cuando necesitas una leve brisa para levantarle la falda a alguna zorra. Y hablando de zorras, ¿te dije que me encontré con Cynthia Cunnington el otro día? —Cynthia era la madre de Calladia, así como la rival mágica de Diantha—. Quería que lo supiera todo sobre las prácticas de transfiguración de su hija. ¿Sigues viendo a esa chica?

—Sí, mamá.

Mariel se pellizcó el puente de la nariz. Ella y Calladia (nombre que rimaba con «Cascadia»*) habían sido mejores amigas desde la escuela primaria. Eran una pareja extraña a primera vista (a Calladia la habían suspendido más de una vez por pelearse, mientras que la soñadora Mariel se había pasado los recreos jugando con las malas hierbas del patio), pero luego encajaban bien. Si a eso se le añadía el estrés de lidiar con unas madres autoritarias, el resultado es que no había habido forma de separarlas.

—Bueno, vigílala —dijo Diantha—. Mantén a tus enemigos cerca, pero no tanto como para intercambiar fluidos, eso es lo que yo siempre digo.

Mariel hizo un mohín.

—Calladia no es mi enemiga.

—Cuando eres el mejor, todo el mundo es tu enemigo. Sé que aún no lo comprendes, pero no hubo ninguna profecía cuando Calladia nació, así que estoy segura de que pronto demostrarás quién eres. Después de todo, eres la hija del mejor teletransportador que ha habido en trescientos años.

---

* Nombre propuesto por movimientos activistas que buscan la secesión y la independencia de la región noroeste de la costa pacífica de Estados Unidos. (N. de la T.)

—Doscientos ochenta —puntualizó Mariel, sintiendo un íntimo regocijo al recordarle a su madre el dato que menos le gustaba—. Griselda Spark fue aún mejor.

Diantha resopló.

—Los documentos históricos están llenos de datos erróneos.

Si su madre empezaba a quejarse de la historia familiar, no se libraría de la llamada tan fácilmente.

—Me encantaría charlar contigo —dijo Mariel, colocándose el teléfono entre la oreja y el hombro mientras acariciaba las hojas de su enredadera de jade—, pero estaba haciendo un poco de jardinería.

—Tú y tus plantas... Es increíble que te intereses tanto por eso y no por cumplir tu destino. Las estrellas no dijeron nada sobre margaritas, ya lo sabes.

Mariel puso los ojos en blanco.

—Me gusta la jardinería. Y me dieron dos premios por ello el año pasado, si no lo recuerdas.

—Dos cintas de roseta —dijo Diantha con desprecio—. ¿Sabes lo que dan en el Concurso Nacional de Hechiceros? Un trofeo de oro con piedras preciosas.

—Sí, lo sé.

Había una vitrina llena de trofeos en el vestíbulo de la casa de sus padres, un recordatorio constante del legado familiar que no estaba logrando cumplir. Mudarse de esa casa para ir a la Universidad había sido un alivio, sobre todo porque ya no tenía que ver esos ridículos trofeos cada vez que entraba o salía de ella.

—Estoy segura de que conseguirás uno este año. Tan solo eres una flor tardía. Tu padre dice que, a veces, la genialidad funciona así. Una bruja parece una inútil durante años y luego algo hace clic. ¿Has probado el Ritalin*? Dicen que hace maravillas para mejorar la concentración.

—No tengo TDAH, mamá.

---

* Nombre comercial en Estados Unidos de la droga metilfenidato, de venta con receta. Se trata de un estimulante del sistema nervioso central. (N. de la T.)

—Sí, lo sé, pero abusar de las drogas puede resultar muy útil. Una vez estuve limpiando durante horas tras esnifar coca con tu padre en la Universidad...

Mariel dejó que su madre siguiera parloteando, sabiendo que no la detendría a menos que colgara. Diantha Spark era una fuerza de la naturaleza, conocida por sus radicales opiniones, el extravagante uso que hacía de la teletransportación y su falta de límites. Era tan querida como temida en Glimmer Falls.

Hablar con su madre, al igual que la jardinería y la repostería, necesitaba de paciencia y precisión. Mariel se tomó su tiempo, esperando el momento perfecto para escapar.

—... y ya sabes con qué prepotencia me trata la muy zorra. Se llevó el premio a la Mejor Tarta, sin importar que yo teletransportara el chocolate desde Bélgica y perdiera dos horas de mi tiempo tratando de ponerla en ridículo.

Mariel puso los ojos en blanco. Había oído hablar de la tarta de ruibarbo levitante de Cynthia Cunnington desde el último Festival de Otoño. Era curioso cómo su madre se había estado burlando de la repostería hasta que su «amiga» (también conocida como su «archienemiga mágica») había decidido hechizar una tarta.

—Hornear está por debajo de mis habilidades —dijo Diantha—, pero ella fue desagradable conmigo y yo tenía que machacarla de alguna manera, y tu padre no me dejaría meterla de cabeza en un volcán. ¿Crees que sobornó al juez del festival?

—No.

—Eres tan confiada por naturaleza... Deberías hacértelo mirar. De todos modos, este año voy a ir a por todas. Una tarta de chocolate con trufas importadas de Francia, cubierta con auténtico pan de oro y hechizada para lanzar fuegos artificiales. —Se rio—. ¡Que intente superarlo!

Mariel aprovechó la oportunidad.

—Hablando de teletransportar trufas... Odio cortar esta conversación, pero necesito hornear unas magdalenas.

—Yo horneo por venganza; de lo contrario, nunca lo haría de buena gana. —Diantha suspiró—. Muy bien, querida. Asegúrate de teletransportar los ingredientes desde el extranjero.

—Lo haré.

—Solo lo mejor para los Spark, eso es lo que yo siempre digo.

—Sí.

—Pronto estarás a la altura de la reputación familiar, estoy segura. —Diantha lanzó un beso desde el otro lado del teléfono—. Adiós, Mariel querida. Haz que tus antepasados se sientan orgullosos de ti.

—Adiós, mamá. —Mariel colgó y se desplomó en la pared de cristal—. Estoy agotada —dijo a sus tulipanes—. Son las diez de la mañana y ya me he quedado agotada solo de escucharla.

Los tulipanes asintieron con empatía.

—«Haz que tus antepasados se sientan orgullosos de ti» —la imitó Mariel. Esa era la firma de su madre—. Josiah Spark fue un brujo de jardín y nadie se burlaba de él por eso. —Probablemente porque llevaba muerto tres siglos. Diantha Spark, con todos sus defectos, tenía el pasado en alta estima. El legado lo era todo para ella—. Quizá se sienta orgullosa de mí si me atropella un autobús. —Mariel suspiró mientras la enredadera de jade rozaba su mejilla—. No lo digo en serio. Tan solo estoy cansada de no ser nunca lo bastante buena, ¿sabéis?

Pero sus plantas no lo sabían. Ellas, a diferencia de Mariel, eran perfectas. Ella las había hecho así, pero no tenía talento para hacerse eso a sí misma.

—Da igual —murmuró Mariel, volviendo a enderezarse—. Tengo que hacer magdalenas. Y, a diferencia de las tartas de mamá, estarán buenas de verdad.

Diez minutos más tarde, Mariel tenía un delantal naranja chillón atado a la cintura y un bol frente a ella. Agarró el paquete de harina y dudó. Aunque le gustaba mantener la repostería separada de la magia (era agradable tener un pasatiempo que no tuviera nada que ver con el legado de los Spark), le había dicho a su madre que importaría los ingredientes.

Resopló y alcanzó la tiza. Esta vez dibujó la estrella de cinco puntas en el suelo, pues no quería ocupar el útil espacio de la encimera. ¿Cuál era la runa de la comida? Dibujó una temblorosa línea con tres cruces en la parte superior y luego llenó el resto de la estrella con signos de invocación y más información sobre lo que quería. Luego cerró los ojos y se concentró en su magia.

«La mitad de la magia es el propósito», le había enseñado su madre. «Hay que querer algo de verdad para conseguirlo».

Lo que Mariel *quería* era dejar de sentirse como una fracasada. Quería flores y magdalenas y la satisfacción de ser suficiente para alguien.

Se devanó los sesos tratando de dar con el conjuro adecuado. *Conspersa* era «harina» en latín, pero eso no era correcto. *Harina* tampoco era correcto. Esta era una de esas extrañas palabras mágicas cuya raíz no provenía de ninguna lengua conocida. ¿*Ozro*, tal vez? O algo así para el sustantivo.

Tras mucho reflexionar, por fin había encontrado el conjuro que necesitaba.

—*Ozroth din convosen* —dijo, impregnando las palabras, por una vez, del deseo de hacerlo bien. Vendería su alma por estar a la altura de su ridículo legado. Estaba harta de ser la Spark fracasada.

Un trueno rompió el aire y Mariel dio un respingo con los ojos abiertos como platos. Una columna de humo se elevó en la estrella de cinco puntas y llegó en espiral hasta el techo. Luego se desvaneció, revelando... ¿a un hombre?

Mariel gritó y pegó un brinco hacia atrás. Extendió los brazos mientras el hombre la miraba fijamente. ¡Debía de estar muy asustado!

—Lo siento mucho, señor. Ha sido un error. Quería invocar harina y debí de equivocarme con el conjuro, aunque no sé cómo lo hice. Pero usted no ha explotado, así que son buenas noticias. —Hizo una mueca de dolor. Balbuceaba cuando estaba nerviosa—. Creo que no debería haber dicho eso.

El hombre frunció el ceño. Mariel parpadeó y se fijó en su aspecto. Era alto y musculoso, de piel dorada y cabello negro azabache.

Sus vaqueros y camiseta negros hacían juego con el intrincado tatuaje de su bíceps izquierdo. ¿Había invocado de forma inconsciente al follamigo que Themmie le había recomendado? Pero entonces ladeó la cabeza y, espera, ¿eran *cuernos* las elegantes protuberancias de ónice que tenía a ambos lados de la cabeza?

La admiración se convirtió en miedo. «Vendería mi alma».

—¡Oh, no! —dijo, cuando advirtió el alcance de su error—. Esto no me gusta nada.

DOS

Ozroth el Despiadado había llegado a ser el mejor en su trabajo. Llevaba siglos apoderándose de almas humanas y haciendo tratos tan duros que incluso demonios milenarios habían silbado en señal de admiración. El plano demoníaco rebosaba de pruebas de su buen hacer, con orbes de almas doradas flotando en el aire que lo llenaban de magia y vida. Había sido temido y respetado, y eso le había gustado.

Pero por culpa de un pequeño desliz lo había perdido todo. Ozroth el Despiadado era un hazmerreír. Era el único demonio que se había *ganado* su propia alma. Podía sentirla en el pecho, como un calor incómodo y siniestro. La mantenía bajo un férreo control, pero siempre existía la amenaza de que el alma hiciera de las suyas. Que él pudiera (¡qué pensamiento tan horrible!) sentir demasiado.

Miró fijamente a la bruja que lo había invocado en Glimmer Falls. Era extraño que alguien lo llamara a él en concreto para hacer un trato. La mayoría de los brujos que estaban desesperados lanzaban una extensa red de hechizos asumiendo que cualquier demonio les serviría; una idea que Ozroth despreciaba. Algunos tratos eran más complicados que otros y algunos demonios eran más torpes que otros. ¿Por qué utilizar un instrumento romo para un trabajo de precisión?

Ozroth se había forjado una reputación aterradora, en especial por sus pactos de venganza. La última vez que alguien le había invocado por su nombre fue porque el hechicero había oído hablar de su trato con un policía cuya esposa había sido asesinada por unos mafiosos. Los cinco asesinos habían muerto en extrañas catástrofes naturales, sin nadie a quien pudiera culparse.

Pero esta mujer no parecía del tipo que hacía pactos de venganza. Su expresión era más de sorpresa que de rabia o desesperación. Sus generosas curvas se ceñían a un delantal naranja, su rizado cabello castaño estaba enmarañado y salpicado de hojitas, y una mejilla estaba manchada de tierra. Era guapísima.

—Lo siento mucho, señor —dijo, lanzándose a una balbuceante explicación que no tenía mucho sentido. Estaba invocando... ¿harina? ¿Se alegraba de que él no hubiera explotado? ¿Y qué clase de bruja llamaba «señor» a un demonio? Ozroth ladeó la cabeza, cada vez más intrigado.

Entonces ella dirigió la mirada a su cabeza y el miedo apareció en su rostro.

—¡Oh, no! —dijo—. Esto no me gusta nada.

Aquello se ajustaba más a las reacciones a las que Ozroth estaba acostumbrado. Salió de la estrella de cinco puntas y alargó las manos.

—Soy yo —entonó. La experiencia le había enseñado que a las brujas les gustaban los demonios un poco teatreros—, Ozroth el Despiadado. Dime qué quieres a cambio de tu alma.

Ella movió rápidamente las manos por delante haciendo el gesto universal del «no».

—Eso no es lo que quiero. Nada de tratos. No para mí. Mmm... ¿Y si te vas?

A ver, esto era muy confuso.

—No puedes decirme que me vaya —dijo, desconcertado ante la simple idea—. Me has invocado por mi nombre. —Y nada menos que en Glimmer Falls, famosa en todos los planos por ser un centro de magia. Cada vez que alguien solicitaba un trato desde ese pueblo o algún otro de la docena de puntos mágicos que había en la Tierra, los demonios casi se pisoteaban unos a otros para teletransportarse a la Tierra y, con un poco de suerte, apoderarse de un alma mágica.

En este caso, la bruja había solicitado la visita de Ozroth en concreto, cuando la mayoría de las brujas ni siquiera sabían que podían escoger al demonio.

—No. Invoqué a la harina por su nombre —le corrigió—. Pero apareciste tú.

—No es tan sencillo. —Él se cruzó de brazos y ella dirigió la mirada a su tatuaje. Su mentor lo había marcado cuando era niño y las runas indicaban cuál era su responsabilidad como negociador de almas—. Ahora dime qué quieres a cambio de tu alma, mortal.

—Nada.

Él se encogió de hombros.

—Una mala elección, pero si quieres dármela gratis...

—¡No! —gritó ella—. Mi alma no está en juego. Regresa al Infierno o de donde sea que hayas venido.

Él entrecerró los ojos.

—¿Qué enseñan ahora en las universidades? —preguntó con consternación. Los seres humanos y los seres mágicos habían convivido a lo largo de la historia, por lo que las escuelas que no enseñaban magia deberían ofrecer, al menos, un curso de relaciones entre especies—. El Infierno no existe. Yo vivo en el plano demoníaco.

—¡Pues regresa allí entonces! —Se llevó las manos a las caderas, cada vez más enfadada. Eso también era inusual. Nadie le contestaba a un demonio, y mucho menos a Ozroth el Despiadado.

—No puedo —dijo apretando los dientes. ¿También debía soportar la falta de respeto de los mortales?—. Como te acabo de explicar, me has invocado por mi nombre. Debo permanecer aquí hasta que hagamos un trato.

—¡Por Hécate! —exclamó ella, dando un pisotón en el suelo—. ¿Por qué todo tiene que ser tan difícil? —Abrió el armario y sacó un manojo de salvia, un salero y varias botellitas.

Él la observó atentamente mientras colocaba los objetos en la encimera. Había algo extraño en ella..., bueno, había muchas cosas extrañas en ella, pero algo le inquietaba. Un movimiento cercano le llamó la atención y vio cómo una planta de interior que había en el alféizar extendía un zarcillo como si quisiera acariciarla.

No podía sentir la magia de ninguna otra criatura, incluidos los demonios, pero la magia de las brujas brillaba como un faro. Aunque no solía *sentirla* así por las buenas. Cerró los ojos y se concentró en aquella hormigueante energía con todos sus sentidos.

Potencia. Poder en toda su pureza. Se le puso la piel de gallina en los brazos y se estremeció de placer. La bruja estaba rebosante de una magia dorada y deslumbrante como no había visto en siglos. Aunque la brujería se transmitía por líneas de parentesco, era extraño que alguien heredara no solo el talento para la brujería, sino también el poder para llevar a cabo cosas transcendentes. Su alma sería una poderosa fuente de energía para el crepuscular plano demoníaco.

Abrió los ojos de golpe.

—Eres muy interesante —dijo. Su pulso se aceleraba a medida que aumentaba su excitación. Ya nadie le creía capaz de hacer tratos difíciles. Reclamar un alma así de poderosa...

«Así no me sirves para nada», le había espetado su mentor, Astaroth de los Nueve, cuando Ozroth había regresado con una incómoda alma mortal alojada en el pecho. «Te necesito frío y calculador».

El honor y el deber eran conceptos importantes para los demonios, y el honor de apoderarse de almas en beneficio del reino demoníaco (ya fuera mediante tratos sencillos u otros más complicados que requirieran engaños, amenazas o violencia) era el mayor de todos. Con el alma de la bruja en sus manos, Ozroth demostraría su valía y recuperaría el honor que había perdido.

—*No* soy interesante —dijo la bruja, sacudiendo la cabeza mientras dibujaba con tiza una temblorosa estrella de cinco puntas en la encimera y luego la rodeaba de sal. Una de las hojitas que llevaba en el cabello se soltó y revoloteó hacia el suelo, cambiando su trayectoria a medio camino para aferrarse a su espinilla—. Soy muy aburrida. Me gusta la jardinería y la repostería, y te agradecería mucho que me perdonaras este pequeño error y regresaras al Infierno. Al plano demoníaco. —Hizo un ademán con la mano—. A donde sea.

Aunque pudiera, Ozroth no se iría a ninguna parte. Esta bruja bajita, curvilínea y extraña era exactamente lo que necesitaba para volver a ganarse su aterradora reputación. Aunque la consiguiera sin habérselo propuesto, su alma podría iluminar el plano demoníaco por sí sola.

—No.

Ella dejó escapar un murmullo en voz baja, casi un gruñido, mientras salpicaba con un aceite de penetrante olor los brazos de la estrella de cinco puntas. Luego encendió un fogón de gas y prendió la salvia en las llamas.

—Lárgate, plaga —dijo, agitando la salvia humeante en su dirección—. ¡En nombre de Hécate, te expulso de este reino! *¡Relinquosen e' daemon!*

Ozroth estornudó.

La bruja esperó unos segundos, mirándolo fijamente como si deseara que desapareciera. Luego lanzó sal sobre la estrella, formando un nuevo dibujo.

—*¡Destruoum te ollasen!*

La tetera de la cocina se hizo añicos y Ozroth se protegió los ojos mientras los fragmentos de cerámica le salpicaban como si fuera metralla. Los trozos cayeron al suelo en una cacofonía.

La bruja miró los restos de su tetera, con el pánico escrito en el rostro.

—Me gustaba mucho esa tetera —susurró. Luego miró a Ozroth—. Esto es culpa tuya.

Ozroth se quitó unos trozos de porcelana del cabello, haciendo un mohín ante las alegres flores amarillas que había pintadas.

—No veo por qué.

—¡Uf! —Ella levantó las manos y se marchó dando sonoros pisotones. Luego empezó a rebuscar en una estantería que había en el pasillo, fuera de la cocina.

Él se cruzó de brazos y se apoyó en la encimera, intentando divertirse un poco. No es que los negociadores de almas debieran disfrutar; recordó el alma que había en su pecho, que al parecer estaba decidida a tener sentimientos por todo. Aun así, una invocación accidental resultaba intrigante cuanto menos.

Ella murmuraba algo mientras iba lanzando libros a su espalda. La mayoría eran libros de cocina y algunos de autoayuda: *¿Nunca* *eres lo bastante bueno?* y *La magia de las citas. Guía práctica para brujas solitarias*. Finalmente, se levantó con un «¡Ajá!» y un grueso tomo encuadernado en cuero en la mano. Lo llevó a la cocina y lo lanzó sobre la mesa con un golpe seco. El título *Gran Enciclopedia de criaturas mágicas* aparecía escrito en letras doradas. Señaló a Ozroth.

—Voy a averiguar cómo salir de esta.

Observó cómo pasaba las páginas, murmurando para sí misma. Era una tarea inútil, pero no podía menos que apreciar su determinación. Ya había conocido a gente que intentaba librarse de un trato (después de recibir lo que él les hubiera dado a cambio, claro), pero no de este modo. Ni siquiera le había pedido nada.

—¿Seguro que no puedo ofrecerte nada? —preguntó—. ¿Dinero, amor, venganza contra tus enemigos?

Ella puso los ojos en blanco.

—Eres un cliché.

Se quedó atónito.

—¿Cómo dices?

Ella le ignoró y siguió hojeando el libro. Se detuvo en una página con la ilustración de un ser con cuernos. Ozroth se acercó para leer por encima de su hombro. La imagen había sido dibujada por alguien que nunca había visto un demonio. Las piernas estaban articuladas hacia atrás y los cuernos eran rectos, en vez de seguir la curvatura de la cabeza y apuntar hacia atrás. Los colmillos también eran muy exagerados. Sus propios caninos eran largos, pero no *tanto*, y no había babeado en la vida. ¿Era así como los mortales veían a su especie? Ojeó la entrada. *Demonio: Especie humanoide que se encuentra en un plano material independiente. Pueden ofrecer a los brujos todo lo que deseen, pero a un precio muy alto. A cambio de concederle a un brujo el deseo de su corazón, el demonio se come su alma.*

Él resopló.

—No comemos almas. ¿Quién escribió esta basura?

Ella le miró con sus ojos color avellana.

—¿Qué haces entonces con las almas que te llevas? —Frunció el ceño—. Aunque, para serte sincera, ni siquiera estoy segura de lo que es un alma.

—Es la chispa interior. El lugar de donde surge la magia. —La parte vibrante y sensible que hacía a los seres humanos poderosos pero frágiles... y también imprevisibles. Todos los seres humanos poseían esa esencia caótica y apasionada, pero solo los brujos producían magia a partir de ella... o podían intercambiarla por algo.

—¿Le quitas la magia a la gente? —Parecía horrorizada.

La magia también iba unida a las emociones: tras hacer un trato, los seres humanos se volvían fríos y racionales, pero ella no necesitaba saberlo.

—Es su elección —dijo Ozroth—. A cambio obtienen lo que siempre han deseado. —Suponiendo que él no encontrara la forma de tergiversar las palabras del trato en su beneficio. Los seres humanos solían desear cosas muy extrañas y era motivo de orgullo en la comunidad demoníaca que un demonio evitara un trato demasiado descabellado.

Podría parecer extraño que una especie tan obsesionada con el honor ensalzara la astucia y el engaño, pero cuando este mantenía viva a la comunidad, ¿por qué debería avergonzarse de ello?

—Aún no me has dicho qué haces con las almas —dijo ella.

La verdad es que nadie se lo había preguntado nunca. La gente solía estar tan sumida en la angustia de «hacer un trato a cambio de su alma» que no se preocupaba por lo que le ocurría después a dicha alma.

—Las almas proporcionan energía y luz a nuestro reino.

Ella parpadeó.

—Eso no era lo que esperaba.

—¿Qué esperabas? —preguntó, pensando en el dibujo con colmillos, extrañas patas y numerosas gotas de saliva.

Ella hizo un ademán con la mano.

—Rituales oscuros, tortura eterna, orgías de sangre, lo de siempre.

Le tocó a él quedarse estupefacto.

—¿Eso es *lo de siempre*?

—No para mí. —Hizo un mohín—. Las orgías de sangre son más cosa de mi madre.

Ozroth estaba demasiado distraído con la energía que emanaba de ella para preocuparse por su madre. Para sus sentidos demoníacos, su magia brillaba como un pequeño sol en su pecho. La bruja *ardía* de posibilidades.

Cuando él advirtió que la estaba mirando fijamente (a su alma, en realidad), se revolvió incómodo.

—Lo de la tortura eterna es una simple leyenda —dijo—. Una bruja que tenía contacto con el mundo de los seres humanos se lo inventó y ahora todo el mundo cree que los demonios roban almas, beben sangre y desgarran las partes nobles de las personas en el más allá.

—¿Así que no hay castigo en la otra vida? —se burló.

—Yo todavía estoy vivo, o al menos la última vez que lo comprobé.

—Tienes razón. Entonces, ¿qué?, ¿las almas humanas abastecen vuestra red eléctrica?

—Es difícil de explicar.

El plano demoníaco no tenía un sol visible, tan solo una gruesa capa de nubes que limitaba el cielo a tonos grises, morados y negros. Los flotantes orbes dorados de las almas mortales proporcionaban iluminación, pero era más que eso. Los demonios no podían producir su propia energía mágica (aparte de la negociación de almas u otros tipos de magia que solo heredaban unos pocos), así que tenían que tomarla de otros. Sin esa magia, el reino demoníaco se oscurecería lentamente y sus habitantes perderían energía y vida. Al final, todo se convertiría en polvo.

Ella sacudió la cabeza y las hojitas rebotaron en sus rizos.

—Todo esto es ridículo.

—Disculpa —espetó, con evidente enfado—. ¿Sabes quién soy?

Él había sido el artífice de muchísimos tratos importantes, incluyendo el asesinato de no menos de doce líderes mundiales. Claro que su reputación estaba ahora por los suelos en el plano demoníaco, pero había capítulos enteros de libros de terror dedicados a él.

—Una molestia —replicó ella—. Ya soy la bruja más incompetente que haya existido jamás. No necesito añadir un demonio que no he pedido.

—¿Incompetente? —Sacudió la cabeza—. Bruja, puedo sentir tu magia.

—Sí, y también lo hicieron las estrellas, el viento y la tierra, y míranos ahora. —Suspiró y dejó caer la frente sobre la mesa de la cocina—. ¿Y ahora qué? ¿Vas a quedarte aquí hasta que te entregue mi alma?

Esta era una experiencia única. Las brujas siempre querían entregarle sus almas, desesperadas por cualquier premio que él pudiera ofrecerles a cambio.

—Bueno…, sí.

Ella levantó la cabeza y lo miró con odio.

—Eso no va a pasar.

Él se encogió de hombros.

—Soy inmortal. Puedo esperar.

Ella abrió la boca (probablemente para soltar otra insolencia), pero el momento se vio interrumpido por el timbre de la puerta.

—¡Mariel, querida! —la llamó una voz femenina a lo lejos—. ¡Ven a darle un beso a tu madre!

La bruja se llamaba Mariel. Bonito nombre.

Ozroth observó con interés cómo se desvanecía el color de las mejillas de Mariel y resaltaba un reguero de pecas.

—No puede saber que te he invocado —susurró, con el pánico escrito en el rostro.

Ozroth vio su oportunidad.

—Si me entregas tu alma, no se lo diré.

—No, gracias. —Mariel se levantó y corrió al armario del pasillo. Regresó con un gorro rosa de punto, que le pasó por la cabeza antes de que él pudiera detenerla. Él se estremeció cuando la tela le tocó sus sensibles cuernos—. Ponte esto, y no te atrevas a moverte. Ahora vuelvo.

Ella se apresuraba por el pasillo cuando el timbre volvió a sonar. Ozroth se pasó una mano por el gorro, con el que sin duda pretendía ocultar sus cuernos. ¿Qué le pasaba a esta bruja? En el plano demoníaco admiraban sus cuernos por su belleza y nadie se atrevería a tocarlos sin su consentimiento. Esta bruja acababa de pisotear algo sagrado para la comunidad demoníaca, al igual que había pisoteado las normas básicas de cortesía.

Pero Ozroth necesitaba que Mariel aceptara entregarle su alma, así que se dejó el gorro puesto, a pesar de que le picaban los cuernos.

Siguió a Mariel, observando cómo se peinaba con los dedos y se restregaba la suciedad de la mejilla. Respiró hondo y abrió la puerta.

—¡Hola, mamá! Lo siento, pero me pillas en un mal momento…

Sus palabras se cortaron cuando una mujer de mediana edad vestida con un traje de chaqueta de color blanco entró a la fuerza. Era pequeña y delgada, con el mismo cabello castaño y rizado de Mariel, y la cara con los rasgos afilados de un depredador. Tenía los labios pintados de rojo sangre y unas gafas de sol de diseño sobre la cabeza.

—Cariño —la arrulló, besando el aire a ambos lados de la cara de Mariel—, sé que acabamos de hablar, pero pasaba por aquí y me moría de ganas por saber cómo te había ido la invocación.

Mariel se puso delante de su madre, interponiéndose entre ella y la cocina, donde Ozroth las observaba desde la puerta.

—No puedo charlar ahora.

—¡Vamos! —dijo la mujer—. ¿Qué ha pasado con tus hechizos? ¿Has mejorado tu caligrafía? No sabes cuánto me disgustó tener que enviarte a la escuela pública cuando eras pequeña.

—Mamá, no…

Pero fue inútil. La pequeña mujer se deslizó alrededor de Mariel como si fuera aceite. Dio dos pasos hacia la cocina y se detuvo cuando vio a Ozroth. Sus ojos se abrieron como platos.

—¿Quién es? —preguntó, apuntándole con una uña larga y con manicura.

Él sonrió, mostrando sus afilados colmillos.

—Pues soy…

—¡Mi novio! —gritó Mariel antes de que Ozroth pudiera acabar la frase.

Tras aquel anuncio se hizo el silencio. Ozroth se quedó boquiabierto mirando a Mariel. ¿Que era qué?

Y, entonces, la madre de Mariel rompió a llorar.

TRES

—¡Por fin! —exclamó Diantha Spark—. Ya me había rendido con el tema de los nietos.

Mariel y el demonio compartieron una mirada incómoda, aunque sospechaba que estaban incómodos por cosas distintas. Ozroth el Despiadado, también conocido como Ozroth la Gran Molestia, tenía unos grandes ojos dorados (un color que nunca había visto en un ser humano) y, por primera vez en su corta amistad, parecía haberse quedado sin palabras. El gorro rosa le había quedado mal colocado sobre los cuernos, pero confiaba en que Diantha estaría demasiado distraída para darse cuenta.

—Sí, somos muy felices —dijo Mariel, apresurándose hacia el demonio. Le agarró el brazo con una mano y se le puso la piel de gallina cuando le rozó la ardiente piel. Se puso de puntillas, como si fuera a besarle en la mejilla—. Si no me sigues el juego —susurró—, te haré explotar.

Mariel no se creía capaz de hacer explotar a nadie (animal, demonio u otra cosa) a propósito, pero él no lo sabía. Lo miró con toda la intensidad que pudo y el demonio tragó saliva y luego asintió.

Mariel volvió a centrarse en su madre.

—Como te dije, estoy ocupada y no puedo…

—Cuéntamelo todo —dijo Diantha, acercándose. Cogió la mano libre de Ozroth y Mariel hizo una mueca de dolor—. ¿Cómo conociste a mi niña? ¿Tienes un trabajo estable? ¿Cuál es tu nivel de habilidades mágicas? Sé que ella es un poco incompetente, pero lo está intentando con todas sus fuerzas, bendita sea.

—¡Mamá!

—Nos conocimos hace poco —dijo Ozroth, con una voz suave como la seda. Tenía un acento de lo más interesante, como británico mezclado con australiano y aderezado con algo arcaico. Aunque no debió de gustarle que lo agarraran, mostraba una sonrisa amplia y cálida mientras ponía toda su atención en Diantha—. Mariel es una mujer encantadora y eso es todo mérito suyo, señora...

Se interrumpió, pero, por suerte, Diantha estaba demasiado emocionada para cuestionárselo.

—¡Oh, por favor, llámame Diantha! Ella nunca había salido con nadie. Es tan peculiar... Pero la profecía... —Se estremeció y una sonrisa de felicidad se dibujó en sus rojos labios—. Cuando se cumpla, serás un hombre muy afortunado. —Le dio una palmadita en la mano—. Solo trata de aguantar hasta entonces, ¿de acuerdo?

A Mariel le ardían las mejillas. Ya era bastante vergonzoso haber invocado accidentalmente a un demonio, pero que su madre apareciera y luego la avergonzara ante él era un nivel superior de humillación. La gallina que había explotado se perfilaba como el punto culminante del día.

—Ya soy un hombre afortunado —dijo el demonio, liberándose de la mano de Diantha. Agarró la mano de Mariel y se la llevó a los labios. Su boca, al igual que sus dedos, estaba caliente, y sus ojos ardían de picardía mientras le besaba el dorso.

Mariel se burló para sí misma. Claro que podía ser encantador. ¿Cómo si no iba a llevarse las almas de los incautos? Pero Mariel no era una ingenua que se dejara engañar por unos labios suaves y unos cumplidos (los conocimientos de su madre sobre su historial de citas eran muy limitados gracias a una combinación de elaboradas evasivas y buena suerte), y sabía qué se ocultaba tras aquellos bonitos ojos dorados. Los demonios eran muy hábiles engañando, por lo que no podía fiarse de una sola palabra que saliera de su boca.

—Ahora háblame de ti —dijo Ozroth, poniendo su atención en Diantha—. Diría que eres una mujer fascinante.

✦ ✦ ✦

Una hora más tarde, Mariel estaba tomando su segunda taza de té y preguntándose cuánto tiempo podía un hombre (o un demonio, más bien) parecer interesado en una conversación. Se habían trasladado a la sala de estar, donde Ozroth estaba sentado en un sofá con su madre y Mariel en un sillón con motivos florales. Diantha le había contado a Ozroth el Despiadado toda la historia de su vida sin ni siquiera preguntarle el nombre, pero, aun así, él se inclinó hacia ella sonriendo.

—Y ganaste el trofeo por décima vez —dijo Ozroth en voz baja, como un ronroneo—. ¡Qué logro tan sorprendente!

Diantha se acicaló el cabello.

—No es tan sorprendente si tenemos en cuenta mis habilidades.

Ozroth asintió.

—Eres poderosa. Puedo sentirlo.

Eso llamó la atención de ambas brujas.

—¿Puedes sentir los poderes mágicos? —preguntó Diantha, sentándose más erguida.

Él seguía sonriendo como un maldito anuncio de dentífrico. Sus dientes eran afilados y un poco largos, y Mariel se preguntó si alguna vez habría mordido a su presa.

—Mis talentos como hechicero son limitados —dijo—. Mi única habilidad real es sentir la magia. Mariel es increíblemente poderosa. —Señaló a Diantha con la cabeza—. Ha sacado unos buenos genes.

Mariel se mordió la lengua. Debería añadir a su lista de habilidades mentir y hacer la pelota a la gente.

Diantha dirigió una mirada condenatoria a Mariel.

—Por desgracia, no ha aprendido a utilizar ese poder.

Mariel se estremeció.

—Gracias. Solo le has dicho como mil veces lo malísima que soy.

Diantha hizo un mohín.

—Solo intento ayudar. Un poco de presión puede ser útil.

Un «poco de presión» había destrozado la vida de Mariel. Estaba haciendo terapia por algo.

—Tu hija —dijo Ozroth— tiene el aura mágica más resplandeciente que haya visto jamás. Está destinada a hacer grandes cosas.

Dirigió su mirada a Mariel y una sonrisa ladeada apareció en sus labios. Las «grandes cosas» que él imaginaba serían, en realidad, algo tan banal como sacrificar su alma inmortal por un poco de Wi-Fi.

—Hablando del destino —dijo Mariel, aprovechando el momento para levantarse—, necesito investigar un poco. Lamento mucho tener que irme, pero creo que me ayudará a mejorar mi brujería.

Diantha asintió.

—Ve a estudiar, querida. Tu novio puede entretenerme.

¿Se lo estaba imaginando Mariel u Ozroth había hecho una mueca de dolor?

—La verdad —dijo él, levantándose del sofá— es tengo que irme... a dar de comer a mi gato. —Asintió—. Sí, mi gato tiene mucha hambre.

—No sabía que tuvieras un gato —dijo Mariel en tono empalagoso—. ¿Estás seguro de que no puedes quedarte?

—Sí, quédate —dijo Diantha, haciendo un mohín con sus labios rojo sangre.

—Tengo un gato —confirmó Ozroth—. Y sí, tengo que irme. —Rodeó la cintura de Mariel con un brazo y ella casi se ahogó con su propia saliva—. Estoy seguro de que tú también deberías estar en algún sitio importante.

—¡Oh, sí! —Diantha se levantó y se abanicó con una mano bien cuidada—. El día no tiene suficientes horas, ¿verdad?

Su madre tardó veinte minutos más en salir de casa. Cuando por fin cerró la puerta de entrada, Mariel se desplomó en ella. Ozroth se arrancó el gorro rosa y lo tiró al suelo, y se pasó una mano por el oscuro cabello, dejándolo como estaba antes. Era lo bastante largo para ocultar parte de los cuernos de ónice que se curvaban en su cabeza.

—Eso ha sido demasiado —dijo.

Mariel gimió.

—Bienvenido a mi vida.

—¿Siempre es así?

Mariel hizo un mohín.

—Se ha vuelto más intensa con el tiempo. Cuando yo era pequeña y ella creía que sería la mejor bruja de los últimos mil años, todo eran cumplidos. Pero cuando empecé a fracasar se puso muy… —hizo una pausa, tratando de pensar en un adjetivo apropiado para su madre. ¿Obsesiva? ¿Grosera? ¿Terrorífica?— dominante.

Él ladeó de nuevo la cabeza y la recorrió con la mirada. Esta era intensa de un modo inquietante, como si estuviera buscando algo bajo su piel. Y tal vez así fuera: Mariel no sabía nada sobre demonios.

—Eres poderosa —dijo—. Eso es evidente.

Mariel estaba harta de oír hablar de su supuesto poder. Las plantas la adoraban, pero lo único que había conseguido era hacer explotar cosas e invocar los objetos equivocados, y no quería ni pensar en los hechizos que lanzaba accidentalmente. Los de amor no eran tan divertidos cuando Mariel se distraía pensando en pepinos mientras intentaba ayudar a una amiga con su enamoramiento.

—Intenta decirle eso a mi magia —dijo con amargura, empujando al demonio hacia la cocina. El libro continuaba abierto sobre la mesa, como si se burlara de ella con conocimientos que estaban fuera de su alcance. «Pueden ofrecer a los brujos todo lo que deseen, pero a un precio muy alto». Sí, pero ¿cómo se deshacía alguien de un demonio?

Pisó un trozo de tetera y se estremeció cuando se le clavó en el talón. Otra víctima de la falta de talento de Mariel.

El roce de unas hojas contra su mejilla la hizo suspirar. Giró la cabeza hacia su planta araña, que la acarició con sus largas frondas.

—¿Puedes librarte de un demonio? —le preguntó en voz baja—. Quizá el manzano pueda ayudarme.

La imagen de Ozroth atrapado en una maraña de raíces antes de ser succionado bajo tierra resultaba fascinante, pero, por desgracia,

Mariel no creía que pudiera ser tan cruel. Ni siquiera con un demonio.

—Así que tienes problemas con tu magia.

Ozroth se apoyó en la nevera y a Mariel le llamó la atención lo grande que era. Era alto y ancho, y cuando cruzó los brazos, sus bíceps tensaron la tela de la camiseta negra. Al parecer, hacer ejercicio era algo habitual en el Infierno.

«El plano demoníaco», se corrigió ella. Aunque eso le hizo imaginar un aeroplano y, luego, un avión lleno de demonios quejándose por la falta de espacio para las piernas.

Él chasqueó los dedos y Mariel volvió en sí.

—¿Qué? —preguntó, con las mejillas sonrosadas al advertir que se había distraído mirándole el pecho.

—Que tienes problemas con tu magia —dijo Ozroth—. Yo puedo ayudarte.

Ella se burló.

—Déjame adivinar… ¿Por el precio de mi alma? Me darías el control de mi magia y luego me lo quitarías.

Él frunció el ceño.

—No debería haberte contado el proceso.

—Pues lo hiciste.

Sacó una escoba del armario y se puso a barrer los restos de su tetera. En menudo lío se había metido. Una mano enorme agarró el palo de la escoba y Mariel se estremeció.

—Permíteme —dijo el demonio.

Ella soltó la escoba y se apartó. No le gustaba lo caliente que estaba el aire ni cómo se le ponía la piel de gallina cuando él estaba cerca.

—No estoy comprando tus servicios de limpieza —dijo mientras chocaba con la mesa—. Para que quede claro.

Él lanzó un resoplido cuando empezó a barrer. ¿Se estaba riendo de ella?

—¿Sabes? —dijo en tono informal mientras recogía los trozos de tetera y los colocaba en un montón—. Puedo ayudarte con tu magia de todos modos. Sin que me des tu alma a cambio.

—¿Y por qué harías eso?

Él se encogió de hombros.

—Me tendrá entretenido mientras decides qué quieres a cambio de ella.

Estaba convencido de que harían un trato. Puede que Mariel no hubiera heredado nada más de Diantha Spark, pero al igual que su madre, solo cedía hasta cierto punto cuando la desafiaban. Mariel no daba su brazo a torcer fácilmente.

—Eso no va a pasar. No hay nada que quiera tanto que entregue mi alma a cambio.

Dejando a un lado el legado de los Spark, conservar su alma (y, por tanto, su magia) significaba mantener vivo su jardín. Sentir el acogedor zumbido del poder en su pecho. Tener la oportunidad de que su familia se sintiera orgullosa de ella algún día.

Ozroth sonrió satisfecho.

—Ya lo veremos.

CUATRO

Mariel le estaba aplicando a Ozroth la ley del hielo. Tras rechazar su última oferta, se había negado a contestarle siquiera. En vez de eso, se dedicó a limpiar y ordenar la casa con una energía frenética. Teniendo en cuenta el desorden que había, no parecía ser algo que hiciera de forma habitual. La guarida de Ozroth estaba impoluta y decorada de forma minimalista; no podía imaginarse viviendo en medio de semejante desorden.

Hizo una mueca de dolor al pasar un dedo por una estantería y encontrar polvo.

—¿Cómo puedes vivir así?

Ella lanzó un resoplido, pero siguió ignorándolo.

—Puedo ver la raíz del problema —dijo Ozroth mientras la seguía por el pasillo, donde ella sacó unas sábanas limpias del armario—. La magia necesita orden y precisión. Si te equivocas en un solo movimiento, runa o sílaba del conjuro, todo el hechizo se viene abajo. Y eso sin tener en cuenta los pensamientos y el propósito de quien lanza el hechizo.

—No veo qué tiene que ver eso con mi estantería —murmuró ella.

—Si eres desordenado en una parte de tu vida, lo eres en todas las demás. —La siguió al dormitorio y dio un paso atrás cuando vio un montón de ropa en un rincón—. ¿Está limpia o sucia? —Ella le ignoró mientras sacaba las sábanas usadas de la cama. Eran de color amarillo y una bocanada de aroma floral irrumpió en el aire cuando las arrojó al suelo. Ozroth respiró hondo, preguntándose si todo lo que ella tocaba olía igual. Se acercó a la pila de ropa, agarró una camiseta y la olfateó.

—¡Ey! —Al parecer la había espantado lo suficiente para que volviera a dirigirle la palabra—. ¿Qué estás haciendo con mi ropa?

—Averiguar si está limpia o sucia. —Esta olía a limpio, con un ligero matiz a detergente—. ¿De qué te sirve lavar la ropa si no la cuelgas? —refunfuñó mientras doblaba una camiseta—. Se arrugará y tendrás que volver a lavarla.

—No me importa que esté arrugada.

—Pues a mí, sí. —Ozroth empezó a rebuscar en los cajones, tratando de averiguar su sistema de organización. No parecía haber ninguno. Las telas se pegaban unas a otras y se estremeció al oír un chasquido de electricidad estática al tirar de un cajón. ¿Acaso usaba toallitas para la secadora?—. ¿Dónde van las camisetas?

—¡*Clauseyez il pectum*! —El cajón se cerró tan rápido que él estuvo a punto de perder los dedos. Ella le fulminaba con la mirada, con una mano en la cadera y otra señalando el cajón—. No toques mis cosas. —Entonces sus ojos se abrieron como platos—. ¡Vaya! He cerrado el cajón.

Él levantó las cejas.

—¿Y qué?

Para hacer algo tan sencillo, una bruja no necesitaba aumentar su poder por medio de un ritual tangible, como dibujar una estrella de cinco puntas con tiza o anudar hilos.

Por primera vez en su corta y extraña relación, una sonrisa levantó las comisuras de sus labios. Observó que era una boca bonita, con un marcado arco de cupido en la parte superior y un labio inferior carnoso. Encajaba con la delicada belleza del resto de sus rasgos.

—No ha explotado.

—¿No puedes lanzar hechizos tan sencillos? —preguntó Ozroth con incredulidad.

Se quedó atónita.

—Imbécil —murmuró ella antes de regresar a sus tareas.

Ozroth sintió una punzada de culpabilidad. Hizo una mueca de dolor y se frotó el pecho. «De ninguna manera», le dijo al alma que palpitaba de compasión por la chica. «Deja de comportarte así». Para ser un buen negociador de almas había que ser frío emocionalmente y pensar con claridad; cosas con las que Ozroth no había tenido ningún problema hasta que aquel trato salió mal. Ahora, en cambio, sostenía una lucha diaria para no verse envuelto en reacciones emocionales más propias de la corta vida de los mortales.

Dejó de lado la compasión y se centró en asuntos más prácticos. Cuanto más fuerte fuera el alma de la bruja cuando se la llevara, mejor sería para su reputación.

—¿Qué hiciste diferente aquella vez? —preguntó mientras llevaba un montón de vestidos de colores chillones hacia el armario. Por suerte tenía perchas—. ¿Por qué funcionó?

—Hécate sabrá. —Cuando ella se giró y lo vio colgando sus vestidos, hizo un mohín—. ¿Por qué estás guardando mi ropa?

—Alguien tiene que hacerlo. Estoy a punto de tener urticaria.

El desorden de Mariel le provocaba picor y solo llevaba allí unas pocas horas.

—¿Los demonios tienen urticaria? —preguntó.

—Este la tendrá si dejas la ropa amontonada en el suelo.

Ella se acercó, le arrancó de las manos un vestido morado y lo arrojó al suelo.

—Ya está —dijo, cruzándose de brazos—. Si no te gusta, puedes irte.

Sin inmutarse, Ozroth recogió el vestido y siguió ordenando.

—No puedes detenerme. A menos que quieras llegar a un acuerdo.

—¡Uf! —Levantó ambas manos y luego agarró unas sábanas azules limpias—. Eres imposible.

Trabajaron en silencio durante unos minutos y Ozroth fue relajándose poco a poco. Le gustaban las cosas en su sitio. Sin orden, no había sentido ni propósito. Astaroth se lo había enseñado muy pronto, cuando Ozroth era un niño demonio inseguro y desesperado por demostrar su valía. Las posesiones materiales debían ser las mínimas posibles y estar ordenadas con meticulosidad. Si controlaba el mundo que lo rodeaba, también se controlaba a sí mismo.

Teniendo en cuenta el estado de la habitación de la bruja, no era de extrañar que tuviera problemas con la magia.

—Ahora hablando en serio —dijo—, ¿qué has hecho diferente esta vez?

Los movimientos de ella se hicieron más lentos mientras reflexionaba sobre la pregunta.

—No lo sé. No lo había pensado.

—¿Sueles pensar en ello?

Ella resopló.

—Claro que sí. Todo el mundo parlotea sobre la importancia del propósito, y el lenguaje mágico es muy complicado.

Ozroth pensó en lo que acababa de decirle.

—Así que cuando actúas por instinto te va mejor que cuando lo haces de forma deliberada.

Ella le miró fijamente.

—También estaba enfadada contigo. No suelo tener a un incordio de demonio alrededor toqueteando mis cosas.

Él se preguntó si alguna vez se acostumbraría a sus faltas de respeto.

—Sabes que nadie le habla así a un demonio, ¿verdad?

—Pues yo sí.

Él volvió a centrarse en las sábanas. El horror lo invadió al verlas.

—¿Has oído hablar de las «esquinas de hospital»?

—Sí —respondió, mientras seguía metiendo la sábana bajo el colchón de cualquier forma. Luego levantó la cabeza y él empezó a reconocer la expresión que ponía cuando estaba a punto de hacer una pregunta—. Espera, ¿los demonios tienen hospitales? ¿No eres inmortal?

Esto era demasiado.

—Muévete —espetó él, ocupando su espacio.

—¡Oye! —Le dio un manotazo en el brazo cuando él la apartó—. ¡Deja de toquetear mis cosas!

Él la ignoró y volvió a hacer el pliegue. Pronto, la sábana quedó bien ajustada, con las esquinas perfectamente dobladas. Dio un paso atrás y se frotó las manos con satisfacción.

Cuando se giró, se la encontró boquiabierta.

—¿Qué? —preguntó.

—Un demonio acaba de hacerme la cama. —Mariel arrugó la nariz—. Eso es... muy extraño.

—Por el módico precio de tu alma, te limpiaré toda la casa. —No sería el pacto de almas más patético que hubiera hecho jamás, pero estaría cerca.

—Tentador —dijo—, pero no.

Ella salió de la casa y Ozroth la siguió. Si pretendía aguantar más que él, el demonio sería lo más molesto posible. Por la forma en que ella seguía refunfuñando y frunciendo el ceño, parecía que estaba funcionando.

La siguió hasta un pequeño invernadero y se detuvo en la entrada. La vida brotaba en cada rincón y el aire estaba cargado del intenso aroma floral que habían desprendido sus sábanas.

—Esto está ordenado de un modo increíble —dijo él, fijándose en cómo había alineado perfectamente las plantas.

En respuesta, ella le dio la espalda.

Observó cómo se paseaba entre las plantas, susurrándoles y acariciándolas. Ellas le devolvían la caricia en la espalda, se enredaban en su cabello y le tocaban los hombros como si la reconfortaran.

Un intenso dolor en el dorso de la mano le provocó un respingo. Miró al culpable, un rosal que le mostraba sus puntiagudas espinas.

—¡¿Usas tu magia de jardín para hacer daño?! —gritó él mientras se giraba para mirarla.

Ella resopló.

—Solo me están protegiendo.

—Sabes que el propósito proviene de ti misma, ¿verdad? Las plantas no actúan por su cuenta.

Se preguntó cuántas miradas asesinas le lanzaría ella antes de que cerraran el trato. Cada una de ellas le provocaba una mezcla de diversión e indignación por su descaro.

—No hables así de mis plantas —le espetó. Un lirio rozó su mano con los pétalos—. Hacen lo que quieren.

Él tuvo otra odiosa e inoportuna punzada de sentimiento. Era evidente que ella se tranquilizaba con las plantas y se había convencido a sí misma de que eran sus *amigas*. En realidad, a las plantas les importaba tan poco como lo haría una piedra. Ella era el motor que impulsaba sus movimientos.

—Dejaré de hablar de tus plantas si tú...

—No —dijo ella, dándose la vuelta.

El día avanzó así, con Ozroth intentando agotar a Mariel y Mariel alternando entre ignorarle y ser una grosera. Y se convirtió en un extraño juego: ¿cuántas cosas podía ofrecerle a cambio de su alma?

Una especie rara de orquídea. La reforma de la cocina. Un coche deportivo para sustituir a su bicicleta.

Ella lo rechazaba todo. Mientras Ozroth la seguía, su mente daba vueltas a la pregunta de qué era lo que Mariel Spark deseaba más que nada en el mundo.

La respuesta solía ser un cliché: dinero, amor, sexo, venganza o poder. Pero a veces los brujos tenían deseos más personales, como la resurrección de un ser querido o la curación de una enfermedad terminal. Tenía la sensación de que a Mariel le atraería más esta última categoría.

—¿Ha muerto algún ser querido hace poco? —preguntó.

Ella estaba hojeando libros sobre hechizos en la mesa de la cocina y, al oír esas palabras, levantó la cabeza.

—¿Qué clase de pregunta es esa?

—Puedo resucitarlos.

Para ello se necesitaban muchos esfuerzos y los cadáveres resucitados olían fatal al principio, pero si eso era lo que había que hacer para llevarse el alma de Mariel al plano demoníaco, lo haría con mucho gusto.

Ella le dirigió una mirada de desaprobación.

—Es una oferta horrible.

—¿De verdad?

—Desde luego. No me gustaría nada que me devolvieran a la vida. ¿Y qué pasa con la descomposición?

—De acuerdo. Nada de resucitar familiares muertos… ¿Te gustaría una cesta con gatitos? —preguntó, intentando otra táctica—. Piensa en la compañía que te harían.

Ella sacudió la cabeza, haciendo rebotar sus rizos.

—Tan solo… cállate un poco, ¿de acuerdo?

Fue su turno de mirarla.

—Eres la humana más grosera que he conocido.

—¡Qué lástima! —dijo ella, girando la cabeza para mirarlo mientras salía de la cocina—. Te mereces algo peor.

✦ ✦ ✦

Aquella noche Ozroth observó a Mariel prepararse para la invocación. Estaba en la cocina, que parecía ser su habitación favorita, con el ceño fruncido ante la estrella de cinco puntas que había dibujado con tiza en la encimera. La cocina, al igual que el invernadero, estaba mucho más ordenada que el resto de la casa, por lo que Ozroth sospechaba que Mariel solo se esforzaba por las cosas que le importaban de verdad. Por qué su magia no entraba en esa categoría era un misterio que tendría que descubrir.

—Las líneas no están rectas —dijo, observando su estrella de cinco puntas.

—Muchas gracias —murmuró ella. Luego suspiró y borró la estrella—. ¿Cómo puedo hacerlo bien?

—Practicando.

Ella sacó una regla de la despensa, la colocó sobre la encimera y trazó una línea con tiza.

—Soy una bruja de pacotilla. Ni siquiera puedo dibujar una línea recta.

Él no contestó, sino que se apoyó en la nevera con los brazos cruzados mientras esperaba a ver qué hacía o decía ella a continuación.

—Según mi madre, las estrellas le dijeron que yo tendría potencial para crear mis propias reglas. —Se rio amargamente—. Debió de oír mal. Tengo potencial para *utilizar* una regla. —Remachó sus palabras dando un golpe en la encimera con ella.

Era evidente que Diantha Spark había dañado la confianza que Mariel tenía en sí misma. Tal vez esta era la clave para apoderarse de su alma. Ozroth no podía utilizar sus poderes para hacerla mejor bruja (eso iría en contra del requisito de *quitarle* su magia), pero podría aprovecharse de alguna de sus inseguridades y escarbar ahí hasta encontrar su punto débil.

—¿Crees que tu madre te quiere? —preguntó.

Todo el cuerpo de Mariel se estremeció.

—Claro que sí. —Parpadeó—. ¿Verdad? —La última palabra la susurró tan bajito que supo que no iba dirigida a él.

—Mmm... —Fue todo lo que él dijo. Se estremeció cuando sintió un dolor en el pecho. Su alma estaba decidida a tener conciencia, a pesar de que Ozroth había hecho cosas mucho peores para cerrar un trato; desde secuestrar a seres queridos hasta infligir pequeñas torturas. Ignoró la emoción y se concentró en observar cómo trabajaba la bruja.

Mariel murmuró algo para sí misma mientras dibujaba la estrella de cinco puntas. Él solo pilló unas cuantas palabras; «demonio» y «capullo» entre ellas.

Y era cierto: Ozroth era un capullo. Para mantener vivo el plano demoníaco y su comunidad debía utilizar cualquier táctica que sacara provecho de las vulnerabilidades de sus víctimas; desde amenazas a coacción, chantaje, seducción...

Pensó en esta última mientras recorría su cuerpo con la mirada. Era una mujer hermosa, de eso no cabía duda, y su cuerpo era curvilíneo, con caderas anchas y muslos gruesos donde agarrar. ¿Tendría a alguien que le diera placer? Diantha Spark sugería que no, por lo que también podría sacar ventaja de eso.

—¿Te está follando alguien? —preguntó.

La tiza se partió por la mitad. Mariel se giró y le apuntó con el trozo roto.

—Eso no es asunto tuyo.

Pudo leer la respuesta en la forma en que sus ojos se encontraron con los suyos. Luego le soltó a bocajarro:

—¿Quieres que te folle?

Esto sería una novedad para Ozroth el Despiadado, que se había labrado su reputación haciendo los tratos más despiadados, pero no le importaba. De hecho, mientras miraba esas caderas pensó que sería un trato más que interesante.

—No tienes modales —dijo ella, volviéndose hacia su estrella de cinco puntas con las mejillas sonrosadas.

—Así que quieres que te folle.

—Lo que quiero —dijo ella, garabateando de forma nerviosa— ¡es que te calles y me dejes concentrarme en mis hechizos!

—Me callaré si…

—¡No! —Cerró los ojos y se pellizcó el puente de la nariz—. De verdad, esto es como lidiar con un niño pequeño.

Esto era lo más ofensivo que le habían dicho nunca.

—Tengo más de doscientos años —dijo, sonando enfadado incluso para sí mismo—. No soy ningún niño pequeño.

Ella le ignoró, dibujando las runas con más rapidez. Luego cerró los ojos y respiró hondo.

—¡*Volupto e ayorsin!*

Se produjo un destello de luz… y un consolador gigante de color púrpura se materializó en la encimera.

Ambos lo contemplaron en silencio durante un largo rato. Ozroth observó las venas, el brillo y el *tamaño* de esa cosa, y concluyó que Mariel era, si no realista, al menos ambiciosa. Ni siquiera él estaba a la altura de aquella monstruosidad.

—¡Oh, no! —Las palabras salieron de la boca de Mariel en un tono demasiado alto. Se apresuró a borrar e invertir los símbolos—. No, no, no.

Ozroth reprimió una risita.

—Eso responde a mi pregunta de si quieres que te folle.

La tiza hizo un chirrido en la encimera.

—*No* vamos a tener esta conversación. —Mariel cerró los ojos—. ¡*Aufrasen e volupto!*

El consolador se desvaneció en una humareda.

Mariel se quedó mirando el espacio vacío de la encimera.

—Ha funcionado —dijo con sorpresa—. Y nunca lo hace.

—¿Nunca?

Ella sacudió la cabeza.

—¿Qué has hecho diferente esta vez? —insistió Ozroth. Consolador aparte, le fascinaba la magia de la bruja y su aparente incapacidad para manejarla.

—Quería esa cosa fuera de aquí —murmuró.

—Propósito y concentración —dijo Ozroth—. Solo querías una cosa: que el consolador desapareciera—. Repiqueteó con los dedos en su brazo, pensando en el misterio que era esa bruja. Tenía mucho poder en potencia, por lo que quizá el problema era que no sabía cómo utilizarlo—. Necesitas crear una estructura mental para tu magia. Cuando tu mente y tus rituales estén mejor organizados, dominarás más tus poderes.

—No quiero tus consejos sobre magia. —Se puso las palmas de las manos sobre los ojos—. No quiero nada de ti.

Por algún extraño motivo, esas palabras le hicieron daño. Ozroth se frotó el pecho, preguntándose por qué se habría ofendido ahora su inoportuna alma.

Cuando hizo aquel fatídico trato no sabía en qué se estaba metiendo. Después de todo, llevaba cientos de años haciendo tratos y nunca había salido mal parado. Por eso, aunque el deseo del hechicero moribundo de hacía unos meses le había parecido extraño, no le había dado mayor importancia.

«Mi alma por una muerte sin dolor, y que pase entonces a donde hay dolor». *Solum te aufrasil.*

Las típicas chorradas crípticas de los brujos. Ozroth el Despiadado había sido frío como el hielo desde que, hacía siglos, empezara su formación bajo la tutela de Astaroth. ¿Qué importaba lo que aquel viejo loco creyera que estaba haciendo con su alma? Había dolor en todos los planos de la existencia. Esa alma iluminaría el reino de los demonios como todas las demás.

Excepto que no lo hizo. Cuando el viejo hechicero exhaló su último y pacífico aliento, el alma salió del cadáver como un orbe dorado que solo era visible para ojos demoníacos. Y entonces, para sorpresa de Ozroth, se había metido en su propio pecho, llenándolo de calor y de una enciclopedia entera de sentimientos con los que no sabía cómo lidiar.

Un demonio con alma humana. Nunca había existido algo así en toda la historia.

Mariel estaba rebuscando en la nevera, sacando carne y verduras. Echó aceite de oliva en una sartén de hierro fundido y encendió el fuego antes de empezar a picar cebollas y pelar ajos. La cebolla lanzó un silbido al entrar en contacto con el aceite caliente.

Pronto la cocina olió a especias y ajo, y el estómago de Ozroth gruñó. Se miró el abdomen con el ceño fruncido. Los demonios comían con menos frecuencia que los seres humanos y solo para alimentarse. Por algún motivo, el alma del hechicero también había potenciado su sentido del gusto y del olfato. En vez de comer una vez cada dos semanas para mantener sus fuerzas, ahora Ozroth no podía pasar más de un día sin hacerlo. Del mismo modo, también necesitaba dormir cada noche, lo que estaba resultando ser una enorme pérdida de tiempo.

La comida tomó forma: pasta con una espesa salsa de tomate con carne. Mientras Mariel removía, a Ozroth se le hizo la boca agua pensando a qué sabría aquella salsa. Tal vez podría robarle un bocado cuando acabara...

—¿Dónde te alojas? —preguntó Mariel.

Salió de su concentración en la comida.

—¿Qué?

—¿Dónde vas a pasar la noche?

Ozroth frunció el ceño.

—Te lo dije, no puedo irme hasta que lleguemos a un acuerdo.

—Sí, pero pensé... ¿No hay un hotel al que puedas ir o algo así?

La verdad es que Ozroth podría encontrar uno que lo mantuviera cerca de su nuevo vínculo; no tenía que estar en la misma habitación, tan solo en un radio de unos pocos kilómetros, pero eso requería esfuerzo y significaría pasar menos tiempo averiguando cuál era el mayor deseo de Mariel. Cuanto más tardara en hacer el trato, peor opinión tendría Astaroth.

—No —dijo.

—Genial —dijo sin ningún entusiasmo y volviendo a remover la salsa—. Un invitado no deseado.

—Fuiste tú quien me invocó —dijo, ofendido por el rechazo.

—Y, créeme, fue el peor error de mi vida.

Ozroth sintió una opresión en el pecho y el estómago revuelto, así que se dio media vuelta y salió de la cocina. ¡Por Lucifer! ¿Por qué las emociones humanas parecían enfermedades físicas? Era un milagro que los seres humanos no fueran al médico cada dos por tres. Por otra parte, Glimmer Falls se encontraba en Estados Unidos, y las noticias sobre las barbaridades de su sistema nacional de salud habían llegado incluso al plano demoníaco. «Es increíble», había dicho Astaroth. «Podríamos aprender algunas cosas sobre la despiadada manipulación y los tratos unilaterales que hacen las aseguradoras de salud estadounidenses».

Ozroth se sentó en el sofá de la sala de estar en penumbra y se puso a mirar por la ventana los faros de los coches que pasaban de vez en cuando. Era una tontería sentirse ofendido. Dar a una bruja el poder de hacerle daño. Pero, al parecer, a su alma le gustaba sufrir, porque el dolor de su pecho no cesaba.

¿Alguien le había querido tener cerca alguna vez?

Nunca se había planteado esta pregunta. Los tratos eran transacciones: las brujas desesperadas lo escogían por lo que podía hacer, no por quién era. En el plano demoníaco socializaba lo que era habitual en los negociadores (es decir, muy poco), pero allí las amistades eran más bien alianzas.

O puede que él lo hubiera visto así.

Claro, los demonios no carecían por completo de emociones, pero su alcance era más limitado que el de los seres humanos. Si tuviera que describirlo sería como haber comido carne y patatas toda la vida y, de repente, entrar en un bufé repleto de platos de todo tipo. Nuevos sabores, nuevas sensaciones, nuevos matices que experimentar.

Quizá la transformación había sido más sorprendente porque a Astaroth le gustaba Ozroth por su frialdad, como todos los negociadores de almas legendarios. Para la pequeña élite que mantenía vivo el reino, los sentimientos eran una debilidad que había que erradicar mediante una formación estricta y severos castigos. Algunos demonios podían expresar emociones o entablar relaciones, pero Ozroth había sido educado desde la infancia para no permitirse tal cosa. Los enemigos se aprovechaban de los sentimientos con mucha facilidad; algo que los negociadores sabían mejor que nadie porque era su pan de cada día.

El crujido de un tablón de madera del suelo le sacó de su ensimismamiento. Mariel estaba parada en la puerta, silueteada por la cálida luz de la cocina. Llevaba un cuenco humeante en la mano.

—¿Cena? —dijo vacilante.

Él estaba confuso.

—Sí, vas a cenar.

Ella suspiró y dejó el cuenco en el suelo.

—De acuerdo, come aquí si quieres.

Se quedó mirando el cuenco cuando ella regresó a la cocina. ¿La comida era para él? ¿Por qué?

El olor era demasiado agradable para resistirse. Se acercó a por el cuenco y luego se lo llevó a la cara para inhalar con fuerza. Un gruñido de satisfacción salió de su garganta al percibir un penetrante aroma picante. Enrolló los fideos en el tenedor y probó un bocado, soltando un gemido por lo bueno que estaba.

Se reunió con ella en la mesa de la cocina y estuvieron comiendo en silencio. Por mucho que intentara saborear el plato, le resultaba imposible comer despacio. El sabor era increíble y era la primera vez que recordaba que alguien le hubiera preparado comida.

—¡Vaya! —dijo ella al verle atiborrarse de pasta—. Debes de tener mucha hambre.

Él hizo una pausa y sorbió los espaguetis que le colgaban de la boca.

—¿Por qué lo has hecho? —preguntó.

—¿Hacer qué?

—Cocinar para mí.

Ella jugueteó con el tenedor, sin mirarle a los ojos.

—Porque eres mi invitado.

—Uno no deseado —respondió—. El peor error de tu vida.

Esas palabras aún le hacían daño, pero la pasta estaba contribuyendo a que desapareciera su enfado.

—Sigues siendo mi invitado —repitió—. Ahora cállate y acábate la comida.

Ozroth lo hizo, sintiendo confusión, agradecimiento y algo cálido que no sabía cómo describir. Finalmente, dejó de intentarlo. Aún tenía un alma de la que apoderarse, pero por el momento, había espaguetis.

CINCO

El demonio era un tío raro.

Mariel lo observaba mientras trasplantaba un filodendro. Pasara lo que pasase con el pacto demoníaco, no había querido faltar a su trabajo a tiempo parcial en El Imperio de las Plantas de Ben. Aunque seguía esperando los fondos de la familia Spark para sus estudios de posgrado, estaba ahorrando cada céntimo que podía.

Como parecía que Ozroth necesitaba tenerla cerca, la vigilaba a un pasillo de distancia («Jamás haremos un trato si sigues acechándome», le había espetado cuando chocaron por enésima vez cuando ella se había parado a regar una planta), pero era muy consciente de su presencia.

Su caliente, horrible y *extraña* presencia.

Ozroth el Despiadado había demostrado ser, hasta ahora, Ozroth el Muy Molesto, Ozroth el Mentor Mágico No Deseado y Ozroth el Devorador de Cenas. Cuando se estaba comiendo sus espaguetis la noche anterior, parecía incómodo, como si nadie le hubiera dado de comer antes. Aunque no le había dado las gracias, sí que había fregado los platos y luego la había mirado con los ojos como platos antes de correr al sofá para echarse a dormir.

Mariel no estaba segura de cómo funcionaba el reino demoníaco, pero lo poco que había oído sobre sus tratos no la había preparado para algo así. Esperaba fuego, risas malévolas y una eternidad en el Infierno. Ahora incluso se cuestionaba su existencia. El demonio era engreído, molesto y fácil de ofender, pero no se había reído como un maníaco ni una sola vez, y, cuando Mariel había dicho que invocarlo había sido el peor error de su vida, parecía que le había hecho... ¿daño?

Pero, en serio, ¿qué se suponía que tenía que hacer? ¿Darle su alma y su magia para que se fuera? Claro que no.

—¡Un paciente para ti, Mariel! —gritó su jefe, Ben Rosewood, sacando a Mariel de su ensimismamiento. Se levantó y se secó la frente con una mano sucia.

Trabajar en la tienda la hacía feliz, pero le preocupaban las plantas que los clientes se llevaban a casa. Muchas de ellas eran delicadas y necesitaban cuidados especiales, y las menos afortunadas acababan en manos de personas que no sabían qué hacer con ellas. Por eso había instalado unas Urgencias para Plantas de Mariel en un rincón de la tienda, para poder ayudar a las plantas de interior que tenían problemas.

Ben levantó la vista de su cuaderno cuando Mariel se acercó al mostrador. Por qué insistía en llevar los registros en papel en la era de internet era todo un misterio, pero Mariel dibujaba las estrellas de cinco puntas con tiza, así que tampoco podía juzgarlo. El hombre lobo tenía fama de serio, pero a Mariel le parecía un poco ridículo con sus gafas de montura dorada, caídas sobre una nariz aguileña, y su chaleco de punto de rombos, cuyas costuras ponían a prueba un pecho enorme. Su cabello castaño estaba tan desgreñado como su pelaje en luna llena.

—¿Cuál es el problema? —preguntó Mariel.

—A mí me parece que está bastante muerta.

Mariel se giró al oír una voz familiar y sonrió al ver a Calladia. Era evidente que acababa de salir del gimnasio, con el cabello largo y rubio recogido en un moño húmedo y las mejillas sonrosadas por el ejercicio. Llevaba una planta de interior reseca bajo el brazo. Calladia no tenía más plantas de interior que un cactus, así que debía de tratarse de una emergencia.

Calladia dejó la planta sobre el mostrador.

—No estoy segura de que puedas salvarla, pero pensé que valía la pena intentarlo.

Mariel se concentró en la planta: un potus cuyas hojas en forma de corazón se habían amarilleado y marchitado.

—¿Cómo se mata un potus? —murmuró—. Son las plantas más resistentes que hay. —Puso un dedo sobre una hoja y cerró los ojos para insuflarle su magia. Afortunadamente, sintió que había una chispa de vida oculta en los tallos, esperando a ser animada—. No es terminal.

—¿Solo es una herida superficial? —preguntó Calladia.

—¿Me traes un poco de agua? —le pidió Mariel a Ben, que apareció enseguida con una jarra—. Gracias. —Ella mojó la tierra poco a poco, arrullando al potus con sus palabras—. Cariño, te vas a poner bien. Estoy deseando ver tus preciosas hojas.

Ben resopló y sacudió la cabeza.

—La extraña señora de las plantas.

Ella arrugó la nariz.

—Hombre lobo gruñón.

Pronunció esas palabras con cariño. En todos los años que llevaba trabajando en el Imperio, el carácter hosco de su jefe se había convertido en motivo de broma entre ellos. Pero, a pesar de su apariencia arisca y malhumorada, Ben era un buen tipo.

Su otra compañera de trabajo, una hermosa náyade llamada Rani, pasó a su lado cargando una maceta con una palmera. Acababa de hacer su descanso matutino para hidratarse, por lo que su piel morena se veía húmeda y luminosa, y las escamas arcoíris que bordeaban el nacimiento de su cabello estaban relucientes.

—¡Vaya! ¿Cómo se las ha apañado alguien para cargarse a un potus? —preguntó Rani mientras se dirigía a la parte trasera.

—¿A que sí? —Mariel insufló magia a la planta y, poco a poco, el color verde se fue imponiendo al amarillo. Las hojas se hincharon y pronto la planta volvió a estar sana—. Te llevaré a casa conmigo —le dijo al potus—. No más dueños negligentes. —El potus le rozó una mano con una hoja en señal de agradecimiento.

—No puedo creer lo fácil que es para ti —dijo Calladia—. ¡Ni siquiera has tenido que pronunciar un conjuro! Cada vez que intento interactuar con las plantas, acabo con polen en la cara y un montón de abejas furiosas persiguiéndome.

Lanzar hechizos en silencio era difícil pero no imposible si una bruja tenía determinado don por naturaleza o lo había practicado mucho. Mariel necesitaba el lenguaje de la magia para los hechizos más ambiciosos, pero su magia era instintiva con la naturaleza y le resultaba fácil dar un poco de su energía a las plantas para ayudarlas a desarrollarse.

—Gracias por traérmelo —dijo—. ¿Dónde lo encontraste?

—En un cubo de la basura en la calle de mi madre. —Calladia hizo una mueca de dolor—. Después de que tuviéramos una charla muy incómoda sobre el resort.

—¡Uf! ¿Cómo fue?

Al igual que Diantha, la madre de Calladia estaba entusiasmada con la idea de invertir en el resort con balneario que se había previsto construir en el bosque de las afueras del pueblo. Como alcaldesa de Glimmer Falls, Cynthia Cunnington había sido la instigadora del acuerdo con los promotores inmobiliarios y ni Calladia ni Mariel podían perdonárselo. Ambas se oponían con vehemencia a las obras de construcción porque alterarían el ecosistema.

Calladia resopló.

—Méteme en un barril lleno de clavos y hazme rodar por un precipicio, y te garantizo que será más agradable que intentar que mi madre entre en razón. —Sus ojos se abrieron como platos—. ¡Oh, casi me olvido de decírtelo! Themmie ha organizado una protesta para hoy enfrente del Ayuntamiento. Se supone que la empresa constructora empezará las obras esta semana.

—¿Ya van a empezar a cavar? —La sola idea le revolvió el estómago a Mariel—. Ni siquiera hemos celebrado una asamblea sobre este asunto.

Las asambleas de Glimmer Falls eran… especiales. Como allí vivían tantas familias de magos, nunca se sabía quién podía invocar un rayo o teletransportar algo indeseado a la reunión. En una

ocasión digna de ser recordada, Diantha Spark había decidido añadir un poco de entusiasmo a su petición de que el pueblo solucio-
nara su problema con una colonia de mapaches salvajes. Cuando
veinte feroces mapaches aparecieron en la reunión, Diantha ganó
rápidamente la votación popular para reubicarlos.

—Estoy haciendo lo posible para que celebremos una asamblea
—dijo Calladia—. Nos hacemos demasiadas preguntas sobre la venta del terreno.

El terreno en cuestión estaba en una colina boscosa al este del
pueblo. Estaba salpicado de fuentes termales y cascadas de aguas
humeantes que descendían por las zonas rocosas de la ladera. En los
estanques vivían salamandras que escupían fuego y peces translúci-
dos y de vivos colores, y otras criaturas exóticas habitaban la tierra
y los árboles. Era un ecosistema poco común, surgido de la magia
que había entretejida con la tierra.

Aquella parcela era propiedad de alguien que había fallecido
hacía mucho tiempo y cuyo nombre era ilegible en las escrituras,
por lo que a lo largo de los años habían aparecido varios imposto-
res que afirmaban que la firma pertenecía a un pariente. Esas peti-
ciones siempre habían sido desestimadas, hasta que Cynthia
Cunnington fue elegida alcaldesa y afirmó que la escritura demos-
traba que el terreno pertenecía al pueblo, por lo que inmediata-
mente concedió los derechos a un conocido promotor inmobiliario.
A partir de ahí, los planes para abrir el resort avanzaron a un ritmo
vertiginoso.

—¿Cuándo es la protesta? —preguntó Mariel—. Salgo del trabajo
en treinta minutos.

—En una hora.

Los ojos marrones de Calladia miraron por encima del hombro
de Mariel y luego se abrieron como platos.

—¡Santo cielo! —susurró—. No mires, pero hay un tío bueno al
lado de las caléndulas. —Frunció el ceño—. Te está... ¿mirando?

Mariel gimió. Sabía exactamente quién era.

—Ignóralo —dijo, mientras se dirigía al pasillo de los fertili-
zantes.

—Mmm… Me parece muy sospechoso —dijo Calladia mientras se giraba para mirarlo—. ¿Lo conoces?

—Sí.

—¿Te está acosando? Puedo pelearme con él.

El desastroso historial de citas de Calladia la había vuelto muy reactiva cuando se trataba de hombres desagradables y le encantaba pelearse, sobre todo para defender a una amiga, pero Mariel aún no estaba segura de que debiera azuzar a Calladia contra el demonio. Giró la cabeza y vio con el ceño fruncido que Ozroth rondaba sospechosamente cerca de un polemonio de flores blancas que ella había hecho florecer, por arte de magia, fuera de temporada. El sombrero negro de ala ancha que le había comprado aquella mañana en una tienda de segunda mano le tapaba los cuernos, pero le hacía parecer un extra de *Westworld*.

—Vete —vocalizó ella en silencio.

En respuesta, él alargó las manos como diciendo: «¿Qué más puedo hacer?».

—Mariel —Calladia le agarró el hombro—, ¿te está acosando o algo así?

—Sí y no.

—Basta. —Calladia sacó una madeja de hilo del bolsillo y empezó a anudarlo con los dedos—. Voy a sacarlo de aquí.

La magia solía requerir tres cosas: propósito, lenguaje preciso y concentración. A la hora de realizar operaciones complejas se solía utilizar un foco material, como runas dibujadas con tiza o hilo con nudos, para mantener al brujo concentrado en el hechizo. Mariel estaba aprendiendo la técnica de la tiza, pero Calladia era una bruja increíble con el hilo. Si decía que iba a librarse de alguien, ese alguien estaba en verdadero peligro.

—No, espera —dijo Mariel, agarrando la muñeca de Calladia antes de que hiciera un nudo que le cortara la polla al demonio o algo parecido—. Es culpa mía. No tiene otra opción que seguirme.

Calladia enarcó las cejas.

—¿Eso es lo que te ha dicho?

—Es complicado…

—Pues será mejor que lo *descompliques* si no quieres que acabe en la cárcel por volverme a pelear.

Mariel no quería explicarle lo que estaba pasando, pero Calladia era una fisgona de primera y siempre descubría una mentira. Incluso la haría confesar.

—Aquí no —susurró Mariel—. En algún lugar donde podamos protegernos. ¿Tal vez tu camioneta? —Mariel no tenía vehículo; prefería ir en bicicleta a todas partes.

Se dirigieron hacia el aparcamiento del centro comercial y Calladia le hizo señas a Mariel para que subiera al asiento del copiloto de su vieja camioneta roja. Una vez dentro, Calladia lanzó un hechizo para crear un escudo de silencio.

—*Silente a veiliguz.*

Enseguida cesó todo sonido procedente del exterior de la camioneta. El hechizo también garantizaría que nadie pudiera oír nada del interior. Ozroth las había seguido y se apoyaba, con los brazos cruzados y el ceño fruncido, en el aparcamiento de carritos de la pequeña farmacia contigua a la tienda de Ben.

—Ahora —dijo Calladia— dime por qué te está acechando un vaquero buenorro y con pinta de demonio.

Mariel respiró hondo y le contó a Calladia lo de las magdalenas, los ingredientes que había invocado y cómo había estado buscando el conjuro adecuado.

—Me equivoqué con la palabra «harina» —dijo, encogiéndose de hombros— e invoqué a un demonio sin querer.

—¡¿Qué?! —gritó Calladia.

—Su nombre es Ozroth el Despiadado, y…

—¿Invocaste a *Ozroth el Despiadado*? —Calladia parecía que se iba a desmayar—. ¿No se ha comido un billón de almas o algo así?

—No se las comen. Tiene algo que ver con su red eléctrica.

Calladia negó con la cabeza.

—Chica, estás metida en un buen lío. ¿Cómo vas a librarte de él?

—Bueno, esa es la cuestión. —Los dedos de Mariel se retorcieron en su falda color verde menta—. Al parecer lo invoqué para un pacto de almas y no puede irse hasta que le entregue la mía.

Calladia abrió y cerró la boca varias veces.

—Eso es...

—Sí.

—¡Guau!

—Sí.

Calladia contempló al demonio, que estaba parado a unos metros de distancia.

—Pensé que tendría colmillos —dijo—. Y piel roja y una cola.

—Parece ser que no.

Mariel deseó que así fuera. Si pareciera un auténtico monstruo, sería más fácil plantearse medidas extremas, como hacerlo explotar. Claro, al ser inmortal se recompondría de todos modos, pero ella no tenía ni idea de cómo funcionaba aquello. Sin embargo, Ozroth era un hombre alto, taciturno y todo un bombón, incluso con sombrero de vaquero.

—¿Es horrible?

—Es... extraño.

Resultaba grotesco parado al lado de una línea de carritos de la compra de color rojo con el ceño fruncido. Un hombre intentó devolver su carrito, vio a Ozroth y lo dejó en medio del aparcamiento.

—Se supone que tiene cientos de años y es un tipo increíble, pero intenta hacer conmigo los tratos más ridículos. Intentó ayudarme con mi magia sin motivo aparente, pero creo que lo ofendí anoche cuando le dije que era un invitado no deseado...

—¿Invitado? —Calladia giró la cabeza—. No me digas.

—Sí —dijo Mariel—. Los términos del trato exigen que se quede cerca de mí hasta que firmemos un contrato.

Calladia parecía escandalizada y fascinada a partes iguales.

—¿Así que está durmiendo en tu cama?

—¡No! —Mariel cruzó los brazos con fuerza—. Claro que no. ¡Uf! Está durmiendo en el sofá. —O algo así. Ozroth era tan grande que apenas cabía. Cuando Mariel había salido de su habitación esa mañana, lo había descubierto tirado de espaldas, con una pierna sobre el reposabrazos y la otra apoyada en el suelo. También tenía los brazos en alto y parecía a punto de caerse del mueble.

Tenía un aspecto tan inofensivo (e incómodo) que Mariel se sintió culpable por haber salido de madrugada para comprar ropa de tamaño gigante y un sombrero que pudiera ocultar aquellos cuernos. Después de todo, no era culpa suya que estuviera en su casa y Mariel había sido criada por la mejor anfitriona de Glimmer Falls. Aunque las cenas de Diantha Spark eran pintorescas, nadie podía negar que siempre trataba de ofrecer lo mejor.

—¡Vaya! —Calladia se quedó mirando al demonio—. A ver si lo he comprendido: ¿ahora eres compañera de piso de un demonio que has invocado sin querer y que no puede irse hasta que hayas hecho un trato con él a cambio de tu alma?

Mariel le dio varios golpes al reposacabezas con la frente.

—Es un buen resumen.

—¡Mierda!

◆ ◆ ◆

—Dos, cuatro, seis, ocho, ¿qué defendemos? ¡El bosque!

—¡Eh, eh, el bosque!

Mariel gritó las consignas junto con los demás manifestantes. Aunque solo eran nueve marchando frente al Ayuntamiento, la protesta conseguía llamar la atención. Los transeúntes aminoraban la marcha o se detenían a mirar.

Mariel levantó su pancarta. ¡PROTEGED EL BOSQUE! ¡PROTEGED LA MAGIA! aparecía escrito en ella con pintura morada.

—¡Detened el balneario! —gritó—. ¡Conservad nuestro bosque mágico!

Un adolescente sacudió la cabeza al pasar.

—Bichos raros.

—¡La apatía no mola! —le gritó Calladia.

Mariel ahogó una carcajada.

—Tendrá dieciséis años. Creo que tiene un pase.

Calladia suspiró.

—Ojalá estuvieran aquí las personas que realmente necesitan enterarse de esta protesta.

—¿Como nuestras madres? —preguntó Mariel en tono seco.

Cerca de ellas, Themmie repartía unos folletos en los que se explicaba por qué el resort resultaría desastroso para el ecosistema de los alrededores. Llevaba el cabello rosa y verde recogido en dos coletas y se había pintado unas pequeñas salamandras negras en las mejillas.

—En esos bosques viven animales —le dijo a un hombre al que había acorralado—. Las obras destruirán su hábitat.

—¡Vaya! —dijo, agarrando el folleto con ojos desorbitados, como si buscara una escapatoria.

Themmie frunció el ceño.

—¿Quieres un *selfie*? —Ella sacó su teléfono antes de que él pudiera responder—. ¡Qué bonito! Gracias por apoyar nuestra causa.

Mariel miró a Calladia y puso los ojos en blanco. Pero, en honor a la verdad, sin la ayuda de Themmie la protesta no tendría ninguna repercusión. En cuanto lo publicara en su Pixtagram, llegaría el apoyo, o eso esperaba Mariel.

El hombre finalmente escapó y Themmie puso su atención en otra cosa.

—¡Hola! —exclamó, brincando hacia su nuevo objetivo—. ¿Apoyas la naturaleza?

Mariel gimió al ver que Themmie se había acercado a Ozroth, que estaba apoyado en un poste telefónico con los brazos cruzados y el sombrero inclinado hacia abajo, como si no quisiera que nadie lo relacionara con la protesta. Mariel había intentado que sujetara una pancarta, pero él se había negado diciendo: «Hay un concepto en el plano demoníaco del que no estoy seguro de que hayas oído hablar: "dignidad"».

Y sí, eso le había dolido, pero a Mariel le importaba más el bienestar de Glimmer Falls y su ecosistema que los cambios de humor de un demonio quisquilloso, así que lo había ignorado y se había puesto en marcha.

—No —dijo Ozroth, mirando a la *pixie*. La parte superior de la cabeza de Themmie solo le llegaba hasta el pecho.

Themmie frunció el ceño.

—Eso no es muy amable que digamos.

Ozroth se encogió de hombros.

—La salamandra de fuego está muy amenazada —dijo Themmie sin inmutarse—. Solo vive aquí y en otra confluencia de líneas ley en Francia. Y el resort convertirá esos manantiales en *jacuzzis*.

—Parece un ambiente interesante —dijo Ozroth—. ¿Son las salamandras un extra?

Mariel lo interrumpió.

—No —espetó—. Las salamandras morirán o se las «reubicará»; probablemente en algún zoo horrible donde acabarán muriendo. Necesitan la magia de la tierra y del agua.

Ozroth puso toda su atención en ella.

—Te preocupas mucho por esas salamandras.

—Desde luego.

Su boca se curvó hacia un lado, pero Mariel *no* iba a centrarse en lo suaves que parecían sus labios.

—Si conocieras a alguien que pudiera ayudar a salvarlas…

Ella se sintió como si le faltara el aire.

—Eso no es justo —murmuró.

—La vida no es justa —replicó.

Themmie miró de uno a otro, con el ceño fruncido por la confusión.

—Mmm… ¿Os conocéis?

—Sí. —Ozroth sonrió satisfecho—. Es mi novia.

Mariel estaba a punto de darle un puñetazo.

Themmie miró boquiabierta a Mariel.

—¿Tienes novio? ¿Desde cuándo? ¿Por qué no nos dijiste nada ayer?

Mariel hizo una mueca de dolor. ¡Maldito demonio entrometido! Aunque le había confesado a Calladia el contratiempo que sufrió durante la invocación, esta había presenciado casi todos sus errores mágicos a lo largo de los años, así que la vergüenza se había mitigado un poco. En cambio, la *pixie* no había sido testigo del verdadero alcance de sus fracasos como bruja y, aunque la apoyaba de forma incondicional, Mariel se sentía herida en su orgullo y todavía no quería admitir la verdad. Al menos hasta que supiera cómo solucionarlo.

—No queríamos decírselo a nadie hasta que fuera oficial —dijo Mariel, mirando a Ozroth con los ojos entrecerrados—. ¿No crees que esto es precipitarse, *querido*?

Él se encogió de hombros, engreído y despreocupado.

Themmie miró de uno a otro, percibiendo claramente las extrañas vibraciones.

—Vale, es evidente que necesitamos ponernos al día después de la protesta, pero por ahora, déjame que le consiga una pancarta...

—No —interrumpió Ozroth—. Nada de pancartas.

La sorpresa de Themmie se transformó rápidamente en indignación y le dio a Ozroth un manotazo en el brazo.

—No puedes salir con Mariel y no manifestarte con ella, señor novio sorpresa. —Batió rápidamente las alas por el enfado—. Oye, Calladia —la llamó—, tráeme una pancarta.

—¿Cuál? —preguntó Calladia.

Themmie entrecerró los ojos con placer por la inminente venganza.

—La de color rosa chillón.

Ozroth se puso tenso cuando Calladia se acercó corriendo con una pancarta rosa donde había escrito con purpurina: «YO ♥ A LAS SALAMANDRAS DE FUEGO».

—De ninguna manera.

Themmie agarró la pancarta y la estampó contra su pecho.

—Es hora de dar un paso adelante, señor. Demuestre que es más que una cara bonita.

Los hombros de Mariel temblaron cuando intentó reprimir la risa. ¡Por Hécate! Adoraba a sus amigas.

Ozroth se quedó boquiabierto mirando a la *pixie*. Themmie empezó a propinarle golpes en el pecho con la pancarta.

Calladia miró de uno a otro.

—¿Qué está pasando?

—El novio de Mariel no apoya la causa —espetó Themmie.

Calladia tosió.

—Su... ¿novio? —Miró a Mariel con los ojos como platos.

—Es una larga historia —dijo Mariel.

—Si no se manifiesta con nosotras no será su novio por mucho tiempo —dijo Themmie—. Romperé con él en tu nombre, Mariel.

«¡Oh, Themmie! Ojalá pudieras hacerlo». Pero los *pixies* eran criaturas mágicas cuyas habilidades se limitaban a volar y hacer un poco de magia de limpieza. Perfecto para remodelar una casa, pero menos perfecto para expulsar a un demonio.

—No pasa nada —dijo Mariel—. No tiene que marcharse.

Calladia se cruzó de brazos.

—Estoy con Themmie —dijo, clavando en Ozroth una mirada desaprobadora—. Más vale que tu... novio... dé un paso al frente si quiere seguir disfrutando de tu compañía.

A Ozroth se le formó un nudo en la garganta mientras las tres mujeres lo miraban fijamente.

—De acuerdo —dijo al fin, agarrando la pancarta.

Themmie aplaudió y sacó el móvil.

—¡Un *selfie* por la causa! —vitoreó, sacando una foto de los cuatro juntos.

Y, ¡oh!, solo por la mirada de desconcierto e indignación que puso Ozroth ya valió la pena.

¿Un *selfie*? —le vocalizó a Mariel en silencio mientras Themmie se alejaba.

Ella se encogió de hombros.

—Hay que adaptarse a los tiempos, viejo. —Luego levantó la voz—. Dos, cuatro, seis, ocho, ¿qué defendemos?

Ozroth no dijo nada, así que Mariel le dio un codazo en las costillas.

—¡Ay! —dijo él. Cuando ella se quedó mirándolo, él lanzó un agotado suspiro.

—El bosque —murmuró.

Mariel sonrió.

—Así está mejor. ¡Ey, ey, el bosque!

SEIS

Ozroth sabía que no existía el Infierno, pero estaba empezando a cuestionárselo.

Estaba sentado en la esquina de una mesa en un bar mugriento y ruidoso, con la mirada fija en su vaso de *whisky*. Mariel estaba sentada a su izquierda, mientras que Themmie y Calladia estaban enfrente. Themmie había olvidado su enfado y era toda sonrisas, mientras que la forma en que Calladia lo miraba fijamente le hizo sospechar que sabía que era un demonio.

Si no hubiera aceptado esa ridícula pancarta, no habría tenido que manifestarse con ellas, coreando consignas de forma ridícula mientras se moría de vergüenza. Y tampoco lo habrían llevado a ese bar después de la protesta al grito de «¡*Happy hour!*». Aunque hubiera querido marcharse, no habría podido librarse de Themmie, que lo había agarrado por el brazo y lo había llevado a rastras al bar con una fuerza sorprendente. «Reformar al novio de Mariel» se había convertido en su nueva causa y la abordaba con la fiereza de un general al frente de una campaña militar.

¿No se suponía que los *pixies* eran tímidos y cariñosos? Pero al igual que las dos brujas (que deberían saber que los demonios son peligrosos y no hay que meterse con ellos), parecía que no se había enterado.

Themmie dio un fuerte golpe en la mesa con la mano, provocando que Ozroth diera un respingo. Este levantó la vista y se encontró con las tres mujeres mirándolo fijamente.

—¿Qué? —preguntó.

Themmie puso los ojos en blanco.

—*He dicho* que ni siquiera te has presentado. Estás saliendo con mi amiga, llevamos dos copas y no tengo ni idea de cómo te llamas.

Nunca debió repetir la mentira que Mariel le había dicho a su madre sobre su noviazgo. Aunque en aquel momento le había parecido una buena forma de meterse con ella, le había conducido a esta pesadilla.

Bueno, si la *pixie* hubiera leído algún tomo de historia de la magia, recordaría su nombre. Dejaría que Mariel lo sacara de este lío.

—Me llamo…

—¡Oz! —declaró Mariel en voz alta, y le pasó una mano por el brazo—. Se llama Oz.

La atención de Ozroth se dividía ahora entre el ofensivo apodo que acababa de darle y la mano que le había puesto en el brazo. Al parecer, habían bastado dos margaritas para que Mariel se desinhibiera, porque se había vuelto más ruidosa y parlanchina a medida que avanzaba la velada. ¿Y ahora lo estaba tocando?

—Oz —repitió Calladia, cruzando sus musculosos brazos. Sí, sabía exactamente quién era. Si las miradas pudieran matar, Ozroth sería ahora mismo una columna de fuego. —¡Qué nombre tan original!

—Shhh… —dijo Mariel de forma nada sutil. Hizo el gesto de cerrar los labios.

—¡Oz es un nombre precioso! —gritó Themmie, y levantó su daiquiri para hacer un brindis—. Por la redención de Oz, el peor amigo del mundo.

Por suerte, nadie más brindó. Themmie eructó y se dio un puñetazo en el pecho.

—Si mis seguidores pudieran verme ahora…

—Te seguirían queriendo —dijo Mariel con seriedad, balanceándose hasta que su hombro tocó el de Ozroth. Este se quedó inmóvil sin saber qué hacer. En toda la historia de los demonios, nadie que él conociera había acabado en una situación como aquella.

Por otra parte, nadie había acabado tampoco con un alma dentro. Un alma que le hormigueaba y estaba caliente y, ¡uf!, sentía cosas por el contacto del hombro. Y su cerebro le seguía de cerca, preguntándose cuándo había sido la última vez que alguien le había tocado con amabilidad o, al menos, por una borrachera. El contacto le sentó mejor de lo que creía que tenía derecho a sentir.

—Tienes razón —dijo Themmie, señalando a Mariel—. Vamos a probarlo. —Se revolvió el cabello, colocó el teléfono frente a ella y esbozó una sonrisa de oreja a oreja—. ¡Eyyyyy! —dijo—. ¿Cómo están mis amigos de Pixtagram esta noche? Estoy retransmitiendo en directo para vosotros desde mi antro favorito, Le Chapeau Magique.

Ozroth giró la cabeza para murmurar al oído de Mariel.

—¿Es esto realmente necesario?

—¿Mmm? —Parpadeó soñolienta—. ¡Oh! ¿Themmie? Solo tienes que acostumbrarte.

—En absoluto. Tenemos que hacer un trato.

Ella se incorporó y le dio un ligero puñetazo en el hombro.

—Eres un grano en el culo, ¿lo sabías?

—Sí, pero puedes conseguir que me vaya de una forma muy sencilla. —Sus ojos recorrieron sus pecas y luego se posaron en su boca.

—Lo siento, pero aquí hay mucho ruido —dijo Themmie, sacando a Ozroth de su intensa concentración en la curva de los labios de Mariel—. Mis amigos están hablando. Aunque son una pareja superguapa. Al menos por fuera. —Resopló—. ¡Dejad que os los presente!

—Espera —dijo Mariel al mismo tiempo que Ozroth—: Para nada.

Pero fue inútil. Themmie sonrió y les apuntó con el teléfono.

—¡Saludad a la cámara, queridos!

Mariel saludó con la mano, pero Ozroth frunció el ceño.

—Guarda eso —le espetó.

Themmie resopló.

—De acuerdo. De todas formas nadie quiere ver tu cara de tío gruñón.

Se alejó, reanudando su monólogo con la cámara.

Ozroth hizo trizas su servilleta de cóctel.

—Pixtagram —murmuró—. Nunca había oído hablar de algo tan ridículo.

—Sí, eres viejo y estás fuera de onda —dijo Mariel—. Lo sabemos.

—Esto es humillante. Más de doscientos años aterrorizando a la humanidad y acabo en… las redes sociales.

—Podría ser bueno. —Mariel arrugó la nariz y a él le llamó la atención su encantador reguero de pecas—. Podrías crear tu propia marca. «Ozroth, el gurú de las redes sociales».

—No, gracias.

Ella hizo un mohín.

—¡Oh, vamos! Tiene potencial. Ozroth el Despiadado es tan del siglo xviii… —Entonces dio brinco en su asiento—. ¡Ay! —Miró a Calladia desde el otro lado de la mesa—. Eso no era necesario.

Calladia levantó tanto las cejas que casi desaparecieron en el nacimiento de su cabello.

—¿Ah, sí? Porque a mí me parece que estás coqueteando.

—¡No! —dijo Mariel, agitando las manos tan frenéticamente como cuando él le había preguntado qué quería a cambio de su alma—. No hay ningún coqueteo. ¡Qué asco!

El estómago le dio a Ozroth un extraño vuelco que no le gustó nada. Se bebió el resto del *whisky* de un trago.

—Me voy.

—¿Por qué? —preguntó Mariel en tono meloso—. ¿Tienes que dar de comer a tu gato?

—¿Tiene un gato? —preguntó también Calladia—. ¿Una especie de gato del Infierno?

—El Infierno no es real —dijo Mariel—. Es como… un avión. —Se interrumpió y soltó una risita—. ¡Ay, chico! Puedo verte con las rodillas pegadas al pecho y fulminando con la mirada a las azafatas.

—¿Qué? —Ozroth y Calladia preguntaron al unísono. Compartieron una mirada de desconcierto antes de que Calladia recordara que le odiaba. De hecho, le enseñó los dientes.

—Me he acabado el margarita —dijo Mariel con tristeza, mirando el fondo de su vaso. Luego se animó—. ¿Pedimos otra ronda?

—No —dijo Ozroth con vehemencia. Lo último que quería era pasar otra hora en la noche de chicas—. Vámonos a casa. —Agarró el brazo de Mariel con una mano para ayudarla a levantarse.

—No es tu casa —espetó Calladia.

—Tomo nota de su opinión, que se ha considerado irrelevante —replicó Ozroth.

—Menudo imbécil. —Le tendió la mano a Mariel—. ¿Quieres dormir en mi casa? Tú puedes dormir en mi cama y él en el patio o algo así.

—Va a hacer frío —dijo Mariel, afligida—. ¿Qué clase de anfitriona sería si hiciera algo así?

—¿Anfitriona? —se burló Calladia—. Mariel, básicamente eres una rehén en un pacto de almas. No eres ninguna anfitriona.

—Sabes que ella me invocó, ¿verdad? —preguntó Ozroth—. Si acaso, *ella* me tiene a mí como rehén.

—Mentira. Estás intentando que te entregue su alma...

—Sobre lo cual no tengo elección, y lo sabes...

—Solo para que podáis tener electricidad o...

—Es más complicado que eso...

—¡Eres un pesado! ¡¿Por qué no te vas a la mierda?!

Tras los gritos de Calladia se hizo el silencio en el bar. Themmie los miró con incomodidad.

—¡Vaya! Mis amigos se están peleando —dijo—. ¡Tengo que irme!

Ozroth preferiría el castigo eterno a sufrir otro interrogatorio de tres contra uno o que le hicieran un *selfie*. Además, tenía la sensación de que Calladia estaba a cinco segundos de pegarle un puñetazo, y pelearse con una simple mortal en un bar de mala muerte sería humillante para un demonio.

El tatuaje empezó a picarle y se estremeció. Era a la vez genial y muy oportuno.

—Tengo que atender una llamada —dijo, sorteando a Mariel. Corrió hacia el cuarto de baño mientras el pinchazo se convertía en un dolor intenso. El tatuaje era el precio por tener un mentor: cuando entró en el castillo de Astaroth, le habían marcado para que este siempre pudiera ponerse en contacto con él.

Se encerró en el cuarto de baño, haciendo una mueca de disgusto ante las paredes pintarrajeadas, y luego apagó las luces. Respiró hondo y se aclaró la garganta.

—Le espero, maestro.

Cuando una figura se materializó frente a él, el dolor desapareció. Aunque era una proyección astral (el cuerpo de su maestro estaba en el plano demoníaco), Ozroth juraría que podía sentir el ardiente calor que emanaba de Astaroth.

Astaroth era delgado y de estatura media, con pómulos altos, piel clara y un cabello rubio platino que marcaba un fuerte contraste con sus cuernos negros. Vestía un impecable traje negro con un reloj de bolsillo dorado y su bastón negro estaba rematado por una calavera de cristal. A diferencia de Ozroth, Astaroth vivía parte del tiempo en la Tierra y disfrutaba de la moda de los mortales, alegando que sus negociaciones mejoraban al tener una marca personal con un estilo propio.

Ozroth sintió una mezcla de miedo y perplejidad, como siempre que se enfrentaba a su maestro, aunque el miedo había aumentado desde que tenía alma. Astaroth había acabado con el débil muchacho que era Ozroth y lo había reconvertido en un poderoso demonio, pero la visión de su mentor seguía encogiéndole el estómago. Bajó la mirada para evitar que el demonio viera ningún rastro de emoción en su rostro.

—Ozroth. —La voz de Astaroth era tan dura y sofisticada como el resto de su persona, con un fuerte acento británico que había adquirido a lo largo de sus muchos años en la Tierra. De hecho, proclamaba que Inglaterra era su territorio de acción—. Ya ha pasado un día desde que te invocaron. ¿Por qué no has cerrado todavía ningún trato?

Ozroth se revolvió con nerviosismo.

—Es un caso diferente.

Astaroth levantó una ceja.

—¿A qué te refieres?

No había forma de que esta conversación saliera bien. Lo único que podía hacer era acabar con ella lo antes posible.

—Ella me invocó sin querer. No desea hacer ningún trato.

Se produjeron unos instantes de insoportable silencio y luego Astaroth se burló.

—Así que tienes a una bruja incompetente. Encuentra su punto débil y acaba con ella.

—Estoy en ello.

Los ojos azul claro de Astaroth parecían de hielo.

—Esta es una tarea sencilla. ¿Acaso no estás a la altura?

—¡Sí!

El pánico se apoderó del pecho de Ozroth ante la idea de que Astaroth pudiera considerarlo un inútil. Astaroth lo había instruido en todas las habilidades posibles, desde utilizar un lenguaje ambiguo hasta arrancar uñas, y la culpa por haberle decepcionado había sido una de las primeras emociones que Ozroth había experimentado tras ser poseído por el alma. Pero la bruja era extraña y difícil, y necesitaba tiempo para encontrar su punto débil.

Y entonces surgió la inspiración. Había una forma de complacer a Astaroth y ganar tiempo a la vez.

—Ella es más poderosa que cualquier otra bruja o hechicero que haya conocido —dijo—. Cuanto mayor sea el esfuerzo, mayor será la recompensa.

—Mmm... —Astaroth entrecerró los ojos—. Si es tan poderosa, ¿por qué te invocó sin querer?

—Aún no sabe utilizar su poder. Le falta disciplina.

—Eso te vendrá bien. —Astaroth ladeó la cabeza—. ¿Qué le gusta? ¿Cuáles son sus flaquezas?

Ozroth pensó en la bella, extraña y caótica Mariel. Nunca había conocido a nadie como ella, y una parte de él no quería que Astaroth conociera ninguno de sus secretos. Cuando Astaroth conocía un secreto lo utilizaba sin piedad.

Ozroth sabía cuál era su propia flaqueza: su alma. Un verdadero demonio respondería sin vacilar.

—Ama la naturaleza —dijo él, reprimiendo un sentimiento de culpa demasiado humano. Había explotado secretos mucho peores que este en tratos anteriores—. Tiene un invernadero lleno de plantas que cuida personalmente. Están construyendo un resort cerca de su pueblo y participa en las protestas para proteger el ecosistema de los alrededores.

—¡Qué aburrido! —Astaroth consultó la hora en su reloj de bolsillo, que seguía utilizando aunque llevaba siempre un *smartphone* en el bolsillo—. Dame algo más sustancioso.

Ozroth respiró hondo, ignorando el malestar que sentía en el estómago.

—Su madre es cruel con ella. Se ha pasado toda la vida intentando mejorar como bruja y su familia la menosprecia por sus fracasos. Teme que no la quieran.

—Escarba ahí —dijo Astaroth—. Haz que le duela. Prométele que harás que su familia la valore y luego quédate con su alma a cambio. —Le lanzó una sonrisa mordaz—. Después del trato ya no le importará de todos modos.

La idea le puso enfermo, pero asintió de todos modos. Así eran las cosas. Astaroth le había enseñado a ser frío y calculador porque necesitaban ser despiadados para proteger a su especie.

—Lo haré —aseguró.

—De acuerdo. —Astaroth se dio un golpecito en la bota con el bastón—. Hay algo más que tu reputación en juego. El alto consejo ha hecho una apuesta sobre ti.

Un escalofrío recorrió la columna de Ozroth.

—¿Qué clase de apuesta?

—Tanto si vuelves a ser un demonio de verdad como si no —Astaroth se miraba las uñas mientras le informaba—, yo he apostado a que cerrarás este pacto de almas, incluso con mis reservas, así que procura que así sea. «O si no...» quedó flotando en el aire.

Ozroth tragó saliva. El alto consejo estaba formado por nueve archidemonios que estaban entre los más antiguos y experimentados de su especie. Si apostaban por sus habilidades y fallaba, Ozroth se metería en un buen lío; el tipo de lío que separa una cabeza de un cuerpo, que era la única forma de matar a un ser inmortal.

—Cumpliré. Lo juro.

—Lo harás —dijo Astaroth, y luego desapareció.

Ozroth se desplomó y dio un golpe en la asquerosa pared del cuarto de baño con la punta de los cuernos. La descarga de dolor no fue nada comparado con las horribles y enfermizas emociones del alma, que le hicieron sentirse febril y helado a la vez.

—¡Mierda!

◆ ◆ ◆

Ozroth volvió a entrar en el bar.

—Nos vamos —dijo mientras se acercaba a la mesa.

—¿Qué? —Mariel levantó la cabeza de donde la había apoyado en los brazos. Le dirigió una mirada sombría—. ¿A dónde vamos?

Frente a ella había un tercer margarita casi vacío. Malditas fueran la bruja y la *pixie* por traerle otro cóctel cuando era evidente que le sentaría mal. Ozroth fulminó a Calladia con la mirada.

—¿No estaba ya lo bastante borracha?

La bruja rubia salió disparada de su asiento, ansiosa por empezar una pelea.

—Es una puta noche de chicas —dijo, haciendo crujir sus nudillos—. Si no estuvieras aquí, no habría ningún problema.

—Si yo no estuviera aquí, seguiría estando demasiado borracha.

—No estoy borracha —protestó Mariel—. Solo estoy cansada.

—¿Y por qué estás cansada? —preguntó Calladia—. ¿Es porque estás tan preocupada por el demonio que duerme en tu sofá que no puedes pegar ojo?

Themmie ahogó un grito y salió disparada del reservado, batiendo las alas mientras volaba hacia el techo.

—¡¿Un demonio?! —exclamó.

—Sí, un demonio. —Calladia miró a Ozroth—. Uno de los peores, además.

—¿Perdón? —¿Cómo se atrevía esta bruja a hablar así de él y su especie sin tener ni idea de cómo eran? «Antes te gustaba infundir terror», le recordó su cerebro, pero la lógica había pasado a un segundo plano.

Themmie revoloteó hasta el suelo.

—Pero si hay un demonio en su sofá —balbuceó—, seguro que Oz puede encargarse de ello. Parece que sabe pelear.

Una vez más, Ozroth y Calladia compartieron una mirada de incredulidad ante la inocencia de Themmie, que rápidamente volvió a fruncir el ceño.

—Estoy cansada —anunció Mariel, que se levantó de repente y luego se apoyó en la pared—. Quiero irme a casa.

—Por fin —murmuró Ozroth.

Calladia rodeó a la borracha bruja con el brazo.

—Te quedas en mi casa —dijo con firmeza—. Decidido.

—Espera —dijo Ozroth—. Yo…

Calladia le dirigió una mirada cargada de odio.

—Me importa una mierda lo que tú quieras.

—Pero…

—Tiene razón —dijo Themmie, batiendo las alas de nuevo—. Mariel está borracha y necesita dormir en un lugar seguro.

—¿No creéis que esté a salvo conmigo? —preguntó Ozroth, aunque sabía muy bien que no lo estaba.

Themmie arrugó la nariz.

—¡Oh! ¿Recuerdas el demonio que hay en su sofá? Y, además, eres un tío. Así que no.

Ozroth había visto lo suficiente para saber que, por desgracia, eso era cierto. Pero, aun así, sintió el incómodo impulso de llevar a Mariel a casa, obligarla a beber agua y luego meterla en la cama. La negociación de su alma empezaría al día siguiente, claro, más despiadada incluso que antes.

Un consejo que Astaroth le había dado hacía mucho tiempo apareció en su cabeza. «Intenta emborrachar a los brujos. No te imaginas los tratos que llegarán a hacer».

Ozroth… no podía hacer eso.

—De acuerdo —gruñó—. Llévatela a casa. ¿Tienes un sofá libre?

—No —dijo Calladia.

—¡Yo sí! —canturreó Themmie—. Aunque lo compartirás con tres gatos. Y tengo un mazo en mi mesita de noche, para que lo sepas. Y una daga.

—Aunque sea tentador —dijo Ozroth—, creo que estaré bien.

El labio superior de Calladia se levantó en una mueca de desprecio.

—Espero que no.

✦ ✦ ✦

Una hora más tarde, Ozroth estaba echado en el césped del patio trasero de Calladia tapado con unas mantas. Estas habían sido idea de Mariel, que incluso borracha y en la casa de otra persona necesitaba ser una buena anfitriona. Y Calladia había accedido aunque había mirado a Ozroth como si le deseara una muerte lenta y dolorosa.

Ozroth podía sentir la protección que había alrededor de la casa. Calladia había aumentado la seguridad. Si se atrevía a entrar, estaba seguro de que le explotarían los testículos.

Detectar el poder y la intención de un hechizo era una habilidad demoníaca. Pero el lenguaje de la magia era muy complicado y una gran parte de la brujería se daba a nivel interno, en conexión con las emociones y el propósito, por lo que solo los brujos sabían lanzar hechizos realmente.

La magia demoníaca que se utilizaba para las negociaciones era diferente. No había ningún componente verbal y la magia era tan compleja que nadie sabía del todo cómo funcionaba. Si Ozroth tuviera que describirla, diría que es como ordenar mil hilos invisibles, cada uno conectado a un posible futuro. Podía escoger qué hilos seguir, desde la muerte prematura para una persona a una serie de desgracias para otra. También podía crear nuevos hilos, como cuando concedía belleza o riqueza a un mortal. Tras siglos de práctica, el proceso era rápido y casi inconsciente.

La magia mortal, en cambio, siempre era deliberada y él podía sentir la ira en la protección que había creado Calladia. Era una bruja poderosa. No tanto como Mariel, pero sí lo suficiente para que Ozroth se planteara hacer también un trato por su alma. Aunque como eso significaría tener que volver a tratar con la arpía, descartó la idea.

Tuvo que admitir a regañadientes que la alta y atlética bruja lo había dejado impresionado. Se había erigido como la protectora de Mariel y ni siquiera su terrible reputación había podido amilanarla.

Era evidente que Mariel necesitaba protección. De su madre, de su propia magia caótica... y ahora de Ozroth.

Le dolía el pecho de solo pensarlo.

Arriba las estrellas brillaban como diamantes incrustados en terciopelo negro. Había tantas que ni siquiera un ser inmortal como Ozroth podría contarlas. En el reino de los demonios no había estrellas; tan solo un cielo oscuro, una neblina gris y las luces de las almas humanas moviéndose al azar. Su hogar era de una belleza austera, mientras que había algo irresistible en el vibrante y desordenado mundo de los seres humanos. Los colores eran más intensos, los olores más penetrantes y había tanto que ver que Ozroth solía sentirse abrumado. No recordaba haberse sentido así cuando había visitado antes el plano mortal. Otra consecuencia de tener un alma.

Estaba temblando. La temperatura había caído en picado y la humedad se condensaba en la hierba. Se preguntó si Mariel estaría cómoda en el alegre bungaló amarillo. También se preguntó si estaría durmiendo. «¿Y por qué estás cansada? ¿Es porque estás tan preocupada por el demonio que duerme en tu sofá que no puedes pegar ojo?».

Odiaba la idea de que su presencia le hubiera quitado el sueño a Mariel. ¿Acaso aparecía en sus pesadillas?

Pensaran lo que pensasen las brujas sobre los demonios, la verdad es que no eran unos monstruos. Y, si lo eran, Ozroth no sabía qué era un monstruo. Los demonios formaban parte de un ecosistema mágico, eso era todo. No había tortura ni fuego eterno. Tan solo un intercambio: magia y emociones humanas por extraños premios que solo los poderes demoníacos podían proporcionar.

Pero, al parecer, las leyes de la magia de invocación nunca habían tenido en cuenta una situación como esta. Nadie invocaba a un demonio accidentalmente. Y, como había mucho en juego, no había salida para ninguna de las dos partes. El demonio proporcionaba el servicio. El ser humano proporcionaba el alma.

Ozroth se tapó los ojos con el antebrazo para no ver las estrellas. Ozroth no se consideraba un monstruo, pero para Mariel sí lo era.

¿Qué sucedía cuando el monstruo no tenía elección?

SIETE

Mariel se despertó con la cara aplastada en una almohada de color amarillo que le resultaba familiar. Calladia y ella se habían quedado a dormir una en casa de la otra muchísimas veces. Vivían lo bastante cerca para regresar a casa andando tras una noche de juerga, pero era más divertido quedarse a dormir juntas.

Se incorporó, bostezó y se frotó los ojos. La borrachera de anoche le había dejado un ligero dolor de cabeza, pero nada que un poco de café y un buen desayuno no pudieran solucionar. Calladia había obligado a Mariel a comer y beber agua la noche anterior, lo que había evitado lo peor de la resaca.

Por un instante la vida volvió a ser como siempre. Mariel y Calladia se quedaban a dormir juntas desde que eran dos niñas raritas que necesitaban desesperadamente una amistad. Calladia ya estaría levantada (siempre se levantaba para hacer ejercicio por la mañana, por muy borracha que se hubiera puesto la noche anterior) y, cuando Mariel saliera tambaleándose, prepararían juntas el desayuno. Una típica mañana perezosa de domingo.

Los ojos de Mariel se dirigieron hacia la ventana y se puso tensa al instante. Ozroth se paseaba por el césped como una figura alta y siniestra que le recordaba todo lo malo que le había sucedido en los últimos días. Tenía el sombrero negro de vaquero tirado en la hierba y se revolvía con las manos el oscuro cabello. Parecía que murmuraba para sí mismo.

Mariel empezó a sentirse mal de nuevo, y no era por la resaca. ¿Qué se suponía que debía hacer? Estaba tan ligada a un hombre que este había tenido que dormir en el suelo para permanecer cerca de ella. Era horrible y asfixiante a la vez, y ella seguía sintiéndose culpable de que él hubiera estado tan incómodo.

Llamaron a la puerta y Calladia apareció cargando café y un plato lleno de beicon y huevos.

—Genial, te has levantado. —Calladia tenía un aspecto asquerosamente alegre con su ropa deportiva rosa de licra y el cabello húmedo recogido en un moño—. Creía que las once de la mañana era demasiado pronto para ti. —Dejó el plato en la mesilla y se cruzó de brazos—. Cómete el maldito beicon y luego hablamos.

—Sí, señora —dijo Mariel, haciendo el saludo militar. Puso toda su atención en el plato, metiéndose los huevos en la boca antes de morder el beicon crujiente de Calladia—. Mmm… —dijo, cerrando los ojos con placer—. Esto es mucho mejor que lo que yo te doy de comer.

—¿Me tomas el pelo? —preguntó Calladia—. Me das de comer rollitos de canela caseros. Son un millón de veces más difíciles de hacer. —Mariel se encogió de hombros; tenía la boca tan llena que no podía responder.

Tras el beicon pasó al café, haciendo una mueca de dolor cuando le quemó el paladar.

Calladia se acercó a la ventana y miró afuera. Mariel sabía lo que vería: un demonio malhumorado pateándose su patio trasero.

—¿Crees que un exorcismo podría servir? —preguntó Calladia.

Mariel casi se atragantó con el beicon.

—¿Qué, ahora eres un sacerdote católico?

—No, pero apuesto a que sería más eficaz.

Mariel dejó el resto de la tira de beicon en el plato.

—Oz me dijo que lo que el cristianismo dice sobre los demonios y el Infierno es una chorrada.

—¿Y confías en un demonio?

—Tú eras atea hasta ayer. ¿Ahora crees en el castigo eterno?

Calladia suspiró.

—No, no creo en él. Los demonios son solo una especie diferente que vive en otro plano. Pero no me gustan. Y no me gusta lo que este quiere de ti.

—Mi alma. —Mariel jugueteó con el trozo de beicon—. Me dijo que de ahí proviene mi magia.

—¿Así que también se llevaría tu magia? —Cuando Mariel asintió, Calladia dejó escapar un gruñido—. Tiene que haber una forma de evitarlo.

Mariel volvió a mirar por la ventana. Oz estaba apoyado en un árbol con los brazos cruzados. Sus ojos vagaron por la casa, luego se posaron en la ventana y ahí se quedaron.

—No es tan malo —dijo Mariel, mirando fijamente a Oz—. Es molesto más que nada. —Molesto, extraño y… sexi.

—Y prepotente —dijo Calladia—. Y grosero a más no poder.

Mariel puso los ojos en blanco.

—Tú fuiste igual de grosera con él.

—Sí, bueno, pero es que quiere la magia y el alma de mi mejor amiga. ¡Qué le vamos a hacer!

Mariel dejó el plato sobre la mesita de noche. La porcelana tintineó contra la madera.

—Es culpa mía. Si no fuera una bruja tan mediocre…

—No eres una bruja mediocre —la interrumpió Calladia—. Cometiste un error. No debería tener consecuencias tan graves. —Se mordió el labio—. Odio decirlo, pero…

—No. —Mariel ya sabía por dónde iba Calladia—. Ella tiene más experiencia…

—Oh, oh. —Mariel sacudió la cabeza con vehemencia—. Prefiero perder mi alma a sufrir la humillación de decírselo a mi madre. Me avergonzará durante décadas si se entera.

—¿Podemos decírselo a la mía?

—Que al instante se lo diría a mi madre, seguida de todo el pueblo.

Cynthia Cunnington, al igual que Diantha Spark, odiaba que se airearan los trapos sucios de su propia familia, pero le encantaba cotillear sobre sus rivales e hijos. Estaría encantada de compartir una anécdota humillante sobre los Spark.

Calladia hizo una mueca de dolor.

—Es verdad.

Mariel acunó el café contra su pecho, empapándose de su calor.

—Tiene que haber otra forma de solucionarlo.

—¿Libros de hechizos, documentos históricos, otras brujas?

—Estaba pensando en Google.

Calladia se rio.

Bueno, eso no puede hacernos daño.

◆ ◆ ◆

Muchas, muchas búsquedas en Google después, Mariel no estaba mejor informada sobre cómo hacer desaparecer a un demonio. Sin embargo, lo estaba bien sobre lo sensibles que eran los cuernos de los demonios, el impresionante tamaño de sus pollas y todas las formas en que una bruja podía solicitar un encuentro sexual en el plano demoníaco (un intercambio que, por lo general, no requería un pacto de almas, zorras afortunadas). Los demonios del porno eran seres humanos muy maquillados para parecerse a los dibujos del libro de criaturas mágicas de Mariel, claro, pero seguro que hasta el porno contenía una semilla de verdad.

—¿Es que internet está lleno de pornografía? —preguntó Mariel tras la enésima búsqueda fallida.

Calladia soltó una risita.

—¿No lo sabías?

Estaban sentadas en unas sillas de oficina en el estudio de Calladia. Ozroth seguía paseándose fuera, aunque hacía pausas frecuentes para mirar hacia la ventana.

—Sé que hay porno —dijo Mariel, ofendida por la insinuación de que fuera tan inocente—. Pero no entiendo por qué no hemos encontrado ningún dato relevante sobre los demonios.

Sin embargo, una parte de ella se había quedado maravillada ante el impresionante tamaño de los penes demoníacos. ¿Eran así de verdad? ¿O se trataba de un mito, como las rodillas articuladas hacia atrás? La verdad es que no había prestado atención a la entrepierna de Ozroth (unas cuantas miradas furtivas no contaban), pero parecía tener un bulto enorme.

—Odio tener que decírtelo —dijo Calladia—, pero deberías ir a la biblioteca.

Mariel hizo un mohín. La biblioteca de Glimmer Falls era una fuente de información increíble, pero la bibliotecaria jefa era amiga de su madre. Lo que significaba que se enteraría de cualquier libro que Mariel pidiera prestado.

—¿No puedes hacerlo por mí? —preguntó, abriendo los ojos de forma suplicante.

Calladia se cruzó de brazos.

—Chica, te quiero, pero se trata de tu alma. Si no puedes hacer ese esfuerzo, será mejor que se la entregues al demonio.

Mariel suspiró con los hombros caídos.

—Tienes razón. Iré a casa a refrescarme y luego iré a la biblioteca. —Si se presentaba en la biblioteca con ropa sucia y arrugada, su madre no la dejaría en paz.

Calladia le dio un abrazo.

—Encontraremos una manera de salir de esta. Te lo prometo.

Mariel parpadeó rápidamente para detener las lágrimas que empezaban a formarse en sus ojos.

—Eso espero.

—Y si no… —Calladia se encogió de hombros— tengo una motosierra, una pala y un gran patio trasero.

Mariel le dio un manotazo a su amiga en el brazo.

—¡Nada de asesinatos!

—No prometo nada —murmuró Calladia, mirando por la ventana.

Cuando Mariel salió de la casa, Ozroth se enderezó de su postura en el árbol.

—Ya era hora —dijo en tono sarcástico. Él parecía un desastre con la camiseta arrugada, el cabello revuelto y ojeras fruto del cansancio.

—Lo siento —dijo Mariel, sintiéndose culpable por haberlo dejado fuera. Luego imaginó lo que diría Calladia y cuadró los hombros. ¿Por qué debería sentirse culpable? No había tenido elección—. ¿Sabes qué? No, no lo siento. —Se acercó a él y le clavó un dedo en el pecho. Su pectoral apareció maravillosamente firme bajo su dedo—. Anoche te peleaste con mi amiga, eres grosero y prepotente, y actúas como si fuera culpa mía que tuvieras que dormir a la intemperie.

Él entrecerró los ojos.

—Fue culpa tuya.

—¿Porque estás atrapado conmigo? —Ella negó con la cabeza—. Si no hubieras sido tan imbécil con Calladia, tal vez te habría dejado dormir dentro.

Él se burló.

—Lo dudo.

Sí, ella también lo dudaba, pero Mariel estaba cansada de que actuara como un niño arisco.

—Mira, estamos juntos en esto. En vez de ser un gruñón, podrías trabajar conmigo para encontrar una escapatoria al trato.

—No hay escapatorias.

—¿Cómo lo sabes?

La miró con incredulidad.

—¿Porque no se ha documentado ninguna en toda la historia de los demonios?

—Pero tampoco habías oído hablar de ninguna invocación accidental, ¿verdad?

Su boca se abrió y se cerró.

—No —dijo finalmente.

Mariel sintió una oleada de triunfo. Por fin había vencido al demonio.

—Entonces deja de ser tan engreído y condescendiente y ayúdame —dijo mientras se dirigía a la calle—. Y, por cierto —dijo girando la cabeza—, tienes hierba en el pelo.

Ozroth sacudió la cabeza como un perro, desperdigando trozos de hierba por todas partes. Luego aceleró el paso para alcanzarla y se colocó de nuevo el sombrero en la cabeza.

Caminaron en silencio durante unos minutos. Mariel lo miraba de vez en cuando, incapaz de resistir su curiosidad. Él desprendía calor por su piel; un suave resplandor que le recordaba las noches de invierno pasadas frente a la chimenea. Tenía un perfil muy masculino, con una mandíbula marcada y una nariz algo grande.

—¿Son tan ardientes todos los demonios? —preguntó antes de poder pensarlo mejor. Su boca actuaba así a veces (bueno, más que a veces), soltando lo que se le pasaba por la cabeza antes de que su mente fuera consciente de ello. Sus mejillas se sonrosaron al instante, pero ya solo podía disimular.

Ozroth la miró con recelo.

—¿Te refieres a… nuestra temperatura corporal? Claro.

Que lo interpretara así. No necesitaba saber que a Mariel le gustaban las narices grandes.

—Nuestra temperatura corporal es más alta que la de los seres humanos.

Al menos se habían alejado de la inapropiada referencia a la atracción sexual que sentía Mariel, pero su respuesta atrajo nuevas preguntas.

—¿Aun así tienes fiebre cuando estás enfermo? ¿Los demonios se ponen enfermos? —Se imaginó a Ozroth con un sarpullido de varicela o estornudando en un pañuelo; negro, claro, a juego con su lúgubre aspecto.

—Tu mente —murmuró él.

Mariel arrugó la nariz.

—¿Qué pasa con ella?

—Saltas de un tema a otro tan rápido que es difícil seguirte.

—Calladia dice lo mismo —admitió Mariel—. Dice «¡Ardilla!» cada vez que me salgo por la tangente.

—¿Ardilla?

—No has visto la película *Up*, ¿verdad? —Ante su incrédula mirada, puso los ojos en blanco—. Eso es un no, entonces.

—La mayoría de los entretenimientos de los seres humanos son pueriles e insulsos, y no sirven más que para distraerles durante sus cortas vidas.

—¡Vaya! —Ella resopló ante su tono remilgado y luego imitó una llamada telefónica con la mano—. Oiga, quiero denunciar un robo. Debbie Downer quiere que le devuelvan su numerito.

Ozroth la miró con los ojos entrecerrados.

—¿Qué?

—Da igual.

Mariel se sentía más animada tras haber provocado al demonio. *Provocar al demonio* parecía el título de alguna de las películas porno que había encontrado en Google. Se imaginó a Ozroth atado y con el ceño fruncido en su cama.

Mariel apartó su mente de aquellos peligrosos derroteros y se concentró en el paisaje. Muchas de las calles residenciales de Glimmer Falls, incluida esta, estaban pavimentadas con adoquines rojos. Las ramas de los árboles se entrelazaban formando un arco y Mariel sonrió cuando una hoja amarilla se posó en su hombro. El ardor del otoño estaba ya por todas partes, y pronto las ramas se quedarían desnudas y las ramitas se entrelazarían como una delicada filigrana. Todo formaba parte del ciclo de la naturaleza.

A Mariel le gustaba la predictibilidad de la naturaleza. El ecosistema de Glimmer Falls era complejo, pero siempre se podía confiar en ciertas cosas. Las hojas cambiaban, el aire refrescaba y, durante las pocas semanas que duraba el Festival de Otoño, todo el pueblo olía a calabaza y especias mientras la magia iluminaba cada esquina.

Cruzaron el extremo sur de Main Street. El centro del pueblo estaba a quince minutos a pie hacia el norte: el Ayuntamiento, muchísimas cafeterías, restaurantes, tiendas… y la biblioteca de Glimmer Falls, donde pronto tendría una cita con una investigación demoníaca.

—¿Hay bibliotecas en el plano demoníaco? —preguntó Mariel.

—Claro —respondió Ozroth—. ¿Por qué?

—Quizá haya libros que puedan ayudarnos en nuestra situación.

—Si alguien tenía la clave para escapar de una invocación accidental, ese era un historiador demoníaco. Se imaginó una enorme y espectacular biblioteca llena de antorchas parpadeantes y viejos tomos encuadernados en cuero. Por otra parte, era probable que las antorchas no fueran la mejor opción con tanto papel alrededor. Quizá la biblioteca estuviera iluminada con electricidad generada por las almas—. Energía generada por las almas —murmuró en voz baja, y luego se rio de su propio chiste.

Ozroth la miró con recelo.

—Me formé durante décadas para poder hacer mis primeros pactos de almas. Me he leído todos los libros que hay sobre el tema.

Eso parecía poco probable. Aunque tuviera varios siglos de edad, había *muchos* libros en el universo.

—¿Incluso los escritos por seres humanos?

Él se burló.

—Recuerda el dibujo que viste en tu enciclopedia. ¿De verdad crees que los libros de los seres humanos son una fuente de información fiable cuando se trata de demonios?

—Así que eres un esnob. Me alegro de que me lo confirmes.

Ozroth parecía tan disgustado que Mariel no pudo evitar sonreír.

Era muy fácil incomodarlo. Si tenía que estar pegada a él las veinticuatro horas del día, más le valía divertirse.

Giraron en su calle y Mariel se quedó helada.

—¡Oh, no!

El descapotable rojo que había aparcado frente a su casa le resultaba tan familiar como que se le encogiera el estómago.

—¿Qué pasa?

—Mi madre está aquí.

Observó que también había mucha gente. Su jardín estaba lleno de brujas, hechiceros y algunos seres humanos corrientes que comían, bebían y charlaban. Al parecer, Diantha Spark había decidido organizar una fiesta, aunque no tenía ni idea de por qué tenía que ser en el jardín de Mariel.

Su muchas veces tatara-tatara-tatara-tatarabuelo, Alzapraz, merodeaba por la fiesta pinchando queso con un palillo y con cara de preferir estar en cualquier otra parte. Su atuendo siempre era muy extraño, y hoy no iba a ser diferente: llevaba una túnica de terciopelo rojo y orejas de conejo. La blanca barba le llegaba hasta la cintura y sus ojillos negros y brillantes apenas eran visibles bajo unas pobladas cejas blancas.

La mayoría de los brujos tenían un amplio abanico de conocimientos, pero Alzapraz había perfeccionado un elemento de la brujería: aumentar su esperanza de vida. Por desgracia, no había aprendido a aumentar su salud física en la misma medida, y parecía tan viejo como lo era en realidad, con la espalda encorvada, la piel llena de manchas de la edad y más arrugas que un carlino. Llevaba siglos quejándose de sus doloridas articulaciones. El viejo hechicero vio a Mariel y se acercó cojeando.

—Tus articulaciones todavía funcionan —dijo con voz decrépita—. ¿Por qué no sales corriendo de aquí?

Mariel no era la única que temía las reuniones familiares de los Spark. Se inclinó para darle un abrazo al viejo hechicero, con cuidado de no apretarlo demasiado.

—¿Cómo te convenció mi madre para que vinieras a… lo que sea esto?

Alzapraz le caía bien a pesar de su mal humor. Parecía inofensivo, pero había oído hablar sobre sus primeros siglos salvajes, llenos de actos delictivos y excesos bacanales.

Alzapraz frunció el ceño.

—Dijo que estabas lista para tu lección sobre el lenguaje de la magia.

Mariel frunció el ceño. Aunque era mejor que su madre, Alzapraz también se sentía desconcertado ante su incapacidad para convertir los genes de los Spark en hechizos que funcionaran, así que no solía pedirle ayuda. Sin embargo, los tutoriales en línea de

GhoulTube* no la estaban ayudando demasiado a la hora de memorizar el lenguaje de la magia, y ella había tenido un momento de debilidad tras hacer estallar su último iPhone en la cena familiar.

—Tal vez en otra ocasión.

Lo último que quería era hablar de magia con algún miembro de su familia, pero si su madre estaba aquí, no podría evitarlo. Se le encogió el estómago con solo pensarlo. Aquella profecía pendía sobre su cabeza como un yunque, lista para aplastarla como una caricatura.

Alzapraz miró a Ozroth de arriba abajo. Las arrugas de su frente se volvieron más profundas.

—¡Vaya!

Un silbido desgarró el aire.

—¡Yuju, cariño! —exclamó Diantha desde el jardín, saludando con entusiasmo—. ¡Ven aquí!

Ya no había escapatoria.

—¡Mierda! —Mariel se obligó a moverse, con el miedo asentándose en sus entrañas.

Diantha se reunió con ellos en la acera. Iba vestida con un traje de chaqueta lila y tacones de aguja rojos, y llevaba una copa de champán en la mano.

—Mariel, querida, ¿dónde has estado? Pensé que te perderías tu propia fiesta.

—¿Por qué tengo una fiesta? —preguntó Mariel con una calma que le pareció extraordinaria dada la situación. Lo único que quería era ducharse, cambiarse e ir a la biblioteca. Ahora tendría que entretener a los amigos de su madre y enfrentarse a preguntas inoportunas sobre su formación.

Diantha se rio y le pellizcó una mejilla a Mariel.

—Para celebrar tu nueva relación, tonta. Creí que nunca llegaría el día.

—¡Oh, no! —dijo Ozroth, mirando a los reunidos con cada vez más nerviosismo.

---

* La palabra *ghoul* designa en inglés a un tipo de demonio necrófago. En este caso, se hace un juego de palabras con *ghoul* y «Youtube». (N. de la T.)

—¡Atención todo el mundo! —Diantha dio un golpecito en su copa de champán con una de sus largas uñas. Las conversaciones fueron bajando de volumen mientras los invitados se iban acercando—. Me encantaría presentaros a... —Se interrumpió y luego miró a Ozroth, dándose cuenta al fin de que nunca le había preguntado su nombre.

—Oz —dijo Mariel.

—¡Oz! —Diantha levantó su copa en un brindis—. ¡El nuevo novio de Mariel!

OCHO

Con más de cuarenta mortales mirándole fijamente como si fuera un animal de zoológico, Ozroth se regañó a sí mismo por sus malas decisiones. Mentir sobre su relación no le había parecido nada grave al principio (cuando dejaron que la molesta madre de Mariel y su molesta amiga Themmie pensaran que estaban saliendo), pero se les había ido de las manos.

—¡Por Oz! —gritó Diantha mientras alzaba su copa.

La fiesta se animó. Parecía que Mariel quería que se la tragara la tierra y él sentía lo mismo. El jardín de Mariel se había transformado por completo. Los invitados estaban reunidos alrededor de unas mesas redondas con manteles plateados y los camareros se movían entre la multitud con bandejas de champán y aperitivos. Se había colocado una mesa con una fuente de chocolate frente a la ventana del salón. Pájaros y mariposas fantásticos revoloteaban por encima, dejando tras de sí estelas centelleantes de magia. Mariel agarró una copa de champán y se bebió la mitad de un trago mientras los invitados se reunían con ellos.

—¡Felicidades! —dijo un hombre corpulento con rostro rubicundo mientras le daba a Ozroth un manotazo en el hombro—. No todos los hombres pueden salir con una Spark.

Ozroth gruñó en respuesta.

—¿Cómo os conocisteis? —preguntó una bruja, y el cerebro de Ozroth se detuvo. ¡Por Lucifer! ¿Qué respuesta iba a darle?

—Bumbelina —respondió Mariel, pensando más rápido que él—. Hicimos un *match*.

Ozroth no tenía ni idea de lo que estaba hablando.

—¿Bumbelina? —le preguntó en voz baja cuando la bruja se hubo marchado, aunque ella no pudo responder porque alguien más se acercó a saludarlos.

Ozroth conoció a una concejala, un policía, varios miembros del club de duelos mágicos de Diantha y muchas más personas, hasta que las caras y los nombres se mezclaron. La forma en que los invitados adulaban a Diantha mientras elogiaban a Ozroth y Mariel le provocó una mueca de incredulidad. Era evidente que Diantha Spark era una figura influyente en Glimmer Falls, pero no comprendía por qué la gente la encontraba tan encantadora.

Por suerte, Diantha acabó alejándose y casi todos los presentes se movieron con ella, como esos pececillos que se pegan a los tiburones. Mariel lanzó un suspiro.

—Mi madre se ha superado a sí misma.

—¿Es habitual este tipo de eventos? —preguntó Ozroth.

Mariel vació su copa y la dejó en el suelo.

—Todo lo fastuoso es habitual a su alrededor, sobre todo si yo lo encuentro vergonzoso.

Dirigió una mirada ceñuda al grupo de elegantes mujeres con las que Diantha se había reunido.

—Debería tener en cuenta tus sentimientos.

Mariel soltó una sonora carcajada.

—¿Diantha Spark pensando en los sentimientos de otras personas? ¡Qué gracioso!

Ahora sería el momento ideal para hurgar en sus inseguridades y convertirla en alguien más vulnerable, pero a Ozroth no le gustaba la amargura que veía en los ojos de Mariel.

Podía escuchar la voz burlona de Astaroth en su cabeza: «¿Te estás ablandando?».

No era ningún blando. Tan solo esperaba el momento adecuado.

—¡Oh, no! —Mariel le agarró del antebrazo—. Mi madre viene con Cynthia Cunnington.

Él miró a donde sus pequeños dedos presionaban su piel. Era difícil pensar con claridad cuando ella lo tocaba.

—¿Cunnington?

—La madre de Calladia. Es la versión reina del hielo de mi madre. Ozroth hizo un mohín.

—No creo que pueda con dos como tu madre.

—Entonces prepárate.

Ozroth plantó las botas en la hierba como un soldado que se va a enfrentar a un enemigo que se aproxima. Cuando Mariel agarró una segunda copa de champán del camarero que pasaba por delante, él hizo lo mismo. Mariel enarcó las cejas y él levantó la copa en respuesta.

—Cuando vayas a la Tierra, haz como... —murmuró antes de beber un sorbo. El líquido estalló en su boca como una cacofonía de dulzor ácido que amenazaba con desbordar sus papilas gustativas. Lo envolvieron los colores, los sonidos y los sabores del mundo de los mortales.

—¡Aquí estamos! —Diantha se dirigía tambaleante hacia ellos mientras sus tacones agujereaban la hierba. Iba del brazo de una mujer alta de mediana edad vestida con un traje de chaqueta azul y el cabello rubio recogido en un moño. Las perlas del cuello y de las orejas eran el accesorio perfecto para su expresión altiva—. Este es Oz, el novio de Mariel —dijo Diantha—. Recuérdamelo, querida Cynthia, ¿está saliendo con alguien Calladia?

—De momento no —dijo Cynthia con voz gutural, arqueando una ceja perfecta—. Está demasiado ocupada dominando la brujería.

Diantha dejó escapar una risita histérica.

—Bueno, espero que no se lo tome con demasiada calma. Sé que siempre ha sido... testaruda... pero la juventud y la belleza son efímeras.

Cynthia miró a Diantha de arriba abajo.

—Así es. —Hizo un mohín y le ofreció una mano a Ozroth, mostrando una sonrisa lo bastante grande para sacarle un ojo a alguien—. Cynthia Cunnington, alcaldesa de Glimmer Falls.

—Solo porque no me presenté a las elecciones —murmuró Diantha.

Podía ver el parecido con Calladia en la estatura de Cynthia, su cabello rubio y su cara ovalada, pero eso era todo. Sus ojos eran azules y fríos, a diferencia de los cálidos ojos marrones de Calladia, y no se imaginaba a esta mujer levantando pesas o teniendo una pelea de bar con un demonio.

Era evidente que estaba esperando a que él le besara el dorso de la mano, pero Ozroth no quería acercarse tanto. En vez de eso, le agarró la punta de los dedos y se estremeció, por lo que le soltó la mano al instante.

Cynthia parecía desconcertada, pero se recuperó rápidamente.

—Entonces, dinos, ¿cómo se las ha apañado nuestra pequeña Mariel para conquistarte?

Su educado tono de incredulidad le puso a Ozroth los pelos de punta. Miró a Mariel como diciendo: «¿Qué le pasa a esta gente?». Ella se encogió de hombros y esbozó una pequeña sonrisa. Él volvió a centrarse en Cynthia.

—Nos conocimos en Bum… —¡Mierda! ¿Cómo se llamaba la cosa de la que Mariel había estado hablando antes?

—Bumbelina. —Ella intervino por suerte.

—Sí, Bumbelina. —Asintió—. Hicimos un *match*. —Significara lo que significase.

—¿Es una de esas aplicaciones de citas? —preguntó Cynthia con evidente desagrado—. En mis tiempos, conocíamos a la gente en persona antes de acordar una cita.

—Tus tiempos fueron hace mucho, querida —dijo Diantha de forma envenenada—. Me alegra que Mariel esté usando todas las herramientas a su disposición para encontrar el amor.

Mariel dejó escapar un grito.

—Es… mmm… un poco pronto para esa palabra, mamá.

Oz podía imaginar un montón de palabras que describían lo que Mariel sentía por él. «Desprecio» encabezaba la lista, seguido de cerca por «molestia». Dado que los demonios solían ser temidos y odiados, eso no debería haberle molestado tanto como lo hizo.

Diantha frunció el ceño.

—¿Por qué? Tu padre y yo supimos que estábamos enamorados la primera vez que tuvimos sexo y todos los objetos de la habitación levitaron. Eso fue tres horas después de conocernos en el Concurso Nacional de Hechiceros. Yo acababa de ganar el trofeo y...

—Sí, todos conocemos esa historia —intervino Cynthia—. Aunque algunos podrían decir que es de mal gusto hablar de la vida sexual en público.

—Hablas como alguien que no tiene vida sexual. —Diantha se alborotó el rizado cabello y sonrió a Cynthia—. ¿Cómo está el querido Bertrand estos días? Se está haciendo mayor, pero he oído que hay un médico muy agradable en el pueblo que está especializado en todos los problemas relacionados con la edad.

Cynthia le lanzó una sonrisa mordaz.

—A veces me pregunto cómo pudimos hacernos tan buenas amigas, Diantha.

—¡Oh, querida! —dijo Diantha, enlazando su brazo con el de Cynthia—. Esto es lo que hacen las mejores amigas. Nos burlamos porque nos importamos.

Ozroth y Mariel compartieron una mirada escéptica. Si estas dos eran mejores amigas, él era un hada del aire. Ella puso los ojos en blanco y sacudió la cabeza.

Bebió otro sorbo de champán, casi con una mueca de dolor por el intenso sabor. Era uno de esos momentos en los que todo le parecía demasiado intenso: la bebida en la boca, el sol en la piel, el parloteo de aquellas odiosas mortales. ¿Cómo podían soportar que las sensaciones los abrumaran durante todo el tiempo? El sudor le recorrió la espalda y se revolvió incómodo.

—Entonces —dijo Cynthia—, ¿a qué te dedicas, Oz?

Él se quedó inmóvil, con la copa a medio camino de sus labios.

—¿Perdón?

—¿Cuál es tu trabajo?

¡Mierda! Su mente daba vueltas mientras intentaba pensar en algo que fuera posible pero difícil de comprobar. Claro, podría haberles dicho que era un demonio que se ganaba la vida apoderándose de almas, pero los ojos desorbitados de Mariel le suplicaban que no lo hiciera y él quería conservar los avances que había hecho con ella. Después de todo, el desprecio era mejor que el odio.

—Yo... —Se aclaró la garganta, deseando que el zumbido de su cabeza desapareciera para poder volver a ser él mismo, frío y calculador—. Yo...

—¡Es historiador! —exclamó Mariel. Le agarró el brazo con la mano y le presionó el bíceps con los dedos. De forma extraña, eso provocó que Ozroth se sintiera más seguro en medio de aquel ruido y color—. Oz es muy inteligente.

—Un historiador. —Los ojos de Cynthia se clavaron en su pecho—. No recuerdo haber visto nunca a un historiador tan... en forma físicamente.

La mirada era demasiado cortés para considerarse lasciva, pero aun así Ozroth se sintió incómodo.

—A veces hago ejercicio.

Hacía ejercicio con más frecuencia que «a veces», la verdad sea dicha. La vida podía ser muy aburrida entre trato y trato, y ahora que su alma le insuflaba sentimientos que no deseaba, se había estado empleando a fondo para mantenerlos a raya.

—¿Eres profesor? —preguntó Cynthia. Las dos brujas lo miraban como leonas acechando a una gacela, y advirtió que ese trabajo le daría prestigio a ojos de ellas. Había conocido a muchos mortales así: ricos, privilegiados y muy educados, que veían en esos rasgos lo que separaba a la élite de la chusma. Le recordaban a una famosa actriz bruja con la que había hecho un trato, llevándose su alma a cambio de la admisión de su hija en una de las diez mejores universidades.

—Sí —dijo—. Estoy de año sabático.

—¿Dónde enseñas? —Los ojos de Diantha brillaban de emoción—. Mariel siempre ha necesitado un poco de disciplina académica. —Se pasó la lengua por los labios, mirándolo de arriba abajo—. Y tú pareces muy bueno aplicando disciplina.

Él se atragantó con su champán.

—Enseña en Nueva Zelanda —dijo Mariel, ignorando la insinuación de alguna manera. Años de práctica, supuso—. En la Escuela de Brujería de las Antípodas.

Ozroth reprimió un bufido. ¿De dónde había sacado eso?

—¡Oh! —Cynthia levantó las cejas—. Nunca había oído hablar de esa institución. No debe de ser muy prestigiosa.

—Al contrario —replicó Ozroth—. Es tan prestigiosa que su existencia se mantiene en secreto. Nuestro proceso de selección es tan riguroso que los estudiantes tienen que ser invitados para solicitar su ingreso.

Las mentiras fluían con más facilidad ahora que había encontrado un punto de apoyo. Miró a Mariel, que se estaba esforzando por no sonreír. Asomaba un hoyuelo en su mejilla y él sintió el extraño impulso de acercarle los labios, como si pudiera saborear su alegría.

Se regañó a sí mismo. ¿Por qué tenía ese tipo de pensamientos con el objetivo de su trato? Esto solo podía acabar de una manera y, cuando lo hiciera, todas las buenas sensaciones que Mariel le despertaba desaparecerían.

La idea le produjo náuseas.

Diantha volvió a hablar y él aterrizó de nuevo en la conversación.

—No puede ser tan exclusiva. ¿Por qué no me admitiste a mí? ¿O a Mariel? ¿O a cualquiera de nuestros antepasados? Los Spark son la dinastía mágica más importante. ¡Podemos rastrear nuestros orígenes hasta Stonehenge!

—Estoy segura de que la genealogía no funciona así —murmuró Mariel.

—O los Cunnington —dijo Cynthia, con la misma cara de disgusto—. También somos la principal dinastía mágica.

—Estoy seguro de que la palabra «principal» tampoco funciona así —susurró Ozroth a Mariel. Ella soltó una risita y se tapó la boca con una mano. Sintió una oleada de placer ante la respuesta, como si el pecho se le hubiera hinchado al doble de su tamaño.

—Al menos Alzapraz debería haber oído hablar de esa escuela. —Diantha le saludó con la mano—. ¡Ven aquí, querido Alzapraz!

El pequeño hechicero de aspecto centenario, que estaba al otro lado del jardín, se echó para atrás visiblemente. Empezó a dirigirse rápidamente hacia la acera, pero no podía moverse muy deprisa y Diantha no tardó en alcanzarlo y traerlo de vuelta. Colocó al hechicero frente a Ozroth.

—Alzapraz es mi tatara-tatara-tatara-tatara-tatara-tatara…

—Por favor, para —dijo Alzapraz.

—… incordio —concluyó Diantha. Los dos se miraron fijamente—. En fin, ha estado por todas partes, aunque no creo que en el sentido metafórico dado… todo esto. —Señaló la larga barba del hechicero, sus ropajes de terciopelo y su espalda encorvada—. Pero seguro que conoce la Escuela de Brujería de las Antípodas.

—¿El qué? —Alzapraz se llevó una mano a la oreja.

—La Escuela de Brujería de las Antípodas —repitió Diantha levantando la voz—. Parece ser que es una de las escuelas de magia más elitistas del mundo y Oz es profesor allí. Aunque tengo mis dudas. ¿Por qué no habrían admitido a los Spark si es una escuela tan prestigiosa?

Alzapraz miró a Ozroth, luego a Diantha y de nuevo a Ozroth. Sus ojos se entrecerraron bajo aquellas espesas cejas y luego regresaron a Diantha.

—Sí —dijo con voz temblorosa—. He oído hablar de esa escuela. Yo mismo recibí una invitación en su día. Pero, ya sabes, las zonas horarias, sobre todo cuando teníamos que viajar en un barco vikingo…

Mariel tosió en su puño.

Diantha parecía desconcertada.

—Pero si a ti te invitaron, ¿por qué a mí no?

Alzapraz se encogió de hombros.

—Si tienes que preguntar, ya sabes la respuesta.

Mariel tenía las mejillas sonrosadas y mostraba sus dos cautivadores hoyuelos. Cuando miró a Ozroth, sus ojos estaban rebosantes de alegría.

La sonrisa de Mariel le provocaba algo extraño por dentro. Sentía un calorcillo y las comisuras de sus labios querían levantarse para mostrar su estado interior. Era como si estuviera en una montaña rusa, con emociones nuevas e inestables que iban desde la culpa (que le empujaba a dejar las sombras e ir hacia la luz) hasta el deseo de encerrarse en un lugar oscuro y silencioso y no salir de allí jamás.

No era de extrañar que los seres humanos hicieran tratos tan irracionales. Sus almas parecían caleidoscopios de sentimientos e impulsos que cambiaban al menor estímulo.

—Mariel aún podría conseguir una invitación. —Diantha dirigió una mirada suplicante a Ozroth—. Tan solo es una flor tardía. Tal vez sea esto lo que necesita para cumplir su destino.

—No dejas de hablar de ese destino —dijo Cynthia—. ¿Seguro que no tuviste una alucinación por las drogas?

Diantha jadeó con indignación.

—Te haré saber que estaba muy sobria cuando las estrellas, la tierra y el viento anunciaron la profecía. Estaba en mi trigésima sexta hora de parto (bendita seas, Mariel, pero tenías un cabezón) y el médico estaba a punto de abrirme en canal cuando le supliqué a las estrellas que me dieran una señal para acabar con aquello.

Mariel hizo una mueca de dolor.

—¿Tienes que volver a contar esta historia? Mi cumpleaños no es hasta dentro de siete meses.

—¿Cuenta esto en tu cumpleaños? —le preguntó Ozroth, horrorizado.

—Todos los años —respondió Mariel con tristeza.

La gente escuchaba a su alrededor. Sus expresiones eran una mezcla de aburrimiento y adulación, dependiendo de lo que tuvieran que ganar.

—Se lo suplicaste a las estrellas porque estabas dando a luz afuera como un animal —dijo Cynthia.

Diantha resopló.

—Prefiero un parto natural al aire libre a una cesárea. Estoy convencida de que la experiencia estrechó el vínculo entre Mariel y yo.

Los dedos de Mariel apretaron el bíceps de Ozroth.

—Yo no lo creo —murmuró.

Diantha respiró hondo y Ozroth sintió una punzada de miedo cuando presintió que llegaba un monólogo.

—Supongo que podría haber ido al hospital —dijo—, pero quería que los primeros momentos de Mariel estuvieran conectados con la magia, y es difícil acceder a ella mientras hay unas máquinas pitando y un médico metido hasta el codo en tu vagina.

—Por favor, deja de hablar de tu vagina —dijo Mariel.

Diantha la miró con cariño.

—Querida, no sé cómo te has vuelto tan mojigata. Aquí todos somos adultos y al menos la mitad tenemos vaginas. Es lo mismo que hablar de un codo.

—¿De verdad? —preguntó Cynthia con escepticismo.

Ozroth se inclinó para susurrarle a Mariel al oído.

—Si me das tu alma, te aseguro que nunca más hablará de su vagina.

Ella puso los ojos en blanco.

—Me preguntaba cuándo volverías a ofrecerme un trato ridículo. —Luego suspiró—. Aunque este es tentador.

—Fue un parto en el agua a cielo abierto —dijo Diantha, ignorando la evidente angustia de su hija—. Tenía a tres doulas brujas a mi lado y un cirujano por allí cerca (por insistencia de Roland…; ya sabéis cómo se preocupa), y habíamos lanzado un hechizo para que todo saliera bien. Las doulas formaron una estrella de cinco puntas alrededor de la bañera y me ungieron la vagina tres veces con sangre de cordero. Luego me comí el corazón del animal.

Ozroth hizo un mohín.

—Aún no es tarde —le susurró a Mariel—. La oferta sigue en pie.

—Lo siento, no puedo oírte —dijo—. Me estoy disociando de mi cuerpo.

—Eran las tres de la madrugada cuando por fin empezó a salir. —Diantha sacudió la cabeza—. Mariel, querida, ¿sabías que me tuvieron que dar diez puntos? Me destrozaste. No pude orinar bien durante una década.

—Sí —balbuceó Mariel—. Ya me has contado muchas veces cómo te destrocé el cuerpo.

—Bueno, creo que es justo que los niños sepan cómo sufrieron sus madres por ellos. —Parpadeó un par de veces, mirando a su alrededor—. ¿Adónde ha ido Alzapraz? Sabe que no debe irse cuando estoy contando una anécdota.

Ozroth tampoco había advertido que el diminuto hechicero ya se había marchado. Tal vez debería encontrarlo y pedirle consejo sobre cómo había que desaparecer.

—Estoy seguro de que ha sido una emergencia —dijo con encanto demoníaco a pesar de su incomodidad. Tenía la sensación de que contradecir a Diantha solo alargaría las cosas—. Tus historias son tan fascinantes…

—Oz es muy diplomático. —Cynthia hizo una señal al camarero y se tomó su tiempo para examinar con detenimiento el champán—. Aunque algunos —dijo, escogiendo una copa de la bandeja— preferirían decir «mentiroso».

Diantha resopló.

—¡Oh, por favor! ¿Sabías que fui campeona de oratoria y debate en el instituto?

—Sí —dijeron al unísono Cynthia y Mariel, que también bebieron al unísono.

—Yo solo hablaba y hablaba, y mis oponentes no podían decir ni una sola palabra. —Sonrió—. En fin, aquella fatídica noche, la cabeza de Mariel empezó a salir de entre mis muslos ensangrentados. Mientras la agonía me desgarraba, invoqué mi magia. «¡He aquí una nueva Spark!», grité a las estrellas. «Dadme una señal sobre su futuro». Y, de repente, el cielo se iluminó con un torrente de estrellas fugaces, el viento se arremolinó en una poderosa ráfaga y la tierra misma tembló. Y una palabra resonó en mi cabeza: «poder».

Se produjeron unos instantes de silencio y luego los invitados de aspecto más sumiso empezaron a aplaudir.

—Increíble —dijo una bruja—. ¡Las mismísimas estrellas!

Ozroth sopesó la historia. Podía ser mentira, pero Diantha tenía la convicción de un fanático sobre el destino de Mariel, y eso tenía que venir de alguna parte. Había oído hablar de otras brujas y hechiceros que habían nacido tras un augurio, así que ¿por qué no Mariel?

—Y entonces saltó por los aires —dijo Diantha, destrozando el momento—. Me desgarró de proa a popa. ¡Deberíais haber visto a la cosita gorda y ensangrentada lloriqueando como si quisiera volver a meterse dentro! —Sonrió—. Siempre ha sido una niña de mamá.

Mariel miraba fijamente su copa de champán como si contuviera todas las respuestas a los misterios del universo.

—No estoy aquí —susurró—. Esto es solo una pesadilla y me despertaré en cualquier momento.

Él le cogió la mano libre y se la apretó. Ella levantó la cabeza y lo miró sorprendida.

—Cariño —le dijo—, ¿no me prometiste que me enseñarías tu jardín?

Ella frunció el ceño y luego abrió los ojos como platos.

—¡Ay, sí! Gracias por acordarte, encanto. —Le apretó la mano mientras miraba a Diantha—. Oz está muy interesado en mis lirios de fuego. Creo que tengo posibilidades de ganar el premio al Mejor Arreglo Floral en el Campeonato Floral del Noroeste del Pacífico de este año.

—Tú y tus plantas… —Diantha miró sus manos entrelazadas y su expresión se relajó—. Muy bien, tortolitos. Id a retozar al jardín. —Estaban a medio camino de la casa cuando Diantha les gritó: —¡Y no utilicéis protección!

Cuando la puerta se cerró tras ellos, Mariel se dejó caer en el suelo. Se rodeó las piernas con los brazos y metió la cara entre las rodillas.

—¡Qué vergüenza! Cada vez que pienso que no puede humillarme más, consigue superarse a sí misma.

Ozroth se sentó en el suelo a su lado. La casa estaba muy fresca y tranquila, y sus músculos se relajaron sabiendo que la fiesta estaba fuera.

—¿Por qué se lo permites?

Ella levantó la cabeza y lo fulminó con la mirada.

—¿Crees que simplemente debería sonreír y fingir que no me siento humillada?

—No —dijo—. ¿Por qué no le dices que pare?

Mariel gimió.

—Ya lo he hecho. Y no ha servido de nada.

Había una solución muy sencilla.

—Entonces no la veas más.

—Es mi madre —dijo Mariel—. No puedo hacer eso.

—¿Por qué no, si te hace sentir tan mal?

Mariel apoyó la cabeza en la puerta.

—Imagino que los demonios no saben qué es la familia.

Él se burló.

—¿Crees que yo emergí simplemente de una sima de fuego? Claro que los demonios tienen familia.

—¿En serio? —preguntó ella, animándose—. ¿Cómo es la tuya?

¡Mierda! Ozroth no debería haber sacado el tema: conocía la afición de Mariel por las preguntas. Se quedó mirando el recibidor de la casa, el camino de alfombras con los colores del arcoíris y los cuadros de flores enmarcados en la pared. ¿Cómo podía explicar su educación a alguien tan joven y llena de optimismo?

—Ya no tengo familia —dijo finalmente.

—¡Oh! Lo siento mucho. —Ella colocó una mano en su brazo y él se estremeció con el contacto—. ¿Eres huérfano?

Él sacudió la cabeza.

—No, tengo una madre en alguna parte. Solo que no sé si la reconocería, o si ella me reconocería a mí.

Se produjo una larga pausa. Él se quedó mirando al frente, aunque su visión periférica le decía que Mariel lo estaba observando.

—Ahora no puedes dejarme así —dijo ella—. Vamos, ya has echado un vistazo a mi jodida dinámica familiar.

Él se revolvió incómodo.

—Nuestra supervivencia como especie depende de las almas, así que ser negociador es un puesto muy prestigioso. Muy pocos demonios pueden llevar a cabo esta tarea. Se necesita un talento innato para hacer cosas que a otros les resultarían imposibles.

Encontrar niños demonio que tengan esta capacidad es muy complicado.

—¿Hay niños que se apoderan de almas?

Él nunca había cuestionado esa práctica, pero la expresión horrorizada de Mariel le hizo comprender que otras personas podían tener otra opinión sobre el tema.

—No lo hacen cuando son niños —explicó, necesitando que ella comprendiera la enorme responsabilidad de lo que hacía—, pero hay que prepararlos para que lo hagan más adelante. La magia tiene matices. Y hace falta cierta personalidad para hacer tratos sin inmutarse. Tienes que ser frío y calculador.

«Sé como el hielo», le había dicho Astaroth más de una vez. «Así nada podrá afectarte».

—¿Así que tu familia te enseñó a hacerlo?

—Mi padre era negociador —dijo Ozroth, respondiendo de forma indirecta—. Uno con mucho éxito. Lo único que recuerdo de él es que siempre me insistía en la importancia de lo que hacía. —A decir verdad, había poco que sacar de aquellos retazos de memoria. Ya no podía asociar ninguna voz con su padre, ningún rostro, tan solo una imagen borrosa—. Murió en 1793, cuando yo era pequeño.

—Eso es horrible —dijo Mariel con angustia—. Pensé que los demonios eran inmortales.

—La decapitación acaba con nosotros —dijo Ozroth—. Él no había estado en el plano mortal desde hacía años y sabía que había cierto malestar, así que se tomó unas vacaciones en Francia para ponerse al día.

—¿En 1793? —Mariel hizo un mohín—. Mala época.

—Desde luego. Sobre todo porque su estrategia con los mortales implicaba parecer rico y sofisticado. Esas vacaciones fueron muy cortas, por así decirlo. Fue una forma humillante de morir para un demonio.

—Lo siento mucho. —Las yemas de los dedos de Mariel volvieron a rozar su brazo—. Aunque no entiendo por qué fue tan humillante.

Él lanzó una carcajada carente de humor.

—¿Te pasas siglos siendo el héroe de tu comunidad y los morta-les acaban cortándote la cabeza porque escogiste el destino turístico equivocado? Si mi padre hubiera muerto apoderándose de un alma, al menos lo habría hecho con honor.

Astaroth le recordaba esto con frecuencia. Ozroth tenía el peso del legado de su padre sobre sus hombros, pero también tenía que superar su vergüenza.

—No me gusta esa forma de pensar —dijo Mariel con seriedad.

—Entonces serías un demonio horrible —dijo Ozroth—. El ho-nor es uno de nuestros valores más importantes.

Los negociadores llevaban sobre sus hombros la carga de la super-vivencia de su especie. Faltar a ese deber era ganarse la vergüenza.

Ella resopló.

—¡Oh! Ya sé que sería un demonio horrible. —Esperó unos ins-tantes y le dio un codazo—. ¿Qué pasó con tu madre?

—El alto consejo ya me había echado el ojo por culpa de mi pa-dre —dijo Ozroth. Sentía la garganta cerrada, como si su cuerpo no quisiera que las palabras salieran de su boca. Nunca había sido un recuerdo agradable, ni siquiera antes de que el alma acabara con su autocontrol. Ahora no podía evitar detenerse en los recuerdos que conservaba de aquella vida. Los cuernos color caoba y el cabello ne-gro de su madre. El calor de su cama frente al fuego de la chimenea. La sensación de *pertenecer* a un lugar—. A los negociadores se les instruye desde que son niños y ese parecía un buen momento para enviarme lejos. De todos modos, mi familia estaba pasando por mu-chos cambios.

—¿Ella te envió fuera? —Mariel parecía consternada—. ¿Cuántos años tenías?

—Seis. —La verdad es que no sabía si su madre lo había enviado fuera de buena gana o por sentido del deber. Un día estaba llorando en su cálida guarida familiar subterránea, echando de menos a su padre, y al siguiente lo habían llevado a un frío castillo de piedra a las afueras del pueblo. No había cómodas almohadas en su nuevo dormitorio, ni fuego en la chimenea, y tras el primer día Ozroth había aprendido a no volver a llorar—. Tuve suerte. El demonio que me instruyó pertenecía al alto consejo, formado por los nueve demonios más poderosos. Astaroth me enseñó a ser un hombre.

Ella se estremeció.

—Creo que ya he oído ese nombre antes.

—Lo más probable es que sí. —Astaroth había sido famoso durante siglos antes de que Ozroth naciera—. Me enseñó a manifestar mis deseos más descabellados. Me lo enseñó todo sobre negociación y manipulación. Soy el demonio que soy gracias a él.

Y Astaroth había apostado a que Ozroth cerraría este trato. Aquel pensamiento provocó que su humor cayera en picado. ¿No se había prometido a sí mismo que hoy sería más despiadado? Pero estaba cansado y abrumado por los constantes estímulos del plano mortal, y no podría hacer un buen trato. «Pronto», volvió a prometerse. Tan pronto como consiguiera doblegar a su caprichosa alma.

Mariel se movió y cruzó las piernas. Su vestido de verano se enredó en su regazo y Ozroth se distrajo con la vista de sus deliciosos muslos.

—Parece que tuviste una niñez difícil —dijo ella.

Él apartó la mirada de sus piernas.

—La sociedad demoníaca es diferente de la humana. Era un deber y un honor.

—¿Y tu madre? —preguntó en voz baja.

—No lo sé. —Tragó a través del nudo que tenía en la garganta—. Nunca más la volví a ver.

Se hizo un silencio tan solo roto por el tic-tac del reloj de pared. Este tenía una esfera curiosa: mitad sol, mitad luna, con ambos lados sonrientes mientras las manecillas giraban sin cesar, contando el tiempo que a los seres humanos les faltaba y a Ozroth le sobraba. Al lado del reloj había un mueble lleno de extrañas figuritas y delicados jarrones, ninguno de los cuales parecía tener una función práctica.

La vida de Mariel estaba repleta de cosas. En su propia guarida, en el plano demoníaco, él solo tenía libros y aparatos de gimnasia. Observando el desorden de Mariel, se preguntó por primera vez con qué objetos podría decorar su propia casa. ¿Qué tenía tanta importancia para él que pudiera tenerlo alrededor cada día?

En más de doscientos años, había acumulado menos que este ser humano en veintiocho. Había algo deprimente en ello.

—Es una historia triste —dijo Mariel. Cuando la miró, sus ojos rebosaban compasión—. Nunca llegaste a tener una familia. Nunca llegaste a ser un niño.

—No puedo echar de menos lo que no conozco —dijo—. Y tengo más de lo que muchos otros podrían soñar. Prestigio, honor, un propósito... Me enorgullece poder ayudar a mi pueblo.

Los dedos de Mariel se entrelazaron con los suyos y él bajó la mirada con sorpresa.

Hace un día lo odiaba y ahora lo cogía de la mano.

Puede que aún lo odiara, pero era una buena persona, y eso era lo que hacían las buenas personas: ofrecían consuelo incluso a sus enemigos. El orgullo de Ozroth le exigía rechazar su compasión, pero no podía soltarle la mano.

—¿Quieres salir de aquí? —Su pulgar le rozó los nudillos—. Puedo enseñarte el bosque. Aunque antes quisiera ducharme.

Era todo un sinsentido, pero la idea de estar fuera lo atraía. Sentía el pecho henchido y el murmullo de las voces que había tras la puerta le taladraba el cerebro. Acercarse a Mariel sería un arma de doble filo: podría averiguar qué quería ella más que su magia, pero también corría el riesgo de encariñarse demasiado. Era un riesgo que nunca había tenido que plantearse.

Un día más no haría daño a nadie, ¿verdad?

Él asintió.

—Me encantaría.

NUEVE

Mariel se sintió mejor cuando se hubo duchado y cambiado de ropa. Esa era la clave de la vida para la Spark fracasada: la capacidad de quitarse las cosas negativas de encima. Su madre nunca dejaría de avergonzarla y la semilla de la ansiedad que había plantada en el pecho de Mariel había estado ahí desde siempre, así que sabía cómo vivir con ello. Algún día, Mariel dominaría su magia y su madre la apoyaría económicamente con su posgrado. Pero con el nudo que sentía en el estómago, ese día no sería hoy. Además, prefería enseñarle a Oz el bosque.

El aire era fresco, así que se puso una sudadera desabrochada con capucha encima del vestido y unos calcetines de lana gruesa bajo las botas de montaña. Llevó a Oz al patio trasero, donde se tomó un tiempo para susurrar a sus plantas. Luego saltaron la valla y se escabulleron por el patio lateral del vecino para llegar a la siguiente calle.

—¿Vendrá tu madre a buscarte? —preguntó Oz.

Mariel hizo un mohín.

—No cuando tiene que ocuparse de su red de contactos en mi jardín. —Suspiró—. ¡Pobre césped! Tendré que hacer un poco de magia con él en cuanto se hayan ido.

Al menos los tacones de su madre airearían gratis el césped y, de todos modos, la hierba ya se estaba poniendo amarilla con la llegada del otoño.

Él gruñó en respuesta. Mariel lo observó mientras caminaban, recomponiendo la imagen que se había hecho de él. Parecía grande y peligroso, con su bíceps tatuado y su ceño siempre fruncido, aunque el sombrero del salvaje Oeste le quitaba un poco de glamur. La camiseta arrugada y los vaqueros manchados de hierba tampoco ayudaban mucho.

—Te conseguiremos más ropa —dijo—. Caray, también debería haberte ofrecido una ducha. Y un cepillo de dientes. ¿Los demonios se lavan los dientes?

—No, preferimos dejar que la sangre y la saliva goteen de nuestros colmillos. —Cuando ella le dirigió una mirada incrédula, él resopló—. Sí, nos lavamos los dientes.

Su sarcasmo era algo que ella no había esperado cuando se materializó en su cocina. Oz era un cínico, pero uno divertido. También era alguien herido.

No podía creerse la historia que le había contado. Perdió a su padre cuando era pequeño y luego lo separaron de su madre para estudiar el arte de robar almas… «Tienes que ser frío y calculador», le habían dicho. ¿De verdad Astaroth le había dado ese consejo a un niño de seis años? Con un apodo como «el Despiadado», tenía la sensación de que le habían enseñado eso y cosas peores a lo largo de los años.

Lo extraño era que no se comportaba así con ella. Hacía bromas todo el tiempo y no había intentado negociar más con su alma. Más que despiadado, parecía perplejo. Era evidente que él tampoco sabía qué hacer en esta situación.

—Estás mirándome fijamente —dijo él.

—Sí —admitió ella. Era difícil negarlo.

—¿Por qué lo haces?

—¿Por qué no? —Cuando él la miró desconcertado, ella decidió tomarle el pelo—. ¿No te gusta mi vestido?

Ella dio una vuelta y la tela azul con dibujos de margaritas se desplegó a su alrededor. Era uno de sus vestidos más bonitos, con un escote en forma de corazón que mostraba lo suficiente para que resultara inapropiado para el trabajo.

Los ojos de Ozroth recorrieron su cuerpo de arriba abajo, posándose demasiado tiempo en su escote. Luego apartó la mirada y se aclaró la garganta.

—Es un vestido bonito. Me gustan esas... flores.

—Margaritas. Cultivo una rara variedad púrpura en mi invernadero.

—Mmm... —dijo él como respuesta.

Se dirigían a las afueras del vecindario, donde empezaba la ladera que conducía a las fuentes termales de Glimmer Falls. Este camino acababa en una hilera de árboles con un sendero de tierra que se adentraba en el bosque. Estaba impaciente por sacar a Oz del pueblo y caminar por la naturaleza. Era allí a donde iba cuando estaba triste y, aunque a ella misma le vendría bien un poco de consuelo, esperaba que la magia del bosque lo ayudara a él también.

Por qué quería calmar a su invitado demoníaco era una pregunta que volvería a plantearse más adelante.

En cuanto pasaron bajo el dosel otoñal del bosque, Mariel respiró aliviada. Aquí el aire era más fresco y vibraba con la magia. Los árboles se inclinaron hacia ella para saludarla y una enredadera se soltó para meterse entre su cabello mojado. Ella se rio mientras la sacaba de sus rizos.

—Si te quedas ahí enredada, nos quedaremos atrapadas aquí para siempre.

Oz la miraba con extrañeza.

—Crees de verdad que actúan por propia voluntad.

A ella le molestó la insinuación de que las estaba obligando a hacer algo.

—Les gusto —dijo a la defensiva.

—Mmm... —dijo él de nuevo, dándose la vuelta para seguir caminando por el sendero.

Decidida a mostrarle lo que ocurría cuando ella hacía que una planta la obedeciera, susurró *Ascensren ta worta* en voz baja. El lenguaje de la magia era mucho más fácil de recordar cuando había plantas de por medio.

Una raíz se levantó del suelo frente a Ozroth. Este tropezó y se libró de caer de bruces porque se apoyó con una mano en el tronco de un árbol. Giró la cabeza para mirarla.

—¿Eso era necesario?

—No sé de qué estás hablando. —Se mordió la mejilla para no reírse mientras lo alcanzaba.

En el bosque había una combinación de árboles de hoja perenne y caduca, como cicuta occidental, pino ponderoso, aliso rojo, abeto de Douglas, arces de hoja grande y muchos más. Flores raras, helechos y enredaderas trepadoras se entrelazaban en los árboles, alimentados por los minerales de las aguas termales y la magia de la tierra.

A Mariel le encantaba la vida de las plantas, pero sabía apreciar la belleza de la estación moribunda. Como el ave fénix, estas plantas resucitarían en primavera. El crujido de las hojas naranjas y amarillas bajo sus pies, el frescor del aire y el intenso aroma de la podredumbre se mezclaban en un hermoso brebaje otoñal, y Mariel suspiró de felicidad. Pasó por debajo de una rama baja, abandonó el sendero y condujo a Oz hacia la maleza. Este camino de ciervos estaba tan bien escondido que nadie más que Mariel (y los ciervos y algunos peritios) parecía utilizarlo, y llevaba a uno de sus lugares favoritos del bosque.

Oz se abrió paso entre los arbustos con torpeza, luego farfulló una maldición y le dio un manotazo a una enredadera que le enganchó el sombrero.

—¡Dame eso! —exclamó mientras le arrebataba el sombrero.

—No he sido yo. —Las plantas siempre cobraban vida propia a su alrededor—. Sé amable con las plantas y ellas lo serán contigo.

Él refunfuñó, se quitó el sombrero y se lo puso bajo el brazo. Mariel miró sus cuernos y se preguntó para qué servirían. Se veían bonitos a la luz del sol, tan negros, suaves y relucientes.

—¿Por qué tienes cuernos?

—¿Por qué tienes tantas preguntas? —replicó. Levantó una mano y rozó un cuerno con la punta del dedo—. En el plano demoníaco hay una bestia nocturna que ataca por la espalda. Es nuestro único depredador natural, así que desarrollamos los cuernos para defendernos. Si te agarra, tú echas la cabeza hacia atrás y se los clavas. Hay una proteína en la capa exterior que es tóxica para ellos, así que los ahuyenta.

—¡Oh! —Mariel apartó una rama con delicadeza y le pidió que, por favor, no le diera a Oz en la cara. Utilizaba el lenguaje de la magia con las plantas muy pocas veces. Una petición educada o una chispa de magia saliendo de sus dedos solía ser suficiente. La rama obedeció de mala gana y dejó pasar al demonio—. No esperaba una respuesta tan científica.

—¿Acaso crees que los demonios viven en la Edad Media?

Cuando tropezó con otra rama, una hoja vertió rocío en su cabello y él farfulló una maldición antes de ponerse el sombrero.

La verdad es que ella no lo había pensado, pero ahora que él lo mencionaba…

—Supongo que me imaginaba algo poco sofisticado. Tribunales religiosos, rituales antiguos y todo eso.

—No tenemos el nivel tecnológico de la Tierra, pero tampoco lo necesitamos. Nuestras vidas son sencillas y siempre podemos conseguir ciertas cosas en el mundo de los seres humanos.

—¿Tenéis frigoríficos? —preguntó Mariel—. ¿O microondas?

—En general, no. Los demonios solo necesitan comer de vez en cuando, así que casi siempre es comida para llevar. —Cuando ella le miró sin comprender, él se explicó—: Vamos a la Tierra y pedimos algo allí.

Ella se rio.

—¿No te haces tu propia comida?

—¿Qué sentido tiene cuando no necesitas comer todos los días?

Eso no sonaba nada bien.

—Cenaste anoche. Y te pillé engullendo mis cereales después de salir de la ducha.

Él parecía avergonzado.

—Yo… necesito más calorías que la mayoría de los demonios. Apoderarse de almas es una tarea agotadora.

—Pero no te has llevado la mía.

Él miró hacia los árboles con los ojos entrecerrados.

—¿Qué clase de pájaro es ese?

Ella tomó nota de cómo había evitado el tema para analizarlo más adelante. Era otra cosa que no encajaba con lo que Oz le había dicho que debía ser un demonio.

Levantó la vista y se quedó boquiabierta cuando vio un gran pájaro rojo con cola dorada que estaba posado en lo alto de un abeto de Douglas.

—¡Oh, un ave fénix! Me alegro de que hayamos visto uno. Son pájaros poco comunes que se inmolan para pasar el invierno, así que puede que sea el último que veamos este año.

—No parece una forma muy divertida de pasar el invierno —dijo Oz.

Ella se encogió de hombros.

—Si yo pudiera inmolarme y regenerarme unos meses después con un aspecto más joven, ¿por qué no? Además, sería una forma excelente de librarme de las cenas de mi madre. «Lo siento, mamá, pero seré un montón de cenizas durante los próximos tres meses». —Luego gimió—. ¡Maldición! Hoy es domingo, ¿no? Eso significa cena familiar. —El acontecimiento que menos le gustaba a Mariel de toda la semana. Sintió una opresión en el pecho y se lo frotó para aliviar la mala sensación.

Una roca que le llegaba hasta la cintura bloqueaba el camino. Mariel se dispuso a trepar, pero soltó un grito cuando las manos de Oz la agarraron por la cintura. Luego la levantó, la colocó encima de la roca y trepó él mismo.

—Gracias —dijo ella mientras pegaba un brinco al otro lado. Todavía podía sentir el calor donde sus dedos la habían sujetado.

¿Por qué estaba siendo tan amable con ella? ¿Era una forma extraña de intentar meterse en su cabeza?

—¿Por qué no te saltas la cena? —preguntó Oz, como si su muestra de cortesía (y fuerza) no hubiera tenido importancia—. Si es grosera y la odias, no estás obligada a ir.

—Si no aparezco, teletransportará algo horrible a mi casa.

Una vez fueron unas tarjetas de invitación, lo que no habría estado tan mal si su madre no hubiera pasado de enviar una cada vez a cinco mil de una sola vez. La casa de Mariel se desbordó con invitaciones de todo tipo hasta que finalmente cedió. Creyó que eso había sido malo..., hasta que la siguiente vez que había intentado saltarse la cena un tejón melero apareció en su sala de estar.

—Alguien tiene que controlarla —murmuró Oz—. ¿Por qué no ha intervenido tu padre?

Mariel se rio ante la ridícula idea.

—Mi padre aprendió hace mucho tiempo a callarse y dejar que ella se salga con la suya. La quiere, pero solo es un Spark por matrimonio, así que ella tiene la última palabra.

—¿Los matrimonios son así ahora en el reino humano? Cuando vine por primera vez en el siglo xix, eran los hombres quienes tenían la última palabra.

¡Gracias a Hécate ya no estábamos en 1800!

—Creo que las opiniones de ambas partes son válidas y deben tenerse en cuenta —afirmó Mariel.

El sendero ganaba altura y el follaje se hacía más espeso. Durante el verano, este sendero estaría bordeado por una vegetación exuberante, con rosas silvestres de color azul y del tamaño de un plato, pero con el otoño en marcha, los árboles se habían vuelto tan flamígeros como las plumas del ave fénix. Las hojas caían revoloteando y algunas cambiaban su trayectoria para adornar los hombros y el cabello de Mariel.

Las plantas siempre la habían querido, pensara lo que pensase Oz. Uno de sus primeros recuerdos era de los pensamientos del jardín de su padre volviéndose hacia ella al pasar. Siempre regresaba de jugar con hojitas y hierbas metidas entre el cabello y pegadas a la piel, para consternación de sus padres. No es que Mariel estuviera tan asilvestrada; simplemente a las plantas les gustaba estar cerca de ella.

El camino parecía acabar en un espeso matorral.

—¡Ya hemos llegado! —anunció Mariel. Alargó la mano hacia el matorral para insuflarle un poco de magia mientras susurraba *Aviosen a malei*. Los arbustos se abrieron y los dejaron pasar.

Más allá encontraron un pequeño oasis. Un manantial de aguas termales burbujeaba en medio de un claro y sus bordes anaranjados por los minerales contrastaban con sus aguas turbias de color turquesa. El vapor se elevaba en el aire más frío. Las flores de ese claro florecían todo el año, nutridas por la magia y los manantiales, y un caleidoscopio de colores rodeaba el estanque.

Oz se quedó con la boca abierta.

—¿Y bien? —preguntó Mariel.

—Es… bonito —dijo finalmente.

—Es más que bonito. —Mariel le dio un pequeño empujón con el hombro—. Vamos, dime que no es una de las cosas más bellas que has visto nunca.

Él alargó una mano para tocar una flor de color púrpura oscuro. Deseosa de recompensarlo por su delicadeza, Mariel envió un poco de magia a la planta para animarla a que acariciara la mano de Ozroth. Su nuez de Adán subió y bajó cuando los pétalos le rozaron la piel.

—No soy demasiado efusivo —dijo—. Pero sí, es precioso.

¿Tenía más de dos siglos y no podía emocionarse por nada? A Mariel se le partió el corazón. ¿Cómo sería pasarse toda la vida negando la belleza y reprimiendo los sentimientos? Ella se habría marchitado en menos de un año en el plano demoníaco.

Pero tal vez no todo el plano demoníaco era así. Tal vez solo era la forma como lo habían educado a él.

—Vamos —dijo Mariel, agachándose para quitarse las botas de montaña y luego los calcetines de lana. Sentía la hierba suave bajo sus pies, pues la magia y el calor la mantenían exuberante incluso en pleno invierno—. Mete los pies en el agua.

Cuando volvió a levantarse, juraría que lo había sorprendido mirándole el culo. Él apartó rápidamente la mirada y Mariel ocultó una sonrisa mientras se acercaba al borde del estanque. Se sentó en la roca impregnada de minerales y sumergió los dedos de los pies, gimiendo de dolor y placer ante el contacto del agua caliente con sus pies fríos. Oz se detuvo a su lado, con las botas aún atadas, mientras miraba cómo introducía ella lentamente los pies en el agua.

—¡Oh, vamos! —Dio una palmada en la roca que tenía al lado—. Tu dignidad de demonio sobrevivirá si te quitas los zapatos.

Él refunfuñó y se agachó para desabrocharse los cordones. Dobló con cuidado los calcetines negros, los colocó junto con el sombrero en el suelo y se arremangó los bajos de los oscuros vaqueros, dejando al descubierto las pantorrillas. Bajó torpemente hasta la roca y luego metió en el agua parte de ellas.

—¡Oh! —dijo Mariel—. ¿Ni siquiera vas a llegar a ese punto?

Ella todavía estaba aclimatando sus tobillos, pero el calor ya estaba haciendo maravillas con la tensión que había traído de la fiesta.

—¡Demonios! —dijo a modo de respuesta—. Esto está caliente.

«Apuesto a que sí», pensó, observando sus musculosas pantorrillas y cómo se le ceñían los vaqueros a los muslos. Ella era una chica con curvas, pero se sentía poca cosa a su lado.

—¿Todos los demonios son grandes? —soltó.

—¿En qué contexto? —preguntó él tras una incómoda pausa.

A Mariel se le sonrosaron las mejillas. ¡Por Hécate! No lo había dicho con esa intención, pero ahora era demasiado tarde. Su cerebro había empezado a desvariar y se preguntaba cómo serían de grandes los penes de los demonios. ¿Tendrían púas? Una vez lo había leído en una novela romántica. También en alguna ficción de fans. ¿Y si los demonios ataban a sus parejas? ¿Daban mordiscos durante el sexo? ¿Cómo entraban en juego los cuernos?

Su mente estaba tan ocupada persiguiéndose a sí misma en círculos que, hasta que él se aclaró la garganta, no advirtió que se le había quedado mirando la entrepierna. Parpadeó un par de veces y, vale, sí, aquello era un bulto sin duda y... ¿estaba creciendo?

—Grande —soltó—. Tú. Alto, quiero decir. Y como... ancho. —Le señaló los hombros—. Podrías jugar en la NFL. —La asaltó otro pensamiento—: ¿Tenéis una NFL de demonios?

Él abrió y cerró la boca varias veces.

—Tu proceso de pensamiento... —dijo, sacudiendo la cabeza.

—¿Qué pasa? —Sabía que era propensa a dejar volar su imaginación y a salirse por la tangente, pero ¿qué más podía hacer cuando había tantas cosas interesantes en las que pensar? Como en su pene, por ejemplo.

—Es como ver a un perro del Infierno intentando decidir a cuál de los ocho tipos de presa va a matar —dijo—. Da tumbos por todas partes.

—¿Perro del *Infierno*? —preguntó ella—. ¿No debería ser «perro del plano demoníaco»?

Él suspiró.

—La palabra «infierno» existía en lengua demoníaca antigua mucho antes de que los seres humanos se apropiaran de ella. Significa «leal».

—¿Qué aspecto tienen?

—Tres cabezas, ojos rojos y colmillos afilados. —Se encogió de hombros—. Son una mascota doméstica habitual.

Ella quería preguntarle ahora sobre la lengua demoníaca antigua y las mascotas demoníacas, pero él aún no había respondido a sus preguntas anteriores y acabaría perdiéndose.

—¿Así que todos sois grandes? ¿Y los deportes?

—Nada de NFL —dijo él, echando la cabeza hacia atrás para mirar al cielo—. Tenemos muchos deportes. Algunos los reconocerías, pero la mayoría no. Y sí, los demonios tienden a ser más grandes que los seres humanos, pero también depende.

—¿Tú eres el más grande?

La miró de reojo y sonrió con satisfacción.

—Depende de lo que preguntes.

Demonio astuto. Primero bromas y luego insinuaciones... ¿Qué sería lo siguiente? Tenía muchas ganas de preguntarle si los penes de los demonios tenían púas, pero preguntar a la gente por sus genitales no era de buena educación. Para distraerse, metió el resto de las pantorrillas en el agua, soltando un gemido de placer cuando el agua caliente entró en contacto con su piel. Después de unos dolorosos segundos, se aclimató y el calor empezó a ser agradable. Soltó una risita cuando un pez curioso le mordisqueó los dedos de los pies.

Ozroth se sacudió, salpicando agua por todas partes.

—¿Qué ha sido eso? —preguntó, mirando fijamente al agua turquesa.

—¿Un mordisqueo en los dedos? —dijo. Cuando él asintió, ella se lo explicó.

—Hay peces que viven en estas aguas y se comen la piel muerta. Es mejor que una pedicura.

Él hizo un mohín.

—¡Qué asco! —Sin embargo, no sacó los pies—. Nosotros tenemos peces de agua caliente en el plano demoníaco, pero no sabía que los seres humanos también los tuvieran.

—Este es uno de los pocos lugares del mundo donde se pueden encontrar. La mayoría de las aguas termales son demasiado hostiles para la vida. Pero aquí hay magia por todas partes, desde los árboles hasta el agua y los peces. —Miró a su alrededor, tratando de ver otras criaturas. Un petirrojo se acicalaba en una rama cercana y una mariposa azul revoloteaba alrededor de una flor—. Espero que veamos una salamandra de fuego —dijo—. Son aún más raras que el ave fénix.

—Ya veo por qué te gusta tanto esto —dijo—. Es llamativo pero no abrumador. Es muy tranquilo.

—Por ahora. —Torció la boca—. Cuando construyan el resort y el *spa*, todo se echará a perder.

Oz frunció el ceño.

—¿Van a construirlo aquí?

—No aquí exactamente —dijo Mariel, removiendo el agua con los pies—. Hay un grupo de estanques interconectados más arriba en la ladera. Van a allanar el terreno de alrededor, talar los árboles y revestir los estanques con baldosas. Se acabaron los peces y las salamandras de fuego.

El proyecto urbanístico la había tenido en vela muchas noches. Glimmer Falls siempre había sido un oasis, un lugar donde la magia prosperaba y las brujas se mezclaban en armonía con seres humanos corrientes y criaturas fantásticas. Todo estaba en equilibrio, desde la gente hasta el entorno, y ella se sentía agradecida de vivir en un lugar donde los rascacielos de hormigón de las grandes ciudades aún no se habían colado.

Pero entonces Cynthia Cunnington fue elegida alcaldesa y sus ambiciones de convertir Glimmer Falls en un destino turístico no se hicieron evidentes hasta que ya fue demasiado tarde. La comunidad mágica debería haberse levantado en protesta, pero los Spark y los Cunnington eran los pilares de la comunidad, y unas brujas ricas como Cynthia y Diantha eran demasiado egocéntricas para reconocer el daño que el capitalismo salvaje haría a este paraíso. Las brujas más pobres y menos prestigiosas no tenían la influencia necesaria para enfrentarse a ellas.

Mariel deseaba que su madre y Cynthia pudieran sentir la tierra como lo hacía ella. Sin embargo, como muchas otras brujas, tenían un poder ostentoso y no estaban conectadas con la naturaleza. La red de magia que había bajo Glimmer Falls era densa pero delicada, y Mariel sabía que si se intervenía en el paisaje, empezaría a deshacerse rápidamente.

—Ahora comprendo por qué hicisteis la protesta —dijo Ozroth—. Los lugares que tienen tanta magia son excepcionales. —Olfateó un par de veces—. Prácticamente se puede oler en el aire.

—¿Puedes oler la magia?

—Puedo sentirla. Y verla cuando despliego mis sentidos demoníacos. La magia humana es como una luz dorada. —Le recorrió el rostro con la mirada—. Por eso sé que eres poderosa. Tu alma es más brillante que el oro más puro.

Ella hizo un mohín.

—Poderosa, pero incapaz de utilizar mi magia.

—La utilizaste hoy —dijo—. Cuando me hiciste tropezar. Y después, cuando hiciste que el matorral nos dejara pasar. —Frunció el ceño—. Y puede que otras veces, aunque no te oí pronunciar ningún conjuro.

—No siempre tengo que hacerlo. Tan solo cuando quiero un resultado concreto. La mayoría de las veces simplemente alimento a las plantas con magia y les hago una petición con amabilidad.

—Es poco frecuente que una bruja use su magia sin pronunciar palabras mágicas. ¿Sabe tu familia que puedes hacer algo así?

—No lo sé —admitió Mariel—. Nunca han pensado mucho en la magia de jardín, así que no hacen muchas preguntas al respecto. Pero yo ya trabajaba con plantas antes de aprender el lenguaje de la magia, así que tal vez... En fin, mi madre puede teletransportar cosas sin pronunciar palabras mágicas, así que no es nada especial.

Él la observaba atentamente.

—Es una magia especial. Y creo que llamarla «magia de jardín» es muy limitante. Estás en sintonía con toda la naturaleza.

Que alguien alabara su magia por una vez era una sensación embriagadora y Mariel se retorció de placer.

—Dices cosas muy bonitas.

Él resopló.

—Es la verdad.

Ella se dio la vuelta y se apoyó en la roca con una mano. Con la otra le acarició la mejilla. Su piel estaba tan caliente como si tuviera fiebre.

—Oz —dijo con seriedad—, puede que estés aquí para robarme el alma, pero aparte de mis amigas, has sido más amable conmigo en un solo día de lo que nadie lo ha sido en años.

—No es un robo —refunfuñó—, sino un intercambio. —Él giró la cabeza, le sujetó la mano con más fuerza y Mariel jadeó cuando sus labios le rozaron la piel.

—Cállate y deja que te dé las gracias —dijo ella sin aliento.

La energía aumentaba entre ellos, pero no era el cosquilleo de la magia, sino algo más elemental. Ella se le había acercado sin darse cuenta y la piel se le puso de gallina cuando su aliento le rozó los labios. Tenía los ojos muy abiertos, con los iris dorados casi engullidos por las negras pupilas. Le puso una mano en la cintura y Mariel se estremeció.

La atracción era mutua y ella lo sabía tan bien como que su magia se enredaba en las raíces de las plantas.

—No deberías dar las gracias a la gente por decir la verdad —carraspeó él. Su pecho subía y bajaba con rapidez. Sus ojos bajaron hasta sus labios y volvieron a subir.

Mariel escuchaba dos voces en su cabeza. Una era la de Calladia, que le gritaba: «¡Pero ¿qué coño estás haciendo?!». La otra la animaba: «Acércate. Besa al demonio. Averigua por ti misma lo grande que la tiene».

Se pasó la lengua por los labios y se acercó...

Un pequeño pero intenso rugido fue la única advertencia. Se movió rápidamente hacia un lado y evitó que la ráfaga de fuego que le rozó el brazo fuera a parar a su espalda.

—¡Joder! —gritó, poniéndose en pie de un brinco.

Oz se levantó tan rápido que casi se cayó al estanque. La colocó detrás de él de un empujón para protegerla del peligro.

—¿Qué pasa? —le preguntó—. ¿Qué hay aquí?

—Mira hacia abajo —respondió ella mientras se tocaba la quemadura del brazo.

—¿Qué es *eso*? —preguntó Oz.

Ella miró a su alrededor para encontrar al atacante. A unos metros de Oz había una salamandra naranja del tamaño de un gato doméstico con las patas bien abiertas, en posición de ataque. Movió la cola y volvió a rugir. Una ráfaga de fuego salió disparada de su boca y fue a parar cerca de los pies descalzos de Oz.

—¡Oh, no! —exclamó Mariel. Intentó tirarlo hacia atrás, pero él permaneció en su sitio—. ¿Estás bien? —Una ráfaga directa como esa la habría dejado calcinada, pero él ni siquiera se había inmutado.

—Demonio —dijo en tono seco. Miró a la salamandra como si estuviera a punto de arrancarle las entrañas—. Supongo que esta es la famosa salamandra de fuego. ¿Os manifestabais para *salvarla*?

—Están en peligro de extinción. —Mariel volvió a tirar de su brazo y notó lo duro que estaba su bíceps—. Y no ha sido culpa suya. Estamos en su territorio y debió de soltar unos cuantos silbidos de advertencia cuando salió del estanque, pero yo no los oí. —Porque había estado distraída con el pene del demonio, el pecho del demonio y *la boca* del demonio.

Él giró la cabeza para mirarla.

—Estoy tentado de pisotear esta cosa por haberte quemado, pero creo que eso no te gustaría.

—¡No la pises! —En su interior, sin embargo, sintió un extraño estremecimiento ante la idea de que él matara algo por haberle hecho daño. La voz de Calladia volvía a advertirla en su cabeza, pero Mariel la ignoró y le pasó el otro brazo por la cintura, mordiéndose el labio cuando se topó con sus duros abdominales. ¡Por Hécate! No debería estar haciendo esto con un demonio que quería apoderarse de su alma, pero Mariel nunca controlaba bien sus impulsos y, además, hacía años que no echaba un polvo—. Tenemos que retirarnos poco a poco —dijo—. Si te das la vuelta y empiezas a correr, te perseguirá.

—Eso es ridículo —murmuró Oz, pero retrocedió y Mariel se movió con él. Parecía un extraño baile, ya que ella se mantenía pegada a su espalda, pero no quería dejar de tocar ni su bíceps ni sus abdominales. La salamandra los observaba indignada con sus ojos negros y redondos mientras se alejaban.

Mariel se detuvo de repente.

—¡Ay! —exclamó cuando Oz le pisó los dedos de los pies.

—Lo siento. —Luego frunció el ceño y, como si hubiera recordado que debía ser gruñón e intimidante, giró la cabeza para mirarla y dijo—: Si no quieres que te pise, no te pares donde no pueda verte.

Mariel lo rodeó para acercarse a la salamandra. Se sacudió la mano de Oz cuando este la colocó en su hombro para detenerla.

—Algo va mal —dijo. Le dolía la quemadura del brazo, pero ignoró el dolor.

Los ojos de la salamandra estaban cubiertos por una fina película y el moteado rojo de su piel era ahora de un apagado color marrón. Volvió a abrir la boca, pero esta vez el rugido fue un resoplido y solo salió una pequeña llama. De su boca empezó a brotar sangre de color rojo oscuro.

—Está enferma —dijo Mariel, sintiéndose mareada. Nunca había visto un animal enfermo en este bosque. Todas las vidas tenían su tiempo, pero las criaturas no morían aquí de enfermedad, sino de vejez.

—¿Y? —preguntó Oz—. Mariel, apártate o volverá a quemarte.

Ella lo ignoró, agachándose para examinar al animal más de cerca.

—Aquí no se enferma nada.

Cerró los ojos para abrir sus sentidos al bosque. Las hojas crujían, los árboles se mecían con el viento y el rico tapiz de la vida era tan denso y salvaje como siempre. Pero entonces su mente tropezó con una parcela de tierra en la que sintió que algo iba... mal. En vez de verde y rica, la sentía siniestra y vacía.

Se levantó y echó a correr, sin molestarse en ponerse las botas. Sanar a un animal era una magia compleja que aún no había aprendido, así que no podía hacer nada por la salamandra, pero quizá sí por el bosque.

Oz le gritó, pero ella lo ignoró y se adentró en los arbustos. Estos se separaron para dejarla pasar y oyó a Oz maldecir cuando se cerraron tras ella. Él la siguió de todos modos (los chasquidos y la vibrante indignación de las plantas la informaron de ello), pero Mariel no pudo detenerse. Tenía que averiguar qué le pasaba a su bosque. Sus pies descalzos se daban contra las raíces y las hojas caídas mientras buscaba acercarse a la sensación de enfermedad y vacío.

Encontró el origen de la oscuridad: un gigantesco abeto de Douglas. Tenía el tronco negro, podrido y con una hendidura en la corteza de un palmo más ancha y alta que Mariel. La hierba que había cerca de sus raíces también era negra y la oscuridad se ramificaba por el suelo circundante siguiendo la distribución de las raíces.

Mariel se arrodilló y colocó la mano en una oscura hendidura que había en la hierba. La raíz supuraba bajo tierra. Alimentó con magia la raíz enferma... y no pasó nada.

Mariel cerró los ojos y se concentró.

—*Cicararek en arboreum.* —Cura el bosque.

Sentía que la putrefacción se retiraba a medida que el lenguaje de la magia daba forma al hechizo. Pero no lo suficiente. Lo repitió una y otra vez. Las raíces se fueron sanando, pero algo asqueroso seguía anidando en el tronco.

Oz la alcanzó finalmente, jadeando y con varias hojas pegadas en el sombrero.

—Mariel, ¿qué demonios estás haciendo?

Ella lo ignoró y apoyó la mano en el tronco.

—*Cicararek en arboreum.*

La podredumbre volvió a encogerse. Se sintió mareada de repente y se quedó paralizada.

—El bosque está enfermo —dijo. Veía las zonas afectadas frente a sus ojos—. Y mi magia solo puede solucionar una mínima parte.

Oz se agachó a su lado.

—¿Eso no es normal?

—No, no lo es —espetó Mariel—. Puedo sanar cualquier planta. —Le dolía la cabeza y tenía ganas de desmayarse y vomitar a la vez. La podredumbre no había desaparecido, pero no estaba segura de poder lanzar otro hechizo—. Mi magia debería haberlo solucionado.

Los ojos de Oz recorrieron de arriba abajo el tronco del árbol. Metió un dedo en el suelo y olfateó el aire.

—No siento la magia de ninguna bruja.

—No puede ser natural. —Mariel rodeó el tronco con los brazos, sin importarle que se estuviera ensuciando su vestido más bonito—. ¡*Cicararek en arboreum!* —gritó el conjuro imaginando que la magia salía por su piel y se filtraba en el árbol. Puso todo su amor por la naturaleza en el hechizo, deseando desesperadamente que fuera suficiente.

La podredumbre negra desapareció, pero las zonas oscuras que tenía frente a sus ojos se extendieron. Y luego ya no hubo nada.

DIEZ

Ozroth vio con horror cómo Mariel se desplomaba en el suelo. Aunque el tronco parecía sano, la cara de Mariel estaba pálida.

La cogió en brazos y la acunó en su regazo.

—Despierta —le dijo, apartándole los rizos enmarañados de la cara. Sus pecas resaltaban en la piel y su palidez cérea le provocó una sacudida de miedo. ¿Estaba enferma? Los seres humanos eran tan frágiles... Sus vidas eran delicadas como una tela de araña. ¿Y si había muerto?

Si ella moría, Ozroth se liberaría del pacto de almas, pero no quería ser libre. No solo porque no quisiera fallarle a Astaroth, sino porque aún no estaba listo para despedirse de Mariel.

Ese pensamiento le resultó casi tan aterrador como la idea de que ella muriera. Se sentía como si se hubiera metido en unas arenas movedizas y, por mucho que lo evitara, se hundiera cada vez más.

—Vamos —dijo, acariciándole la mejilla. Al menos aún respiraba. La movió hasta que pudo pegar la oreja a su pecho. Su corazón latía a un ritmo regular. Era una buena señal.

¿Cómo se trataba a los seres humanos enfermos? Los demonios sufrían enfermedades leves, pero nunca nada realmente serio, y aunque Ozroth había tenido diferentes tipos de encuentros con los seres humanos, nunca habían ido más allá de establecer los pormenores de un trato. Él sabía que las sanguijuelas ya no se utilizaban en medicina. ¿Tendría que ponerle una compresa fría en la frente? Estaban en una fuente termal; ¿tal vez una compresa caliente?

La levantó en brazos y sintió un escalofrío de placer a pesar del miedo. Ella era suave y curvilínea, y él se sintió fuerte mientras la llevaba de vuelta a la fuente termal. Ella era vulnerable, pero él la protegería.

Las plantas se separaron a su paso, aunque una espinosa enredadera le arañó el hombro, como si lo castigara por haber cruzado la espesura mientras perseguía a Mariel. El comportamiento de las plantas era extraño. Mariel estaba inconsciente, así que no podía estar haciendo magia con ellas, pero actuaban como si así fuera.

Afortunadamente, la salamandra de fuego ya se había ido para cuando tumbó a Mariel en el borde del estanque y colocó su cabeza sobre una mata de hierba. Se quitó la camiseta, mojó la tela en agua caliente y se la puso en la frente. Luego la miró desconcertado.

¿Y ahora qué?

La única técnica de la medicina humana actual que también conocía era la reanimación cardiopulmonar, pero no tenía ni idea de si podía aplicarla en esta situación ni cómo hacerla exactamente. Vacilante, colocó una mano en el centro del pecho de Mariel y le aplicó una ligera presión. Se sintió incómodo, como si la estuviera manoseando mientras estaba inconsciente, así que retiró la mano. Creía recordar que presionar en el pecho se hacía cuando los latidos cardíacos eran débiles, así que probablemente no lo necesitara.

Su respiración parecía superficial, así que se inclinó hacia ella. No pudo evitar sentirse como un baboso mientras miraba sus rosados labios. Estaban un poco separados y podía sentir su suave aliento.

No la besaría, se dijo a sí mismo. Tan solo soplaría aire dentro de sus pulmones para que se recuperara. No sabía si eso la ayudaría, pero había visto un episodio de *Anatomía de Grey* mientras pasaba la noche en un hotel para seres humanos y uno de los médicos había hecho eso.

Abrió la boca y bajó la cabeza.

Sus pestañas se movieron cuando él estaba a pocos centímetros. Luego parpadeó y lanzó un murmullo de sorpresa.

Ozroth se echó hacia atrás, aterrizando de culo en el borde rocoso de la fuente termal, pero llevaba demasiado ímpetu y se cayó al estanque. Cometió el error de aspirar agua con el sobresalto. Sus pies chocaron luego con la roca y se levantó tosiendo cuando su cabeza salió por fin a la superficie.

Mariel ya estaba sentada y lo miraba con los ojos como platos.

—¿Estás bien?

Él estaba demasiado ocupado tosiendo para responder. ¡Joder, eso quemaba!

Se acercó a él y le tendió una mano.

—¿Te estás ahogando con un pez? ¿Necesitas el Heimlich?

No estaba seguro de lo que era el Heimlich, pero lo más probable es que no lo quisiera. Sacudió la cabeza.

—He aspirado agua —jadeó entre golpes de tos. Esta acabó desapareciendo, pero le siguió doliendo la garganta y el pecho. Se secó los ojos y se apartó el cabello mojado de la frente—. ¿Tú estás bien? —le preguntó, vadeando hacia el borde del estanque.

Mariel se quedó sentada con perplejidad.

—Creo que sí. ¿Qué ha pasado? Todo lo que recuerdo es que estaba intentando sanar el árbol.

—Te desmayaste. —Ozroth volvió a toser—. No sabía qué hacer, así que te traje aquí y te puse una compresa caliente en la frente.

—Eso ha sido muy amable de tu parte —dijo ella, aunque lo estaba mirando con desconfianza—. ¿Por qué estás sin camiseta? ¿Y por qué estabas a cinco centímetros de mi cara cuando me desperté?

Él hizo una mueca de dolor.

—Pensé… ¿Y si le hago una reanimación cardiopulmonar? También utilicé la camiseta como compresa.

La camiseta era ahora un húmedo revoltijo tirado sobre la hierba. Ella levantó las cejas.

—¿Intentaste hacerme una reanimación cardiopulmonar? ¿Y me lo he perdido?

—No es que saliera bien —dijo—. Pero no sabía qué hacer. Estaba dándole vueltas cuando te despertaste.

Algo se deslizó por la pernera de sus vaqueros, soltó un grito y salió corriendo del estanque. Se abrió los pantalones sin pensar, se los bajó por los muslos y los sacudió. Una pequeña serpiente blanca cayó de nuevo al agua con un ¡plof!

—¿Qué ha sido eso?

Sin embargo, cuando se dio la vuelta, Mariel ya no estaba mirando al estanque ni a la serpiente. Sus ojos, abiertos como platos, le recorrieron del pecho a la entrepierna.

Ozroth se miró a sí mismo. ¡Vaya! Lo único que llevaba puesto era un par de calzoncillos negros y, con lo mojados que estaban, dejaban poco a la imaginación. Se dio la vuelta para no incomodarla.

—Lo siento —balbuceó—. Había una serpiente en mis pantalones.

—Ya lo creo —murmuró ella.

La situación resultaba vergonzosa. Contra todo pronóstico, su miembro parecía interesado en todo lo que estaba pasando. Se llevó las manos a la entrepierna y le dio la espalda. Si volvía a concentrarse en la serpiente, quizá su erección comprendería que este no era el momento más adecuado.

—¿Qué tipo de serpiente era? —preguntó—. Era blanca y medía unos diez centímetros.

—Una serpiente albina de las aguas termales. No son venenosas, pero tienden a ser cariñosas.

Él hizo un mohín. Esa serpiente había querido acariciarle los testículos, teniendo en cuenta lo rápido que se había movido.

—No es un rasgo que valore en una serpiente.

Ella se rio.

—¡Oh! Las serpientes son adorables. Deberías hacerles arrumacos más a menudo.

Él sacudió la cabeza.

—No, gracias.

Por suerte, su erección había empezado a bajar, así que se dio la vuelta (aún con una mano en la entrepierna) y recogió los vaqueros de la hierba. Tuvo dificultades para ponérselos e hizo una mueca de disgusto cuando la tela húmeda se le pegó a la piel.

Cuando acabó, vio que Mariel seguía mirándolo atentamente. Frunció el ceño.

—¿Qué, disfrutando del espectáculo?

Mariel desvió la mirada.

—Perdón, me he distraído. —Parecía que ya estaba bien, con el color de vuelta a sus mejillas.

—¿Qué ha pasado? —preguntó Ozroth, pasándose la camiseta por la cabeza. Mariel dejó escapar un murmullo de tristeza mientras él se tapaba—. Estabas sanando el árbol y luego perdiste la conciencia.

—Le di demasiada fuerza al hechizo. —Sacudió la cabeza—. Nunca me había pasado.

—Sea lo que sea esa podredumbre, debe de ser algo fuerte. —No parecía natural, pero tampoco había sentido la magia. Por otra parte, la única magia que podía sentir era la humana (incluso la magia demoníaca era imperceptible para los otros demonios), así que tal vez otra criatura sobrenatural había sido la responsable. Ayudó a Mariel a levantarse—. ¿Puedes andar?

Ella puso los ojos en blanco.

—No estoy tan débil.

Pero lo estaba. Una infección, un golpe en la cabeza o una genética poco afortunada podrían matarla fácilmente. Por otro lado, una persona sana podía morir en solo un instante a causa de un aneurisma. Todas las especies caminaban al filo de la navaja, pero los seres humanos no tenían ni idea de lo delicadas que eran sus vidas.

Eso le enfadó, aunque no supo explicarse por qué.

—Vamos a casa —dijo—. Deberías descansar.

—Me encuentro bien —replicó ella, pero se balanceó al dar un paso hacia los árboles. Él la agarró del codo y la sostuvo.

—A la cama —ordenó—. Ahora.

Ella se estremeció.

—Sí, señor.

A Ozroth le gustó demasiado esa respuesta.

—Por fin algo de respeto —murmuró.

A ella le salieron los hoyuelos.

—No esperes que continúe haciéndolo.

Por extraño que pareciera, a Ozroth no le importó.

Regresaron caminando por el bosque, más despacio que antes. Ozroth aún sujetaba el codo de Mariel por si volvía a caerse. La ropa mojada le rozaba la piel, que se enfrió rápidamente, y sus pasos se volvieron torpes. Mariel lo advirtió.

—¿Estás bien?

—Estoy bien —respondió entre dientes—. Los demonios no están hechos para el frío, eso es todo.

—¡Oh, no! —Parecía afligida—. Te darás una ducha caliente en cuanto lleguemos a casa.

Esa frase provocó que se le encogiera el estómago. «En cuanto lleguemos a casa». Ozroth nunca había formado parte de un «nosotros».

Para cuando llegaron de nuevo a su calle, Ozroth ya estaba temblando con todo su cuerpo, mientras que Mariel se tambaleaba. Se aferraron el uno al brazo del otro, como si regresaran borrachos a casa. Por suerte, la fiesta se había acabado, así que pudieron entrar por la puerta principal.

—A la cama —ordenó él.

—A la ducha —dijo ella con la misma firmeza, y lo arrastró hasta el cuarto de baño con una fuerza sorprendente. Observó cómo giraba el selector y mantenía una mano bajo el chorro de agua. Luego giró la cabeza para mirarlo y dijo—: Supongo que no te importa que esté hirviendo.

Él sacudió la cabeza; los dientes le castañeteaban demasiado para contestar.

Ella giró todo el dial y cambió el chorro a la posición de ducha. Él pensó que entonces se iría, pero en vez de eso, agarró el bajo de su camiseta mojada.

—Esto fuera.

¿Quería desnudarle? La polla de Ozroth habría mostrado su interés si no la tuviera como un carámbano de hielo. Dejó que le subiera la tela y le levantara los brazos para poder sacársela por la cabeza.

Cuando ella acabó de sacársela ambos respiraban con dificultad. A Ozroth se le puso la piel de gallina. Mariel se pasó la lengua por los labios y llevó una mano al botón de sus vaqueros.

En su mente saltaron todas las alarmas. Aquí estaba pasando algo que iba más allá de un pacto con el demonio o una falsa relación, pero su mente estaba demasiado confusa para encontrarle sentido. Él se estaba congelando, ella estaba enferma y uno de los dos tenía que mantener la cabeza fría. Por desgracia, parecía que tenía que ser él.

Agarró la muñeca de Mariel con una mano.

—Ve a descansar —le dijo, con más delicadeza que antes.

Mariel se quedó abatida.

—Bien —dijo, dándole la espalda—. Intenta no ahogarte.

Cuando se fue, Ozroth se dio la ducha más larga de toda su vida. La primera mitad se la pasó subiendo su temperatura corporal mientras se regañaba a sí mismo por sus muchos fracasos. No estaba cerca de cerrar el trato y, lo que era peor, se estaba acercando demasiado al objetivo del mismo; tanto que se preguntó qué habría pasado si hubiera dejado que Mariel le desabrochara los pantalones.

Ese pensamiento inspiró la segunda mitad de la ducha. Cuando su miembro hubo recuperado la temperatura adecuada, no hubo forma de razonar con él. Finalmente tuvo que hacer algo al respecto, y apoyándose en las baldosas de la pared, se entregó a sus lascivas fantasías. Se imaginó a Mariel desnuda bajo el chorro, con el agua cayéndole por sus generosas curvas. A Mariel de rodillas, mirándolo con sus grandes ojos color avellana. A su boca entre los muslos de Mariel, mientras ella gemía y se retorcía.

Nunca había sido demasiado sexual, aunque Astaroth le había animado a adquirir experiencia por si necesitaba utilizar la seducción para llegar a un acuerdo. Pero a Ozroth nunca le había gustado la idea de tener sexo con quienes pretendía quitarles el alma, así que todas sus aventuras habían sido con otros demonios, y nunca había habido mucho más en esos encuentros que placer mutuo. Al final, perdió el interés, y hacía ya décadas que no tenía pareja.

Ahora, en cambio, sentía esos impulsos más fuertes que nunca. Le quemaban por dentro y le hacían jadear y arquear las caderas. ¿Cuánto de eso era culpa del alma y cuánto de Mariel? Mariel con sus grandes y bonitos ojos, sus hoyuelos y su cuerpo de jodida obra maestra. Mariel con su risa cantarina, que primero se burlaba de él y luego le cogía de la mano.

El clímax llegó con fuerza y rapidez, y él ahogó un grito con la mano libre.

Cuando acabó sintió un hormigueo de endorfinas por todo el cuerpo, pero lo invadieron la culpa y la vergüenza. Estaba fantaseando con la mujer a la que iba a convertir en una cáscara sin emociones ni magia. Era un demonio tan patético que había empezado a sentir algo por una mortal. Astaroth se avergonzaría de él si se enterara. No, más que avergonzarse, se sentiría indignado y asqueado.

Mientras Ozroth limpiaba la pared de la ducha, también sintió asco de sí mismo. ¿Qué estaba haciendo? Esto solo podía acabar de una manera. Era una debilidad puntual, se dijo a sí mismo. Una sola paja para desahogarse. Después de salir de la ducha, volvería a su antiguo yo y estaría listo para maquinar de nuevo.

Aún tenía toda la ropa mojada tirada en el suelo, así que la lanzó al cesto de la ropa sucia, se rodeó la cintura con una toalla y salió del cuarto de baño.

La puerta de la habitación de Mariel estaba abierta. Dudó si entrar, preguntándose si estaría enfadada con él. Luego se regañó a sí mismo. ¿Y qué si lo estaba? Era Ozroth el Despiadado, ¡por el amor de Lucifer! La gente siempre estaba enfadada con él.

Sin embargo, debería asegurarse de que ella no se desmayara de nuevo. Después de todo, necesitaba que estuviera consciente para negociar con su alma.

Asomó la cabeza por la puerta. Mariel estaba acurrucada en la cama con las sábanas subidas hasta la barbilla. Tenía las mejillas sonrosadas y respiraba de forma regular. Dormía. Tenía el cabello desparramado por toda la almohada, con hojas y ramitas aún entrelazadas en sus rizos castaños. A Ozroth se le encogió el corazón y sintió calor por todo el pecho. Retrocedió rápidamente y se apresuró a bajar al pasillo, poniendo toda la distancia que pudo entre él y la mujer dormida.

—Frío y calculador —murmuró para sí mismo—. Sé despiadado.

—Pero el calor persistía, su estómago se había unido a la conspiración y de pronto comprendió por qué los seres humanos decían que sentían mariposas. Todo su cuerpo era un derroche de sensaciones, y su corazón y su cabeza estaban llenos de una extraña y vertiginosa desesperación.

—¡Joder! —dijo, desplomándose en el sofá. Estaba metido en un buen lío.

ONCE

Cuando aquella tarde Mariel abrió la puerta principal se encontró a Calladia. La bruja rubia frunció el ceño y le tendió una bolsa de papel.

—Toma —dijo—. Aunque lo he hecho por ti, no por él.

Mariel sonrió.

—Gracias, nena. —Le hizo señas a Calladia para que entrara, llevándose el dedo índice a los labios—. Está durmiendo —susurró.

Calladia miró alrededor mientras entraban a la sala de estar y luego giró la cabeza hacia Mariel.

—No lleva camiseta —dijo con seriedad.

—Te lo dije —dijo Mariel mientras guiaba a Calladia por el pasillo hasta la cocina—. Se cayó en las aguas termales.

—¿Y no pudiste prestarle una de tus sudaderas XXL con capucha para que se tapara?

La verdad es que una de las grandes y cómodas sudaderas de Mariel le habría quedado muy bien, pero cuando lo vio tumbado en el sofá con la toalla blanca anudada a la cadera y kilómetros de músculos a la vista, tuvo un momento de debilidad. Su piel se veía suave y dorada, y solo tenía vello en la línea del vientre que asomaba por la toalla.

Intentó parecer inocente.

—Supongo que se me olvidó.

Calladia resopló.

—Claro. La V sagrada no tuvo nada que ver en ello.

«La V sagrada» era el nombre que le habían dado a esa línea de músculos, puede que imaginaria, que un hombre tenía encima de la pelvis. Solía verse en los anuncios de las revistas, pero nunca en la vida real..., hasta que se la vio a Oz. Los músculos estaban tan marcados que le dieron ganas de mordisquearlos.

—La V tuvo muy poco que ver —dijo Mariel con candidez—. Los pectorales en cambio...

Calladia le dio un manotazo en el brazo.

—Déjalo ya. Está aquí para robarte el alma, no para ponerte cachonda.

Mariel puso una tetera a hervir mientras lidiaba con el nudo de decepción que se le había formado en el estómago. Sacó el té favorito de Calladia: de naranja y jengibre.

—Si mi alma está en peligro, al menos déjame echarle una mirada lasciva.

—Tu alma no está en peligro —dijo Calladia cuando Mariel se sentó con ella a la mesa—. No vas a hacer ningún trato.

—Lo sé. Pero ¿entonces qué? ¿Simplemente se queda aquí el resto de mi vida? —La perspectiva no le sonaba tan horrible como debería—. Tiene un trabajo al que regresar. Amigos. Una vida.

Aunque no había mencionado a ningún amigo, tan solo a ese horrible mentor suyo. Aun así, no era justo esperar que se quedara con ella para siempre.

Calladia levantó las cejas con incredulidad.

—¿En serio le darías tu alma para que él pueda salir con sus amigos de nuevo?

—No. Pero me siento fatal con toda esta situación.

Y así era realmente. Oz estaba atrapado aquí por su culpa. Había sido ella la que, accidentalmente, había pedido hacer un trato y ahora él vivía pisándole los talones y aguantando a Diantha Spark, baños en aguas termales y serpientes que se le metían por los pantalones.

Y hablando de esa serpiente... ¡Vaya! Los calzoncillos se le habían pegado de forma indecente cuando salía del estanque y le habían proporcionado unas buenas vistas de lo que cargaba el demonio. Había mucho que manejar ahí, pero Mariel estaba dispuesta a echarle ganas.

—No deberías sentirte mal. Es un imbécil.

Calladia se hizo una coleta. Dado el impecable aspecto de su cabello y de su camiseta azul de deporte, aún no había ido al gimnasio, pero lo haría pronto para recibir su sesión personal de entrenamiento.

La tetera silbó.

—La verdad es que no —dijo Mariel mientras servía dos tazas de té—. Es arisco y los dos empezasteis con el pie izquierdo, pero es un tipo encantador.

Pensó en la forma en que había elogiado su magia y en la preocupación que había mostrado por cómo la trataba su familia. Cómo había entrado en pánico cuando ella se desmayó, dudando si aplicarle o no una reanimación cardiopulmonar. La forma en que había tocado tímidamente los pétalos de una flor en aquel claro, asombrándose cuando esta le devolvió la caricia.

Luego pensó en cómo la había detenido cuando intentó quitarle los pantalones y sus mejillas ardieron de vergüenza. No estaba segura de qué había estado pensando; en realidad, no había estado pensando, solo actuando por el impulso del calentón. Que la rechazara le hizo daño, pero también había algo tierno en ello. Él había querido que descansara.

—Tierra a Mariel. Adelante, Mariel.

Mariel volvió a prestar atención. Se había quedado pensativa mientras removía el té, recordando lo cerca que habían estado sus dedos de descubrir todo lo relativo al pene del demonio. Llevó las tazas a la mesa.

—Lo siento. Me he distraído.

—¿Otra vez pensando en sus pectorales? —preguntó Calladia en tono sarcástico.

—No. —Más bien en el bulto de sus vaqueros—. En fin, que no es tan malo. Y para nada es despiadado. Y ha sido muy amable con mi magia.

Calladia se mostró comprensiva.

—Cariño, odio decirlo, pero tu familia ha sido tan grosera con tu magia que considerarías amable cualquier cosa que no fuera un insulto flagrante.

Mariel ocultó un estremecimiento tras su taza.

—Duro pero cierto.

El té le escaldó la lengua cuando empezó a beberlo y lo escupió con un aullido.

Calladia, en cambio, ya se estaba tomando el suyo. Nunca le había preocupado que el café o el té estuvieran demasiado calientes; algo que compartía con Oz. Puede que hasta disfrutara bebiendo lava.

—¿Crees que hay lava en el plano demoníaco? —preguntó Mariel.

—¡Ardilla!

—Es una pregunta con sentido —protestó Mariel—. Hay perros del Infierno, después de todo.

—¿Perros del *Infierno*? —preguntó Calladia con incredulidad.

Mariel puso los ojos en blanco.

—Lo sé. Por lo que parece, «infierno» significa «leal» en lengua demoníaca antigua.

—El Infierno no existe —se burló Calladia cambiando su voz—. Excepto cuando yo, Ozroth el Despiadado, digo que existe. —Regresó a su voz normal—. ¿Así que te está dando clases de Introducción a los Demonios o qué?

Mariel se encogió de hombros mientras removía su té. Podría intentar lanzar un hechizo para bajar la temperatura, pero conociendo su mala suerte, lo convertiría en lava de verdad porque había estado pensando en ella.

—Hablamos mucho. O, al menos, yo hablo mucho y él responde a todas mis preguntas.

—Debe de ser muy paciente —dijo Calladia. Mariel le sacó la lengua.

—Idiota.

—Solo digo que hasta una Bola Ocho Mágica se tiraría por un barranco si tuviera que responder a todas tus preguntas.

—¿Y cómo llegaría al barranco? No tiene patas.

Calladia la señaló.

—¿Lo ves? Más preguntas.

Mariel se sentía más relajada de lo que había estado en los últimos días. Se sentía bien. Calladia y ella solas, burlándose la una de la otra como siempre habían hecho. Se echó hacia atrás en la silla, sujetando la taza contra su pecho.

—¿Cómo has estado estos días? —preguntó—. Creo que mis problemas demoníacos están eclipsando todo lo demás.

—Como debe ser. —Calladia dejó la taza y se inclinó hacia ella—. Para disgusto de mi madre pude adelantar la asamblea. Será mañana a las seis de la tarde.

—Va a ser muy incómodo.

Cynthia y Calladia se peleaban a menudo, pero rara vez en público.

—Me importa una mierda. Ella es la que prioriza la pedicura al bienestar de su comunidad. —Calladia se dio un puñetazo en la palma abierta de forma amenazadora—. Espero que el contratista también esté allí para hacerle un proyecto urbanístico en la cara.

—Me gustaría verlo. —La conversación le recordó a Mariel lo que había visto antes y se le revolvió el estómago—. Algo más está pasando en el bosque. Encontré una salamandra de fuego que estaba enferma.

Le explicó todo lo que había pasado, excepto el momento en que había estado tan distraída pensando en besar a Oz que no había oído los silbidos de advertencia del animal. Tenía la quemadura vendada, pero el dolor le recordaba lo tonta que había sido.

—Sané ese árbol —dijo Mariel al final de su relato—, pero ¿y si hay más?

Calladia tenía el ceño fruncido por la preocupación.

—No puedo creer que te haya hecho falta tanta magia para sanarlo. Eres como un reactor nuclear cuando se trata de la magia de las plantas.

—¿Verdad? —Mariel se estremeció—. Y no sentí que fuera la podredumbre normal de un árbol, sino algún tipo de magia que no había visto antes.

—Me pregunto si habrá algún brujo entre el personal de las obras. ¿Puede que estén tratando de justificar la tala de árboles?

—Tal vez. —La idea le provocó náuseas a Mariel—. Aunque tendría que ser un brujo poderoso y Oz dijo que no sentía que la magia fuera humana.

—¿Y tú le crees? Los demonios son grandes mentirosos.

Calladia se puso tensa y abrió los ojos como platos.

—Mariel, ¿y si lo hizo Oz?

—¿Qué? —Ella descartó la posibilidad al instante—. Claro que no. Se preocupó cuando vio que necesitaba tanta magia para solucionarlo.

—Demonio —dijo Calladia—. Mentiroso. ¿Qué estás olvidando en este concepto?

Dejando de lado la falsa historia de su madre, Oz no parecía ningún mentiroso. Los mentirosos experimentados eran sutiles y Oz era cualquier cosa menos eso.

—Simplemente no te cae bien —dijo Mariel, dejando la taza sobre la mesa con tanta fuerza que el líquido se derramó por el borde.

—Claro que no me gusta. Está tratando de robarle el alma a mi amiga.

—No es robar...

—Discutir sobre semántica no mejora las cosas. —Calladia alzó la voz—. Mariel, te quiero, pero estás siendo muy cerrada con este tema. Toda su existencia gira en torno a los pactos de almas, ¿y esperas que piense que es un tipo sensible y honrado? —se burló—. ¡Venga ya! Si intentara engañarte para que me entregaras tu alma, lo primero que haría sería amenazar lo que más quieres. Has dejado claro cuánto adoras esos bosques.

Mariel dio un paso atrás.

—No digas esas cosas.

—¿Por qué? ¿Porque podría significar que el demonio buenorro de tu sofá es en realidad tu enemigo? —Calladia se metió los dedos entre el cabello, sin que le importara despeinarse la coleta—. Tu madre te ha lavado el cerebro para que aguantes cualquier cosa y ahora intentas convertir esta horrible situación en una especie de cuento de hadas...

—¡Basta! —Mariel se levantó de su silla. Le escocían los ojos—. No puedes hablar así de mi familia.

Calladia también se puso en pie.

—¿Debería dejar de decirte la verdad solo porque no te gusta oírla? Eso no es lo que hacen los amigos.

Mariel no podía soportar la idea de que Oz destruyera el bosque a sus espaldas mientras era encantador delante de ella. ¿En qué convertiría eso el beso que casi se habían dado?

—No sabes de lo que estás hablando.

—¿Por qué es tan difícil creer que Ozroth el Despiadado está haciendo todo lo posible para llevarse tu alma? —exigió saber Calladia.

A Mariel empezaron a rodarle las lágrimas por las mejillas.

—Porque significaría que todo lo que me ha dicho es mentira.

La mirada frustrada de Calladia le dijo a Mariel que no comprendía nada.

—¿Y qué?

¿Cómo podía explicarle el dolor que le provocaba la idea de que cada halago, cada mirada persistente, cada momento de extraña camaradería era una simple actuación? ¿Que él la habría besado de buena gana y luego se habría apoderado de su magia sin ningún remordimiento?

—Nadie me ha valorado nunca —dijo Mariel con amargura. Levantó una mano para cortar las objeciones de Calladia—. Tú sí, pero eso no hace que el resto sea más llevadero.

—¿Crees que el demonio te valora?

Por extraño que pareciera, Mariel había empezado a creer que sí.

—No lo sé —dijo de forma entrecortada.

La enfadada expresión de Calladia se transformó en compasión.

—Cariño —rodeó la mesa para abrazar a Mariel—, siento haberte disgustado. Eres una mujer muy valiosa. No necesitas que un demonio te lo diga.

—¿Mariel? —Una voz suave llegó desde la puerta. Oz estaba allí parado con su toalla, el cabello negro despeinado alrededor de los cuernos y los ojos somnolientos por la siesta—. He oído llantos. ¿Estás bien?

Mariel empezó a llorar con más fuerza. ¿Cómo podía alguien actuar tan bien? Dos siglos de experiencia, se recordó a sí misma. Él había vivido ocho veces más que ella.

Ozroth dio un paso adelante, pero se detuvo cuando Calladia se giró para mirarlo y Mariel se preguntó si su amiga tendría una expresión asesina.

—Ella está bien —espetó Calladia—. Lo mejor que puedes hacer es dejarla en paz.

Él se estremeció. Aquellos ojos cansados y tristes volvieron a encontrarse con los de Mariel.

—¿Es eso lo que quieres?

Mariel asintió. Parecía que iba a ahogarla el nudo de su garganta.

—De acuerdo. —Se pasó una mano por el cabello, tirando de él como si quisiera arrancárselo—. Te dejaré en paz, pero si no estuvieras bien, ¿me lo dirías?

Mariel volvió a asentir y puso su cara en el hombro de Calladia. Se hizo un silencio en la cocina tan solo roto por los sollozos ahogados de Mariel y los susurros tranquilizadores de Calladia. Finalmente, recuperó el control de sí misma.

—Lo siento —dijo lloriqueando—. No sé por qué estoy tan sensible.

—Está pasando algo grande y aterrador. —Calladia le dio a Mariel un pañuelo para que pudiera sonarse la nariz—. Tu magia está en peligro, pero el tipo que la amenaza está bueno y es amable contigo. —Abrió la puerta mosquitera que daba al patio y le hizo un gesto a Mariel para que la siguiera—. Vamos. Hora de la terapia vegetal.

Los árboles que rodeaban la propiedad de Mariel se habían teñido de naranja y carmesí con la nueva estación. La luz del sol otoñal proyectaba sombras alargadas sobre la hierba amarronada y rebotaba en las paredes de cristal del invernadero. El mundo exterior agonizaba, pero era reconfortante saber que las plantas que había allí dentro crecerían pasara lo que pasase. Eran la única constante en una vida que a veces sentía que no controlaba.

En cuanto Mariel entró en el invernadero, se vio rodeada de curiosos zarcillos vegetales. Una rosa roja como la sangre le rozó la húmeda mejilla con sus pétalos y Mariel sonrió a su pesar.

—Aunque comprendo lo que te pasa con el demonio. —Calladia parecía preocupada. Miraba hacia la casa mientras acariciaba la enredadera de jade—. Es muy convincente.

Mariel asintió.

—Comprendo lo que dices, pero cada vez que hablo con él parece tan auténtico...

—Además estás enamorada de él.

Mariel dio un paso atrás ante la acusación.

—No lo estoy. —«Mentirosa, mentirosa, cara de osa».

Calladia puso los ojos en blanco.

—Mariel, es evidente. Le miras como si fuera un trozo de tarta de chocolate y gastas más energía defendiéndole que intentando averiguar cómo salir de este entuerto.

¡Mierda! Mariel había dicho que iría a la biblioteca, ¿verdad?

—Investigaré más, te lo prometo. Pero mi madre nos abordó en el camino a casa, y luego Oz se enfadó, y pensé que el bosque sería bueno para él...

—Oz se enfadó —repitió Calladia—. Estás priorizando sus necesidades. ¿Por qué iba a enfadarse?

—¿Además de por estar atrapado en la Tierra con una bruja incompetente? Me habló de su infancia de mierda.

Calladia suspiró.

—Déjame adivinar. Crees que ese exterior grande y melancólico esconde un corazón roto, y que lo único que necesita es amor y comprensión.

Eso sonaba como una trampa.

—Tal vez.

Calladia la cogió de la mano y la condujo al interior del invernadero. Se detuvo frente a un arbolito que tenía una enredadera enrollada en el tronco.

—Los hombres tóxicos tienen un truco muy astuto —dijo con la amargura de la experiencia—. Excusan su mal comportamiento contándote sus vulnerabilidades. Como es difícil que los hombres se sinceren, nos sentimos halagadas cuando lo hacen, y, como somos cuidadoras por naturaleza, deseamos ayudarles. Así que perdonamos su mal comportamiento porque es síntoma de sus problemas emocionales. —Señaló la enredadera—. Luego se enroscan en nosotras, clavando sus garras en nuestra corteza, y nos convencemos de que se hundirán sin nuestra ayuda. Y así, poco a poco, se apoderan de nuestra mente.

—Oz no es Sam —dijo Mariel en voz baja. El horrible exnovio de Calladia la había llevado a pensar lo peor de todos los hombres.

Calladia frunció el ceño.

—Puede que no, pero ¿no son todos iguales? Cuando encuentran un punto débil, se agarran a él.

Mariel cogió las manos de Calladia.

—Él no me está menospreciando. Y no se está portando mal, excepto por ser un gruñón. Últimamente ni siquiera me ha presionado para que le entregue mi alma.

—Eso no significa que no vaya a hacerlo.

El miedo brillaba en los ojos marrones de Calladia. Sus cicatrices eran profundas y Mariel sabía que el trauma estaba hablando por ella. Calladia fingía que estaba demasiado implicada en el gimnasio y en el estudio de la brujería para salir con nadie, pero esa era una excusa que ocultaba la verdadera razón: tenía miedo.

—Te prometo —dijo Mariel con un nudo en la garganta— que si Oz empieza a tratarme mal, te lo diré.

Calladia tragó saliva y asintió.

—Si lo hace, ¿podré darle una paliza?

Mariel sonrió.

—Sí, podrás darle una paliza.

—Bien. —Calladia suspiró con los hombros caídos—. Perdón por el discurso. Estoy en modo mamá osa.

—Es comprensible. —Mariel se restregó la sal de las lágrimas que aún tenía en las mejillas—. Mañana después del trabajo iré a la biblioteca. Si podemos revertir esto, todo irá bien. —Sacudió la cabeza—.

Para serte sincera, ni siquiera estoy segura de que Ozroth siga que-riendo mi alma.

Mariel vio que Calladia quería discutir, pero su amiga cerró la boca.

—Tal vez. —Fue todo lo que dijo.

Mariel no le sacaría más a Calladia. Llevaban años peleándose y reconciliándose. Y, aunque sus peleas podían ser tormentosas, siem-pre provenían del amor y se acababan rápidamente.

La luz que entraba por el cristal del invernadero había adquirido el intenso tono dorado del final de la tarde.

—¡Uf! —dijo Mariel—. Tengo que prepararme para la cena del domingo. —Miró con nostalgia los preparativos de su arreglo floral para el Campeonato Floral del Noroeste del Pacífico, a los que prefe-riría dedicar su tiempo.

—¿Crees que podrías saltártela, teniendo en cuenta que tienes un nuevo «novio»? —Calladia entrecomilló el término—. Seguro que te mereces algo de felicidad conyugal.

—Ojalá. —Mariel hizo un mohín—. Pero mi madre soltaría un ejército de cangrejos en mi habitación o algo así.

—¿Tiene que ir Oz?

Mariel aún no se lo había planteado. Pero sabía la respuesta.

—Desde luego. Mi madre me teletransportaría a esa cueva de guano de *Planeta Tierra* si no lo llevara a cenar.

Calladia lanzó una sonrisa malévola.

—Siéntalo cerca de ella. Y asegúrate de que Diantha sepa que le encanta que le hagan preguntas indiscretas.

Mariel se rio entre dientes.

—Tranquila, Dr. Maligno. No hace falta ser un sádico.

Salieron juntas del invernadero y luego Calladia se dirigió a la puerta lateral de madera. Se detuvo con la mano encima del pestillo.

—Te quiero, ¿de acuerdo?

Mariel sonrió.

—Yo también te quiero. Ahora vete a destrozar una máquina de remo.

Calladia le dijo adiós con la mano y se marchó.

Mariel se desplomó en la puerta. Se sentía agotada emocionalmente y aún tenía una cena familiar de más de tres horas por delante.

Una cortina se movió y ella pudo ver a Oz espiándola. Él se retiró rápidamente y la cortina regresó a su sitio.

—Ozroth el Despiadado —murmuró. Sin embargo, la pregunta seguía en el aire; una siniestra posibilidad que no podía olvidar ahora que Calladia había sacado el tema.

¿Y si Oz era un mentiroso?

DOCE

Ozroth frunció el ceño ante el espejo.

—No.

Ya tenía suficiente con estar atrapado en la Tierra, suspirando patéticamente por la bruja a la que debería estar aterrorizando o manipulando para cerrar un pacto de almas. Ya tenía suficiente con que ella lo hubiera rechazado cuando estaba tan nerviosa y necesitaba ayuda. Pero ¿esto? Esto era humillante.

—Sí —dijo Mariel—. Es la única opción.

Ella estaba detrás de él y en el espejo podía ver reflejado uno de sus hoyuelos, que asomaba por encima de la mano que se había llevado a la boca. Se estaba riendo de él.

Por un buen motivo.

La camisa también parecía mirarlo fijamente desde el espejo; una auténtica monstruosidad con un estampado de loros y palmeras diminutos. De algún modo, era demasiado grande para su ancho tronco y le quedaba suelta en la cintura. Ozroth se preguntó cuántas tiendas de segunda mano habría visitado Calladia en busca del atuendo perfecto para humillarlo.

—Lo has hecho a propósito —dijo en tono acusatorio.

Mariel finalmente rompió a reír.

—Desde luego.

Aquel grupo de gente no tendría ninguna compasión con él. Al menos los calzoncillos le quedaban bien, aunque le sobraba el estampado de corazones. Los calcetines también eran algo... peculiares, pero al menos los vaqueros eran lo bastante largos para tapar el estampado de gatitos. Los vaqueros tenían la misma talla que usaba cuando llegó y se preguntó si Mariel habría estado mirando las etiquetas mientras él dormía. Su propia ropa estaba en la lavadora, dando vueltas en el biombo, demasiado despacio para su gusto.

—Podemos esperar a que acabe la lavadora —dijo.

—¿Y volver a llevar la ropa mojada? —Mariel negó con la cabeza—. No voy a dejar que mi demonio se congele.

Él frunció el ceño con más fuerza cuando sintió que el corazón le daba un brinco. *Mi demonio*. Si hubiera sido su demonio, le habría dejado consolarla cuando estaba llorando. Habría destruido lo que le provocaba aquel dolor.

—Parece como si quisieras tirar esa camisa a un volcán —dijo Mariel—. No es para tanto. —Ante su tormentosa mirada, aclaró—: Bueno, tal vez sí lo sea, pero es solo una noche.

—Una noche con tu familia.

—¿Y? Ya has visto cómo se viste Alzapraz.

Y era verdad, esa camisa no era tan horrible como sus orejas de conejo, pero no tenía nada que ver con eso.

—Se trata de la primera impresión. Cualquier novio tuyo debería tener buen aspecto cuando conociera a tu familia. Incluso un novio falso.

Ella lo miró como si hubiera descubierto una nueva especie de planta.

—Oz, eso es muy tierno.

—No es tierno —refunfuñó él, pasándose un peine por el cabello—. Es honorable. —Hizo una mueca de dolor cuando tiró con tanta fuerza de un mechón que le dio a uno de los cuernos con el peine.

—Vosotros los demonios y vuestro honor. Yo juraría que sois klingons, como los de Star Trek.

—¿Qué es un klingon?

—No importa. —Cuando intentaba pasarse el peine por los enredos del cabello, Mariel se lo quitó de la mano—. Si te peinas así te estropearás el pelo.

—Volverá a crecer.

—Sí, pero es tan bonito… —Pasó los dedos por sus ondulados mechones—. Sería una pena estropearlo.

Él se quedó un instante en silencio, al ver que cualquier parte suya podría considerarse «bonita». Mariel aprovechó la oportunidad para empezar a pasarle el peine por el cabello, empezando por las puntas. Él se encorvó para facilitarle la tarea. Tal vez debería haber rechazado la ayuda, pero nunca le habían cepillado el cabello (o no que él recordara) y era muy agradable.

Observó en el espejo que ella trabajaba metódicamente. Tenía el ceño fruncido, como si quisiera hacerlo a la perfección. Rara vez tenía la oportunidad de mirarla sin interrupciones, así que aprovechó la ocasión y dejó que sus ojos la recorrieran. Era tan hermosa, con su cara en forma de corazón y sus ojos avellana de ensueño. Llevaba el cabello trenzado, pero algunos rizos se habían escapado y le tapaban la frente, y en la trenza había puesto una flor roja. Tenía un aspecto bello y delicado, y él se preguntó a qué sabría su piel salpicada de pecas. A rosas y vainilla, quizá. A sol con un toque de canela.

Le peinó con cuidado alrededor de los cuernos.

—¿Son sensibles? —preguntó mientras pasaba un dedo por uno de ellos como lo haría con una planta amiga.

Un escalofrío de placer le recorrió la entrepierna y dijo algo incoherente.

—¡Lo siento! —Ella sacó la mano—. ¿Te he hecho daño?

—No —gruñó él. Fantasear con el sabor de Mariel le había empezado a provocar una erección, pero con ese roce ya estaba probando la amplitud de sus nuevos vaqueros.

—Entonces, ¿qué ha sido ese…? ¡Oh! —Se quedó mirando su entrepierna en el espejo.

—Lo siento. —Intentó moverse para que ella no viera su erección—. Son sensibles. En… en ese sentido.

—¡Oh! —Mariel se rio, sonrosada—. ¿También os pasa cuando apuñaláis a esa bestia nocturna en el plano demoníaco?

—Entonces no. Pasa… mmm… en esta situación en concreto.

Un golpe en los cuernos dolía, pero un roce delicado era algo totalmente distinto.

Intentó girar la pelvis para apartarla de su vista, pero ella le agarró del brazo y detuvo el movimiento.

—No pasa nada —le dijo—. Es simple biología. Supongo que equivaldría a que tú me metieras la mano por debajo del vestido, ¿no?

Él gimió y cerró los ojos, evitando pensar en lo que ella llevaba bajo la falda. Llevaba otro vestido inocente pero sexi. Este era a cuadros rojos y blancos, con una lazada de adorno en la parte delantera y un bonito lazo rojo entre los pechos. No era el vestido más revelador, pero realzaba su exuberante figura de reloj de arena.

La falda no era ajustada. Podría ponerle la mano en el muslo y subirla lentamente…

—¿Hay lava en el plano demoníaco? —preguntó Mariel.

Él abrió los ojos, totalmente desconcertado.

—¿Perdón? —Solía seguir sus repentinos cambios de tema, pero en este se había perdido.

Mariel volvía a peinarle, pasándole los dedos por los mechones para arreglarlos.

—Estaba pensando en tirar esa camisa a un volcán, y me hice la misma pregunta antes, cuando hablaba con Calladia. La lava parece un cliché, pero también lo son los perros del Infierno, así que ¿quién sabe?

¿Acaso ella no era consciente de lo que le había provocado tocándole el cuerno y luego mencionando, de pasada, lo de la mano por debajo del vestido? Hablaba totalmente relajada, como si nada. Pero entonces sus ojos bajaron hasta su entrepierna y advirtió que ella estaba tratando de evitar la incómoda situación.

Él se aclaró la garganta e intentó ordenar sus pensamientos.

—Sí. Lava. Tenemos unos cuantos volcanes.

—¿Te bañas en ellos?

Él se rio entre dientes.

—Estamos calientes, pero no tanto como la roca fundida.

—Eso suena exagerado. —Ella se mordió el labio y sonrió, y él se sintió mareado. ¿Qué le estaba pasando?

¿A quién quería engañar? Sabía exactamente lo que le estaba pasando, aunque nunca lo hubiera experimentado. Los libros de los seres humanos estaban llenos de eso y, aunque él leía sobre todo ensayo histórico y libros sobre asesinatos, había probado otros géneros. Había varios términos para referirse a la horrible sensación de aturdimiento que se había apoderado de sus órganos internos con mano de hierro, y si antes no había comprendido el concepto, ahora sí lo hacía. Aquella maldita alma que tenía en el pecho se moría de ganas de postrarse en el altar del amor.

No es que estuviera enamorado, eso sería ir demasiado lejos, pero el altar del enamoramiento no era tan poético. Y tampoco lo era el altar de la masturbación clandestina en la ducha.

Llamara como llamase a la enfermedad, nunca había imaginado que la aparición de los síntomas fuera tan rápida. Había conocido a Mariel hacía dos días y él ya era un completo desastre. Por otra parte, el alma era humana, y los seres humanos tenían una esperanza de vida más corta, así que era lógico que lo hicieran todo lo más rápido posible.

—Ya está —dijo Mariel dándole una última pasada por el cabello. Luego lo separó con cuidado y colocó los mechones alrededor de los cuernos con precisión. Luego frunció el ceño—. Vaya, me había olvidado de ese horrible sombrero.

—Tanto trabajo para nada. —Cuando ella le fulminó con la mirada, él se retractó—. Gracias. Por no estropearme el pelo.

Su sonrisa le calentó las entrañas mejor que un grog demoníaco flameado y advirtió que estaba al borde de la adicción.

—De nada —dijo ella—. Ahora vámonos. Tenemos que asistir a una cena.

TRECE

Mariel y Oz entraron en la calle que llevaba a la casa de la familia Spark. Había una luna grande y blanca en la cima de la colina que bañaba con su luz las elegantes casas. Comparado con aquellas mansiones, el bungaló de Mariel bien podría haber sido una choza, pero ella estaba encantada de tener su propio espacio.

—¿Cuáles son tus objetivos en la vida? —preguntó Oz.

Mariel parpadeó.

—¿Intentas descubrir cuál es mi punto débil, demonio?

Él hizo un mohín.

—Solo tengo curiosidad.

—Quiero hacer un posgrado en Herbología Mágica. Me encantaría ser profesora algún día. —Hizo un mohín—. Mi madre preferiría que lo obtuviera en otra disciplina, pero tuve un promedio de C en Artes Mágicas Generales.

—¿«C» es algo… bueno? —preguntó Oz—. Las universidades de demonios no tienen un sistema de calificación.

—«C» significa «promedio», aunque si escuchas a mi madre, es fracaso total y absoluto. —Ella le miró—. Si no tenéis un sistema de calificación, ¿cómo lo hacéis en la escuela?

Él frunció el ceño.

—¿Qué quieres decir?

—¿Cómo sabéis quién lo ha hecho bien?

—Nuestras escuelas enseñan a los jóvenes demonios hasta que comprenden la materia. Todos lo hacen bien.

La risa de Mariel sonó desquiciada.

—¿Así que no es una meritocracia supercompetitiva que no tiene en cuenta los estilos de aprendizaje individuales? Luego me dirás que no hay préstamos estudiantiles en el plano demoníaco.

—¿Por qué iban a pedir préstamos los estudiantes?

Oz parecía desconcertado. Mariel también lo estaba.

—¿Para pagar la matrícula? ¿Cómo se pagarían los sueldos de los profesores y se mantendrían los edificios si no se cobrara a los alumnos?

—No sería justo que los jóvenes pagaran por la educación que necesitan. Y la sociedad demoníaca se basa sobre todo en el sistema del trueque, pero si alguien tiene dificultades y no puede intercambiar tiempo o recursos, toda la comunidad le echa una mano.

¡Vaya! Los demonios eran mucho más amables con sus hijos que el sistema educativo estadounidense.

Pasaron frente a una casa decorada de Halloween donde había varias calabazas iluminadas con bombillas y la figura de cartón de un demonio de color rojo con colmillos y una horca. Mariel ocultó una sonrisa ante el suspiro de Oz.

—¿Por qué enseñan los profesores si no cobran un sueldo? —preguntó ella.

—Vivimos para siempre. Los demonios pueden seguir una vocación y luego otra. Si consideran valioso educar a la juventud, ¿por qué no iban a dedicarle su tiempo? Los negociadores no pueden cambiar de carrera, pero muchos otros sí lo hacen.

—Me gusta que los demonios ayuden a los demás porque quieren, no porque necesiten el dinero. —Dio una patada a un guijarro, que cayó en un arbusto. Algo en el arbusto graznó y un pájaro con seis alas y demasiados ojos salió disparado—. ¡Lo siento! —gritó Mariel mientras el pájaro se alejaba volando.

—Tenéis muchas criaturas por aquí —dijo Oz.

—La magia los atrae.

Mariel le señaló más cosas maravillosas mientras caminaban. Un cuervo de tres patas picoteaba un césped moribundo y, allá donde brincaba, la hierba se volvía dorada. Unas cintas estaban atadas a las ramas nudosas de un árbol, cada una de las cuales simbolizaba un deseo o un amuleto. Un grifo se posó en un tejado a dos aguas, agitando la cola mientras miraba a lo lejos.

—Está todo tan vivo… —dijo Oz.

Mariel se giró y la falda de su vestido alzó el vuelo.

—Me encanta vivir aquí. No me imagino yéndome a ningún otro lugar.

Cuando se detuvo, pilló a Oz apartando rápidamente la mirada de sus muslos.

—Y tú eres lo que está más vivo de todo esto. Ves tanta alegría en el mundo… —Una expresión sombría se apoderó de su rostro cuando dijo esas palabras.

La noche era demasiado hermosa para los oscuros pensamientos de Oz.

—No pongas esa cara —dijo Mariel—. Vamos, trata de hacer un ridículo trato conmigo.

Oz hizo un mohín, pero cuando Mariel lo miró expectante, él aceptó.

—De acuerdo. Si me das tu alma, podrás montar tu propio grifo.

Mariel canturreó.

—Volar sería divertido, pero de cerca huelen mal.

—Si me das tu alma, me aseguraré de que tus botas de montaña estén siempre como nuevas.

Mariel se miró las desgastadas botas.

—Con unas botas nuevas siempre me saldrían ampollas.

Se acercaban a la cima de la colina. A la izquierda había una mansión de piedra gris con un tejado a dos aguas y una corona de otoño en la puerta: la casa Cunnington. A la derecha había una construcción extraña y caótica que mezclaba diferentes estilos arquitectónicos. Aunque Mariel no tenía muchas ganas de entrar, sonrió al ver el excéntrico edificio. La parte central de mármol era neoclásica y tenía unas columnas en la fachada. Una de las alas era de piedra caliza tallada en un intrincado estilo gótico, mientras que la otra ala era de estilo Tudor, con paredes blancas de yeso y vigas pintadas de negro. En cada ala se alzaba una torreta y una bandera púrpura ondeaba en lo alto de la que estaba situada más al centro.

—Bienvenido a dos siglos de elecciones arquitectónicas cuestionables —anunció Mariel.

Oz estaba paralizado.

—¿Esta es la casa de tu madre?

—La casa de la familia Spark —aclaró Mariel—. La parte central fue construida por uno de los fundadores de Glimmer Falls, Galahad Spark, en 1842. Varios parientes la han… mmm… mejorado desde entonces.

—Si me das tu alma, acabaré con esta monstruosidad.

Mariel soltó una risita.

—La verdad es que me gusta. Sé que es hortera, pero tiene carácter.

—Sí, tiene algo.

—Los Cunnington viven enfrente —dijo Mariel—. Casper Cunnington, el otro fundador de Glimmer Falls, tenía un estilo mucho más moderado.

Mariel miró al otro lado de la calle y pudo ver que una cortina regresaba a su sitio. Lo más probable es que fuera Cynthia Cunnington, ansiosa por espiar a su «amiga». Mariel nunca entendería por qué esas dos mujeres decidían pasar tanto tiempo juntas cuando era evidente que se odiaban.

Una vidriera recubría el tercio superior de la puerta principal y debajo de ella colgaba un escudo donde aparecían un grifo y un peritio con un sol y varitas mágicas cruzadas en el centro. En la cinta de la parte superior del escudo podía leerse NOS IMPERARE SUPREMA (Gobernamos de forma suprema).

—Nadie puede acusar a tu familia de ser humilde —dijo Oz.

—Dímelo a mí. —Mariel agarró la aldaba de latón (los dientes de un dragón) y propinó tres golpes con ella—. Ese escudo se remonta a la época medieval, cuando Gorvenal Spark era el mago cortesano más importante de Europa.

La puerta se abrió y apareció Diantha. Llevaba un vestido púrpura, guantes largos de color negro y un collar de ópalos también negros.

—¡Queridos! —exclamó—. Bienvenidos.

Oz le entregó una botella de vino de la despensa de Mariel. Diantha agarró la botella, miró la etiqueta y la lanzó a su espalda. Oz se estremeció, mientras que Mariel solo suspiró.

—*Vintno a returnsen.* —El vino desapareció y volvió a aparecer en la mano de su madre—. Un simple truco de fiesta. ¡Adelante, tortolitos!

Entraron y tanto la chaqueta de cuero de Oz como el jersey de Mariel salieron volando y se colgaron solos en un perchero. El vestíbulo estaba revestido de madera clara y cubierto con una alfombra oriental, y en las paredes había retratos de hechiceros y brujas de extraño aspecto. La tuerta Lizetta Spark sonreía desde su retrato con un loro posado en la cabeza. En el siguiente, un hechicero posaba con teatralidad con la camisa desabrochada y el cabello al viento: Phineas Spark, que podría haber acaparado el mercado de las portadas de las novelas románticas si hubiera nacido un siglo más tarde.

—Estas cenas son lo mejor de toda la semana —dijo Diantha—. Nada como la familia para levantar el ánimo, como yo siempre digo.

Oz miraba con recelo junto a Mariel el retrato de un hechicero de aspecto sombrío que llevaba un machete y un tatuaje en la cara.

—Es el tío abuelo Trenton —susurró Mariel—. Nunca hablamos de él.

—¿Hay algo de lo que tu madre no hable? —preguntó él en voz baja—. ¡Qué curioso!

—Si tuvieras un pariente asesino que pasó sus últimos años en prisión estudiando la magia de resurrección, tampoco hablarías mucho de él.

—¡Aquí estamos! —Diantha les guio hasta el gran comedor. Estaba decorado como un pabellón de caza, con vigas vistas en el techo, velas parpadeantes y cabezas de extrañas bestias colgadas de las paredes—. Son falsas —dijo Diantha cuando vio que Oz miraba con horror la cabeza de un dragón blanco en peligro de extinción—. Pero son divertidas. —Agitó una mano frente al morro del dragón, que giró la cabeza y expulsó una bocanada de humo por la nariz—. A mi hermano pequeño, Wallace, le gusta la animatrónica. Se mudó a Pasadena el año pasado, lo cual fue una elección terrible si me preguntas a mí, cosa que él no hizo.

—Aunque se lo dijo de todos modos —susurró Mariel—. Muchas veces. —Echaba de menos a Wally y a su marido, Héctor, pero los llamaba con frecuencia y les iba bien en California.

—Wallace se ha especializado en una animatrónica dificilísima que combina máquinas y magia. —Diantha chasqueó los dedos y una cabeza de basilisco siseó—. Se han puesto de moda en los parques temáticos, así que al menos es rico.

La larga mesa del comedor podría haber albergado a veinte personas, aunque solo había cuatro sentadas. El padre de Mariel estaba sentado a la cabecera de la mesa leyendo un periódico, con el cabello canoso bien peinado hacia un lado y unas gafas cuadradas en la punta de la nariz. A su izquierda estaba Alzapraz, vestido con una túnica rosa y un sombrero azul puntiagudo, que miraba su copa de vino de forma taciturna. Frente a Alzapraz estaba Lancelot, el primo de Mariel, un adolescente con aspecto emo que llevaba las uñas pintadas de morado, el cabello negro y una camiseta del grupo My Alchemical Bromance.

Mariel se detuvo en seco al ver a la invitada que había al lado de Lancelot.

—¿Themmie?

La *pixie* de cabello rosa y verde se levantó de la silla y revoloteó con sus alas de los colores del arcoíris.

—¡Mariel! —gritó Themmie mientras la abrazaba—. Me alegro mucho de que hayas venido. Tu padre nos ha tenido entretenidos leyendo noticias sobre la bolsa en voz alta.

—Idiotas —murmuró el padre de Mariel—. Pierden el tiempo especulando cuando podrían contratar a un adivino decente. Es antimagia corporativa en su máxima expresión.

Mariel le devolvió el abrazo a Themmie, aunque estaba algo confundida.

—¿Qué haces aquí?

—Tu madre me dijo que podía venir cuando quisiera y nuestro profesor de Etnografía nos pidió que asistiéramos a alguna reunión en nuestra comunidad. —Themmie le guiñó un ojo—. Estamos estudiando dinámicas de grupos y haré mi proyecto final sobre las manadas de hienas, así que pensé que esta sería una buena experiencia.

A Mariel le sorprendió el comentario. Claro, Themmie sabía que su familia era difícil, pero ¿tanto como *hienas*?

—¡Hola, Oz! —Themmie le dio un abrazo, para su evidente consternación—. ¿Estás siendo un buen novio?

—Hoy vio una salamandra de fuego —dijo Mariel, ocultando lo ofendida que se había sentido por el comentario de las hienas. Era evidente que Themmie estaba bromeando, pero Mariel tenía la piel muy fina cuando se trataba de su familia—. Y me llevó a un lugar seguro cuando me desmayé en el bosque.

—¡Qué romántico! ¿Te despertó con un beso?

—Más bien con un intento de reanimación cardiopulmonar.

—¿Te desmayaste? ¿Por qué? —La madre de Mariel se apresuró a palparle la frente—. No tienes fiebre.

Afortunadamente, Oz intervino antes de que Mariel tuviera que hablar de la podredumbre del bosque.

—Estaba practicando brujería y utilizó demasiada magia.

Mariel le dirigió una mirada de agradecimiento.

Su madre le acarició la mejilla.

—He pasado por eso, cariño. Todo forma parte del proceso de aprendizaje. —Sonrió a Oz—. ¡Nunca la había visto tan dedicada al oficio! Es increíble lo mucho que puede motivar una buena polla. ¿Verdad, cariño? —preguntó a su marido.

El padre de Mariel no levantó la vista de su periódico.

—Lo que tú digas, querida.

Themmie sacó un cuaderno y empezó a garabatear.

—Esto es genial —dijo—. ¿Sabíais que la hiena madre es la dominante?

Mariel ocultó la cara entre las manos.

Diantha ya estaba corriendo hacia la mesa.

—Roland, guarda ese papel. Oz, Mariel, sentaos al lado de Alzapraz. Lancelot, ¿tienes que estar tan triste? Vamos a comernos unos buenos bistecs.

Oz se sentó al lado de Alzapraz y Mariel lo hizo a su izquierda. Había una rosa de color rosa en un jarrón cercano al candelabro que hacía de centro de mesa. Por lo general, a Mariel no le gustaba cortar las flores, pero cuando alargó la mano hacia ella, esta pareció feliz de mostrarle sus llamativos pétalos.

Alzapraz se quedó mirando a Oz durante un tiempo incómodamente largo, con las cejas blancas revueltas como unas orugas peludas.

—Deberías invertir en un sombrero más a la moda —dijo finalmente con voz sibilante—. El siglo xxi no tiene suficiente imaginación.

Mariel le dio un codazo a Oz y señaló al adolescente que tenía enfrente.

—Lancelot es mi primo. Su padre, Quincy, es el hermano pequeño de mi madre; y la suya, Lupe, es de una importante familia de magos de Nuevo México. —Lancelot saludó torpemente y Mariel sonrió. El chico de diecisiete años le caía bien. Había sido un niño tranquilo y sensible, y era una delicia verlo convertirse en un joven artístico y reflexivo—. Me gusta tu esmalte de uñas —le dijo.

Él se peinó con los dedos, avergonzado, el mechón de cabello negro que casi le tapaba los ojos.

—Gracias.

—¿Dónde están mis queridos Quincy y Lupe? —preguntó Diantha—. No es propio de ellos saltarse la cena.

Tomó asiento en la otra cabecera de la mesa, frente a su marido, y luego murmuró algo. La mesa se encogió de repente y se les acercó con la silla tan rápido que Mariel se sobresaltó. Pronto la mesa volvió a tener un tamaño normal.

—Mi madre tiene un virus estomacal —dijo Lancelot—, como mi padre.

Mientras Diantha se dedicaba a recitar una lista de remedios mágicos para la gripe estomacal, Lancelot miró a Mariel con ojos tristes.

—A mí me toca la semana que viene.

—La vieja técnica del sacrificio ritual. —Wally y Héctor la habían practicado con frecuencia antes de mudarse. Era increíble las veces que habían estado «enfermos».

—¿Sabéis? Las aguas termales pueden hacer maravillas por la salud —dijo Diantha, ajena a la conversación paralela—. Quincy y Lupe solo tienen que hacerse miembros del *spa* cuando el resort esté construido.

Mariel se puso tensa.

—Mamá, ya hemos hablado de eso. El resort perjudicará el bosque...

—¡Oh, tonterías! Tenemos muy pocos lujos en Glimmer Falls, y mi piel se muere por recibir unos mimos.

—Ya te haces la manicura una vez a la semana.

—Sí, pero el resort tendrá todo tipo de comodidades. Baños de barro, masajes, tratamientos faciales y capilares, microagujas... —Diantha suspiró con aire soñador—. Y yo he invertido, así que ganaré dinero si todo sale bien.

—Ya tienes mucho dinero —dijo Mariel—. No vale la pena destruir el ecosistema de los alrededores. —La ira crecía en sus entrañas. Sujetó la copa con menos fuerza para no romperla.

Diantha resopló.

—¡Por favor! Pero si solo son unos cuantos árboles... —Señaló a Mariel con su copa—. ¿Sabes? Si la mitad del tiempo que pasas en ese bosque la dedicaras a estudiar brujería, ya serías una bruja de verdad.

Mariel se estremeció. El enfado se transformó en ansiedad rápidamente. Apenas había empezado la cena y su madre ya la estaba acosando con la magia. Mariel sabía por amarga experiencia que, en noches como esta, las cosas solo podían empeorar. Y, aunque era horrible en días normales, esta noche había testigos.

Oz la miraba con una expresión demasiado parecida a la lástima para su gusto.

—¿Estás bien? —le preguntó.

Mariel se obligó a sonreír.

—Claro. —Solo tenía que agachar la cabeza y aguantar el chaparrón.

Roland Spark se aclaró la garganta.

—Así que… —dijo, mirando a Oz por encima de las gafas— tú eres su novio.

—Lo soy. —Oz parecía incómodo.

—Y os conocisteis en una de esas aplicaciones de citas.

—Así es. Hicimos un *match*. —Por la indecisión con que lo dijo, Mariel advirtió que él no tenía ni idea de lo que significaba.

Su padre observó a Oz durante unos segundos más y luego asintió.

—Trátala bien o convertiré tus intestinos en un montón de ratas.

—¡Papá! —¡Por Hécate! Era evidente por qué nunca le había contado nada a sus padres sobre su vida amorosa.

—Oz, ¿qué llevas puesto? —preguntó Diantha de repente.

Él se miró la camisa hawaiana.

—Es día de colada.

—No me refería a eso. —Hizo un ademán con la mano—. Deberías ver los disfraces de Alzapraz. En una ocasión memorable, tan solo llevaba unas pezoneras y un taparrabos.

Mariel hizo una mueca de dolor. Recordaba muy bien aquel incidente.

—Y ni con esas me ha echado de aquí —dijo Alzapraz en tono lastimero.

—Me refiero al sombrero —dijo Diantha—. ¿Por qué llevas sombrero dentro de casa? Alzapraz tiene un estilo muy particular, así que se lo permitimos, pero suele ser de mala educación llevar sombrero en la mesa.

—Sí —repitió Alzapraz como un loro, tomando otro trago de vino—. ¿Por qué llevas sombrero dentro de casa?

Mariel miró a Oz preguntándose cómo saldrían de esta.

—Tengo una enfermedad —dijo Oz tras una pausa.

—¿De qué tipo? —Diantha removió su copa—. Puedo darte consejo médico.

—Es hereditaria. Y, por desgracia, maldijeron a toda la descendencia de mi abuelo para que no pudiera dar ninguna información al respecto.

Demonio astuto. Mariel ocultó una sonrisa. Alzapraz resopló y bebió más vino.

—Supongo que podemos permitirlo. —Diantha frunció el ceño—. Aunque espero que tu enfermedad no sea grave. Solo queremos los mejores genes para la línea Spark.

Mariel odiaba que su madre la presionara tanto con la procreación.

—Es algo horrible —dijo ella—. Tus nietos parecerán lagartos.

Diantha pareció horrorizada, pero cuando la expresión solemne de Mariel finalmente desapareció, ella se relajó.

—No seas tan cruel con tu querida madre —dijo—. No permitiría que ningún Spark fuera un lagarto. —Volvió a centrarse en Oz—. Pero, en serio, ¿cómo de grave es tu enfermedad en una escala del uno al diez?

—La maldición —dijo Oz—. No puedo hablar.

Diantha hizo un mohín.

—Era evidente que el primer soltero al que le gustara Mariel vendría con trampa. —Le dirigió una mirada asesina—. Si me das nietos defectuosos, te teletransportaré a la Luna.

Mariel se quedó boquiabierta mirando a su madre. *¿Defectuosos?*

—Esos nietos son hipotéticos —dijo Oz con voz de acero—, pero nunca toleraría que alguien tratara mal a mis hijos. Y nunca aceptaría que alguien dijera que son defectuosos.

Un silencio incómodo se apoderó de la mesa. A Mariel le dio un vuelco el corazón cuando vio el severo perfil de Oz. Era despiadado. Por un instante se lo imaginó dando vueltas por la casa con un niño sobre los hombros. Ningún hijo suyo tendría jamás una habitación desordenada, pero él los mantendría a salvo y ella apostaría a que de todas maneras serían felices.

Mariel empezó a sentir un dolor en el pecho.

—En fin. —Diantha agitó su copa de vino vacía—. Supongo que tiene madera de padre. ¿Verdad, Roland?

El padre de Mariel alcanzó la botella de vino del aparador y se acercó a Diantha para rellenarle la copa.

—Diantha, amor, estoy deseando probar lo que has preparado. ¿De dónde viene la comida de esta noche?

A ella se le iluminó el rostro.

—¡Oh, sí, debería traer la cena! —Pronunció un conjuro y todo un festín se materializó en la mesa—. Los bistecs de hoy proceden de un restaurante con una estrella Michelin de Los Ángeles; la ensalada es griega; el pan, francés, y el cabernet, de un viñedo privado de Malta.

—Seguro que eso es robar —murmuró Lancelot, hurgando en su esmalte de uñas y mirando con desprecio su vaso de agua.

—No es robar. Es utilizar mis dones naturales para garantizar el bienestar y la felicidad de mi familia. —Diantha levantó su copa—. ¡Por los Spark! *Nos imperare suprema.*

Mariel repitió el brindis junto con su familia y luego observó la expresión de desconcierto de Themmie. Mariel se encogió de hombros y Themmie le devolvió el gesto.

—*Nos imperare suprema* —dijo la *pixie* antes de arrancar un trozo de pan.

Los bistecs estaban cocinados perfectamente, con el exterior crujiente y el centro rosado. Mariel le dio un mordisco al suyo y suspiró de placer cuando el sabor se asentó en su lengua.

—Esto está buenísimo. —Oz miraba su bistec con una expresión parecida al asombro.

—Es muy sustancioso —dijo Alzapraz. Su cabeza apenas le llegaba a Oz al hombro, pero su sombrero compensaba la diferencia. Le costaba utilizar los cubiertos y el tenedor soltaba un chirrido espantoso cuando rascaba el plato—. No creo que necesites volver a comer hasta dentro de unas semanas.

Mariel entornó los ojos para mirar a Alzapraz. ¿De qué estaba hablando?

El tenedor volvió a chirriar, esta vez más fuerte, y todos se estremecieron.

—¿Necesitas un elevador para la silla, querido Alzapraz? —preguntó Diantha con voz dulce pero mordaz.

Alzapraz dejó los cubiertos y la fulminó con la mirada.

—Podría ponerte en órbita como un satélite si me diera la gana.

Ella se encogió de hombros.

—Me teletransportaría de vuelta.

—Podría convertirte en rana.

—Podría meterte en una residencia.

Tras aquella amenaza se hizo un silencio tan solo roto por el sonido de los cubiertos y de los garabatos que Themmie hacía con el bolígrafo. Ella levantó la vista de su cuaderno, se encontró con los ojos de Mariel y le vocalizó en silencio:

—Pero ¿qué coño…?

¡Por Hécate! Esto era vergonzoso. Estaba acostumbrada a la hostilidad de las cenas dominicales de los Spark (o al menos se había resignado a ella), pero puede que Themmie nunca hubiera tratado con una familia que no fuera estable y cariñosa.

Se dijo a sí misma que sus padres la querían, aunque lo hacían a su manera.

Se frotó el pecho, tratando de disipar el anhelante dolor que tenía ahí enquistado. Desear una vida diferente no tenía ningún sentido. Esta era la que tenía y debía estar agradecida por ello.

Comió con rapidez para acabar lo más rápido posible y poder irse antes de que su madre empezara otra conversación sobre brujería. Era un tema habitual en las cenas familiares, pero Mariel ya estaba lo bastante incómoda por haber metido a Oz y Themmie en aquel bochornoso espectáculo. Prefería oír por enésima vez la historia de su nacimiento a que le echaran por cara todos sus fracasos con la magia.

Justo cuando Mariel empezaba a creer que saldría impune, Diantha volvió a hablar.

—Mariel, háblanos de tu brujería. ¿Qué has estado practicando últimamente?

Se le encogió el estómago y se concentró en su plato.

La verdad, obviamente, no serviría de nada.

—Todo tipo de cosas.

—Danos más información, cariño.

En fin, tenía que intentarlo. Mariel se aclaró la garganta.

—Mmm… Algo de teletransportación. Transfiguración. Cosas así.

Si no decía mucho más, tal vez su madre se olvidaría.

—¡Excelente! —Diantha aplaudió y una cabeza de grifo de la pared rugió. Oz dio un respingo—. Muéstranos algo que hayas aprendido.

—Preferiría comer. —Mariel cortó su bistec con fuerza, a pesar de que estaba perdiendo el apetito.

Diantha hizo un mohín.

—¡Oh, vamos! Algo pequeño. Lleva el salero hasta tu plato.

El salero estaba cerca del codo de su padre. Este se recostó en su silla para observar los acontecimientos.

Mariel hizo una mueca de dolor.

—¿Tengo que hacerlo? —Tenía el estómago lleno de mariposas, pero no de las buenas. Estas estaban borrachas y blandían cuchillas de afeitar.

—Insisto. —Las uñas de Diantha tamborilearon sobre la mesa—. Si quieres que esta familia te financie la carrera de jardinería, tienes que demostrar que estás dispuesta a esforzarte para convertirte en la bruja que las estrellas dijeron que serías.

—No es una carrera de jardinería —murmuró Mariel, aunque la ansiedad clavó sus garras en ella ante la mención del posgrado en Herbología Mágica. Quería estudiar ese posgrado sin endeudarse con un préstamo estudiantil, pero su madre tenía la última palabra al respecto.

A Mariel se le formó un nudo en el estómago. No habría más bistec para ella esa noche.

Lancelot la miró con compasión, mientras que Themmie parecía curiosa. La *pixie* sabía lo frustrada que estaba Mariel por fracasar con la magia, pero nunca lo había presenciado de primera mano (aparte de la gallina que había explotado).

Al menos, cualquier cosa que pasara no sería peor que eso. Oz le susurró al oído.

—Podemos irnos.

Ella sacudió la cabeza.

—Créeme, no podemos —dijo amargamente.

—¡Tortolitos! —Diantha volvió a aplaudir, provocando otro rugido—. Podéis hacer el tonto más tarde. Es fundamental que Mariel haga progresos con su magia. ¿No es así, Roland?

—Claro, mi amor.

Hacía tiempo que Mariel había dejado de buscar un aliado en ese rincón. Su padre siempre se ponía del lado de su mujer, pasara lo que pasase.

Las palmas de las manos empezaron a sudarle. Se las limpió en la falda, respiró hondo y cuadró los hombros. Era un hechizo pequeño. Todo saldría bien.

—*Zouta en liikulisen* —dijo con voz temblorosa.

El salero salió volando por los aires y se incrustó en el techo. Lancelot soltó una carcajada, pero se detuvo rápidamente cuando Oz lo miró.

Diantha miró el salero.

—Ha sido espectacular, pero no lo que esperaba. ¿Puedes sacarlo de ahí?

Mariel apretó los puños con tanta fuerza que las uñas se le clavaron en las palmas. No era demasiado tarde para solucionarlo. Cerró los ojos buscando la palabra correcta. «Vamos, estrellas, dadme una pista». Si insistían en crear expectativas tan poco realistas, al menos podían echarle una mano.

—*Zouta en lekuzessen.*

—¡Oh, no! —dijo Alzapraz.

Fue la única advertencia que se oyó antes de que el salero empezara a vibrar, cada vez con mayor intensidad, hasta que se hizo añicos. La sal y numerosos fragmentos de cristal cayeron sobre la mesa. Oz agarró a Mariel y la protegió con su pecho mientras los cristales repiqueteaban en su sombrero.

—¡Mariel! —Diantha parecía furiosa—. ¿Qué has hecho?

—Echarle un poco de sal al bistec —dijo Alzapraz con delicadeza, sacando un cristal de su copa de vino—. A cada uno lo suyo, supongo.

Mariel no podía dejar de temblar. Era una bruja patética; una decepción para su familia, para las estrellas... y para sí misma. Una incompetente, una inútil, nunca lo bastante buena para nadie. Se le saltaron las lágrimas y ocultó la cara en la camisa de Oz. ¿Por qué no podía ser la hija perfecta que su madre quería? ¿O al menos una hija mediocre? La desesperación le ardía como ácido en el pecho. Quería desaparecer, pero como ni siquiera podía mover un salero, no había forma de que pudiera teletransportarse.

Oz le acarició el cabello con delicadeza.

—No pasa nada —murmuró—. Estoy contigo.

Pero no lo estaba, ¿verdad? Era fácil caer en el hábito de confiar en él, pero ese era otro síntoma de su fracaso.

Tal vez debería entregarle su alma. Deshacerse de su magia de una vez por todas y fallarle a su madre de una forma tan rotunda que se daría por vencida con Mariel por completo.

Mariel sintió una pequeña onda de preocupación procedente de la rosa del centro de la mesa. Respiró hondo, temblorosa. ¿Podría renunciar realmente a su conexión con la naturaleza?

No. Pero, aun así, Mariel no sabía cómo afrontar la vida siendo la Spark fracasada.

Cuando levantó la cabeza, la camisa de Oz estaba mojada.

—Lo siento —dijo, secándose los ojos—. Solo quería comer.

Diantha se levantó y observó la mesa con indignación.

—Nadie puede comer ya gracias a ti. Hay cristales por todas partes.

—Podrías teletransportarlos afuera —dijo Lancelot. Diantha lo fulminó con la mirada.

—No se trata de eso.

Roland lanzó un largo suspiro. Se acercó a la mesa y entrelazó las manos sobre el mantel.

—Mariel —dijo con solemnidad—, sabes que te queremos. Pero, por favor, ¿podrías esforzarte un poco más? Esto es muy decepcionante.

Su sutil descontento le dolió casi tanto como la airada indignación de su madre. Mariel se encorvó como si pudiera hacerse tan pequeña como se sentía por dentro.

Oz se levantó de repente.

—Si no quieres cristales en tu comida, no exijas a tus invitados que hagan trucos para ti.

Las luces parpadearon mientras la energía aumentaba, pero Mariel no sabía de qué hechicero o bruja provenía. Tal vez fueran sus propias emociones descontroladas.

Diantha hizo un gesto despectivo con la mano.

—Oz, estoy segura de que tienes buenas intenciones, pero en esta familia tenemos la responsabilidad de formar a brujas excepcionales. Mariel nos está avergonzando y, si no puede controlar un simple hechizo de invocación, podría hacerle daño a alguien.

«Hacerle daño a alguien». ¡Por Hécate! No había pensado en eso. ¿Y si la gallina que había explotado era solo el principio?

—Apuesto a que podría controlar cualquier hechizo si no la presionaras tanto —dijo Oz—. La he visto utilizar la magia sin ningún esfuerzo.

—Vigila tu tono —dijo el padre de Mariel con el ceño fruncido—. Es a mi esposa a quien estás hablando.

—Y esta es tu hija llorando porque todo el mundo la trata como a un poni de feria mal adiestrado —replicó Oz.

Mariel se estremeció ante las duras palabras.

—Me gusta este tipo —dijo Alzapraz, que dio un trago a su copa de vino con cristales y todo.

Mariel tiró de la camisa de Oz con las mejillas sonrosadas.

—Siéntate, por favor.

Era vergonzoso que él la defendiera. ¿Por qué debería hacerlo? No se podía negar que era una fracasada.

—Esto no debería ser así —dijo Oz, aunque se sentó—. La magia no es un truco que se haga en una fiesta para divertir a la gente. Es una compleja red de propósitos y rituales que requiere concentración y compromiso.

Genial, ahora hasta Oz le explicaba cómo funcionaba la magia.

—Así es —dijo Diantha señalando a Mariel—. Le falta concentración.

—No es lo que pretendía decir —gruñó Oz—. Tiene que ser algo que ella quiera hacer.

—¿Por qué no querría hacerlo? —preguntó Roland, que frunció el ceño con una expresión de fastidio—. Es el legado familiar.

—Puede que quiera hacer magia a su manera —dijo Oz—. No porque la estéis presionando.

Themmie parecía horrorizada, pero seguía escribiendo. Mariel miró el bloc de notas, donde había registrados todos los pormenores de la desastrosa velada. Se le revolvió el estómago con una mezcla de rabia y vergüenza, y sintió calor y frío en oleadas. Quería gritar: «¡Dejad de hablar de mí como si no estuviera aquí!».

Diantha se burló.

—A mí me obligaron a hacer todo tipo de trucos para mis profesores y salí airosa de ello.

—Eso es cuestionable —murmuró Lancelot.

—La magia de Mariel es poderosa —dijo Oz—, pero el enfoque que le estáis dando no está sirviendo de nada. Necesitáis plantearos quién es Mariel, no quién desearíais que fuera.

Y eso resultó tan cortante como un cuchillo. Porque Mariel nunca sería lo que su madre deseaba.

Sus emociones se desbordaron y se levantó tan rápidamente que tiró su copa de vino.

—¡¿Podéis dejar de hablar de mí como si no estuviera aquí?! —gritó.

Todo el mundo se quedó mirándola. El vino empapó el mantel blanco como si fuera sangre derramada.

Mariel abrió y cerró la boca varias veces, pero no le salió ni una palabra. Así que se dio media vuelta y echó a correr.

CATORCE

Un portazo en la puerta principal siguió a la marcha de Mariel.

—¡Qué grosera! —dijo Diantha—. Y encima se va a perder la tarta de chocolate que he traído de Bélgica.

Ozroth se levantó al instante. Ignoró las quejas de Diantha mientras echaba a correr tras Mariel.

Themmie lo alcanzó mientras él agarraba su abrigo y el jersey de Mariel y abría la puerta de un tirón.

—No quiero quedarme —dijo Themmie, con expresión consternada mientras se acercaba a él—. Creí que Mariel exageraba con lo de su madre.

—No lo ha hecho —gruñó Ozroth—. La verdad es que ha sido demasiado amable.

Había demonios que eran unos padres horribles, pero como la descendencia demoníaca era excepcional, esos niños eran criados por comunidades enteras. Las especies prosperaban o fracasaban juntas. Ozroth no había tenido esa ayuda de la comunidad cuando era niño, pero solo porque se le había educado para un propósito más elevado.

Al parecer, habían educado a Mariel para que se sintiera fatal consigo misma.

Quería estrangular a alguien. Este era el tipo de estado de ánimo que podía conducir a un pacto de venganza. Con sumo placer le arrancaría los intestinos a alguien si así podía borrar el dolor del rostro de Mariel.

Themmie volaba a su lado mientras él caminaba por la calle.

Mariel ya había bajado la mitad del camino.

—¡Espera! —le gritó.

—¡Que os jodan a todos! —le gritó ella de vuelta. Tropezó y se cayó, soltando un aullido de dolor.

Corrió hacia ella, que se había hecho un ovillo.

—Déjame ver tu tobillo —ordenó.

Ella dio un paso atrás cuando él alargó una mano.

—Déjame en paz.

¿Por qué estaba enfadada con él?

—¿Estás bien?

En respuesta, ella le giró la cara.

Themmie se arrodilló junto a Mariel.

—Vamos, cariño. Hablemos. —Le acarició la trenza y Ozroth vio con una punzada de dolor que la flor estaba aplastada—. Ha sido una mierda, pero si estás mal podemos ayudarte.

—¿Por qué no retransmites en directo mi humillación? —preguntó Mariel con inquina—. Para eso has venido, ¿no? Para hacer un estudio de mi horrible familia. Puedes contárselo a todos tus seguidores.

Themmie parecía dolida.

—Eso no es justo. Mi profesor nos dijo que estudiáramos a un grupo de personas.

—Y pensaste que mi familia era lo más parecido a una manada de hienas, ¿verdad? —Mariel rio amargamente—. ¿Sabes qué les hacen las hienas a los miembros más débiles del clan?

—Tú no eres débil —dijo Ozroth.

Mariel lo fulminó con la mirada.

—Oz, me encantaría que dejaras de hablar. No te correspondía hablar por mí.

—Entonces, ¿a quién le corresponde, Mariel? —espetó él, con su ira a punto de desbordarse—. Tú no te defendiste. —Que Mariel se hubiera quedado sentada sin más le parecía de lo más increíble.

—No tienes ni idea de cómo puede llegar a ser mi madre. Lo que has visto ahí dentro no es nada.

—Lo que he visto me ha parecido espantoso.

—Y la próxima vez será peor porque has dado todo un espectáculo. Ahora mi madre dirá que yo no debería tener una piel tan fina.

—¿*Yo* he dado un espectáculo? —Se estaba enfadando de verdad. La luz de la farola parpadeó y luego estalló con un fuerte chasquido—. Tu madre es un espectáculo.

—Y tú me conoces desde hace tres días —espetó Mariel—. Así que, por favor, no hables de mi familia.

Themmie alargó la mano para acariciar de nuevo el cabello de Mariel, pero ella la apartó de un empujón.

—Vamos, Mariel —dijo Themmie—. Estamos tratando de ayudar.

—Podrías haber ayudado evitando convertir a mi familia en un proyecto de ciencias.

Themmie batió las alas con nerviosismo.

—No es nada tan serio. Tan solo tenía que tomar notas sobre una reunión, y lo de la hiena era una broma.

Mariel fulminó a la *pixie* con la mirada.

—Sí, una divertidísima. Asegúrate de tuitearlo.

Themmie se levantó del suelo.

—Mira, lo que ha pasado ahí dentro ha sido una mierda, pero no tienes que ser una zorra con la gente que está de tu lado. —Miró a Ozroth—. Me largo.

Y, tras decir eso, Themmie salió volando. Las alas la llevaron al tejado de la casa más cercana.

Ozroth nunca había visto así a Mariel. Tenía la cara roja por la ira, pero sus ojos eran dos pozos de desesperación. Lloriqueó y se limpió la nariz.

—Ya está —dijo—, otra persona más que piensa que no estoy a la altura.

Ozroth podía comprender el enfado que sentía hacia su familia, pero esta autocompasión no era nada productiva.

—Ella lo superará. Y, además, te has hecho esto a ti misma.

—Vaya, gracias. El novio más comprensivo del mundo.

—No soy tu novio —le espetó. El aire estaba cargado, como si estuviera a punto de producirse una tormenta eléctrica.

—Claro que no —respondió ella—. Eres solo el demonio que quiere robarme el alma. Estoy segura de que tienes motivos muy nobles. ¿Cuándo vas a sacarle partido a mi humillación para que hagamos un trato?

La acusación le dolió. Cuando se enfrentó a su familia, no estaba pensando ni por asomo en el pacto de almas. Solo quería protegerla.

Sin embargo, era evidente que ella no quería su protección.

—Tienes razón —dijo—. Soy un monstruo horrible sin compasión. Bien. Te propongo este trato: si me entregas tu alma, te daré unas malditas agallas.

Y, tras decir eso, se marchó.

✦　✦　✦

El tatuaje de Ozroth empezó a hormiguear cuando estaba a medio camino de casa de Mariel.

—Ahora no —gruñó. Pero fue inútil. El tatuaje le ardía y Ozroth se detuvo bajo un arce medio esquelético. Le dio un manotazo al tronco y sintió una punzada de remordimiento cuando las hojas muertas cayeron al suelo. ¿Qué plantas estarían consolando a Mariel ahora mismo?

—¿Qué? —preguntó cuando Astaroth apareció.

Astaroth levantó sus pálidas cejas.

—¿Es esa forma de saludar a tu mentor?

El demonio iba vestido tan elegantemente como siempre, con un traje gris acero y chaleco y corbata de color negro. El alfiler de la corbata era una cruz invertida, algo que Mariel habría considerado todo un cliché. La luz del fuego parpadeaba sobre el cabello rubio platino de Astaroth, lo que significaba que estaría en las dependencias del consejo. A los archidemonios les encantaba la luz del fuego.

—¡Lo siento! —gritó Ozroth—. Es un mal momento.

—Dado tu historial últimamente, me pregunto si alguna vez tienes un buen momento. —Astaroth agarró el bastón por su calavera—. No me has puesto al día sobre los progresos de este trato.

—Estoy trabajando en ello.

—Con poco ahínco, al parecer. —Astaroth miró a Ozroth de arriba abajo y el horror apareció en su rostro—. ¿Qué es esa monstruosidad que llevas?

—Una camisa.

—Es horrible —Astaroth hizo un mohín—. Sé que Glimmer Falls no es Londres, pero seguro que puedes llevar otra ropa que no te hagan parecer un padre de mediana edad que ha perdido las ganas de vivir.

—¿Me has citado para hablar de mi vestuario? —preguntó Ozroth—. ¿O esta conversación tiene otro objetivo?

Astaroth le miró de forma penetrante. El archidemonio no era demasiado grande (Ozroth le sacaba unos centímetros y muchos músculos), pero había una vieja astucia en esos ojos azules como el hielo.

—Te has vuelto un deslenguado desde que entraste en el reino de los seres humanos —dijo Astaroth—. ¿Los mortales están echando a perder tus modales o es que estás perdiendo el control de tus impulsos?

—No estoy perdiendo ningún control —dijo Ozroth, aunque eso era justo lo que estaba ocurriendo—. Simplemente no me gusta que me controlen tanto.

—Confía en mí. Si te estuviera controlando tanto como dices, lo sabrías. —Astaroth se dio un golpecito en la bota con el bastón—. ¿Y bien?

Ozroth sabía lo que el demonio quería oír. Por desgracia, no podía dárselo.

—Todavía no quiere hacer un trato.

—¿En serio? ¿Tan difícil es esa bruja?

—No tienes ni idea. —La guapa, terca y *exasperante* Mariel.

—Tal vez debería hacerle una visita. —Astaroth agarró la punta del bastón y sacó una delgada espada de plata de la vaina. La examinó mientras giraba la hoja de un lado a otro—. Puede que responda mejor a mis métodos.

—¡No! —El pánico invadió a Ozroth ante la idea de que Astaroth pudiera blandir esa espada mortal contra Mariel. Había rumores sobre cómo se había hecho Astaroth con el poder. La sociedad demoníaca era más feudal cuando él llegó a la cima, y lo que le había faltado en tamaño lo había compensado con brutalidad—. Me encargaré de ello.

—Más te vale. —Astaroth envainó su espada—. No te presiono por crueldad. Esa alma que tienes en el pecho es un lastre y tenemos que averiguar cuánto puede afectar a tu rendimiento.

—Y tú quieres ganar la apuesta. —Todavía le molestaba que Astaroth hubiera apostado por él.

Astaroth ladeó la cabeza.

—Piensa en ello como una motivación más. Tienes hasta el último día del mes mortal.

Y, tras decir esto, desapareció.

Ozroth se desplomó contra el árbol y se quedó contemplando el pueblo dormido. Alguna criatura fantástica trinaba sobre su cabeza y las hadas del río cantaban sus solitarias melodías a lo lejos.

Había sido criado con un único propósito: proteger el reino demoníaco haciendo tratos difíciles. Si fracasaba en esta tarea, si le fallaba al demonio que lo había criado y guiado, ¿para qué habrían servido todos esos años de soledad y esfuerzo?

Pero en el interior de Ozroth ardía un fuego que calentaba los rincones más oscuros de su psique, descuidados durante mucho tiempo. Si hubiera podido arrancarse el alma para iluminar el plano demoníaco, lo habría hecho, pero los demonios solo podían apoderarse de las almas de los mortales.

Si se llevaba la de Mariel, ¿qué pasaría con este oasis de magia? ¿Seguirían creciendo los árboles y las plantas? ¿A alguien le importarían lo suficiente para detener la construcción del resort?

Y lo que era más importante, ¿qué le ocurriría a Mariel? Era un ser humano joven, pero con un tiempo dolorosamente corto para un demonio. Se pasaría las restantes décadas de su vida como una cáscara vacía; sin sentir nada, sin querer nada, sin esperar nada.

Ella se convertiría en lo que él había sido durante siglos.

QUINCE

Mariel regresó a casa una hora después de su crisis nerviosa agotada y sintiéndose como una mierda. Tenía los ojos hinchados de tanto llorar y se le había formado un nudo en el estómago. Sus emociones eran un revoltijo de vergüenza, dolor, enfado… y arrepentimiento.

«Lo siento», le había escrito a Themmie en un mensaje de texto. Ella no había respondido.

Oz no tenía teléfono y Mariel tampoco estaba segura de qué le habría enviado por mensaje si lo tuviera.

«Eres un imbécil por decirme que me pusiera las pilas, pero también me defendiste, pero tampoco te lo pedí, así que ¿sigo cabreada?».

«Tienes razón, no tengo agallas, pero no tienes derecho a decírmelo».

«Me cabrea que actúes como si yo te importara, porque sé que solo quieres robarme mi alma y mi magia, pero estoy sintiendo algo por ti y me duele…».

La verdad es que lo de esta noche la había fastidiado mucho. Estaba acostumbrada a que su madre la menospreciara. Todos los domingos por la noche regresaba a casa sintiéndose más pequeña. Pero nunca había tenido a nadie fuera de su familia que hubiera sido testigo de su humillación.

Themmie y Oz lo habían presenciado todo. Cuando Oz estalló por lo que le estaba diciendo su familia, ella había querido que se la tragara la tierra. Ya era una bruja incompetente y ahora sería una bruja que no sabía defenderse. Cuando Oz había empezado a hablar de la magia de Mariel con sus padres, ella llegó a su límite. ¿Por qué le daba la sensación de que todos sabían lo que ella tenía que hacer?

Pero Oz había parecido tan dolido cuando ella le había gritado... Como si a él realmente le importara.

Y si así era, ¿qué significaba?

—¡Por Hécate! Esto es un desastre —le dijo a un álamo al pasar. Sus hojas crujieron en respuesta.

Cuando llegó a casa, se preparó para ver a Oz, pero este no estaba en el sofá ni en la cocina. Se empezó a preocupar. ¿Y si había estado vagando por las calles y la canalla de una mantícora lo había atrapado? ¿Y si estaba tirado temblando en algún callejón? Era una noche fría y no tardarían en llegar las primeras heladas.

Le llamó la atención una silueta que había en el invernadero iluminado por la luna. Se apresuró a salir y abrió de un tirón la puerta de cristal. El calor húmedo se esparció por el exterior; siempre tenía varios calefactores encendidos las veinticuatro horas del día.

—¿Oz? —preguntó con la voz ronca por el llanto.

Este permaneció en silencio durante un instante.

—Estoy aquí —dijo por fin.

Ella se dirigió a donde él estaba mientras sus ojos se adaptaban a la oscuridad. Él estaba parado frente al lirio de fuego, observando la llama que parpadeaba en su interior, tenue como la punta encendida de un cigarrillo.

—Tenemos de estos en el plano demoníaco —dijo—. Reconocí el olor a canela.

—¿En serio? Compré las semillas por internet.

Mariel se detuvo a su lado, mirándole a él a la cara y no al lirio. Parecía más mayor, más cansado, a pesar de que con su inmortalidad tenía la apariencia de treinta años como mucho. Estaba suspendido en el tiempo, como un insecto atrapado en ámbar.

Sin embargo, los insectos del ámbar no cambiaban. Y si él había sido alguna vez Ozroth el Despiadado, esa no era la persona a la que ella había llegado a conocer. Puede que Oz fuera un gran mentiroso, pero Mariel tenía mente, corazón y un buen instinto, y no lo creía capaz de decepcionarla de una forma tan cruel.

—En el plano demoníaco —dijo Oz— solo florecen en las noches más oscuras y frías del invierno. Esa noche las madres les cuentan a sus hijos historias sobre los viejos tiempos, cuando todo era frío y negro como la obsidiana. —Él sonaba distante, como si estuviera perdido en un cuento de hadas—. Era un plano primitivo, totalmente caótico y sin nadie que lo dominara. Entonces llegó el primer demonio, trayendo consigo la luz. Poco a poco, nuestra especie floreció de la oscuridad, como lirios de fuego.

—Es precioso —dijo Mariel.

—Mi madre me llevó a ver cómo ardían los lirios. Lo había olvidado hasta que vi este. Me cogió de la mano y me llevó afuera, en la noche más larga y oscura del año, y me dijo que mientras hubiera luz, habría esperanza.

Sin embargo, en su rostro había ahora cualquier cosa menos esperanza, y Mariel tenía la inquietante sensación de que le preocupaba algo más que su reciente discusión.

—Deja que te enseñe algo —dijo él.

Oz se dirigió al rosal más cercano y se pinchó el pulgar con una espina. Mariel protestó mientras brotaba la sangre. Él regresó a donde estaba el lirio de fuego y puso el dedo por encima. Una gota de sangre rodó por su piel y cayó al centro de la flor. Al instante, la llama creció y de ella salieron unas chispas de oro como si fueran diminutos fuegos artificiales.

Mariel jadeó.

—No sabía que podía hacer eso.

—Los demonios nutrimos nuestro mundo con todo lo que tenemos. Con nuestro trabajo, nuestro dolor, nuestros cuerpos... Sin nuestros cuidados y la luz que traemos, las plantas no se desarrollarían. Y sin ellas, los insectos no se alimentarían, lo que significaría que las ranas y los lagartos tampoco lo harían, y se produciría un efecto en cascada en el que todo el mundo acabaría pasando hambre.

Fuera del invernadero el viento azotaba las copas de los árboles. La lluvia golpeaba el cristal. Mariel se imaginó un campo de lirios de fuego, como pequeñas chispas que contenían la oscuridad.

—Lo siento —dijo ella—. Solo intentabas ayudar.

Él salió de su ensimismamiento y la miró con seriedad.

—Yo también lo siento.

Había algo más en sus palabras, como si se estuviera disculpando por más pecados de los que ella creía.

—Para mí es duro que la gente que me importa me vea en mi peor momento —dijo ella—. Quiero ser fuerte, pero no lo soy, así que me desahogué.

El lirio de fuego proyectaba un resplandor rojo sobre la cara de Oz y resaltaba sus angulosas facciones. La mandíbula cuadrada, la nariz grande y los pómulos altos. Advirtió que era bello. No perfecto, pero sí bello, como un paisaje agreste e indómito.

—Eres fuerte —dijo—. Has aguantado cosas horribles durante años, pero sigues en pie. Aún tienes esperanza. Todavía sonríes. —Lo dijo como si sonreír fuera una victoria y no algo cotidiano, y tal vez para él lo era. Oz suspiró—. Siento que Themmie te viera en ese estado. Sé que te preocupas por ella.

¿Pensaba que estaba molesta por haberse mostrado vulnerable ante Themmie?

Mariel sintió vértigo como si estuviera a punto de caer por un precipicio. Era como cuando su familia había visitado Nuevo México para conocer a la familia de Lupe en Taos, antes de su boda con el tío Quincy. Estaban caminando por el puente del desfiladero de Río Grande, a seiscientos quince metros de altura, cuando Mariel, que entonces tenía nueve años, había mirado hacia abajo y el estómago le había dado un vuelco.

Sin embargo, algunos impulsos eran irresistibles y, de todos modos, Mariel nunca había sido buena controlándolos. ¡Al diablo con la caída!

—No solo es por Themmie —dijo, acercándose a Oz.

Él frunció el ceño y luego se relajó.

—Lancelot. Tu familia tiene unos nombres ridículos…

Como él seguía sin comprenderlo y Mariel no estaba segura de encontrar las palabras necesarias para explicarse, hizo lo único que vio lógico: se puso de puntillas y besó al demonio.

Cuando sus labios se encontraron, Oz dejó escapar un murmullo de sorpresa. Se apartó y la miró con ojos desorbitados. Luego farfulló una maldición y apretó su boca caliente contra la de ella. Mariel se fundió con él, rodeándole el cuello con los brazos. Él estaba caliente por todas partes, con el cuerpo y los labios enfebrecidos.

Esto era lo que ella necesitaba. Él la enfurecía, la castigaba, la desafiaba y la estimulaba, y había entre ellos una atracción mágica que no podía explicar. Mientras Mariel lo besaba, tiró de él para acercarlo, enredando una pierna alrededor de la suya como una enredadera. En respuesta, Oz le agarró el culo con sus grandes manos y la levantó del suelo como si no pesara nada. Mariel apretó los tobillos contra su espalda mientras él la llevaba hacia la casa, con las lenguas entrelazadas todo el tiempo. Su espalda chocó con el revestimiento y jadeó cuando Oz se movió para lamerle el cuello.

—Mariel —susurró contra su cuello. Luego le dio un mordisquito en el lóbulo de la oreja—. ¡Mierda! ¿Cómo puedo desear esto tanto?

—Yo también lo deseo —dijo ella con voz entrecortada.

Oz apretó más las caderas contra su cuerpo y Mariel gimió. La falda se le había subido y mostraba sus muslos desnudos al frío de la noche, pero ella apenas lo notó. Los labios de Oz le recorrieron el cuello con pasión antes de regresar a su boca para darle más besos profundos y embriagadores. Estaba empalmado bajo los vaqueros y ella se movió hacia él todo lo que pudo mientras estaba pegada a la pared.

Mariel gimió cuando él tocó en el punto exacto, provocándole una descarga de placer.

—Sí —jadeó, clavándole las uñas en los hombros.

Él farfulló una maldición y luego le apretó el culo con más fuerza, frotándose contra ella a un ritmo rápido e intenso. ¡Por Hécate! Él era tan fuerte... Sus bíceps le parecieron de acero cuando la recorrió con las manos. ¿Qué sentiría al tener su enorme cuerpo encima de ella, su aliento caliente en la oreja mientras la penetraba?

La simple idea provocó que Mariel se mojara aún más. Hacía años que no tenía sexo y nunca lo había hecho con alguien que la hubiera excitado tanto. Lo besó con desesperación, deslizando la lengua sobre la suya y mordisqueándole el labio inferior. Las hojas caídas del otoño se arremolinaban a su alrededor con más fuerza a medida que su placer aumentaba y unos rayos azules iluminaron el cielo nocturno.

—Oz, por favor —suplicó ella contra sus labios—. Llévame a la cama.

Él gimió.

—Me estás atormentando, Mariel.

—Tú eres el demonio —se burló—. ¿No eres tú el atormentador profesional?

Oz se calló de repente. Un segundo después, Mariel resbalaba por la pared. Intentó recuperar el aliento mientras Oz se apartaba. Su expresión era desesperada mientras se llevaba las manos a la cabeza y se tiraba de los oscuros mechones.

—¡Mierda!

—¿Qué pasa? —Solo pretendía burlarse de él, pero parecía que le había hecho daño. Cuando él le dio la espalda, el dolor le atravesó el corazón—. Oz, por favor, hablemos.

Él sacudió la cabeza.

—Esto ha sido un error. —Su voz sonaba dura y desgarrada—. No puede volver a ocurrir. —Luego abrió de un tirón la puerta lateral y desapareció en la noche.

Mariel se quedó sola, con su cuerpo palpitando por el deseo insatisfecho. Tembló mientras un aire frío la envolvía. ¿Qué narices acababa de pasar?

DIECISÉIS

La campanilla tintineó cuando la puerta del local que no cerraba en toda la noche se abrió. Mariel levantó la vista de su plato de patatas fritas y se sorprendió al ver a Themmie y Calladia. Solo le había mandado un mensaje a esta última.

Calladia iba vestida como de costumbre, mientras que Themmie llevaba un mono de unicornio con una solapa en la espalda por donde asomaban sus alas. Las zapatillas de conejito eran adorables, pero su ceño fruncido era cualquier cosa menos eso.

—Que sepas que he venido de mala gana —anunció Themmie mientras se sentaba en el reservado frente a Mariel. Como en la mayoría de los establecimientos del pueblo, había un espacio entre el asiento y el respaldo para que los seres voladores pudieran colocar sus alas cómodamente.

—Lo siento —dijo Mariel—. Te envié un mensaje.

Themmie resopló.

—No era una disculpa muy currada.

—Siento haberte gritado —dijo Mariel, tragándose su orgullo—. Y siento haberte dicho eso sobre las redes sociales. Me sentía humillada y me enfadé. —Deslizó las patatas fritas por la mesa mientras miraba a Themmie con arrepentimiento—. ¿Me perdonas?

Themmie alcanzó una patata frita y la mordió.

—Ahora sí —dijo—. Y, si te hace sentir mejor, que sepas que escribí sobre una reunión diferente para mi clase. Así que, vamos, ¿qué emergencia requiere terapia a la una de la madrugada?

El mensaje de texto que Mariel le había enviado a Calladia había sido muy impreciso. Lo había escrito mientras corría por las calles intentando encontrar a Oz: «¿He hecho algo malo? ¿O bueno? Pero estoy flipando y además te vas a enfadar mucho conmigo».

Calladia le había respondido casi de inmediato. «El Café Centauro, veinte minutos».

Solo había otro cliente a esa hora: un tipo con aspecto de profesor y sombrero fedora que leía un libro sobre magia. Tal vez Mariel debería preguntarle si contenía algún consejo para enamorar a un demonio.

Calladia se sentó a la izquierda de Themmie con los brazos cruzados.

—Sí, dime por qué estoy a punto de enfadarme contigo.

Mariel no lo había pensado bien. Había entrado en pánico y estaba cachonda y confusa, y lo único que sabía era que necesitaba a alguien para despotricar. Ahora, con Themmie y Calladia mirándola fijamente, se preguntaba cómo iba a confesar lo que había hecho.

Calladia arqueó una ceja rubia.

—¿Y bien?

—MenrolléconOz —dijo Mariel, demasiado rápido y agudo.

Themmie arrugó la nariz.

—¿Qué?

Mariel respiró hondo.

—Me enrollé con Oz.

Se encogió en espera de la reprimenda de Calladia.

—¡No puede ser! —exclamó Calladia, sentándose de golpe—. Mariel, eres una cachonda desastrosa.

Themmie aún parecía confusa.

—¿Por qué es para tanto? Es su novio.

Mariel hizo una mueca de dolor. Cierto. Themmie aún no conocía los pormenores de su «relación».

—Es... complicado.

Themmie puso los ojos en blanco.

—Si no me dices qué narices está pasando, me voy. Tengo que hacer un *streaming* por la mañana.

—Sí —dijo Calladia, sonriendo a Mariel—. ¿Por qué no le cuentas a Themmie qué está pasando exactamente con Oz? Estoy segura de que le *fascinará* saberlo.

Mariel fulminó a Calladia con la mirada. Esto podría haberse evitado si Calladia no hubiera invitado a la *pixie*. Por otra parte, Mariel no le había mencionado que el tema iba sobre Oz y las tres habían tenido muchas sesiones nocturnas para darse consejo desde que habían conocido a Themmie en el Club de Protección Medioambiental de Glimmer Falls.

Themmie alcanzó otra patata frita y la mojó en el kétchup de Mariel.

—Esto tiene pinta de estar bueno.

—Y sobre Oz... —dijo Mariel—. Sé que dije que es mi novio, pero... no lo es.

Themmie arrugó la nariz.

—Entonces, ¿qué es? ¿Un amigo con derecho a roce?

—Eso tampoco. —Aunque después de esta noche, no tenía ni idea de lo que eran—. Básicamente, mi madre nos vio juntos y me entró el pánico.

—Suéltalo —dijo Calladia—. Las noticias no van a mejorar.

Tenía razón. Mariel decidió ir a por todas.

—¿Recuerdas el demonio que mencioné? ¿El que duerme en mi sofá?

—Sí... ¿Tienes un okupa? Pensé que Oz iba a darle una paliza. —Themmie abrió los ojos como platos y Mariel vio el momento exacto en que la *pixie* caía en la cuenta—. Espera, no.

—Sí. Oz es un demonio.

Themmie salió disparada de su asiento, de la misma forma que lo había hecho la primera vez que salió el tema en Le Chapeau Magique. El movimiento tiró hacia atrás la capucha de unicornio y dejó al descubierto su cabello alborotado por las sábanas. Batió las alas con nerviosismo y se elevó varios metros del suelo.

—Le di un abrazo —susurró—. ¡Cenamos juntos! ¿Qué coño te pasa, Mariel?

—Siéntate —dijo Calladia—. La cosa se pone aún peor.

Themmie se volvió a sentar con los ojos como platos.

Mariel se metió tres patatas fritas en la boca. Ojalá la sal y la grasa curaran todos los males de la vida.

—Estaba a punto de hornear —dijo mientras comía— y quise invocar un poco de harina. Pero me equivoqué con el conjuro y traje a un demonio.

—¡Por Flora, Fauna y Primavera! —dijo Themmie—. Ya sé que el lenguaje mágico es incomprensible para el resto de nosotros, pero seguro que las palabras «harina» y «demonio» no son tan parecidas.

—Cuando tú la cagas, lo son —murmuró Mariel.

—¿Así que Oz apareció en tu cocina sin más? ¿En plan «¡Tachán! He aquí un demonio buenorro»?

—Sí. —Mariel hizo un mohín—. Y no puede regresar al plano demoníaco hasta que le entregue mi alma a cambio de algún favor.

Themmie se quedó boquiabierta.

Mariel se revolvió incómoda en su asiento.

—Mira, ¿podemos pasar a la parte en la que me enrollé con él? Necesito consejo.

—¿Qué es eso del alma? —preguntó Themmie—. Pensé que era una metáfora religiosa.

—Al parecer es nuestra magia. Los demonios no tienen una propia. —Mariel frunció el ceño—. Excepto unos pocos que tienen la magia de negociación, pero supongo que eso no cuenta.

—Los seres humanos no suelen tener magia. Pero ¿tienen alma?

—Tal vez sea una cuestión de lenguaje. Igual que *infierno* significa «leal» en lengua demoníaca antigua, puede que *alma* signifique «magia de brujos» y nuestro idioma lo estropeara.

Calladia dio un fuerte golpe en la mesa con la mano.

—¿Podemos dejar de especular sobre etimología y centrarnos en el tema que nos ocupa? Te has liado con un demonio.

Themmie se inclinó hacia ella, con los ojos marrones brillando de curiosidad.

—Eres toda una friki. ¿Estuvo bien?

—¡Uf! —Mariel metió la cabeza entre los brazos—. Que si estuvo bien... —murmuró—. Casi me corro.

—Vaya, vaya, vaya... —dijo Calladia—. Pensaba que solo os estabais enrollando.

Mariel levantó la cabeza, avergonzada.

—Quiero decir, sí, pero hubo un poco de magreo y...

Themmie le indicó al camarero que le trajera un batido de fresa.

—Cuéntanoslo todo.

Mariel resumió lo que había pasado mientras Themmie la escuchaba embelesada, sorbiendo su batido ruidosamente.

—Es tan fuerte... —dijo Mariel, mientras removía una patata frita en el kétchup y miraba de forma soñadora a lo lejos—. Podría haberme cargado en brazos durante días sin sudar una gota.

—¡Uf, qué calor! —dijo Themmie.

Calladia le dio un golpecito a Mariel en la cabeza con una servilleta enrollada.

—Eres una salida. —Luego le dio un manotazo a Themmie—. Y tú también. No deberías animarla con esto.

—¿Por qué no? —preguntó Themmie—. Mariel no se ha acostado con alguien en... ¿cuánto tiempo?

—Cinco años —respondió Mariel al instante. Había tenido algunas relaciones esporádicas en la Universidad y poco después, pero ahora estaba en un período de sequía.

—¡Uf! —Themmie hizo un mohín—. ¿Le has pedido al ginecólogo que compruebe si hay telarañas? —Mariel le lanzó una patata frita y Themmie se rio—. De todos modos —dijo la *pixie* mientras se metía otra patata frita en la boca—, si va a quedarse por aquí, Mariel debería llevarse bien con él. —Alzó las cejas—. ¿La tiene grande?

—Grande —dijo Mariel—. Quiero decir, no le metí mano ni nada, pero es un tipo grande. Y vi la forma de su pene cuando se metió en las aguas termales.

Calladia se tapó los oídos.

—¡La, la, la! No te oigo.

—¿Sabes? Que sea un demonio me asustó —dijo Themmie—, pero parece un tipo decente. Aunque al principio era un poco idiota.

—Creo que es un tipo decente —dijo Mariel—. No vino por propia voluntad y tampoco hace mucho por apoderarse de mi alma.

Themmie le guiñó un ojo.

—Yo diría que está intentando conseguir algo más...

—Pero ahí está la cosa. Cuando eso pasó se asustó y me dijo que no podíamos volver a hacerlo.

Ella ni siquiera sabía dónde estaba, aunque tenía que ser en alguna parte del vecindario. ¿Estaría sentado en un banco del pueblo? ¿Durmiendo en un callejón? Oz era un demonio grande y fuerte, pero hacía frío, era tarde y se preocupaba por él.

Calladia jugueteó con su coleta.

—¿Está reteniendo el sexo hasta que hagáis un trato? Si es así, querrá mucho a su pene.

—Lo dudo. —Mariel se mordió el labio inferior—. Se fue corriendo después de que le dijera algo.

—¿Qué?

Mariel alcanzó la servilleta enrollada de Calladia y la hizo trizas. Los trozos cayeron como copos de nieve sobre su regazo.

—Dijo que lo estaba atormentando. Y yo le dije que, como era un demonio, él era el atormentador profesional. Y así, sin más, la cosa se acabó. —Recordó su expresión devastada y se le encogió el estómago—. Parecía muy disgustado.

Calladia reflexionó con los labios fruncidos.

—Parece ser que no le gustó que lo llamaras «atormentador». Aunque es extraño porque se apoda «el Despiadado».

Themmie resopló.

—Los hombres, sus egos y sus ridículos apodos de colegas. He visto cómo te mira, Mariel. Ese demonio es dulce como un gatito.

Sorbió ruidosamente la última gota de batido y pidió otro al camarero. Los *pixies* eran conocidos por ser adictos al azúcar, con un metabolismo parecido al de los colibríes.

Mariel no estaba segura de que Oz fuera «dulce como un gatito», pero era obvio que había *cierta* atracción entre ellos.

—Así que herí sus sentimientos al llamarle «atormentador»? Eso no es justo. A mí me llamó lo mismo.

—¿Has pensado que puede sentirse culpable por estar aquí?

Calladia miró a Themmie con los ojos entrecerrados.

—¿Qué quieres decir? Apoderarse de almas es su trabajo.

Themmie agarró el nuevo batido, dio las gracias al camarero y empezó a bebérselo de un trago.

—Solo digo —continuó, con una gota de batido de fresa cayéndole por la barbilla— que los tratos de almas suelen ser consentidos por ambas partes. Aunque este haya sido un error, no puede librarse de él. Además, se siente atraído por ti, lo cual es un problema si tiene que apoderarse de tu magia. —Ella se encogió de hombros—. ¿No te sentirías como una mierda si fueras él?

Se hizo un silencio tan solo interrumpido por los sorbos de Themmie. Incluso a Calladia le había afectado esa información.

—¡Vaya! No lo había visto de esa manera —dijo la bruja rubia finalmente.

Mariel se sintió aún más culpable.

—Es culpa mía —dijo, deseando que su vaso de agua fuera un vaso de vodka—. Yo le invoqué. Él no tuvo elección.

—Fue sin querer —dijo Themmie—. Y solo han pasado unos días. Ya se te ocurrirá algo.

—Tal vez. —Pero si Oz nunca había oído hablar de un caso semejante en cientos de años, ¿cómo iba a sacarlos Mariel de ese aprieto?

—Y si no, ¿por qué no mantener una relación romántica con él? —Themmie suspiró con aire soñador—. Tal vez sea tu alma gemela y estéis destinados a estar juntos para siempre. Quizá nunca os habríais conocido si no hubiera sido por este trato.

—Es difícil tener un alma gemela cuando solo uno de los dos tiene alma —refunfuñó Calladia.

Era ridículo, una tontería al estilo Disney, pero Mariel seguía sintiendo una punzada de anhelo. Básicamente había metido a Oz en una trampa, pero su parte romántica deseaba que lo que Themmie estaba diciendo fuera cierto: que Mariel y Oz tuvieran tal conexión, que nunca necesitaran o quisieran separarse. Nunca se había sentido enamorada y la idea de que un chico fuerte y guapo la adorara y nunca la abandonara le resultaba embriagadora.

Pero Oz sí quería marcharse. Y, desde un punto de vista práctico, alguno de los dos acabaría cansándose de tener que estar siempre juntos. Incluso el romántico corazón de Mariel podía verlo.

Y, aunque se tratara de un amor de cuento de hadas, acabaría en tragedia.

—Oz es inmortal —dijo Mariel—. ¿De verdad quieres que me venga a visitar a un asilo dentro de setenta años cuando tenga demencia y no recuerde quién es?

—¡Oh! —Themmie se quedó atónita—. No había pensado en eso.

Siguió más silencio. Mariel apoyó la cabeza en los laterales acolchados de su asiento. La mesa olía a salsa barbacoa rancia.

—No tienes que solucionarlo todo ahora mismo —dijo Calladia con delicadeza—. Son las dos de la madrugada y ninguna pensamos con claridad. Puedes ir a la biblioteca mañana.

—¡Tengo trabajo y luego la asamblea! —exclamó Mariel.

Calladia chasqueó la lengua.

—Tienes al menos tres horas entre el trabajo y la asamblea. Puedes seguir alternando entre la impotencia y el calentón, pero a mí, personalmente, me gustaría encontrar una solución a tu problema.

Mariel levantó la cabeza para mirar a su amiga.

—Das asco.

—Culpable de los cargos. —Calladia cruzó la mesa para acariciar a Mariel en la cabeza—. Venga. Es tarde y estás agotada.

Mariel suspiró.

—Está bien. —Luego miró a sus dos amigas y sintió unas inexplicables ganas de llorar—. Gracias. Por estar aquí y escucharme.

—Gracias *a ti* —dijo Themmie con vehemencia—. Ha sido un cotilleo maravilloso. —Mariel le dio un manotazo en el brazo y Themmie se rio—. Pero, de verdad, llámame cuando quieras. Todo este asunto es increíble.

Se despidieron para caminar (o volar, en el caso de Themmie) hacia sus respectivas casas. Mientras Mariel se dirigía a la suya, no dejaba de pensar en Oz. No estaba segura de dónde estaría y esperaba que, al menos, no estuviera acurrucado bajo algún arbusto muriéndose de frío.

Finalmente encontró a Oz sentado en el bordillo de su puerta. Sus cuernos brillaban a la suave luz de una farola cubierta de hiedra. No levantó la vista cuando ella se acercó.

Mariel se sentó a su lado y se aclaró la garganta.

—No eres un atormentador. Creo que eres una persona encantadora.

Él hizo un mohín.

—Eso es totalmente falso y, además, apenas me conoces.

—Sé que eres amable y comprensivo. Y que no quieres ese trato más que yo.

—Claro que lo quiero —se apresuró a decir—. Hacer tratos es mi único objetivo en la vida. —Pero no parecía muy convincente. Si frunciera más el ceño, su mirada podría agujerear el asfalto.

—No creo que tengas que definirte por tu trabajo.

—Lo haces cuando eres un negociador. —Se pasó una mano por el cabello y tiró de él. Ella estaba empezando a conocerlo; se revolvía el cabello cuando estaba enfadado—. Si fallo, no solo me afectará a mí. El plano demoníaco depende de la magia que puedo conseguir.

—Pero no quieres quitarme mi magia porque sabes que no quiero perderla. Te puse en una situación imposible cuando te invoqué.

Él hizo un mohín.

—A un demonio de verdad no le importaría cómo se llegó a ese trato.

—Entonces me alegro de que no seas un demonio de verdad.

—Díselo a Astaroth. Seguro que se alegrará.

Mariel estaría encantada de contarle muchas cosas a Astaroth, ninguna de ellas bonita. Estaba a punto de decirlo cuando Oz empezó a tiritar.

—Vamos —dijo, dándole un pequeño empujón con el hombro—. Es tarde y tienes frío.

—No tengo frío —dijo él tercamente, aunque volvió a tiritar.

—¿Qué conseguirás sentándote fuera toda la noche? ¿Hará que te sientas mejor?

—No.

—Entonces vamos. —Se levantó y alargó una mano, mordiéndose el labio inferior ante la mirada enfurruñada de Oz—. Estás a un paso de autoflagelarte y eso es demasiado medieval para un demonio con clase como tú.

Él resopló mientras se levantaba, rozando con los dedos los de ella en señal de agradecimiento por su ayuda.

—A veces eres muy pesada —dijo mientras se dirigían a la casa.

—Me alegra oírlo —dijo mientras abría la puerta—. Me estaba cansando de ser perfecta todo el tiempo.

Cuando Oz se dirigía al salón, Mariel le agarró del brazo.

—Ese sofá no es demasiado cómodo.

Él gruñó.

—No está mal.

¡Qué mentiroso! Mariel le tiró del brazo hasta que la siguió por el pasillo.

—Esta noche vas a dormir en una cama de verdad bajo un montón de mantas.

—¿Y dónde dormirás tú?

Se le aceleró el corazón. Tal vez fuera una malísima idea, teniendo en cuenta lo que había pasado, pero no quería que pasara frío y se sintiera incómodo. Estaba siendo caritativa, ¿verdad?

—A tu lado.

—Mariel —dijo su nombre como una advertencia—, te dije que no podía volver a hacerlo.

Era la primera vez que él reconocía que estaba sucediendo algo entre ellos y su rechazo le dolió tanto como la primera vez. Pero Calladia tenía razón: no solucionaría nada esta noche.

—Solo para dormir —dijo—. Estoy agotada y mañana va a ser un día muy largo.

A pesar de sus quejas, le obligó a lavarse los dientes con el cepillo que Calladia había traído y a quedarse vestido solo con los calzoncillos de corazones. Él se sentó en el borde de la cama con incomodad. Ella le miró los pies.

—¿Llevas calcetines de gatitos?

Él subió enseguida las piernas a la cama y metió los pies bajo las sábanas.

—Puedes darle las gracias a Calladia. Y por la ropa interior.

Mariel lo haría sin duda. Dedicó unos minutos a admirar el cuerpo de Oz mientras se arropaba. La ondulación de sus músculos podía verse en la manta que se había ceñido en los hombros y sus cuernos se veían elegantes y afilados en contraste con la almohada de satén azul. Ocupaba casi todo el espacio y Mariel se sintió extrañamente orgullosa de tener a un demonio tan grande y viril en su cama.

Fue a lavarse los dientes y a ponerse una camiseta negra que le llegaba casi hasta las rodillas. La había comprado en un concierto del grupo local de *grunge* The Pixies (No, esos no), y era su favorita para dormir. Cuando regresó descalza a la habitación, sonrió al ver que Oz había sacado más mantas del armario de la ropa blanca. Ahora era un bulto enorme bajo las mantas, con el cabello negro y las puntas de los cuernos asomando por ellas.

Se metió en la cama con él y apagó la luz. Había un calor muy agradable debajo de las sábanas. ¿Quién necesitaba una manta para calentarse cuando podía dormir con un demonio?

Mariel bostezó. El cansancio la aplastaba como un yunque. La respiración de Oz le indicaba que estaba despierto, pero a ella le entró sueño rápidamente.

—Buenas noches, Oz —murmuró—. Trata de no quedarte despierto mucho tiempo dándole vueltas.

Oyó el sonido de las sábanas cuando él se movió.

—¡Qué pesada! —murmuró él, aunque sin acritud.

Mariel sonrió mientras se quedaba dormida.

DIECISIETE

Ozroth se despertó poco a poco, con sus sueños desdibujándose antes de desvanecerse. Estaba cómodo y calentito envuelto en algo suave y mullido. Se acurrucó más en la almohada.

Desde la almohada se escuchaba un murmullo suave y femenino, y sus ojos se abrieron de golpe.

Mariel estaba de espaldas con el cabello castaño esparcido sobre la almohada que compartían. Ozroth le rodeaba la cintura con el brazo y advirtió, con una mezcla de placer y consternación, que ella tenía el culo pegado a su erección matutina.

Ella dejó escapar otro ronroneo de gatita y se retorció, hundiendo más la cara en la almohada. Ozroth siseó cuando su culo le rozó el miembro. Debería haber salido disparado de la cama, alejarse de la tentación, pero su cuerpo se negaba a obedecer. Ella le pareció tan suave entre sus brazos, su piel tan fresca comparada con su calor, y él no deseaba nada más que abrazarla y mantenerla caliente para siempre.

Ella volvió a mover las caderas y en su mente saltaron todas las alarmas. Estaba a punto de metérsela y sería un error hacerle eso a una mujer dormida. Retiró la mano de su vientre con la intención de dejar de tocarla, pero sus dedos le rozaron la piel desnuda y se quedó inmóvil. La camiseta del pijama se le había subido durante la noche y la tenía en la cintura. Le pasó los dedos con delicadeza por la cadera, maldiciendo en voz baja cuando rozó su ropa interior de algodón.

En serio, ¿cuánto autocontrol se esperaba que tuviera un demonio cuando se enfrentaba a una tentación tan grande?

Mariel respiró de forma entrecortada y volvió a retorcerse. Movió sus caderas bajo su mano una y otra vez, y frotó el culo contra su polla. No estaba dormida ni tampoco dispuesta a dejar de hacerlo. Ozroth debería haberse levantado. Debería haber acabado con eso. Pero era fácil fingir en este dormitorio en penumbra, con la luz de la mañana colándose por una rendija de las cortinas, que así eran las cosas entre ellos. Aspiró el aroma de su cabello, con sus dedos apretando su cadera mientras la guiaba hacia él.

Era un roce lento y sensual. Ozroth sacó la otra mano de debajo de la almohada y la deslizó por debajo de ella para acariciarle uno de los pechos. Ella dejó escapar un murmullo y arqueó la espalda hasta apretarse contra su palma. El pecho le llenaba toda la mano y la punta del pezón se erguía bajo la camiseta de algodón.

Esta mujer era el paraíso de las curvas. Llevó la mano que tenía puesta en su cadera debajo de su camiseta y acarició la suave turgencia de su bajo vientre. Sus dedos rozaron la cinturilla de su ropa interior y Mariel se frotó contra él con más insistencia. Seguía con los ojos cerrados, sus oscuras pestañas pegadas a las mejillas, pero respiraba de forma entrecortada.

Así era como un demonio perdía el control. Ozroth jadeó en su cabello y se frotó contra ella. Su dedo meñique bajó hasta rozarle el monte de Venus y ella se estremeció entre sus brazos. ¿Estaba mojada?

—Oz —jadeó. Luego le agarró la muñeca y lo guio para que metiera la mano bajo su ropa interior. Sus dedos rozaron su vello y se le aceleró tanto el corazón que pensó que se desmayaría. Se prometió a sí mismo que la haría correrse tan fuerte que nunca olvidaría la sensación de tener sus dedos dentro de ella.

¡Bip, bip, bip, bip, bip, bip!

Ozroth pegó un brinco como un gato asustado al oír el estridente sonido. Se cayó del borde de la cama y se dio un golpe en la mesilla con los cuernos. El dolor lo recorrió de arriba abajo y se acurrucó de lado con un gemido.

—¡Por Hécate! —gritó Mariel. La oyó revolverse entre las sábanas y luego tantear algo en la mesita de noche—. ¡Maldita alarma! —Por fin cesó el ruido—. ¿Estás bien?

Él levantó la vista y la vio asomada al borde de la cama, con el ceño fruncido por la preocupación.

—¡Uf! —respondió él, incapaz de articular palabra con la mezcla de excitación, terror y dolor que sentía en ese momento.

Mariel salió de la cama y se arrodilló a su lado.

—¿Tus cuernos están bien? —Sus dedos se detuvieron sobre uno de ellos y él se alegró de que no lo tocara, dado que su polla ya estaba lo bastante confusa.

—Estoy bien. —No sonaba demasiado bien, incluso para sus propios oídos.

—¿Puedo traerte algo? ¿Hielo? ¿Ibuprofeno?

—Tan solo… dame un minuto.

Ozroth cerró los ojos y respiró hondo. Su erección iba bajando gracias al fuerte ruido y al repentino dolor, y al desaparecer la neblina de la excitación podía pensar con más claridad.

¿En qué había estado pensando? ¿En follarse a Mariel como un ser humano con las hormonas descontroladas? ¿No le había dicho doce horas antes que eso no podía volver a ocurrir? Y, sin embargo, allí estaba, satisfaciendo su lujuria, aunque al final sería su perdición.

Se dio de golpes con la frente en las rodillas.

—Hola. —Mariel le puso una mano en el hombro—. ¿Estás bien?

—Sí. —Esta vez sonó aún menos convincente.

—Hablemos.

Ella siempre quería hablar, como si eso fuera a solucionar algo. Ozroth quería gritarle, pero su mal humor no era culpa de ella, así que se contuvo.

—Olvidémoslo, ¿de acuerdo?

Se produjeron unos instantes de incómodo silencio. Luego oyó que Mariel se alejaba.

—De acuerdo —respondió ella.

Parecía enfadada y lo más probable es que tuviera todo el derecho a estarlo, pero Ozroth no tenía fuerzas para otra pelea. Solo eran las siete y media de la mañana y ya estaba abrumado.

Se quedó en el dormitorio mientras ella se duchaba y solo fue al cuarto de baño cuando ella ya se había ido a la cocina. Se sentía como un cobarde andando de puntillas y esperando que ella no le echara en cara que se hubieran estado frotando, pero ¿qué más podía hacer?

—¡Me voy a trabajar! —gritó Mariel—. No me importa lo que hagas tú.

La puerta principal se cerró de un portazo.

Cuando Ozroth entró en la cocina y vio un tazón de cereales junto a un cartón de leche sintió una punzada en el pecho. Cabreada o no, Mariel seguía dándole de comer.

Le gruñó el estómago y se miró el vientre.

—¿Cómo pueden hacer nada los seres humanos con todo lo que tienen que comer y dormir? —se quejó.

Cuando se sentó a comer se sentía culpable. Era un desastre y no sabía comportarse como un auténtico demonio. En el plano demoníaco era más fácil controlar las emociones que el alma había traído consigo, pero desde que llegó a la Tierra le resultaba imposible hacerlo. Le asaltaban impulsos irracionales (como «frotarse contra la mujer cuya alma debía robar») y alternaba la lujuria con la culpa o la ira. Como si su mundo interior no fuera ya lo bastante caótico, el mundo exterior le parecía tan colorido y ruidoso que le resultaba complicado moverse en él. Incluso el sabor a canela de los cereales que se llevaba a la boca le daba ganas de llorar.

—Tener alma es horrible —murmuró.

Sentía un tirón por debajo del pecho, como si alguien hubiera enrollado una cuerda en sus costillas y tirara de ella. Mariel se había alejado lo suficiente para que la magia del trato lo obligara a ir tras ella. Se acabó los cereales y salió de la casa siguiendo la fuerza de atracción.

Glimmer Falls era un pueblo bonito, repleto de casas de colores con grandes tejados inclinados. Tras quince minutos de caminata,

Ozroth llegó al centro, donde un reloj dorado se erguía a la entrada de una pequeña explanada de césped rodeada de tiendas y restaurantes. El reloj tenía multitud de manecillas que señalaban diferentes números y runas. Reconocía algunos símbolos (por ejemplo, era primera hora de la tarde en el plano demoníaco), pero otros eran todo un misterio. Una de las manecillas giraba sin cesar, acelerando y frenando a intervalos irregulares. Cuando unas finas rayas azules de energía eléctrica empezaron a danzar en torno a la esfera del reloj, Ozroth se apresuró a alejarse.

La gente que deambulaba por las calles no era menos pintoresca. Se cruzó con una bruja anciana de cabello verde y una rata al hombro, y luego con un animador callejero que ofrecía un espectáculo de fuegos artificiales. Unas alas arcoíris brillaron al otro lado de la explanada de césped cuando una *pixie* descendió frente a una heladería. ¿Qué otro tipo de gente vería Ozroth? ¿Hombres lobo? ¿Centauros? ¿Selkies?

La fuente que había en el centro de la explanada de césped era una escultura de mármol de dos hechiceros con las manos levantadas. El agua caía en cascada desde las puntas de sus dedos y se acumulaba en la pila. Casper Cunnington y Galahad Spark, rezaba una placa. Fundadores de Glimmer Falls. 1842. Ozroth observó los profundos ojos de Galahad Spark y su espeso bigote. No había nada de Mariel en su estrecho rostro, pero tampoco parecía haber mucho de ella en el resto de su familia.

Algo salió del agua. Ozroth farfulló una maldición y retrocedió de un salto. Una mujer flotaba en el agua (¿qué profundidad tenía esta fuente?) y lo miraba fijamente. Su cabello negro estaba entretejido con algas y su piel morena brillaba con escamas arcoíris en el nacimiento del cabello y el cuello. Era una náyade, una especie de ninfa que se movía cómodamente entre la tierra y el agua. Sus branquias apenas se veían ahora que había empezado a respirar aire.

—Eres nuevo —dijo.

Ozroth se tocó el sombrero para asegurarse de que seguía llevándolo puesto.

—Acabo de mudarme.

Ella se deslizó hacia el borde de la fuente.

—Estás bueno. ¿Estás soltero?

Cuando se levantó, Ozroth vio con espanto que estaba desnuda.

Se dio la vuelta. ¿Qué pensaría Mariel si lo viera hablando con una náyade desnuda?

—No. ¿Es normal por aquí nadar desnudo?

Ella se rio.

—No hay nada normal en Glimmer Falls.

—Empiezo a comprenderlo.

Oyó unos ruidos a su espalda.

—¡Ya puedes darte la vuelta! —gritó la náyade.

Cuando lo hizo, ella estaba vestida con vaqueros y una camiseta holgada que decía «Salvad a los celacantos». Se escurrió el cabello y se lo recogió en un moño.

—Estoy en mi descanso para hidratarme —dijo—. El río está demasiado lejos del trabajo.

—De acuerdo. —¿Por qué los mortales insistían en mantener conversaciones ociosas con extraños?—. Yo ya me iba —dijo tras una incómoda pausa.

—Hola, Yo Ya Me Iba —dijo la náyade—. Soy Rani.

Él la miró sin comprender.

Rani puso los ojos en blanco.

—No se te pueden hacer chistes malos, ¿eh? —Ahora que estaba fuera del agua, las escamas de colores que tenía a lo largo de la línea de su cabello se estaban desvaneciendo—. De acuerdo, te dejaré en paz. —Y se fue silbando.

—Este lugar es muy extraño —dijo Ozroth. La mayoría de los pueblos y ciudades del mundo tenían un contingente de seres sobrenaturales, pero Glimmer Falls había cubierto el cupo de rarezas mágicas.

—¡Extraño! —El eco provenía de un árbol cercano y Ozroth vio un grupo de plumas rojas entre las hojas otoñales y el brillo dorado de unas escamas enrolladas en el tronco.

No tenía ni idea de qué era aquella criatura ni ganas de averiguarlo. La magia volvía a tirarle de las costillas y no quería relacionarse con nadie que no fuera Mariel, ya fuera humano o no.

Una pancarta en la que se leía FESTIVAL DE OTOÑO DE GLIMMER FALLS colgaba sobre Main Street. ¿Había empezado ya el festival? El tiempo parecía pasar demasiado despacio y demasiado deprisa a la vez. Ozroth se detuvo a mirar una caja de venta de periódicos. «24 de octubre».

Las palabras de Astaroth resonaron en su cabeza. «Tienes hasta el último día del mes mortal». Se le encogió el estómago. Una semana para apoderarse del alma de Mariel. No era tiempo suficiente.

Sin embargo, Ozroth sabía que se estaba mintiendo a sí mismo. Había recurrido a las amenazas, la manipulación y la violencia para obligar a los brujos a hacer tratos que se habían retrasado o cuyas condiciones habían intentado cambiar en el último minuto. Había todo tipo de formas de motivar a un ser humano para que hiciera el sacrificio definitivo, siempre y cuando supieras qué era lo que más le importaba o lo que más temía.

Provocarle miedo a Mariel era imposible, pero Ozroth sabía qué le importaba. Sin duda, sus amigos y la naturaleza. Pero su deseo más profundo, el que anidaba en su corazón, era el de ser amada tal como era.

Mientras Ozroth observaba a un niño que pintaba una calabaza en la pared de una tienda de manualidades, pensó en los tratos que podría hacer con Mariel.

«Puedo convertirte en la bruja más famosa del mundo».

«Puedo hacer que tu madre esté orgullosa de ti».

«Puedo hacer que alguien te quiera».

A Ozroth se le partía el corazón. Cualquier cosa que le diera a Mariel sería, en última instancia, una mentira. El universo se bifurcaría, como lo había hecho muchas veces antes, y las personas cambiarían de trayectoria sin que nadie supiera, excepto Ozroth, de qué otras maneras podrían haber sido sus vidas. Eso nunca le había molestado, pero la idea de obligar a alguien a amar a Mariel le ponía enfermo. Ella merecía ser amada por sí misma.

¿Y qué pasaría con las personas que se vieran obligadas a amarla cuando sus emociones hubieran desaparecido? Se quedarían atrapados en al amor a un cascarón, devotos del pálido eco de lo que Mariel llegó a ser. La mayoría de los brujos con los que había tratado en el pasado habían sido personas frías y calculadoras, pero Mariel era todo lo contrario: cariñosa y apasionada, y merecía mucho más que una existencia puramente racional.

«Daños colaterales», le había dicho Astaroth a Ozroth cuando se había negado a hacer un pacto amoroso un siglo atrás. «El hechicero escogió ese camino; tú no eres más que el instrumento de sus ambiciones. Un arma no tiene la culpa de las acciones de la persona que la empuña».

Ozroth estaba cansado de ser un arma o el medio para los fines de otros. Quería ser él quien tomara las decisiones. Y si pudiera escoger, escogería estar atado a Mariel para siempre.

Una ráfaga de viento levantó las hojas que había cerca de sus botas. Ozroth se preguntó si estas también irían a donde estaba ella.

Esta inercia le resultaba intolerable, pero Ozroth no soportaría ver cómo acababa. Sin embargo, Astaroth tenía razón: un negociador no tenía la opción de elegir.

Aun así, no estaba seguro de que su alma (o su corazón) pudiera soportar lo que debía hacer.

DIECIOCHO

Mariel fruncía el ceño mientras regaba un lirio. La planta se encogió y ella le dio una palmadita en las hojas en señal de disculpa.

—No es por tu culpa —aclaró—. Es por Oz.

¡Maldito demonio! Se frotaba contra ella en la cama y luego se escondía como un cobarde.

—¿Qué? —Ben levantó la vista de su libro de contabilidad. Parecía un leñador empollón con camisa de cuadros y vaqueros desgastados.

—Le he dicho a la planta que no estaba enfadada con ella. Estaba preocupada.

—Si tú lo dices… —dijo escéptico, subiéndose las gafas de montura dorada por la nariz.

Mariel avanzó por la hilera de flores, regándolas y acariciándolas. Al hacerlo se alivió parte de la opresión que sentía en el pecho. Se sumió en la rutina familiar del trabajo, dejando que los diferentes movimientos alejaran sus preocupaciones.

—¿Cómo que no ofrecéis servicio VIP? —Una conocida voz interrumpió la concentración de Mariel. Dejó la regadera en el suelo y corrió hacia la parte delantera.

Ben estaba parado con las manos en las caderas y dando rítmicos golpecitos en el suelo con el pie. Frente a él estaba Cynthia Cunnington, tan pija como siempre, con un vestido rosa ceñido en la cintura y realzado con perlas, un bolso blanco de diseño y unas grandes gafas de sol que llevaba sobre el cabello rubio peinado en un recogido.

—Esta tienda es mía —dijo Ben, señalando el letrero de EL IMPE-RIO DE LAS PLANTAS DE BEN que colgaba sobre la caja registradora y que Mariel le había pintado a mano como regalo—. Eso es lo más VIP que hay.

Cynthia dio un resoplido y lo miró de arriba abajo.

—Entonces tráeme unas begonias diamante.

—Ya te lo he dicho, están agotadas.

Las begonias diamante eran una variedad rara que tenía un efecto estimulante sobre la libido cuando se ingerían. Durante los meses en que estaban de temporada, se acababan casi en el mismo instante en que se ponían en las estanterías.

—No lo entiendes. Las necesito *hoy*.

—Parece que has dejado para última hora la preparación de tu tarta para el festival —dijo Mariel.

Hoy era el día de la inauguración del Festival de Otoño y el concurso de repostería se celebraría esa misma tarde; algo que los insistentes mensajes de texto de su madre le habían dejado muy claro. Mariel aún no había respondido a esos mensajes porque su parte ingenua esperaba que su madre reconociera, al menos, el desastre que había sido la cena si no se disculpaba por ello.

—Mariel —dijo Cynthia—, me alegra verte. —Su tono dejaba claro que no era así.

—Tenemos otras flores comestibles, como pensamientos y caléndulas —dijo Ben—. Si vienes conmigo...

Cynthia le cortó con un rápido ademán de la mano.

—No quiero ninguna otra flor. —Se dio la vuelta y se dirigió a Mariel—. Este hombre es un inútil. Seguro que tenéis begonias diamante.

Mariel se cruzó de brazos y miró a Cynthia.

—Ben es el dueño de la tienda. Si él dice que no las tenemos, es que no las tenemos.

Cynthia resopló.

—Soy la *alcaldesa*. —Lo dijo como una palabra mágica que fuera a abrir una reserva oculta de begonias.

—Lo sabemos muy bien —dijo Ben en tono seco.

Cynthia le dio la espalda.

—Odio hablar con simples obreros. ¿Mariel?

Ben parecía ofendido y desconcertado, y Mariel se enfureció. ¿Qué esperaba Cynthia, que invocara begonias de la nada? Como se trataba de plantas, cabía la posibilidad de que Mariel acertara, pero no iba a intentarlo.

—No —dijo.

—¿Qué?

—He dicho que no. —Mariel señaló la puerta—. Ahora vete.

Cynthia jadeó.

—¿Perdón?

—Dime a mí lo que quieras, pero no seas grosera con mis amigos.

—¿Sabes lo que puedo hacerle a esta tienda? —dijo Cynthia—. Podría cerrarla hoy mismo.

Ben ahogó un grito.

Mariel levantó la barbilla para mirar por debajo (o por encima) de su nariz a la bruja, que era más alta.

—Tenemos cámaras de seguridad con audio, lo que significa que tus amenazas y comentarios desagradables podrían hacerse virales. —Sacó el teléfono que llevaba en el bolsillo del vestido—. De hecho, una de mis amigas es *influencer*. ¿Quieres que le envíe un mensaje de texto?

Esas palabras eran estimulantes, pero también nauseabundas. Nunca le había hablado así a Cynthia Cunnington. Cynthia era como Diantha, con su implacable poder y su incuestionable influencia. Mariel se metió las manos en los bolsillos para que no viera cómo le temblaban.

La campanilla de la puerta de la tienda tintineó y Mariel sintió una mezcla de rabia y alivio cuando vio una figura alta con sombrero de vaquero. Al parecer, Oz había dejado de ser un cobarde.

Cynthia no reconoció al recién llegado.

—Todos los días doy gracias a las estrellas por tener a Calladia como hija y no a ti —dijo con dureza en voz baja.

Mariel se estremeció.

—Cuidado —gruñó Ben.

—Eres un hazmerreír —continuó Cynthia—. «La bruja más poderosa en siglos». Por favor.... —Se rio entre dientes—. Todo el mundo bromea sobre ello cuando Diantha no está cerca.

A Mariel se le revolvió el estómago ante aquellas palabras tan crueles, pero mantuvo la espalda recta. Estaba harta de que la gente la pisoteara.

Una mano grande se posó sobre el hombro de Cynthia, que dio un respingo.

—Hora de irse —dijo Oz en tono seco y llevándola hacia la puerta.

—¡No te atrevas a tocarme! —Cynthia se lo sacó de encima—. ¿Sabes quién soy?

—Sí, por desgracia.

Cynthia agarró sus perlas y empezó a moverlas con los dedos mientras decía algo en voz baja.

Mariel se inquietó.

—Oz, cuidado…

Cuando Oz salió despedido hacia atrás, la onda expansiva golpeó en el pecho de Mariel. Una electricidad azul se bifurcó en lo alto cuando se estrelló contra los estantes que contenían las suculentas. Estas cayeron encima de él, con lo que las plantas salieron volando y las macetas de terracota se rompieron. Mariel gritó ante el repentino dolor de las hojas magulladas.

Corrió hacia Oz, que se estaba tambaleando.

—¿Estás bien? —Le ardía la nariz por el olor acre del ozono.

Él gruñó.

—Lo estaré.

Mariel lo palpó en busca de alguna herida. No parecía estar sangrando, pero cuando le tocó el hombro se estremeció. Él la agarró de las muñecas para tranquilizarla.

—Lo digo en serio —dijo con sorprendente delicadeza—. Soy más duro de lo que parece.

Debía de ser un maldito tanque entonces, porque Oz ya parecía lo bastante duro. Mariel se giró hacia Cynthia. Una ira ardiente floreció en su pecho y el aire se espesó con una magia que empezaba a aumentar. Las plantas se movieron en sus macetas y una enredadera extendió un zarcillo hacia el cuello de Cynthia. Cuando Mariel se acercó, sus ojos se abrieron como platos.

—No volverás a hacerle daño —dijo Mariel apretando los dientes—. Y tampoco volverás a poner un pie en esta tienda. ¿Lo has entendido? —La furia que sentía correr por sus venas resultaba embriagadora y Mariel apretó los puños imaginando que le daba un puñetazo a la bruja.

Cynthia empezó a balbucear.

—Bueno, yo nunca…

—¡*Bocca en fechersen!* —Mariel soltó las palabras mágicas sin pensar. La boca de Cynthia se cerró de golpe, pero farfulló una queja.

El poder vibraba en las venas de Mariel y la euforia la invadió cuando advirtió que el hechizo había funcionado. No necesitaba tiza, tan solo pura rabia.

—¡Fuera!

Cynthia se señaló los labios cerrados con los ojos como platos.

Mariel se encogió de hombros.

—Encuentra a otro que rompa el hechizo. Yo soy el hazmerreír, ¿verdad?

Luego le dio la espalda y empezó a ordenar la tienda. Cuando la puerta se abrió de golpe, un grito ahogado siguió al tintineo de la campanilla. Cuando Mariel se giró vio que Cynthia ya no estaba allí.

Mariel se apoyó en la estantería más cercana y respiró hondo. La magia que había en el aire disminuyó.

—¡Vaya! —dijo Ben frotándose la barbuda barbilla—. Ha sido increíble.

—Lo siento. Me enfadé.

—Ya lo creo. —El hombre lobo le revolvió el cabello y le dedicó una sonrisa ladeada—. Recuérdame que no te cabree, pequeña.

De repente, Oz se interpuso entre ellos. Se cruzó de brazos, con los ojos entrecerrados.

—¿Quién eres tú?

Mariel puso los ojos en blanco.

—Ben es mi jefe.

Ella intentó sacar a Oz del medio, pero él no se movió. La testosterona le salía por todos los poros.

Ben no parecía demasiado impresionado.

—¿Quién eres *tú*?

—Soy su novio —espetó Oz.

—¿Desde cuándo?

—Desde el viernes.

El hombre lobo se rio.

—¿Y ya actúas como un cavernícola posesivo? —Por suerte, Ben era un tipo tranquilo. Sacudió la cabeza y dio un paso atrás, rebajando la tensión—. Vigílalo —le dijo a Mariel—. Los novios sobreprotectores envejecen rápido.

Mariel resopló.

—Muchas cosas envejecen rápido, ya lo estoy aprendiendo.

Como la montaña rusa emocional que era fingir que salía con un demonio que podía decidir si la besaría o le arrancaría el alma eterna. Al pensarlo, la rabia que aún llevaba dentro se intensificó.

Oz aún parecía tenso. La miró con el ceño fruncido.

—¿Estás bien?

—Yo no soy a la que han lanzado por los aires.

—Pero las cosas que dijo…

—No quiero pensar en eso.

Lo único en lo que quería pensar era en que el hechizo saliera bien y poder arreglar la tienda. Se agachó ante el amasijo de tierra derramada, terracota destrozada y plantas dañadas. Pronunció un conjuro y la magia salió de sus dedos mientras curaba las hojas rotas y obligaba a las plantas expuestas a tirar de la tierra derramada alrededor de sus raíces. Mientras sanaba las plantas, Ben recogía los fragmentos de macetas rotas.

Sonó la campanilla y ella levantó la vista. Vio a su compañera de trabajo, Rani, parada en la puerta. La larga cabellera negra de la náyade estaba húmeda tras uno de sus baños diarios. Parpadeó cuando vio la escena.

—Parece como si hubiera estallado una bomba.

—Cynthia Cunnington, más bien —dijo Mariel.

Rani hizo un mohín.

—¡Uf! Pensaba que era demasiado culta para un sitio como este.
—Ante el ceño fruncido de Ben, Rani se encogió de hombros—. Ser
intelectual no es malo. —Miró alrededor y se encontró con Oz. Gritó—: ¡El recién llegado buenorro!

—¿Qué? —preguntó Mariel—. ¿Conoces a Oz?

—Me vio mientras me estaba hidratando —dijo Rani alegremente.

Una fea semilla de celos se plantó en el pecho de Mariel. Giró la
cabeza para mirar a Oz.

—¿Es eso cierto?

Él alargó las manos en señal de rendición.

—Estaba mirando la fuente. No esperaba que hubiera nadie
dentro.

Mariel resopló.

—Deberías asumir que siempre hay alguien en una fuente.

—Espera. —Rani miró a una y luego al otro—. ¿Estáis saliendo?

Mariel se revolvió incómoda.

—Sí.

Rani se quedó boquiabierta.

—No salías con nadie la semana pasada.

Tal vez no era una acusación, pero para la conciencia de Mariel
sonaba justamente como eso.

—Ha pasado todo muy rápido. —Miró a Oz con el ceño fruncido. Este dirigía su mirada hacia la puerta, con clara intención de escapar. ¿Podría al menos *fingir* que quería estar cerca de ella?—. Me
dejó sin palabras.

—Esperemos que de una manera menos violenta a como Cynthia
Cunnington le dejó sin palabras a él —dijo Ben con delicadeza.

Oz lo fulminó con la mirada.

—Podría haberla detenido.

El hombre lobo enarcó las cejas.

—¿De verdad? ¿Y por qué no lo hiciste?

—Decidí no hacerlo. —Oz se metió las manos en los bolsillos de los vaqueros y empezó a dar pisotones con rabia.

Ben se alejó de Oz y puso los ojos en blanco con disimulo.

—Buena suerte —le susurró a Mariel.

—¿Qué? —preguntó Oz.

Ben continuó cambiando las plantas de maceta.

—Nada. Solo le estaba deseando lo mejor a Mariel mientras se mueve por el mundo de la masculinidad tóxica.

Oz se puso tenso.

—¿Perdón?

Ben hizo un ademán con la mano, todavía concentrado en los fragmentos.

—Estás perdonado.

El pecho de Oz se hinchó.

—Ten cuidado, esa es mi mujer...

—Para. —Mariel agarró Oz por el antebrazo—. ¿En serio acabas de decir que soy tu mujer? No sabía que pudieras viajar en el tiempo a una época menos ilustrada, pero si puedes, por favor, regresa a esta mañana y a cómo quedaste como el culo.

Ya estaba harta de que se acercara un momento y se alejara al siguiente.

Él la miró boquiabierto.

—¿Un culo? ¿Cómo?

Rani y Ben los observaban atentamente, y a Mariel se le sonrosaron las mejillas. Sin embargo, no quería quedarse atrás en la discusión.

—Me rechazas cuando estamos solos, luego te enfadas y dices que soy tu mujer unas horas más tarde.

Le clavó a Oz un dedo en el pecho.

—No te pertenezco.

—No he dicho eso.

—Entonces, ¿qué era esa mierda de «mi mujer»?

Él dejó escapar un gruñido de frustración.

—No quería decir eso.

—¿Entonces qué querías decir?

Él apartó la mirada.

—Yo... Eh...

Mariel levantó las manos.

—¿Es que los hombres no han oído hablar de la comunicación emocional?

Él frunció el ceño.

—¿Qué?

—Es evidente que no. —Mariel se pellizcó el puente de la nariz, esforzándose por mantener la calma—. Mira, estás muy gruñón y parece que aún no sabes qué sientes por mí, así que te pido que te vayas a otra parte y nos dejes en paz a mis amigos y a mí durante unas horas.

A Oz se le encogió el estómago.

—De acuerdo —dijo, girando sobre sus talones—. Retiraré mi desagradable yo de tu presencia.

La puerta se cerró tras él.

Rani miró a la puerta y luego a Mariel.

—Nunca te había oído levantar la voz.

—Sí, bueno, saca lo peor de mí. —Mariel se puso a recoger plantas de nuevo—. Lo siento, Ben. No es tan malo cuando lo conoces.

El hombre lobo resopló.

—¡Qué apoyo tan rotundo!

Ella hizo un mohín.

—Se podría decir que estamos pasando por una mala racha.

¿Qué diría la Querida Esfinge de la *Gaceta de Glimmer Falls* sobre una relación falsa o un pacto de almas que había salido mal?

—¿En solo tres días? —preguntó Ben con escepticismo.

—No creo que saque lo peor de ti —dijo Rani—. Había que ponerlo en su sitio y tú lo has hecho. —La náyade se encogió de hombros—. Yo creo que has sido una campeona.

A Mariel nunca la habían llamado «campeona». Le gustó.

—De todos modos, esto nos dará a ambos un tiempo para calmarnos. —Miró su reloj y advirtió que solo le quedaban treinta minutos de turno—. ¿Te importa si me voy un poco antes? —le preguntó a Ben—. Una vez que haya limpiado esto, claro.

Ben hizo un ademán con la mano para que se fuera.

—Vete. No queda mucho por hacer.

—Eres el mejor. —Mariel le besó la mejilla—. ¡Hasta luego!

Era hora de ponerse las pilas.

DIECINUEVE

Mariel aparcó su bicicleta frente a la biblioteca de Glimmer Falls. Era un edificio peculiar, con una torre de ladrillo que contenía los textos mágicos y una pirámide de cristal que albergaba libros corrientes.

Mariel caminó hacia la torre. Las curvadas paredes estaban forradas de libros y una escalera corría arriba y abajo la espiral sobre unos rieles ranurados. La escalera pasó zumbando mientras ella subía, pues alguien la había llamado más arriba en la rampa.

Se detuvo en la sección dedicada a las criaturas mágicas.

—*Escalen a veniresen.*

Para su deleite, la escalera dorada apareció y se detuvo frente a ella. Subió con cuidado y empezó a examinar los estantes. Guivernos, súcubos, dragones… Demonios.

El primer libro de la estantería era *Introducción a la demonología*. El cuero parecía viejo y descuidado, con grietas como el lecho seco de un arroyo. Uno de los problemas de que un pueblo tuviera una biblioteca mágica tan grande era que no había personal suficiente para ocuparse de los libros. Incluso a una bruja aficionada a la literatura le llevaría años, ya que la colección se extendía bajo tierra. Algunos niveles estaban prohibidos para quien no tuviera las credenciales de seguridad para acceder a los tomos de magia negra, y se rumoreaba que algunos niveles solo aparecían una vez cada siglo al hechicero o la bruja que había sido elegido.

En las gruesas paredes se habían tallado unas pequeñas zonas para sentarse; unos acogedores nichos iluminados por vidrieras. Mariel llevó una pila de libros a un escritorio y, con la luz del arcoíris cayendo en cascada sobre las páginas, empezó a leer.

Capítulo 1: Cosmología demoníaca
Al principio, el vacío esperaba la chispa de la vida.
Así empieza el Origatorium.

Sintió un cosquilleo en los brazos.
—¡Oh! Drama máximo.

Según el texto fundamental de la tradición demoníaca, Lucifer el Brillante fue desterrado de la Tierra por un malvado hechicero por haber ayudado a un mortal a tener una muerte indolora. Fue enviado a un vacío negro como el carbón. Pero el alma del humano acompañó al demonio y, al ver cómo brillaba, Lucifer llamó a sus hermanos para que establecieran su hogar en ese plano oscuro, libres de la persecución de los mortales.

Mariel pasó las páginas, buscando algo menos mítico.

Capítulo 6: Negociadores de almas
La negociación de almas es el deber más importante al que puede aspirar un demonio. Muy pocos nacen con el talento para apoderarse de las almas y, sin sus esfuerzos, se cree que el plano demoníaco volverá a la oscuridad y todos los seres que lo habitan morirán.

¡Vaya! Sabía que las almas proporcionaban algún tipo de poder al reino demoníaco, pero ¿en serio morirían los demonios sin ellas? Si era cierto, eso ponía en perspectiva la obsesión de Oz por el deber, aunque no explicaba por qué no se esforzaba demasiado por llevarse su alma.

Esta es la maldición de los demonios: dependen de la magia de los brujos para vivir, pero son incapaces de producirla por sí mismos. De ahí que ser negociador sea un puesto que merece el máximo respeto. Deben ser instruidos como negociadores astutos y despiadados, ya que cualquier debilidad emocional o intelectual podría provocar que el trato saliera mal. Cuando un demonio ha sido convocado para encargarse de un trato, deberá llevarlo a cabo, lo que significa que las condiciones podrán negociarse durante horas o días para asegurarse de que ambas partes están satisfechas.

Se le encogió el estómago. ¿Por qué era una norma? ¿Y qué hacía falta para romperla?

Había un subtítulo: *Ejemplos de tratos famosos.* Al lado del texto había el boceto de un demonio. Era bastante preciso, con aspecto humano y cuernos más pequeños, aunque estos apuntaban hacia arriba en vez de hacia atrás y los colmillos eran demasiado grandes.

En el siglo x de nuestra era, Olga de Kiev pidió ayuda a un demonio después de que una tribu vecina, los drevlianos, torturara y asesinara a su marido. Junto con la negociadora de almas Blednica, preparó una violenta venganza. Asediaron el pueblo donde su marido había sido asesinado. Al cabo de un año, Olga prometió clemencia si cada casa del pueblo enviaba tres palomas y tres gorriones como tributo. Blednica fabricó azufre, que Olga ató a los pájaros con trozos de tela. Blednica prendió fuego al azufre y, cuando los pájaros volaron de vuelta a sus nidos, el pueblo (y todos sus habitantes) ardió hasta los cimientos.

Mariel enarcó una ceja. Eso sí que era una revancha. Ojeó unas cuantas entradas más, encontrando personajes históricos que habían hecho intercambios por dinero, poder o venganza.

Un famoso ejemplo de engaño relacionado con un trato es el de Astaroth de los Nueve, considerado uno de los mejores negociadores de todos los tiempos por su labia y su placer en manipular las

expectativas humanas. Cuando el presidente estadounidense Ri-
chard Nixon pidió ser reelegido y que su nombre pasara a los libros
de historia, Nixon obtuvo más de lo que esperaba.

Frunció el ceño al leer el nombre de Astaroth. Resultaba cho-
cante descubrir que los demonios habían influido en muchos
acontecimientos de la historia humana. Por otra parte, los seres
humanos eran quienes habían solicitado los tratos.

Mariel avanzó y se detuvo con el dedo en una página promete-
dora.

Capítulo 10: Fisiología del demonio

—Por favor, que haya una sección de penes —suplicó Mariel.

Los demonios son inmortales, aunque pueden morir por decapita-
ción, y, como se ha mencionado antes, por la pérdida de magia en su
propio plano (se trata de una hipótesis, aunque avalada por siglos
de investigación, así como por el malestar sufrido por la especie
cuando los negociadores intentaron transformar las sociedades me-
ritocráticas en otras más igualitarias).

Los demonios son unos centímetros más altos que los seres hu-
manos y su temperatura corporal es más elevada. Los cuernos les
sirven para disuadir a los depredadores.

—También son una zona erógena. —Mariel miró la contraporta-
da y suspiró ante la biografía del autor—. Claro que es un hombre.
Cero imaginación.

Los demonios comen cada dos o tres semanas. Duermen una o
dos veces por semana como máximo.

Era evidente que este libro lo había escrito alguien que no sabía de
lo que estaba hablando, así que Mariel lo cerró y buscó el siguiente.

Las emociones de los demonios son limitadas. El negociador es el ejemplo perfecto de carácter frío y calculador, y no ofrece más que engaños mezquinos a su víctima.

Mariel tiró el libro a un lado.
—Siguiente.

Los demonios son criaturas violentas y malvadas que se regocijan en el sufrimiento humano, y cada tres semanas se dan un festín con los que son moralmente impuros. Sus colmillos infestados de rabia...

—¡Siguiente!

Los Callidus daemonium *buscan sustento cada dos o tres semanas. Duermen aproximadamente una vez a la semana. Con el paso del tiempo, también se hacen menos frecuentes sus funciones vitales.*

Vale, esto era muy extraño. Aunque el libro había sido escrito por un profesor de demonología, Oz no se parecía en nada a lo que describía. El siguiente volumen era más delgado y tenía una cubierta carmesí con letras doradas. *Negociadores de almas destacados.* El año de publicación era 1953. Los demonios estaban ordenados alfabéticamente y Mariel lo hojeó hasta dar con el nombre de Oz.

Ozroth el Despiadado

Protegido de Astaroth de los Nueve, Ozroth es un negociador muy eficaz. Su primer trato consistió en ayudar a Napoleón a escapar de la isla de Elba y tergiversar los términos para asegurarse de que este se apoderara de Francia, pero no necesariamente de que la conservara. Cuando el mafioso Al Capone intercambió su alma para evitar ser procesado por una serie de crímenes, Ozroth olvidó incluir en el trato la evasión de impuestos. Su astucia solo es comparable a su crueldad y los pactos de venganza y los asesinatos son su especialidad.

Mariel frunció el ceño. No se parecía en nada al Oz que ella conocía. Alguien se aclaró la garganta y Mariel levantó la vista. Un hombre que le resultaba familiar y que iba vestido de *tweed* había entrado en la sala mientras ella estaba absorta en su investigación. Era delgado, con el cabello rubio claro, gafas de pasta y un sombrero de fieltro. Tenía los pómulos afilados como cuchillos.

—Disculpa —dijo él con acento británico—. He visto que estás leyendo sobre demonios.

—Sí —dijo con recelo. El desconocido era guapo como un modelo de pasarela, pero los hombres que se acercaban a las mujeres de la nada no siempre tenían buenas intenciones. Además, aquel hombre era más del tipo de Calladia; Mariel siempre bromeaba con que a Calladia le gustaban los hombres que podría romper como una ramita.

—Estoy escribiendo un libro sobre psicología y la diferencia entre deseos, necesidades e impulsos.

—¿Ah, sí?

Él se ajustó las gafas.

—Bueno, creo que los tratos demoníacos son perfectos para comprender cómo diferencian los seres humanos los deseos básicos de los que no lo son. Todo es relativo cuando se trata de lo que más valora la gente. ¿Qué te motivaría a ti a intercambiar tu alma, por ejemplo?

Mariel quería reír, o tal vez llorar. Si este tipo supiera en qué lío se había metido…

—Jamás vendería mi alma.

—Mmm… —Frunció los labios, pensativo—. Supongo que yo lo haría por algo importante. Como salvar el planeta.

—Si hablamos de extinción planetaria, claro, dado que la alternativa sería la muerte.

—O para salvar una especie en peligro de extinción. —El hombre asintió—. Sí, creo que me dejaría convencer por algo así.

Mariel cambió de tema, ya que estaba demasiado preocupada por las salamandras de fuego.

—¿Estás de visita para el Festival de Otoño?

—¡Oh! —dijo él, saliendo de su ensimismamiento—. Lo siento, estoy siendo muy grosero. Parloteando con una extraña. —Alargó la mano—. Soy James Higgins, periodista. He venido para informar sobre el festival, pero también estoy haciendo mis propias investigaciones, como puedes ver.

Tenía la mano caliente. Mariel la estrechó, preguntándose dónde estaría Oz. Ya se había enfadado con Ben, así que se pondría furioso si la viera hablando con otro apuesto desconocido.

—Mariel —dijo, deseando que Oz apareciera para que pudieran gritarse un poco más—. Encantada de conocerte.

James sonrió.

—El placer es mío. Si pudieras recomendarme un libro sobre tratos demoníacos, te estaría muy agradecido.

Mariel le entregó *Negociadores de almas destacados*, ya que no tenía ganas de seguir leyendo sobre el oscuro pasado de Oz. James le dio las gracias y se acomodó en su escritorio.

Mariel suspiró y agarró otro libro.

Una hora y una montaña de libros después, Mariel se recostaba en su silla con un gemido. Había aprendido un montón de trivialidades sobre los demonios: su temperatura corporal era de 38,5 °C, establecían fuertes lazos comunitarios y los nueve archidemonios libraban una batalla continua por la supremacía. Nada de eso le decía cómo podía librarse de un trato.

—Son unas criaturas fascinantes —dijo James.

Mariel había olvidado la presencia del periodista.

—¿Qué?

—Los demonios. —James señaló un libro—. Sabemos tan poco sobre ellos… ¿Sabías, por ejemplo, que hay casos en que se enamoran de seres humanos?

Mariel se sentó más erguida.

—¿En serio?

James asintió.

—Algunos seres humanos intercambian sus almas por la inmortalidad para poder pasar la eternidad con sus amantes.

Mariel no sabía qué hacer con esa información.

—¡Vaya!

—Es interesante. —James recogió sus cosas mientras le sonreía—. Yo creo que eso me tentaría. Para no tener que volver a estar solo… ¡Menudo regalo, la verdad!

Se marchó, dejando a Mariel sola con sus libros. Ella se quedó mirando las tapas de cuero, con la mente excitada ante nuevas posibilidades que no se había planteado.

¿Cambiaría su alma por salvar una especie en peligro de extinción? ¿Y si pudiera detener las guerras o solucionar el hambre en el mundo? ¿Lo haría por amor? Lo que asustaba a Mariel era que no lo sabía.

✦ ✦ ✦

Mariel pedaleaba hacia el bosque una hora y media antes de que se celebrara la asamblea. El sendero que había tomado conducía a una de las fuentes termales más espectaculares.

Las hojas moribundas crujían con la brisa y las gotas de lluvia perdidas salpicaban los pétalos carmesíes de las flores fénix. Los pájaros trinaban en lo alto y el lejano canto de un guiverno resonaba en las colinas.

Desde que Oz llegó no había pasado suficiente tiempo en el bosque. A cada paso que se adentraba en la naturaleza se sentía más relajada.

El sendero se hizo más plano y rodeó un saliente rocoso. La fuente termal aparecería después de la curva. A diferencia del oasis secreto de Mariel, este era un estanque muy popular, y apostaba a que habría unos cuantos seres humanos y náyades disfrutando de un baño vespertino.

Mariel dobló la esquina y jadeó.

No había nadie en el humeante estanque. En su lugar, podía verse amarilla, sucia y voluminosa maquinaria de construcción. El canto de los pájaros había sido sustituido por el ruidoso zumbido de la maquinaria. Mientras Mariel lo observaba, una excavadora sacaba tierra y rocas del suelo.

—Es demasiado pronto —murmuró—. Se suponía que no empezarían hasta después de la asamblea. ¡Alto! —exclamó, pero las máquinas ahogaron su grito. Una retroexcavadora levantó tierra cerca de las raíces de un árbol y unos pájaros salieron disparados de las ramas graznando.

Mariel sintió un intenso dolor en el pecho y cayó de rodillas. Escuchó un fuerte crujido y luego un ruido ensordecedor. Las lágrimas le inundaron los ojos cuando vio un árbol, que antes se erguía orgulloso, tirado ahora en el suelo. Estaban destrozando el bosque y su magia se contagiaba de la tristeza y el dolor de la naturaleza.

Las plantas morían de forma natural todo el tiempo y esas muertes no le dolían a Mariel. Pero esto... esto era cruel.

Introdujo las manos en el suelo y murmuró un conjuro mientras enviaba magia por la tierra herida. Los tallos rotos y las hojas hechas jirones se recompusieron. No podía hacer nada por el árbol, pero consoló al tocón de todos modos.

—Volverás a crecer —susurró.

Cuando su magia se extendió, rozó algo feo, oscuro... y conocido. Más allá de los crueles dientes metálicos de la maquinaria de construcción, había algo que estaba devorando el bosque.

Mariel no podía detener las obras por sí sola, pero sí podía enfrentarse a este otro enemigo. Se levantó, se secó las lágrimas y se adentró en el bosque. Caminó con cuidado mientras tocaba con delicadeza las ramas que se acercaban a ella. Buscaban su ayuda de forma desesperada y ella hizo lo que pudo para procurarles alivio y sanar sus pequeñas heridas.

Conforme se alejaba del estanque el ruido se atenuaba, pero persistía un zumbido de fondo que le hacía castañear los dientes. Le dolía la cabeza y sentía náuseas.

Unos minutos después, lo encontró.

Un arroyo descendía por una ladera rocosa; a su lado, una podredumbre negra brotaba de un árbol que había en la cima de la colina. Mientras Mariel observaba la escena horrorizada, una ramificación oscura se dirigió hacia el agua. Cuando tocó la orilla, el arroyo se tiñó de negro. Un pez saltó fuera del agua, cayó al suelo y sus escamas se oscurecieron hasta que se quedó inmóvil.

Mariel corrió hacia el árbol, tropezando en el suelo irregular. La podredumbre se extendía ahora con mayor rapidez y la corriente la llevaba a zonas que antes no estaban infectadas. Mariel se arrodilló y presionó el tronco del árbol con las manos, que empezaron a temblar por la energía maligna que corría bajo sus dedos. Invocó su magia y envió al tronco todo el amor que llevaba dentro.

—*Cicararek en arboreum.* —Pronunció el conjuro una y otra vez. La podredumbre empezó a retirarse, pero lo hacía con demasiada lentitud. Sudaba y estaba mareada, pero si se detenía ahora, fuera lo que fuese esa magia maligna, esta volvería a imponerse.

Recordó lo que le había dicho el hombre de la biblioteca: «salvar una especie en peligro de extinción». Un escalofrío le recorrió la columna. Ver sufrir a su amado bosque le dolía a un nivel profundo. La magia de la naturaleza era lo único que le había salido bien en una vida repleta de fracasos, y el bosque era su mayor consuelo, el único lugar en el que se sentía realmente libre y segura. No soportaría que lo destruyeran.

Pero ¿daría su alma por salvarlo? Y si no lo hiciera... ¿qué diría eso de ella?

Mariel cerró los ojos y vio la red de magia danzando detrás de sus párpados, con vetas verdes y doradas donde las líneas ley se encontraban con los pozos naturales de poder. Esta zona negra era como un agujero en un precioso tapiz.

Se imaginó juntando los bordes de aquel agujero, incitando a la magia del suelo a elevarse y unirse a su propio poder. Puede que no fuera capaz de solucionarlo por sí sola, pero si algo había aprendido de la naturaleza era que todas las partes del ecosistema eran importantes. Desde las raíces hasta las copas de los árboles, desde los gusanos hasta los pájaros, la naturaleza era una sinfonía que dependía de la contribución de cada pieza.

Mariel también formaba parte de esa sinfonía. Alimentó con magia la tierra y le pidió que su propia magia surgiera a cambio. Las raíces se entrelazaron en sus dedos y clavaron sus manos al suelo. Cuando abrió los ojos, se quedó boquiabierta cuando vio que cientos de brotes diminutos se abrían paso en la tierra ennegrecida. Cuando Mariel le dio al bosque todo lo que tenía, el bosque le correspondió y la magia se hizo más y más intensa. La podredumbre se retiró y pronto la ladera se inundó de verdor. Cuando la última zona afectada hubo desaparecido, Mariel respiró aliviada.

—Gracias —susurró.

Las raíces acariciaron sus manos y luego volvieron a introducirse en la tierra. Mariel permaneció de rodillas, observando cómo se abrían los tiernos brotes. No durarían mucho cuando llegara el invierno, pero reconfortaba saber que siempre había vida en la tierra esperando a brotar.

Se levantó y se apoyó en el árbol mientras la cabeza le daba vueltas. No se encontraba tan mal como cuando intentó eliminar la primera zona negra por su cuenta, pero aún se sentía agotada.

En sus oídos sentía un zumbido: el sonido chirriante de unas obras que no deberían llevarse a cabo sin la aprobación del pueblo. Era un triste recordatorio de que en el bosque había más de un problema.

Mariel regresó al estanque, decidida a hacer unas cuantas fotos para demostrar que las obras se estaban llevando a cabo ilegalmente. Si Cynthia Cunnington y sus compinches pensaban que podían construir el resort sin consecuencias, estaban a punto de descubrir lo contrario.

VEINTE

Ozroth se paseaba por la linde del bosque. Sabía que Mariel estaba en aquellas colinas y, aunque el trato lo obligaba a estar cerca de ella, no quería entrometerse en su intimidad. Después de todo, a ella no le había gustado nada verlo en su trabajo, por lo que no creía que le gustara verlo aquí tampoco.

Le estaba arruinando la vida. Más allá del pacto de almas que pendía sobre sus cabezas, él la hacía desgraciada, pero no podía detener el deseo que sentía por ella.

«Mi mujer». Se encogió al recordar aquellas palabras. Había estado a punto de darse varios puñetazos en el pecho mientras gritaba «¡Mía!».

Ahora que la oleada de masculinidad, o lo que fuera, había desaparecido, se sentía avergonzado.

Mariel le reñía con toda la razón. La había visto sonreír a aquel hombre grande y peludo (apostaba a que era un hombre lobo) y una oleada de celos había anegado su proceso de pensamiento racional. Había actuado por instinto.

¿Cómo gestionaban los seres humanos estos horribles impulsos y sentimientos?

El hecho de que no hubiera más homicidios en la Tierra resultaba sorprendente.

La frustración de Ozroth hacia sí mismo necesitaba una salida. Le dolía el hombro por haberlo estampado contra una pared, pero se merecía algo peor. Se pasó las manos por el cabello, tirando con fuerza de las raíces, y luego estampó uno de sus cuernos contra el tronco de un árbol.

—¡Ay! —Dio un paso atrás. Ese árbol era más duro de lo que parecía.

—Es un tipo de eucaliptus.

Dio un respingo y, cuando se giró, vio a Mariel parada en el sendero con los brazos cruzados.

—¿Qué?

Ella suspiró, se acercó y alargó una mano como si quisiera tocarle el cuerno dolorido. Al parecer se lo pensó mejor y se llevó la mano a la cintura, y Ozroth sintió una punzada de decepción.

—Un eucaliptus —repitió—. Hay una bruja en el pueblo a la que le gusta experimentar con nuevos materiales de construcción. La madera de este eucaliptus está mezclada con metal.

—¡Oh! —Ozroth pasó su peso de un pie a otro, avergonzado de que ella lo hubiera visto dándole un cabezazo a un árbol—. Lo siento.

Mariel entrecerró los ojos.

—¿Qué sientes?

¡Por Lucifer! ¿De qué no estaba arrepentido? ¿De haber sido invocado, de maquinar para robarle el alma, de ser un demonio de mierda, de ahogarse en las emociones?

—Me porté mal.

—Desde luego. —Su rostro seguía imperturbable.

Tendría que hacerlo mejor para que ella le perdonara. Pero tampoco es que ella debiera perdonarlo. ¡Por Lucifer! Esto era un desastre.

Ozroth era un ser despreciable, mientras que Mariel era una buena persona que se merecía lo mejor que cualquier plano pudiera ofrecer. Al menos, merecía saber cómo se sentía él, aunque eso no ayudara a mejorar la situación. Así que Ozroth respiró hondo e intentó… comunicarse emocionalmente.

—No estoy acostumbrado a sentir cosas —admitió—. Me resulta abrumador. Todo en este plano lo es, sinceramente. Los sonidos, los colores y los sabores ya son lo bastante malos. Pero luego estás tú, que eres mucho más...

—¿Mucho más mala? —preguntó ella, levantando las cejas—. Menuda disculpa que te estás currando.

—¡No! —Cerró los ojos, tratando de encontrar las palabras que explicaran lo que ella era—. Increíble —concluyó—. Eres apasionada e interesante y tan jodidamente bonita que me está matando, y si no estuviéramos en esta horrible situación, yo...

—¿Qué? —preguntó ella cuando él se interrumpió. Le puso una mano en el antebrazo y Ozroth se estremeció con el contacto—. ¿Qué harías tú, Oz?

Su voz era tan bonita como el resto de su cuerpo, musical y expresiva como un arroyo. Tampoco había sido propenso a hacer símiles exagerados antes de tener alma. Y nunca nunca había sido presa de un impulso como este, que solo podía complicar más las cosas.

Pero Ozroth ya había ido demasiado lejos por ese camino. No podía ocultar la verdad.

—Te cortejaría —admitió en voz baja.

—¿Cortejarme? —La comprensión se apoderó de su rostro—. ¿Quieres decir «tener una cita conmigo»?

«Cita» no parecía la palabra adecuada. Traía a la mente a dos mortales sentados juntos en una sala de cine a oscuras, cogiéndose las manos sudorosas.

—En el plano demoníaco, el cortejo es diferente al de aquí.

La expresión de Mariel se suavizó y a Ozroth el estómago le dio un incómodo vuelco. Aunque el aire era frío estaba sudando. Normalmente necesitaría estar cerca de un conducto de lava para ponerse a sudar, pero allí estaba él, sudando frente a la preciosa mujer que tenía su corazón en un puño.

—¿Cómo es el cortejo en el plano demoníaco? —preguntó Mariel. Luego bajó la mano que le había puesto en el antebrazo y entrelazó sus dedos con los suyos. Él experimentó unas palpitaciones en el pecho muy preocupantes. Si los franceses llamaban al orgasmo *le petit mort*, enamorarse debía de ser *le grand mort*. Puede que acabara el día en el hospital.

«Amor». Era una palabra tan humana... Pequeña pero impregnada de un significado desproporcionado.

Aterradora.

—Cuando alguien encuentra al demonio que quiere cortejar, empieza a hacerle pequeños regalos.

Ozroth miró a su alrededor en busca de flores, pero no había ninguna a tanta distancia de las fuentes termales, así que se agachó, aún aferrado a la mano de ella, para recoger una rama de bayas otoñales. Se detuvo justo antes de arrancar la rama del arbusto (sería un regalo horrible para una bruja de las plantas) y en su lugar agarró una piedra dentada con incrustaciones de cuarzo que brillaban en su superficie gris.

—Toma. —Se enderezó y se la dio.

Ella se quedó perpleja.

—¿Una piedra?

Señaló a su alrededor.

—No tengo muchas opciones. Y los objetos de la naturaleza son regalos de cortejo comunes y que simbolizan nuestra conexión con la tierra.

Habría preferido regalarle un ópalo de lava, pero esto tendría que bastar.

Los labios rosados de Mariel se curvaron y los hoyuelos hicieron acto de presencia.

—Es muy dulce.

Ozroth advirtió que había estado conteniendo la respiración. Exhaló de forma temblorosa.

—También hacemos pequeñas tareas para la potencial pareja. Cocinar, limpiar, conseguir provisiones. Así demostramos nuestras habilidades.

—Regalos y actos de servicio. —Mariel soltó una risita—. No sabía que los demonios conocían los cinco lenguajes del amor.

—¿Perdón? —Él creía que el cortejo de los mortales era sencillo: unas cuantas citas antes del sexo, seguido de la cohabitación y luego el matrimonio o cualquier otro tipo de unión que impidiera que la pareja deseada se escapara. ¿De verdad aprendían los seres humanos nuevos idiomas mientras cortejaban?

Ella debió de ver el pánico en su rostro, porque negó con la cabeza.

—Es una broma. No te preocupes.

—¡Oh!

Ozroth no estaba seguro de por qué hacía bromas cuando él estaba a punto de morirse por el estrés que le provocaba la comunicación emocional, pero al menos no le estaba gritando.

—Limpiaste mi casa el día que apareciste —dijo Mariel—. ¿Me estabas cortejando?

¡Por Lucifer! ¿La había estado cortejando? Estaba bastante seguro de que solo había estado intentando engañarla para que le entregara su alma, pero nunca le había limpiado la casa a una de sus víctimas, así que *algo* había ido mal sin duda.

—Yo... no lo sé.

Ella se mordió el labio inferior y él se imaginó haciéndole lo mismo. Si la tuviera desnuda y tendida en la cama, se pasaría horas saboreando cada centímetro de su cuerpo. Cuando pensó en sus mordiscos de amor marcando la suave pendiente de sus pechos, se le tensaron los vaqueros de forma incómoda.

—¿Qué más hacen los demonios cuando cortejan? —preguntó Mariel.

Él volvió a centrarse en el tema.

—Bueno, los años siguientes...

—¡¿Años?! —exclamó.

—Somos inmortales —le recordó—. No hay que precipitarse.

—Cierto. —Se quedó atónita—. A veces lo olvido.

Parecía tan abatida que a Ozroth le saltaron todas las alarmas.

—¿Qué ocurre? —preguntó, apretándole la mano.

—Aunque me estuvieras cortejando, tú vivirás para siempre. Yo no.

Esas palabras golpearon a Ozroth como si se tratara de un puñetazo. Estaba acostumbrado a que el mundo de los seres humanos pasara frente a sus ojos mientras su vida seguía prácticamente igual, pero no se había permitido pensar en la muerte de Mariel. Se había centrado en el futuro inmediato y en el conflicto que existía entre su deber con el plano demoníaco y su obsesivo deseo por Mariel.

Sin embargo, era cierto que Mariel envejecería demasiado pronto. Su piel pecosa se arrugaría y su cabello castaño se volvería blanco. Se le hincharían las articulaciones y la artritis le dificultaría el trabajo en el jardín. Aun así, él podía imaginársela sonriendo a lo largo de las décadas, con la alegría impresa de forma permanente en las líneas cada vez más profundas de su rostro.

Y entonces ella moriría y el mundo se volvería más oscuro.

—Sí —dijo con voz ronca. El peso de años interminables lo oprimía. Cuando ella desapareciera, ¿qué le quedaría? ¿El deber sería suficiente para seguir adelante siglo tras siglo?

Mariel le soltó la mano.

—Esto es una fantasía —dijo sin rodeos—. Dijiste que me cortejarías «si no estuviéramos en esta situación». Pero estamos en esta situación y, aunque no lo estuviéramos, no tenemos futuro.

Esa devastadora verdad no era nada que Ozroth ya no supiera. Aun así, sintió como si le hubieran arrancado algo esencial del pecho. Las nubes habían bajado mientras hablaban. Un relámpago de color azul surcó el cielo gris y un trueno rugió tan salvaje como las emociones de Ozroth. La lluvia empezó a caer sobre su sombrero.

—¡Ay, Oz! —susurró Mariel—. ¿Qué vamos a hacer?

A lo lejos, sonó una campana. Mariel sacó su teléfono del bolsillo.

—¡Mierda! Vamos a llegar tarde a la asamblea.

A Ozroth le importaba una mierda la asamblea, pero Mariel ya se había puesto en marcha.

—Tengo que irme —dijo, sin mirarle a los ojos mientras sacaba la bicicleta—. Lo siento, pero es la última oportunidad que tenemos de detener las obras.

El proyecto del *spa*. Cierto. Se obligó a asentir.

—Te acompañaré.

—Puedes esperarme fuera si quieres. Ve a por un helado o algo. —Frunció el ceño—. ¿Hay helado en el plano demoníaco?

Ahí estaba esa incesante y encantadora curiosidad.

—Sin helado. Y me sentaré contigo. Si quieres, claro. —Ya había traspasado bastante los límites de Mariel.

Cuando lo miró, su expresión volvía a ser dulce.

—Me encantaría.

VEINTIUNO

El salón de actos del Ayuntamiento estaba abarrotado.

Ozroth se apresuró por un pasillo lateral, sintiéndose incómodo mientras decenas de ojos lo seguían. Cynthia Cunnington estaba sentada a una mesa sobre una plataforma, en la parte delantera de la sala, deslumbrante con un traje de chaqueta blanco realzado con diamantes.

La reunión ya había empezado.

—¡Eres una corrupta! —gritó un hechicero con sombrero de copa—. Te presentas al cargo para representarnos y luego vendes el pueblo para llenarte los bolsillos.

Mariel y Calladia se sentaron juntas al final de una fila y Ozroth ocupó la silla vacía del pasillo. El salón de actos parecía más una mezcla de iglesia y burdel que un edificio gubernamental. Las paredes estaban cubiertas de brocado de terciopelo rojo y a lo largo de una de ellas había unas vidrieras. Unos intrincados candelabros iluminaban la estancia y, además de las hileras de sillas plegables, había unas *chaise longues* de color carmesí alineadas en el perímetro del salón.

Cynthia se inclinó hacia el micrófono que tenía delante en la mesa.

—Ese lenguaje no es apropiado.

—¡Puedes coger lo que es apropiado y metértelo por el culo!

Los murmullos se extendieron por la sala, junto con algunas exclamaciones que incluían las palabras «Cunnington» y «respeto». La mezcla de personas era muy variada: había hechiceros y brujas con túnica, un contingente de ancianas corrientes con vestidos morados y sombreros rojos, un grupo de centauros e incluso una *pixie* borracha que solo llevaba un tanga y unas pezoneras con forma de salamandras de fuego. El jefe hombre lobo de Mariel fruncía el ceño desde el otro lado de la sala mientras Themmie flotaba sobre el gentío, sentada con las piernas cruzadas en el aire y filmando todo con su *smartphone*.

—Cuando me presenté a las elecciones, prometí proteger los intereses de Glimmer Falls —dijo Cynthia—. Eso significa garantizar que estamos al día.

—¿Estar al día? —Rani se levantó de su silla. Había sustituido su camiseta de «Salvad a los celacantos» por otra que decía «¡LAS SALAMANDRAS DE FUEGO TAMBIÉN TIENEN DERECHOS!». Llevaba unas algas trenzadas en el cabello negro—. ¿Te refieres a estar al día con el infierno capitalista de las grandes ciudades?

—El resort traerá consigo un movimiento económico que necesitamos. Con esos fondos, podremos abordar proyectos de infraestructuras clave...

—Tonterías —dijo Rani—. ¡Ya atraemos muchos negocios y si de verdad trabajaras con mi organización sin ánimo de lucro, el Proyecto de Resiliencia de Glimmer Falls, descubrirías que hay muchas formas de mejorar las infraestructuras que no implican destruir nuestros bosques para atender a un uno por ciento!

—El resort no es para un uno por ciento —dijo Cynthia con frialdad—. Pienso hacerme socia y solo los Cunnington ya son el tres por ciento.

—Supongo que encontró a alguien que rompió tu hechizo —murmuró Ozroth—. Me gustaba más con la boca cerrada.

Mariel estaba matando a Cynthia con la mirada.

—¿Crees que debería lanzar el hechizo de nuevo?

—Desde luego.

Mariel resopló y negó con la cabeza.

—Eso violaría las normas de libertad de expresión de la asamblea. Incluso las zorras conspiradoras pueden opinar. —Miró a Calladia disculpándose—. Lo siento.

Calladia se encogió de hombros.

—Si gruñe como una perra…

Rani volvió a hablar.

—¿De verdad crees que alardear de tu riqueza hará que el pueblo vea el resort con mejores ojos? No va a ofrecer servicios a la comunidad.

—No es culpa de este gobierno que seas pobre —dijo Cynthia.

—Yo no soy pobre. Solo tengo empatía.

El intercambio desencadenó una oleada de comentarios por parte de los asistentes. Una llamarada verde anunció el descontento de alguien, mientras que la lámpara de araña vibró lanzando unos estremecedores repiques por el aire.

—No se trata de favorecer a los ricos —dijo Cynthia—. Los beneficios que obtengamos irán a parar a la comunidad.

Calladia se levantó.

—Después de llenarte los bolsillos, ¿verdad? No creas que no sabemos quién es inversor en la empresa, *mamá*.

—Siéntate, Calladia —espetó Cynthia.

A Calladia se le sonrosaron las mejillas.

—Hemos hablado de esto muchísimas veces. Tú sabes por qué el resort es tan mala idea…

—Sé que eres una persona egoísta y que no quieres que nadie más disfrute de las cosas bonitas.

Calladia dio un paso atrás mientras un silencio incómodo se extendía por el salón. Era la primera vez que Ozroth veía sufrir a la bruja rubia y sintió el extraño impulso de protegerla. ¿Qué les pasaba a estos mortales, que trataban a sus hijos con tanta crueldad?

—Ya está bien —murmuró Mariel, y se levantó—. Calladia no es egoísta. Lo único egoísta aquí es apoyar la destrucción de nuestros bosques para que tú puedas disfrutar de un tratamiento facial una vez por semana.

Su voz era poderosa, pero sus manos se agarraban con fuerza a la falda. Ozroth le dio un empujoncito en el puño y se sintió satisfecho cuando ella le agarró la mano.

Un centauro con el torso desnudo dio un fuerte pisotón y saltaron chispas del suelo de piedra.

—¡Eso, eso!

Un anciano vestido de lentejuelas de pies a cabeza tomó la palabra.

—Este pueblo está anclado en el pasado. Estamos tan centrados en nuestro legado mágico que no vamos a crear un futuro para Glimmer Falls.

—No se puede crear un futuro destrozando el ecosistema —replicó Mariel.

Cynthia fulminó a Mariel con la mirada.

—Estamos trabajando estrechamente con unos consultores medioambientales y están seguros de que no habrá efectos nocivos.

—¡Y una mierda! —gritó Themmie desde su posición cerca del techo. Sus alas eran un borrón arcoíris.

—¿Cómo se llama la consultoría medioambiental con la que trabajas?

Cynthia se aclaró la garganta.

—Everwell.

Los pulgares de Themmie bailaron sobre su teléfono.

—Una búsqueda rápida dice que el director general es hijo del dueño de la constructora que has contratado.

—¡Corrupción! —gritó Rani. Un clamor parecido resonó en una mitad de la asamblea, mientras que la otra mitad defendía el proyecto también a gritos. Un estruendo se apoderó del salón de actos y estallaron unos fuegos artificiales sobre la multitud, mientras los centauros daban fuertes pisotones con sus pezuñas.

—¡Orden! —gritó Cynthia—. ¡Orden en la sala!

Cuando eso no bastó, se llevó el collar de perlas a los labios y empezó a murmurar. Ozroth se estremeció al recordar cuando lo había lanzado contra una estantería. Le había dicho a Mariel que estaba bien, pero la verdad es que aún le dolía.

Un enorme gong apareció en el estrado. Cynthia agarró el mazo y le dio un golpe con él.

¡Gonggggggg!

El sonido debió de amplificarse con la magia, porque hizo temblar a Ozroth hasta los huesos. Se estremeció por un intenso dolor de cabeza.

Este dolor se sumaba al del hombro y del cuerno. Los demonios se curaban rápido, así que era extraño que aún le doliera tanto. Cuando el sonido reverberó, los asistentes se quedaron en silencio. Cynthia ocupó el centro del escenario. Parecía una reina de las nieves con su atuendo blanco, el cabello reluciente como el oro y diamantes brillando en sus muñecas y cuello.

—Cuando mi antepasado Casper Cunnington fundó este pueblo, sabía que con el tiempo se expandiría y cambiaría. Esperaba que así nos convirtiéramos en un todo un hito en el mapa mágico mundial.

La mirada de Cynthia recorrió la audiencia y Ozroth comprendió por qué se había convertido en una figura tan influyente. Además de su dinero, legado y poder, desprendía una regia autoridad.

—Ahora mismo —continuó— tenemos la oportunidad de añadir un poco de lujo a nuestra vida cotidiana al tiempo que aumentamos el turismo. El balneario acogerá a seres mágicos de todo tipo y los residentes tendrán un descuento en la entrada.

—¡Qué generoso! —espetó Calladia—. Destruyes nuestro bosque y luego nos haces un descuento del diez por ciento.

—¡Oh, por favor! Las consecuencias sobre el bosque serán mínimas.

Mariel se puso tensa. Se deshizo de la mano de Oz y luego se llevó los puños a las caderas.

—Ya he visto esos efectos de primera mano y están muy lejos de ser mínimos.

—Espera —dijo Themmie desde arriba—. ¿De primera mano? El proyecto no empezará hasta la semana que viene.

Mariel fulminó a Cynthia con la mirada.

—Ya están cavando.

Cynthia se aclaró la garganta.

—Es solo una prospección del terreno.

Mariel se dio la vuelta.

—¿Puedes proyectar algunas imágenes? —le preguntó a Calladia.

Cuando esta asintió, Mariel sacó su teléfono, pasó varias veces el dedo por la pantalla y se lo entregó a su amiga.

Calladia colocó el teléfono en su regazo, luego sacó una madeja de hilo de su bolsillo y empezó a anudarlo mientras movía los labios sin pronunciar palabra. El aire que había sobre el teléfono se enturbió y se formó una imagen que iba haciéndose más grande a medida que Calladia trabajaba en su hechizo. Con un último movimiento de sus dedos, la imagen se desplazó hasta la pared. Sus colores y ángulos se materializaron hasta que pareció tan real como una obra de arte enmarcada.

En el salón se oyeron jadeos. La imagen mostraba una parcela de tierra con maquinaria de construcción. Había varios árboles caídos al fondo y Ozroth sintió una punzada de dolor al pensar que Mariel había presenciado aquella destrucción.

Calladia mostró más fotos. La cuarta era un primer plano de un animal que yacía muerto sobre la tierra removida, con el cuerpo medio aplastado y un charco de sangre debajo de él. Ozroth reconoció que era un *wolpertinger*, una rara criatura de Baviera con cabeza de conejo, cuerpo de ardilla, alas de faisán y una pequeña cornamenta.

El centauro dejó escapar un murmullo de angustia y agitó la cola.

—¡Asesinos!

—Es de esperar que haya algunas bajas —Cynthia parecía indiferente ante la espantosa imagen—, pero la vida de un *wolpertinger* es intrascendente si la comparamos con los beneficios que obtendremos del balneario.

Calladia pasó a la siguiente foto: un arbusto cerca de un agujero excavado en el suelo. Sus hojas, normalmente de color verde esmeralda, estaban arrugadas y eran marrones en la parte más cercana a las obras.

—Estamos en una confluencia de líneas ley y las plantas se alimentan de la magia del suelo —explicó Mariel—. La excavación está perturbando esa magia.

—Las consecuencias serán muy limitadas. Sigamos adelante.

—¿Qué sentido tiene hacer una asamblea si no escuchas a tus votantes? —La voz de Mariel destilaba frustración—. La red de magia ya se está deshaciendo. ¡Puedo sentirlo!

—¿Con qué habilidad mágica? —dijo Cynthia con desprecio—. Eres una fracasada.

—¡Mamá! —exclamó Calladia—. No la trates así.

Ozroth corría el riesgo de romperse los dedos si apretaba los puños con más fuerza. Unas palabras coléricas se le atascaron en la garganta, pero Mariel le había dicho que no la defendiera y tenía que respetar su deseo.

—No la escuches —murmuró—. Eres increíble.

—Por una vez, el demonio y yo estamos de acuerdo. —La expresión de Calladia era tormentosa—. Y siento lo de mi madre. Hoy está mostrando su peor yo.

—Pero tiene razón —susurró Mariel con los ojos llorosos—. Nadie va a creer lo que siento con mi magia.

A Ozroth le latía una vena en la sien. Estaba tan enfadado que quería arrojar su silla plegable al otro lado del salón.

—Si ya se ha acabado el drama, ¿podemos zanjar la cuestión? —dijo Cynthia—. Los contratos están firmados, así que el proyecto saldrá adelante.

—¿Por qué se firmaron antes de que el pueblo tuviera la oportunidad de votar? —exigió saber Themmie—. Sé concreta, porque estoy haciendo un *streaming* en directo.

Por una vez, Cynthia parecía incómoda.

—Las asambleas son el mecanismo que tiene la comunidad para expresar sus opiniones. No son una votación formal. Agradezco vuestra sinceridad y comprendo vuestras preocupaciones. Las obras se llevarán a cabo infringiendo el menor daño posible.

Mariel respiró hondo. Por muy vulnerable que se sintiera, no había acabado de hablar.

—Ya se ha hecho demasiado daño. Tienes que detenerlo.

Cynthia se burló.

—¿Por qué deberíamos escuchar a la tonta del pueblo?

Ozroth se puso colorado. Se levantó de un brinco cuando la ira tiró abajo su escaso autocontrol.

—Mariel es una bruja increíble —dijo con ferocidad. Una intensa energía pulsaba bajo su piel y se le puso la piel de gallina en los brazos—. Y es mucho más poderosa que tú.

Varias personas prorrumpieron en carcajadas y se oyeron las burlas de otras por encima del ruido:

—¿Más poderosa que Cynthia Cunnington?

—¡Qué risa!

—Todo el mundo sabe que la joven Spark es un desastre.

—Se lo está inventando para llamar la atención.

—Es un milagro que los Spark no la hayan repudiado todavía.

—¡Silencio! —bramó Ozroth. Un rayo azul rompió el aire del techo al suelo y dejó una mancha negra frente a los pies de Cynthia. Ella gritó y retrocedió de un salto.

Ozroth miraba atónito cómo se apoderaba el desorden de la habitación. Había sido una coincidencia, ¿verdad? Algún hechicero había decidido freír el culo conspirador de Cynthia justo cuando Ozroth estaba hablando. Pero la piel le escocía con una extraña energía y, cuando levantó la mano, unas chispas azules bailaron entre sus dedos.

—¡En el nombre de Lucifer!

—¡Me ha atacado! —gritó Cynthia—. ¡Sacadlo de aquí!

Ozroth estaba demasiado aturdido para protestar mientras un fornido guardia de seguridad se lo llevaba. Mariel también parecía atónita. Se dispuso a seguirle, pero Ozroth negó con la cabeza.

—Te esperaré fuera.

Eso suponiendo que los mortales no lo arrestaran. No creía merecerse que lo encarcelaran por nada, pero a Estados Unidos le gustaba demasiado su sistema penitenciario.

Por suerte, el guardia de seguridad lo dejó fuera.

—No es lo más extraño que haya pasado en una asamblea —dijo el hombre encogiéndose de hombros—. Además, se lo merecía. —Le guiñó un ojo y volvió a entrar.

Ozroth examinó su mano a la rojiza luz del atardecer. Las chispas azules habían desaparecido y tenía el mismo aspecto de siempre.

Sin embargo, algo había sucedido. Había sentido cómo la electricidad se acumulaba en su cuerpo antes de que se liberara de forma tan espectacular. Tampoco era la primera vez que sentía esa energía intensa y temblorosa.

Los negociadores tenían magia, pero no *así*. ¿Qué le estaba pasando? Las puertas del Ayuntamiento se abrieron y la gente salió, todavía enzarzada en una discusión.

Ozroth se apoyó en el muro de piedra, observando cómo se encendían las farolas y la gente regresaba a casa andando, volando o galopando.

Mariel y Calladia fueron de las últimas en salir. La expresión de Mariel se relajó cuando vio a Ozroth acechando en las sombras.

—¡Gracias a Hécate! —dijo, apresurándose a acercarse—. Pensé que te arrestarían.

—¿Por qué iban a arrestarlo? —preguntó Calladia—. Ha fallado. —Se cruzó de brazos y empezó a dar, nerviosa, pisotones con el pie—. No es que apoye necesariamente que haya que electrocutar a mi madre, pero se ha comportado fatal ahí dentro.

—Yo no quería... O no era mi intención.... —Ozroth se interrumpió, inseguro de cómo explicar lo que había hecho cuando ni él mismo lo sabía.

—¿Eso era magia demoníaca? —preguntó Mariel.

Ozroth negó con la cabeza.

—No sé qué era.

Ambas brujas lo observaron: Mariel con preocupación y Calladia con desconfianza.

—¿Qué quieres decir? —preguntó Calladia.

—No tengo ni idea de lo que ha pasado. Me enfadé y entonces cayó un rayo.

—Los brujos suelen tener arrebatos mágicos cuando están aprendiendo a manejar sus habilidades —dijo Calladia—. Pero tú no lo eres.

El estómago de Ozroth eligió ese momento para rugir con fuerza. Recordó que no había almorzado. Maldita fuera la nueva fisiología que padecía: comer, dormir, exteriorizar sentimientos y, ahora, ¿rayos?

Mariel le tocó el antebrazo.

—Vamos a cenar y luego solucionamos esto.

—Espera —dijo Calladia—. ¿No le diste de comer espaguetis hace unos días?

Ozroth empezó a entrar en pánico. Al parecer, Calladia sabía más de demonios que Mariel, lo que significaba que empezaba a advertir que algo no iba bien.

Mariel frunció el ceño.

—¿Y?

—Los demonios comen, ¿qué?, ¿cada dos semanas? Entonces, ¿por qué necesita comer de nuevo?

Mariel negó con la cabeza.

—Come tres veces al día. Estuve leyendo en la biblioteca sobre demonios y no te imaginas la de tonterías que hay en esos libros.

—De acuerdo. —Calladia se enfrentó a Ozroth con una mirada decidida—. Oz, quiero que seas totalmente sincero ahora mismo. ¿Puedes hacerlo?

Ozroth tenía la garganta seca. Tragó saliva varias veces, barajando sus opciones. Sabía lo que diría Astaroth («Si no está relacionado con un trato, miente siempre a los mortales, y si no puedes mentir, haz que la verdad parezca una broma»), pero mentirle a Mariel no le parecía bien y Calladia parecía capaz de olfatear las mentiras a la legua. Pero si confesaba sus anomalías, podría perjudicar su misión. Aunque no es que no la hubiera perjudicado ya...

Mariel le dirigió una mirada suplicante y él tomó una decisión rápidamente. No podía negarle nada cuando ella lo miraba así.

—Seré sincero.

—Los demonios, como especie, mienten a los seres humanos con frecuencia —dijo Calladia—. ¿Verdadero o falso?

Ozroth dudó antes de responder. No necesitaba darle a Mariel motivos para desconfiar de él, pero había prometido ser sincero.

—Verdadero.

—Eso es exactamente lo que está pasando —dijo Calladia, señalándole—. O estás jugando al ajedrez 3D o eres un maldito demonio friki.

—Es friki —confirmó Mariel antes de que Ozroth pudiera defenderse. Cuando él la miró con el ceño fruncido, ella se encogió de hombros—. No puedes negar los hechos.

—¿Verdadero o falso? —volvió a preguntar Calladia—. Los demonios solo comen una vez cada varias semanas.

—No todos los demonios —dijo Ozroth en un intento poco entusiasta de desviar la atención.

Calladia no se dejó engañar.

—¿Los demonios, como especie, solo comen una vez cada varias semanas, sin contar a demonios atípicos llamados Ozroth el Despiadado?

¡Por Lucifer! Habría destacado como interrogadora en los altos tribunales demoníacos. Ozroth suspiró.

—Verdadero.

Mariel miraba a una y luego al otro, y él se preguntaba qué estaría pensando. ¿Lo juzgaría por no haberle contado antes sus problemas?

—¿Verdadero o falso? Los demonios que no se llaman Ozroth duermen menos que los seres humanos.

Ozroth giró la cabeza para ver si podía escapar. La explanada de césped que había frente al Ayuntamiento estaba bordeada por unos caminos asfaltados que se extendían como rayos de sol y los curiosos merodeaban entre el follaje, puede que esperando más anomalías electromagnéticas.

—Verdadero —espetó.

—¿Verdadero o falso? Tú, Ozroth el Despiadado, comes y duermes todos los días, aunque no es así como viven los demás demonios.

—Tus preguntas son redundantes —espetó Ozroth. Calladia ni se inmutó.

—Dilo.

El aire del atardecer se cerró a su alrededor, oliendo a canela y azufre. Se tiró del cuello de la camisa.

—Verdadero.

—¿Verdadero o falso? —Los ojos marrones de Calladia se clavaron en él como un taladro—. Algo te está pasando.

Ozroth apenas oyó la queja de Mariel sobre lo groseras que eran las preguntas. Le zumbaban los oídos. Esta era la cuestión que había estado evitando desde que el alma del hechicero se había anclado en su pecho en vez de dirigirse tranquilamente al plano demoníaco. «¿Estoy acabado?», se había preguntado innumerables veces. «¿No volveré a ser útil nunca más?».

«¿Me estoy equivocando?».

Una gota de sudor le recorrió la sien. Cerró los ojos y respiró hondo, preguntándose por qué el oxígeno nunca le había parecido un recurso escaso.

—Verdadero.

Se produjeron unos instantes de silencio. Entonces Calladia volvió a hablar.

—¿Y bien? ¿Qué pasa?

Unos pequeños dedos se entrelazaron con los suyos.

—¿Quieres hablar de esto cuando estemos solos? —preguntó Mariel.

Él abrió los ojos con agradecimiento y asintió.

—Nos vamos a casa —le dijo Mariel a Calladia.

—¡Venga ya! Estábamos a punto de descubrir qué está pasando.

—Tiene sentimientos. Apuesto a que a ti tampoco te gustaría hablar de tus problemas en público.

Calladia se echó la coleta por encima del hombro.

—¿Qué problemas? Soy muy normal.

Mariel resopló.

—Claro. Eres una persona totalmente equilibrada que no necesita ninguna terapia.

Calladia le sacó la lengua.

—Zorra.

—Vaca.

Las dos mujeres se abrazaron y Ozroth se preguntó si alguna vez comprendería a los seres humanos. Eran volubles en sus estados de ánimo, pero constantes en sus amores. Sus vidas eran cortas, pero brillaban tanto…

—Vamos. —Mariel le apretó los dedos—. Vamos a casa.

VEINTIDÓS

Mariel sentó a Oz a la mesa de la cocina con una taza de té. El té era un bálsamo para muchos males y Oz parecía necesitarlo. Agarró la taza con tanta fuerza que estuvo a punto de romperla.

Mariel cogió un tubo de masa para galletas que había comprado en la tienda para casos de emergencia, cortó unas rodajas y las metió en el horno. Se sentó frente a Oz con un té.

—¿Y bien?

Oz parpadeó y ella admiró el movimiento de sus oscuras pestañas. Era muy duro en algunos aspectos, pero sus atisbos de dulzura la intrigaban. Era obvio que era vulnerable y que estaba fuera de lugar.

—De acuerdo —le alentó Mariel cuando él no dijo nada—. Pase lo que pase, no te juzgaré.

El pecho de él se expandió al respirar hondo. Cuando dejó salir el aire, parte de la tensión de sus hombros desapareció.

—Hace seis meses pasó algo.

Mariel dio un sorbo a su té, dándole tiempo para encontrar las palabras adecuadas.

—Me invocaron para hacer un trato. La gente suele invocar a los demonios de forma genérica, pero este empleó mi nombre. —Ladeó la cabeza—. Como tú.

Ozroth din convosen. Las palabras mágicas que les habían puesto en este complicado camino.

—El viejo hechicero se estaba muriendo de cáncer. Era doloroso, me dijo, y aún le quedaban varios meses para morir. Quería hacer un trato: a cambio de su alma, yo le concedería una muerte rápida e indolora.

—Debió de ser duro —dijo Mariel.

Oz sacudió la cabeza.

—En lo que a tratos se refiere, este no podía ser más fácil. Sin largas negociaciones ni tareas imposibles. Le pregunté por qué me había escogido a mí cuando cualquier demonio podría hacerlo. Dijo que su abuelo me había invocado hacía mucho tiempo para salvar las cosechas cuando su comunidad se moría de hambre. Después, el abuelo nunca volvió a ser el mismo.

—¿Por qué no?

Oz dudó.

—Renunciar a tu alma es algo importante. Te cambia de una forma que no esperas. En cualquier caso, el hechicero se obsesionó con los demonios cuando vio el cambio que se había producido en su abuelo. Tanto que se convirtió en un respetado erudito, pero nunca olvidó a Ozroth el Despiadado ni el trato que había dado vida a su comunidad pero que también le había quitado algo. —Apretó los labios y miró su té fijamente.

—¿Así que quería conocerte? —preguntó Mariel.

—Quería conocer por lo que había pasado su abuelo. —Oz le dedicó una sonrisa ladeada—. No es que lo supiera por mucho tiempo.

—E hiciste un trato para ayudarlo a morir. —Mariel pasó el pulgar por el asa de su taza—. Fuiste muy amable.

—No fui amable. Era mi deber.

Oz se apresuró tanto para discrepar que Mariel se preguntó si ese era un tema delicado. Puede que Astaroth lo hubiera instruido para que considerara la amabilidad como una debilidad.

Sonó el temporizador del horno y Mariel se dirigió a abrirlo. Las galletas estaban doradas y la cocina se llenó de su delicioso aroma.

—Tendremos que dejar que se enfríen —dijo Mariel. Luego miró a Oz y recapacitó—. Lo más probable es que te gusten las pepitas de chocolate fundidas.

Le puso delante un plato de galletas humeantes. Oz las miró como si estuviera librando una batalla interna, luego alcanzó una y se la metió en la boca.

—¡Qué buenas! —gimió con la boca llena—. Gracias.

—De nada. —Mariel sintió el rubor de orgullo que trae el cuidado de otra persona—. ¿Y qué pasó después?

Oz tragó saliva.

—Cuando llegaba a su final no tenía sentido lo que decía: mezclaba pasado y presente, y balbuceaba sobre precios y regalos. Dijo que quería que lo comprendiera, pero no dijo el qué. —Oz hizo un mohín—. En retrospectiva, debería haber pedido una aclaración, pero yo quería acabar con el trato y regresar a mi guarida.

—¿Vives en una guarida? —preguntó Mariel, picada por la curiosidad—. ¿Como... una madriguera de tejones? ¿Los tejones tienen madrigueras?

Los labios de Oz se crisparon.

—Tú y tus preguntas...

—Lo siento. —Mariel volvió a centrarse—. Ya me hablarás luego de tu guarida.

—Le pedí que me explicara su parte del trato —dijo Oz tras darle otro bocado a la galleta—, pero no estaba prestando tanta atención a los pormenores como debería. Él seguía divagando y pensé que no eran más que las palabras inconexas de un hombre viejo y confuso. «Mi alma por una muerte sin dolor», dijo. «Y que vaya a donde hay dolor».

Mariel arrugó la nariz.

—¿Qué significa eso?

—No lo sé. Después pronunció un conjuro. Comprendí que su intención era que su alma fuera a algún lugar donde hiciera el bien, así que no me lo planteé. Después de todo, todas las almas van al plano demoníaco.

A Mariel le resultaba demasiado confuso lo que fuera que le había sucedido a Oz, pero por la forma entrecortada en que él respiraba, sabía que estaban cerca de la revelación. Puso la mano sobre la mesa con la palma hacia arriba y, al cabo de un momento, Ozroth le puso la suya encima.

A Mariel le desconcertaba que su piel caliente le hubiera parecido repugnante. Ahora le encantaba. Era como acurrucarse bajo una manta en una noche fría, con la tensión de sus músculos desapareciendo cuando él la tocaba.

—Dime —le instó. Y luego, como el soborno nunca estaba de más, añadió en tono engatusador—: Haré más galletas.

Su boca se torció hacia un lado.

—Son unas buenas galletas.

—Y estas son compradas en la tienda. Te haré galletas desde cero con mi receta secreta.

—Eres una buena negociadora. —Hizo un mohín—. No de ese tipo de tratos. No me refería a eso.

—No pasa nada. —Mariel le pasó el pulgar por el dedo meñique—. Sé lo que querías decir.

¡Pobre Oz! No podía ser más diferente del demonio descrito en los libros de la biblioteca. Estaba sudando y sus ojos se movían como si estuviera buscando una salida en su acogedora cocina. Lo que estuviera a punto de confesar debía de ser realmente horrible.

—Cuando el alma sale del cuerpo, abro un portal al reino demoníaco, donde se une a otros miles de almas que se mueven en el aire a la deriva. —Su voz se volvió evocadora—. Es todo un espectáculo. El cielo es más oscuro, de gris a púrpura y negro, y las almas brillan con un color dorado mientras pasan flotando.

—Como luciérnagas —dijo Mariel. Por aterradora que fuera la idea de perder su alma, la imagen era preciosa.

—¿Has estado en China? —preguntó Oz. Mariel negó con la cabeza. Nunca había viajado fuera del estado de Washington—. Yo he estado unas cuantas veces y lo más parecido que he visto es la Fiesta de los Faroles. Cada primavera hacen farolillos de papel y les ponen dentro una vela. Cuando los sueltan, el aire caliente los hace ascender por los aires. El cielo nocturno se pone a rebosar de ellos y se ilumina con sus colores amarillos y naranjas.

—¡Qué preciosidad!

Él asintió con la cabeza.

—Las almas desprenden luz, pero también energía. Nos sentimos más alerta, más sanos, más en paz con cada nueva alma. —Se frotó el pecho con una mano—. Nos llena de algo que en el fondo nos falta.

Mariel se preguntó a cuántas personas se les habría ofrecido una visión tan íntima del plano demoníaco.

—Me encantaría verlo —dijo con sinceridad.

—Tal vez pueda llevarte algún día. —La expresión de Oz era anhelante. La palabra «algún día» provocó que su corazón latiera con fuerza. Implicaba un futuro entre ellos. Le apretó la mano.

—Así que abriste el portal, el alma lo cruzó y... —Se interrumpió cuando Oz sacudió la cabeza.

—No fue así. —Cerró los ojos con fuerza—. En vez de eso se me acercó flotando.

El tictac del reloj del pasillo sonó atronador en el silencio que siguió. Esta parecía ser la confesión que había estado esperando.

—No lo entiendo. ¿Se te acercó flotando? Y luego... ¿te la tragaste? —Eso le llevó a preguntarse cómo podía tragarse un alma, pero Mariel estaba decidida a seguir por el buen camino, así que esperó a que él continuara.

Cuando Oz abrió los ojos, parecía agotado.

—No, se me metió en el pecho y desapareció. —Hizo un mohín—. Luego empecé a sentir cosas. Miedo, al principio.

Mariel intentó comprender lo que estaba diciendo.

—¿No sueles tener miedo?

—No así. Fue tan fuerte que caí de rodillas. Luego sentí rabia hacia ese cadáver que había en la cama por lo que me había hecho.

Mariel recordó una frase de un libro que había hojeado:

> Los demonios son más cerebrales que los seres humanos. Aunque los demonios sienten toda una gama de emociones, estas son sutiles en comparación con la experiencia humana, y carecen de las reacciones emocionales más intensas de nuestra especie ante los estímulos.

Oz era tan intenso y podía tener tan mal humor, que esa información no le había parecido importante, pero tal vez no era ninguna tontería.

—Durante los días siguientes, las cosas empeoraron —dijo Oz—. Podía sentir el alma en mi pecho, resplandeciente, cálida y *horrible*. Un día estaba al borde de las lágrimas sin motivo y al siguiente veía algo hermoso y me sentía eufórico. Era un vaivén de emociones. —Se pasó una mano por el cabello—. Luego vinieron los cambios físicos. Empecé a necesitar comer y dormir todos los días. Los sonidos eran más fuertes, los colores más nítidos, los sabores más intensos. —Se estremeció—. Era... es... abrumador.

Mariel entreabrió los labios. Lo miró fijamente, juntando las piezas del rompecabezas que era Oz. No era de extrañar que nunca hubiera parecido demasiado despiadado. Con razón tenía cambios de humor. Nunca había sentido emociones tan intensas.

—No puedo ni imaginar lo confuso que sería para ti —dijo ella—. Después de más de doscientos años, sentirse una persona totalmente diferente. Tener que cambiar tu forma de vivir.

Él asintió con la cabeza.

—Casi me muero de hambre antes de comprender lo que me estaba pasando. Me encerré en mi guarida, leyendo libros para intentar averiguarlo, y me debilité cada vez más durante los días siguientes. Cuando ya solo podía gatear, comprendí que era hambre, pero estaba demasiado desfallecido para hacer nada al respecto. —Se estremeció—. Así que llamé a Astaroth.

—¿Cómo reaccionó?

—Estaba horrorizado —dijo Oz con rotundidad—. Totalmente horrorizado de que yo hubiera desarrollado tal debilidad.

Mariel frunció el ceño.

—Sentir no es una debilidad.

—Para un negociador es la peor debilidad imaginable. ¿Cómo puedo cumplir con mi deber si cedo a la ira o a la culpa?

Era una pregunta justa. Mariel no podía imaginarse apoderándose de la magia de otro ser, incluso si este salía ganando.

—Suena difícil.

Él se pasó una mano por la cara.

—Lo es.

Y ahora estaba atrapado en otra negociación de almas. Mariel se sintió aún más culpable.

—¿Es la primera negociación que debes hacer desde que tienes alma?

Él se quedó mirando su taza como si contuviera todas las respuestas a los misterios del universo.

—Hubo otras dos. Una quería ser supermodelo. Eso estaba bien. Pero un hombre quería vengarse de su padre. —Cerró los ojos con fuerza—. Tuve que emplear mi magia para destrozarle la vida a un hombre, desde su cuenta bancaria hasta su salud.

Mariel jadeó.

—Eso es horrible.

—He hecho muchísimos pactos de venganza a lo largo de los siglos y nunca he perdido el sueño —dijo Oz—. Pero cuando regresé al plano demoníaco después de aquel... lloré. —La vergüenza apareció en su rostro—. Y Astaroth lo vio.

Había tal abatimiento en sus palabras que Mariel sintió un escalofrío.

—¿Te hizo daño?

Él sacudió la cabeza.

—No de la forma a la que te refieres: nunca me ha castigado físicamente. Pero se ensañó conmigo; me dijo que era un fracasado, una vergüenza para la especie demoníaca. Dijo que si no lograba recuperarme, el consejo tendría que despojarme del cargo.

Si alguna vez Mariel tenía la oportunidad, le echaría Calladia a Astaroth para que le reorganizara los testículos. Se mordió con fuerza el labio inferior.

—¿Tan malo sería que dejaras tu trabajo? —Si negociar le provocaba tanto dolor a Oz, quizá debería dedicarse a otra cosa.

—Sería un desastre —dijo con seriedad—. Sin mi deber, no tengo motivos para estar vivo.

—¡Oh, cariño! —El apelativo se le escapó a Mariel sin pensar. Caminó alrededor de la mesa para reunirse con Oz. Este la miraba devastado, como si ella fuera a condenarlo. A falta de una idea mejor, Mariel se sentó en su regazo, le rodeó el cuello con los brazos y se puso a jugar con las suaves puntas de su cabello.

Ozroth abrió los ojos como platos y respiró hondo.

—¿Qué estás haciendo?

—Consolarte. —Mariel le puso una oreja en el pecho y escuchó el latido regular de su corazón. Olía bien, como su gel de baño, pero con una nota ahumada y picante por debajo. Como el postre que se disfruta frente a un fuego crepitante—. Tienes muchos motivos para estar vivo —dijo—. Y no deberías avergonzarte de llorar.

Su mano le estrechó la cintura.

—Los demonios no lloran —dijo, rozándole el cabello con el aliento—. Al menos, los negociadores de almas no lo hacen.

Ella le tocó el pecho con la nariz.

—No creo que importe lo que hagan los demonios. Creo que importa lo que *tú* haces.

—Esa es la cuestión. Lo que estoy haciendo no es normal. Soy un demonio patético. Ni siquiera puedo llamarme «negociador de almas».

Ella se incorporó y le puso un dedo en los labios.

—Silencio. —Él no pronunció palabra y a Mariel se le puso la piel de gallina cuando sus labios le rozaron la piel del brazo—. Me toca hablar a mí.

Él entrecerró los ojos pero no protestó. Su otra mano soltó una galleta para posarse también en su cintura. A Mariel le gustaba la sensación de que él la abrazara con sus fuertes manos y con sus macizos muslos debajo de ella.

A pesar de todo, la hacía sentirse segura.

—Así que tienes alma… —empezó. Cuando comprendió lo que eso significaba, sus ojos se abrieron como platos—. ¡Oh, eso debió de provocar el rayo! Me dijiste que el alma es la chispa interior, ¿verdad?, la magia. —Cuando él asintió, ella sonrió, satisfecha por haber resuelto el enigma—. Así que ahora tienes la magia del hechicero. Por eso se puso de manifiesto.

Ahora que lo pensaba, se habían producido otras experiencias extrañas en torno a Oz: luces que parpadeaban, bombillas que estallaban, descargas de electricidad del mismo azul que sus relámpagos.

Él se pasó la lengua por los labios y le rozó la punta del dedo con la lengua.

—Eres increíble. Debe tratarse de eso.

Ella disfrutó del cumplido.

—Así que tienes alma —dijo—, y eso te ha hecho un poco más humano. Los sentimientos, la magia…, ya no eres solo un demonio.

Comprendió que él iba a empezar a discutir, así que le tapó la boca con la palma de la mano.

—Mmm, mmm… —dijo él, con los ojos entrecerrados en una amenaza tan tibia que ella no le dio importancia.

—Puedes seguir odiándote —dijo—, pero no le veo sentido. Ahora eres diferente de los demás demonios, ¿y qué? Eres único. Para mí, eso te hace aún más bello.

Su expresión se suavizó. Le tocó con delicadeza la palma de la mano y ella la levantó para dejarle hablar.

—¿Crees que soy bello?

La necesidad y la duda que mostraba su voz provocaron que a Mariel se le partiera el corazón. Sabía exactamente cómo se sentía. ¿Cuántas veces había estado tan desesperada por recibir unas palabras amables que no las había creído cuando finalmente llegaron?

Mariel le besó la punta de la nariz.

—Oz, creo que eres más que bello. Eres fuerte e inteligente. Se supone que deberías estar intentando apoderarte de mi alma, pero en vez de eso, me apoyas y me proteges. —Otro beso en la ceja, que le valió una exhalación temblorosa—. Eres único en todos los planos y me siento muy afortunada de conocerte.

Le dio un abrazo y luego le apoyó la cabeza entre el cuello y el hombro.

—No quiero hacer ningún trato —dijo él, con las palabras amortiguadas por la piel de ella—. No quiero, Mariel. No soportaría hacerte daño.

Un precioso e insoportable dolor se extendió por todo su pecho. Le ardían los ojos y empezaron a brotarle las lágrimas.

—Lo sé —murmuró ella entre su cabello—. Yo tampoco quiero hacerlo. De hecho, yo… —Se pasó la lengua por los labios, preguntándose si podía (si debía) confesarle algo tan valioso y peligroso. Pero a Mariel no le gustaban las medias tintas cuando se trataba de las personas que le importaban. Le debía esa sinceridad.

—Quiero que te quedes —dijo con un nudo en la garganta—. Quiero salir contigo…, cortejarte.

Tal vez eso era imposible, pero ella estaba cayendo de todos modos. Su corazón era sordo a la lógica.

—Mariel…

Oz jadeó. La acercó más a él y la sentó a horcajadas sobre su regazo. Sus piernas colgaban torpemente a ambos lados de los muslos de él, pero antes de que pudiera moverse o hablar, o siquiera *pensar*, su boca se lanzó contra la de ella.

La besó con la boca abierta, con una pasión desesperada que casi la magullaba. Mariel se estremeció y abrió los labios para recibirlo. Su lengua se deslizó sobre la de él, que correspondió a sus lametones.

Tenía la boca caliente. Caliente como el aire sobre una vela, como el vapor del agua, como estar al borde de un volcán y preguntarse cómo sería caerse dentro. Mariel no era virgen, pero se sacrificaría con gusto por ese deseo ardiente. Se balanceó sobre su regazo, rechinando contra la dureza que había bajo sus vaqueros.

—Oz —ella cogió aire cuando él se apartó para besar su cuello—, llévame a la cama.

Él se detuvo con los labios sobre su pulso.

—¿Estás segura?

El cuerpo de Mariel ardía de deseo. Los fluidos se le acumulaban entre los muslos y, cuando se movió en su regazo, la recorrió una descarga de placer. Sintiéndose muy atrevida, le acarició un cuerno con el dedo índice. Él se estremeció y dejó escapar un murmullo de placer.

Que sucediera esto había sido inevitable desde el mismo momento en que él apareció en su cocina. Y, por imposible e incorrecto
que fuera, Mariel no iba a resistirse más.

—Estoy segura.

VEINTITRÉS

Mariel no estaba segura de lo que esperaba. Tal vez que Oz se la echara al hombro como un cavernícola y luego se la follara salvajemente.

Pero lo que no esperaba era su suave jadeo y el roce de sus labios. Él acunó sus mejillas y la besó como si fuera algo precioso y delicado. Por lo visto, no habría nada salvaje en ese proceso.

—Quiero que sepas que esto es muy especial para mí —murmuró él contra su boca.

—Oz —ella sintió unas inexplicables ganas de llorar ante su ruda delicadeza—, también lo es para mí. —Oz la ponía a veces de los nervios, pero puede que se hubiera enamorado de él.

Él apoyó la frente en la suya y sus húmedas y aceleradas respiraciones se entremezclaron.

—Voy a darte mucho placer —le aseguró, y un escalofrío recorrió la columna de Mariel. La besó una vez más y luego se levantó mientras le agarraba el culo con fuerza. Mariel gritó ante el repentino movimiento y se apresuró a rodearle la cintura con las piernas. ¿Habría algo salvaje después de todo?

Oz avanzó por el pasillo, moviéndose con una precisión admirable para ser alguien que la estaba besando con lengua. Le manoseó las nalgas y ella se murió de ganas de sentir aquellas manos grandes y expertas recorriéndola.

Ozroth entró en la habitación en penumbra.

—¡Ay! —Sus pasos se detuvieron cuando le dio una patada a algo.

—Lo siento. Olvidé que me estuve probando zapatos esta mañana.

Ella se había estado probando unos cuantos pares mientras él estaba escondido en el cuarto de baño tras su frustrada sesión de sexo, aunque al final se había decantado por sus fieles botas de montaña.

Ahora Mariel estaba deseando que se la follara. Vale, quizá no fuera la forma más sexi de decirlo, pero cada vez pensaba menos de forma racional.

—¿Cómo puedes vivir con este desorden? —murmuró Oz mientras se acercaba a la cama.

Ella le mordisqueó una oreja.

—¿Quieres seguir riñéndome por mi desorden o prefieres follarme hasta romper la cama?

—Buena observación.

La arrojó a la cama y Mariel soltó una risita. Luego subió él y se arrodilló entre sus piernas flexionadas. Ella tenía el vestido subido y se retorció de placer cuando sintió el roce de sus vaqueros en la cara interna de sus muslos

Él se inclinó hacia la mesilla y se escuchó un clic cuando tiró de la cadenita de la lámpara. Una suave luz dorada inundó el dormitorio.

Oz entornó los ojos mientras la recorría con la mirada. Cuando se pasó la lengua por los labios, Mariel se estremeció.

—Quiero ver cada centímetro de tu cuerpo —dijo—. Quiero ver cómo pierdes el control.

¡Vaya! Los libros de la biblioteca no decían nada sobre hablar sucio en la cama. Envalentonada por el deseo, Mariel se llevó las manos por detrás de la cabeza en la almohada y arqueó la espalda para darle una mejor visión de sus pechos en el escote redondo de su vestido con estampado de girasoles.

Oz gimió y le agarró los pechos con las manos.

—Son preciosos —ronroneó mientras los acariciaba. Sus dedos recorrieron el borde de la tela—. No puedo esperar a saborearte.

Mariel se sintió la mujer más sexi del mundo.

—¿A qué estás esperando? —preguntó sin aliento.

Oz gruñó y la puso boca abajo. Mariel se agarró a la almohada mientras él le deshacía el lazo de la cintura y le aflojaba el ceñidor. Le bajó la cremallera lentamente, aunque sonó muy fuerte en la habitación en silencio. Mariel lo ayudó a desvestirla y se quedó en sujetador y bragas, ambos de color verde lima.

—Si hubiera sabido que íbamos a hacer esto, me habría puesto encaje —dijo.

Las manos de él recorrieron su cintura y luego sus caderas.

—Esto es perfecto. —Le pasó un dedo por la columna y empezó a manipular el cierre del sujetador. Farfulló una maldición mientras jugueteaba con él y Mariel contuvo una carcajada. Al parecer, algunas cosas eran universales en todos los planos.

Cuando finalmente le quitó el sujetador, lo lanzó por los aires como si fuera un tirachinas. Antes de que Mariel pudiera protestar por la arrogancia con que manipulaba su lencería, él la había vuelto a colocar boca arriba y ya solo pudo pensar en que la tenía casi desnuda.

Sus ojos dorados parecían ahora más oscuros, con las pupilas dilatadas por el deseo. Se pasó una mano temblorosa por la boca.

—Preciosas —dijo, mirando fijamente sus tetas desnudas—. ¡Por Lucifer! ¿Cómo puedes ser real?

Mariel se retorció ante su mirada de admiración. Tenía más de doscientos años y, sin embargo, sus pechos lo habían dejado pasmado. Ella sacó las manos de la almohada para acariciárselos, pasando los pulgares por sus rosados pezones.

Oz le apartó las manos y tomó el relevo. Y, ¡oh!, sus manos eran mucho mejores que las de ella. Sus dedos eran callosos y cálidos, y el suave roce sobre su piel le ponía la piel de gallina. Le masajeó los pechos mientras los miraba con algo parecido al asombro.

Cuando le pellizcó un pezón, Mariel jadeó y echó la cabeza hacia atrás.

—¿Te gusta? —preguntó, mientras le pellizcaba el otro pezón y le provocaba una oleada de placer que le recorrió todo el cuerpo. Ella asintió con la cabeza, agarrando las sábanas con fuerza—. De acuerdo —dijo él. Mariel pudo ver una sonrisa engreída antes de que bajara la cabeza y le chupara un pezón.

Si sus dedos habían sido buenos, su boca era mágica. Le pasó la lengua por el pezón y luego lo chupó con fruición, intensificando la sensación con el calor de su boca. Mariel le pasó las manos por el cabello y luego le acarició los cuernos para excitarlo. Eran cálidos y suaves, y cuando los tocaba él gruñía y chupaba más fuerte, así que siguió haciéndolo.

Pasó unos largos minutos besándola, acariciándola y mordisqueándole el cuello y los pechos, dejándole unas marcas rojas que Mariel esperaba que le duraran. Quería verlas mañana en el espejo, porque serían la prueba de que alguien la deseaba más allá de lo imaginable.

Oz la besó desde el pecho hasta el vientre y Mariel soltó una risita cuando le pasó la lengua por el ombligo. Cuando se la metió, ella intentó zafarse. Él sonrió contra su piel y Mariel se quedó sin aliento. ¿Alguna vez lo había visto tan feliz y excitado? Cada centímetro de ella que exploraba parecía proporcionarle una alegría infinita.

No parecía justo que él la besara por todas partes y ella no tuviera la oportunidad de tocarlo.

—Quítate la camiseta —dijo Mariel.

Él se incorporó y se quitó la camiseta, y Mariel suspiró agradecida por las vistas. Tenía el pecho suave, con la piel tensa sobre los músculos. Siguió con la mirada sus abdominales y se relamió al ver la línea de vello que bajaba del ombligo a la zona del pubis. Los demonios no parecían tan peludos como los seres humanos, lo cual era agradable en cierto modo (no se irritaría la piel con su barba), pero aquel rastro de vello púbico le hizo la boca agua. Quería reseguirlo con la lengua.

Intentó incorporarse y poner en marcha su plan, pero Oz la detuvo.

—Todavía es mi turno.

Se frotó los muslos cuando sintió que sus fluidos le impregnaban la ropa interior. Estaba excitadísima y él ni siquiera la había tocado por debajo de la cintura.

—Entonces date prisa.

Él sonrió de forma lenta y sensual, y luego se pasó la lengua por el labio inferior.

—Los seres humanos no sabéis saborear las cosas.

¡Por Hécate! ¿Y si la hacía esperar durante horas? ¿Y si esto era un noviazgo y aún faltaban años para llegar a la siguiente fase? Mariel no podría esperar tanto tiempo.

—Lo estoy saboreando —argumentó—. Solo que lo saboreo más rápido que tú.

Él se rio y le apretó las caderas con las manos.

—Eres una impaciente.

—Me gusta coger al toro por los cuernos —le corrigió. Entonces recordó algo y reprimió una carcajada con la palma de la mano.

—¿Qué? —preguntó, mientras dibujaba círculos en su piel con los dedos.

—Es que como tu también los tienes… —Se señaló la cabeza.

Él resopló.

—¿Has acabado con tus bromas? Porque me gustaría empezar a lamerte.

—¡Oh! —Mariel se sonrojó—. ¡Oh, sí! Hazlo.

Él le dedicó otra de sus engreídas sonrisas antes de bajar de la cama. Luego le quitó la ropa interior y le puso las piernas por encima de sus hombros. Mariel se tapó la cara con las manos, excitada y avergonzada a la vez.

—No —dijo Oz. Su aliento llevó aire caliente a sus labios vaginales—. Mírame mientras te saboreo.

Mariel gimió. No iba a sobrevivir a esa noche. Pero se destapó los ojos y vio la cabeza de Oz entre sus muslos. Parecía un ser malvado, con sus ojos dorados y gruesos cuernos. Como si todas las fantasías que nunca había imaginado fueran posibles.

Le sopló aire caliente sobre el clítoris y Mariel se estremeció. Al chorro de aire le siguió un lento lametón. La saboreó a fondo, recorriendo cada rincón con la lengua. La garganta de Mariel se llenó de ruidosos jadeos cuando él le chupó el clítoris. Se agarró a la almohada como si eso pudiera impedir que levitara de placer. No había sido una de sus habilidades mágicas anteriormente, pero si había algo que podía enviarla a la estratosfera, era la boca de Oz.

No estaba yendo rápido, pero tampoco estaba siendo delicado. Ese había sido, hasta entonces, el problema de Mariel con el sexo oral: los hombres tendían a pasar la lengua de forma burda, sin ejercer suficiente presión y esperando que todo acabara lo antes posible. Pero Oz le comía el sexo a fondo, chupándole los labios y luego mordisqueándole el interior de los muslos. Cuando pasó con suavidad los dientes sobre su clítoris, una descarga de sensaciones arqueó la espalda de Mariel sobre el colchón.

Oz introdujo un dedo en su vagina y Mariel gimió ante el ligero estiramiento.

—¡Por Hécate! ¡Qué bueno eres! El mejor, un absoluto... ¡Oh! —Oz aprovechó ese momento para aumentar sus esfuerzos y las palabras salieron volando de la cabeza de Mariel mientras él la devoraba como un hambriento al que le hubieran puesto delante un banquete.

Al primer dedo se le unió un segundo, y él los abrió en V antes de meterlos en su vagina y acariciar su interior.

—Estás muy apretada —gruñó entre lametones—. Tengo que prepararte para poder follarte.

Mariel ahogó un grito. El pecho se le hinchó y la tensión aumentó en el bajo vientre. Nunca se había corrido con sexo oral, pero sin duda estaba yendo por ese camino. Sus caderas se movían frenéticamente por el deseo.

Él le introdujo los dedos más rápidamente mientras le chupaba el clítoris y Mariel lanzó un grito. Un orgasmo la recorrió como una ola caliente y palpitante. Ella se agachó a ciegas, le agarró los cuernos y lo atrajo con fuerza hacia ella mientras se dejaba llevar por las gloriosas sensaciones.

Finalmente, las palpitaciones se calmaron y Mariel volvió a la realidad. Oz seguía gruñendo entre lametones desesperados y

Mariel apartó las manos de sus cuernos para apretarse con ellas la frente.

—Hostia puta —jadeó, mirando aturdida a Oz mientras él se arrodillaba entre sus piernas y se limpiaba la boca con el antebrazo. Las mejillas y la barbilla brillaban con sus fluidos, y los muslos de Mariel temblaban—. Ha sido... ¡Guau!

Él sonrió, mostrando unos dientes blancos perfectos con unos incisivos algo más largos que le habían proporcionado una sensación increíble cuando le mordisqueó el interior de los muslos.

—Estás deliciosa. —La palabra sonaba pecaminosa en su boca.

Ella se incorporó recordando cómo le había tocado los cuernos.

—¿Te he hecho daño en los cuernos? No quería agarrarte tan fuerte.

Él gimió y echó la cabeza hacia atrás.

—Puedes agarrármelos cuando quieras. Me ha encantado.

En la biblioteca no había ningún capítulo sobre cunnilingus demoníacos, pero Mariel estaba dispuesta a escribir un maldito libro sobre el tema.

—Me quedo contigo —soltó. Entonces sus ojos se abrieron como platos. ¡Mierda! ¿De verdad había dicho eso en voz alta?

La expresión de Ozroth se suavizó.

—Mariel...

Desesperada por abandonar el tema de su incierto futuro, Mariel llevó una mano a la cinturilla de sus pantalones.

—Esto fuera.

—Mandona e impaciente —dijo él con una sonrisa.

Los dedos de Mariel liberaron el botón de sus vaqueros y luego le bajaron la bragueta. Estaba demasiado impaciente para esperar a que él se quitara los pantalones, así que metió la mano por dentro y le agarró el miembro con la mano.

«Grande».

Aunque su tacto estaba limitado por los vaqueros y el incómodo ángulo, era obvio que Oz tenía un buen paquete.

—Internet tenía razón —suspiró Mariel mientras se movía arriba y abajo con delicadeza, sintiendo aquella barra de acero bajo la tela de los calzoncillos.

Aún no tenía claro si tenía púas en el pene o algo por el estilo, pero estaba impaciente por averiguarlo.

—¿Internet? —jadeó él mientras ella le apretaba la polla.

—No importa. —Oz no necesitaba saber cuánto había aprendido Mariel sobre el porno de demonios—. Quítate los pantalones.

A él se le escapó una risita mientras se zafaba de su agarre y se quitaba los vaqueros.

—Ahora túmbate y deja que te admire.

—Estás dando muchas órdenes —dijo él mientras se estiraba sobre el edredón.

—Ahora me toca a mí —dijo Mariel, acercándose para poder pasarle las manos por el pecho. Era guapísimo, con sus enormes pectorales y su tableta de chocolate. La V sagrada acababa en unos calzoncillos negros en los que podía distinguirse una erección.

Mariel necesitaba poner los ojos, las manos y la boca en esa polla y en ese orden. Se agachó y agarró con los dientes la cinturilla de su ropa interior, tirando de ella hacia abajo. Él dejó escapar un murmullo de sorpresa y Mariel sintió un arrebato de orgullo. Puede que él tuviera más de doscientos años de experiencia, pero ella tenía algunos trucos bajo la manga. Al final tuvo que utilizar las manos para quitarle por completo la ropa interior. En ese momento, Mariel se sentó sobre sus talones, con los ojos clavados en la que ya era su polla favorita del mundo. No tenía púas ni nada que pareciera extraterrestre, pero era gruesa y larga, y la piel más rojiza y oscura que su natural tono dorado. A Mariel se le hizo la boca agua al ver las venas que se enroscaban por un costado.

Puede que se la estuviera comiendo con los ojos, pero iba a chupar todo el plano demoníaco de esa polla.

—No es tan grande como el consolador que invocaste —dijo Oz y, espera, ¿de verdad parecía cohibido?

Los ojos de Mariel se clavaron en los suyos.

—Oz —dijo muy seria—, esta es la polla más perfecta que he visto en mi vida. De verdad, la polla ideal.

Él entrecerró los ojos y soltó una risita.

—Tienes facilidad de palabra.

—Tengo algo más que palabras.

Mariel había leído un montón de artículos sobre mamadas antes de hacer la primera en la Universidad, y le gustaba creer que se le daban bien. Y si no era buena, al menos era entusiasta, lo que contaba para algo, ¿no?

Solo había una forma de saber si Oz estaba de acuerdo. Mariel se zambulló en la teoría de las formas de Platón con la boca por delante, separando los labios para chupar la punta de su miembro.

—¡Joder! —Soltó él, con el torso saliéndosele de la cama. Mariel se colocó a horcajadas sobre su muslo y se metió la polla en la boca. Tenía un buen sabor; una mezcla almizclada de sal, humo y especias. Rodeó la base con una mano y la cerró, chupando luego al compás del movimiento de su cabeza. Era ambiciosa, pero no tanto como para tragarse la polla entera la primera vez.

Oz se estaba volviendo loco. Farfulló una maldición y se retorció, haciendo unos ruidos sensuales y desenfrenados mientras ella se la chupaba. Le había puesto una mano encima de la cabeza, así que tiró de ella hacia abajo mientras le guiñaba un ojo para hacerle saber que podía agarrarla del cabello si quería. Cuando lo estiró de las raíces, Mariel gimió y se apretó más contra él.

—¡Increíble! —gritó Oz. Los tendones del cuello se le tensaron mientras apretaba la mandíbula y mostraba los dientes—. ¡Joder, qué bueno!

Mariel le chupaba el pene como si estuviera saboreando una piruleta. Empezaba a dolerle la mandíbula, pero no se daba por vencida. Haría todo lo posible para que este demonio se corriera.

De repente, él le tiró del cabello para apartarla. La polla se le escapó de la boca con un suave ¡pop! cuando se acabó la succión y Mariel hizo un mohín de contrariedad.

—Quiero que te corras en mi boca —se quejó.

Oz se estremeció.

—La próxima vez, *velina*.

No conocía esa palabra.

—¿«Vel» qué?

Él se pasó una mano por la cara.

—Es lengua demoníaca antigua —murmuró. Parecía avergonzado de que se le hubiera escapado—. Un término cariñoso.

A Mariel le gustó cómo sonaba.

—¿Tú también eres mi *velina*?

—*Velina* es la versión femenina. Aunque yo podría ser tu *velino*. La versión de género neutro es *veline*.

—Mi *velino*. —Ella pronunció la palabra—. En ese caso, mi *velino*, ¿por qué no puedo chupártela?

Su pecho subía y bajaba con cada entrecortada respiración y el sudor le cubría la piel.

—Porque quiero follarte ahora mismo.

Ella se quedó sin aliento. De acuerdo; Mariel podía aceptar ese plan.

—Entendido —dijo, y luego se quedó en silencio. No dominaba la habilidad demoníaca de hablar sucio.

A Oz no pareció importarle su timidez (de hecho, ni la advirtió). La estaba mirando como si fuera el centro de su universo, con los ojos llenos de oscuras promesas.

Mariel no tenía ahora cabeza para pensar en los problemas que podían acarrear las relaciones entre especies, así que abrió de un tirón un cajón de la mesita de noche y sacó un paquete de condones. Siempre había sido una persona optimista, así que había unos cuantos de tamaño XXL entre los condones de tamaño normal. Sin duda, el demonio estaba a la altura de un XXL.

Ella se mordió el labio inferior mientras miraba la larga y bonita parte de su cuerpo.

—¿Qué postura prefieres? —A ella le encantaría tenerlo encima para que la embistiera contra el colchón, pero también le gustaba la idea de ver todos sus músculos. Y no diría que no a que la penetrara por detrás…

—Quiero que me montes —dijo al instante—. Al menos al principio. Hasta que te acostumbres a mi polla.

Mariel se estremeció.

—¿Y luego qué?

—Luego —dijo él, pasándose la lengua por los labios— te haré lo que yo quiera.

Sonaba prepotente, pero Oz era un demonio prepotente y Mariel estaba demasiado excitada para protestar. Nunca se había considerado una pervertida, pero si Oz quería revolcarse con ella un poco mientras le gruñía obscenidades al oído, ella estaba más que dispuesta. Se sentó a horcajadas sobre él y abrió el envoltorio del condón con dedos temblorosos. Habían pasado años desde la última vez y nunca había deseado a nadie tanto como a él. Le puso el preservativo estirándolo sobre el cuerpo del pene hasta ajustarlo en la punta.

—No haces un nudo, ¿verdad? —soltó.

Él frunció el ceño.

—¿Un nudo? —preguntó mientras hacía un claro esfuerzo por contenerse. Le clavó los dedos en las caderas.

Nunca había tenido que explicárselo a nadie, ya que era un concepto habitual en las comunidades más frikis de las ficciones de fans *on-line*; comunidades que había visitado muchas muchas veces. Al fin y al cabo, como el calentón no desaparecía cuando una estaba soltera, había que darle otras salidas.

—En las ficciones de fans significa que el pene «se hincha», y ya que eres de otra especie…

—¿Que el pene se hincha? —Parecía horrorizado.

—No todo el pene. Solo la base, para que la mujer no pueda… —Mariel se interrumpió al ver que se horrorizaba todavía más—. ¿Sabes qué? Hagamos como si nunca lo hubiera mencionado.

Él asintió frenéticamente.

—Sí, por favor.

Mariel era una experta en enturbiar las cosas a pocos centímetros de una penetración. Respiró hondo y esbozó su sonrisa más sensual.

—¿Estás listo?

—¡Sí! —rugió Oz.

Mariel le agarró el miembro para metérselo.

—Hace años que no hago esto.

—Yo no hago esto desde mediados del siglo xx. —Parecía a punto de tener un ataque—. No pares, por favor.

Mariel se sintió poderosa mientras se frotaba el sexo (único en todo un siglo, por lo que parecía) de arriba abajo contra su polla.

—¿Quién es ahora un impaciente? —se burló—. Deberías saborear la experiencia.

—¡Joder! —Cerró los ojos con fuerza—. Olvida todo lo que he dicho.

—Será un placer. —Mariel empezó a metérsela y, ¡oh!, lo que sentía era increíble. Su miembro era duro, grueso y caliente, y con cada centímetro que entraba parecía que iba a quedarse sin aliento. Cuando estuvo totalmente sentada, Mariel exhaló con fuerza. Intentó hablar, pero solo le salió un gemido. Oz no parecía estar mejor.

—Dame un minuto —dijo él de forma entrecortada.

A Mariel también le vendría bien un minuto. Estaba tan tensa que juraría que podía sentir su propio pulso dentro del cuerpo. Movió las caderas a modo de prueba y el gemido de Oz la animó a continuar. Después de una pausa de cortesía para que él se calmara, Mariel le puso las manos en el pecho y empezó a cabalgar, saboreando la intensa fricción de su miembro.

Oz le clavó los dedos en las caderas y flexionó los músculos para seguirle el ritmo. Sí, a Mariel le gustaba mucho esta postura con vistas privilegiadas.

Él murmuraba en voz baja todo tipo de cosas. Mariel pilló referencias a sus pechos, sus caderas, sus labios, sus botas de montaña... A Oz parecían gustarle muchas cosas de ella, pero no resultaba lo bastante coherente para que Mariel pudiera hacerse una idea completa.

Se agarró al cabecero para coger ímpetu y lo cabalgó con más fuerza. Cuando le acarició el clítoris, ella jadeó.

—¡Sí!

Él le daba en el punto perfecto con cada embestida y su mirada de férrea determinación le transmitía que no se detendría hasta que ella estuviera totalmente satisfecha. Mariel se relajó y cerró los ojos mientras se movía como una ola en el océano. Sentía aumentar la tensión que la llevaría al orgasmo.

Oz la sacó de su polla y a Mariel la cabeza empezó a darle vueltas.

—¿Qué...? —preguntó ella. Encontró la respuesta cuando él la colocó a cuatro patas—. ¡Oh, sí! —jadeó mientras él se ponía de rodillas a su espalda. Se había acostumbrado a su miembro y ahora él iba a hacerle lo que quisiera.

—Eres mía —gruñó, volviendo a penetrarla con una rápida embestida.

Mariel gritaba con una penetración cada vez más profunda. Oz le pasó un brazo por debajo, oprimiéndole el pecho mientras se encorvaba sobre ella, con los abdominales sudorosos contra su espalda. Con la otra mano le acarició el clítoris y Mariel soltó un gemido como nunca antes en su vida.

—¡Sí, sí, sí! —gritaba. Sus pechos rebotaban con cada embestida y la presión ejercida sobre su clítoris parecía que iba a hacerla volar por los aires. Entonces él se lo acarició con dos dedos callosos y el placer se convirtió en algo irresistible. Su orgasmo estalló como una oleada de calor. Mientras su sexo palpitaba, Mariel gritó, sus brazos cedieron y el antebrazo que Oz había colocado entre sus pechos fue lo único que la sostuvo.

Oz seguía empujando mientras murmuraba obscenidades y cumplidos contra su cabello. «Apretada y húmeda». «Bruja perfecta». «*Velina*, quiero follarte para siempre». Pero incluso los demonios eran víctimas de su biología y Oz se corrió tras unas cuantas embestidas más, gritando tan fuerte que a Mariel le zumbaron los oídos.

Se desplomó sobre un costado, llevándose a Mariel con él. Ella jadeaba, inspirando aire como si hubiera corrido una maratón. La cabeza le daba vueltas con un torrente de hormonas, feromonas, neurotransmisores y Hécate sabría qué más, como si un fuego artificial mágico hubiera estallado en su cerebro. Sentía también un intenso hormigueo en los dedos de las manos y los pies.

—¡Joder! —dijo Oz.

—¡Guau! —dijo ella en respuesta—. Ha sido...

—Sí.

Parecía que Mariel se había tragado el mismo sol. Sonreía tanto que le dolían las mejillas. Por fin había tenido sexo con su demonio y lo único que quería saber era cuándo podrían repetirlo.

VEINTICUATRO

Hay experiencias tan profundas, tan perfectas, que no pueden expresarse con palabras. Ozroth aspiró el aroma del cabello de Mariel, sintiéndose inmensamente feliz.

¿Había estado alguna vez tan relajado? Podría haberse fundido con las almohadas.

—¿Los demonios tienen período refractario?

La pregunta de Mariel lo sacó de su estupor.

—¿Mmm? —Era incapaz de hilvanar una frase.

Ella se acurrucó en su pecho. ¡Por Lucifer! ¿Había una mujer más sexi en todos los planos? Sus curvas le habían parecido tentadoras bajo la ropa, pero totalmente desnuda era una diosa.

—Me preguntaba cuándo estarás listo para otra ronda —dijo.

Ozroth gimió. Con ella se sentía capaz de lograr cualquier hazaña, pero eso superaba sus capacidades.

—Puedes esperar veinte minutos o hacer un trato para que yo tenga una erección instantánea.

Mariel se rio y en respuesta una sonrisa se dibujó en sus labios. El trato para apoderarse de su alma seguía siendo un tema difícil, que dolía como tocarse un moratón, pero bromear lo hacía más llevadero.

Mariel se acurrucó más contra él.

—¿Hay fecha para hacer el trato?

Ozroth estaba tan atontado de correrse con tanta fuerza que veía manchas. Respiró hondo, esperando que el oxígeno le ayudara.

—Mmm... —respondió. No era un buen comienzo.

Mariel se retorció para mirarle.

—Estaba pensando —dijo ella.

Eso le espabiló.

—¿Sobre qué? —Él estaba cautivado por el reguero de pecas de su nariz y el sonrojo de sus mejillas tras el sexo. Tal vez veinte minutos sería demasiado tiempo.

—Tierra a Oz. —Le dio un empujoncito en el pecho—. Sobre el trato, claro.

—Claro. —¿Cómo no se había dado cuenta antes de la variedad de tonos verdes y dorados que había en sus ojos color avellana? Eran un caleidoscopio de colores tierra, como los bosques que tanto amaba.

—Los demonios viven para siempre, ¿verdad?

¿A dónde quería ir a parar?

—Sí.

—Así que sus líneas temporales son más largas que las nuestras, ¿verdad? Como el cortejo que dijiste que lleva años.

Él asintió con la cabeza. Llevó la mano a su culo y agarró una nalga suave y sexi. Sí, sin duda podría superar esa estimación de veinte minutos. ¿Cómo debería follársela ahora? ¿Empotrándola contra la pared?

—Entonces... —consiguió decir— ¿por qué no te quedas aquí un tiempo? Así podríamos investigar cómo librarnos del trato. Y, si no encontramos la solución, tal vez podrías quedarte a largo plazo. Como... setenta años o así.

Eso le devolvió la concentración.

—¿Qué?

Parecía avergonzada y se mordía el labio inferior mientras sus mejillas se enrojecían aún más.

—Sé que es mucho proponer, pero tú no quieres quitarme el alma y yo tampoco quiero renunciar a ella. Así que ¿qué tal si mantenemos el trato hasta que yo muera?

La idea de que Mariel muriera era como si le echaran agua helada por la cabeza. La abrazó con más fuerza, hasta que su nariz quedó atrapada entre sus pectorales.

—No quiero pensar en tu muerte —dijo con ferocidad.

—Yo tampoco —dijo ella con la voz apagada. Él aflojó su desesperado agarre, dándole espacio para respirar—. Pero es inevitable. ¿Y si te quedas en la Tierra conmigo y te llevas mi alma cuando esté lista para renunciar a ella? No estaríamos ignorando el trato, tan solo posponiéndolo.

Le dio vueltas a su propuesta. Astaroth se enfadaría mucho. Pero Mariel tenía razón: las líneas temporales de los demonios eran más largas.

El pecho de Ozroth palpitó con indignación cuando recordó la apuesta de Astaroth. ¿Por qué debería sacrificar a esta preciosa mujer (y su propio corazón) solo para que Astaroth ganara puntos en la eterna y estúpida competición en la que se enzarzaban los viejos demonios? Su interminable lucha por el poder no significaba nada para él después de todo, mientras que Mariel significaba mucho.

Se lo empezó a imaginar: vivir en Glimmer Falls y mudarse a una casa que estuviera cerca de Mariel (tenía mucho dinero humano tras siglos ahorrando e invirtiendo). Podría verla todos los días si ella quisiera. Podría aprender a cocinar, prepararle el desayuno, limpiarle la casa. Podría asegurarse de que siempre durmiera en una cama con las sábanas perfectamente dobladas.

Setenta años no era tanto tiempo para un demonio, pero verla envejecer sería una agonía. Ozroth había pasado más tiempo que ese estancado en una vida sin cambios, excepto por cada nuevo trato. Sin embargo, era mucho tiempo para los seres humanos.

—Te cansarías de mí —dijo.

—No, no me cansaría.

—Tendría que estar siempre cerca. Aunque no tuvieras que verme, sabrías que estoy ahí.

Ella se movió para tener más espacio para mirarle.

—¿Odiarías tener que hacer algo así? —La vulnerabilidad que veía en sus ojos le partía el corazón.

—¡Por Lucifer, no! Amo estar cerca de ti. Pero te mereces mucho más en esta vida que cargar con un demonio gruñón cuando podrías estar con alguien normal. —Cuando la palabra «amor» salió de su boca, el corazón le dio un vuelco y comprendió de repente por qué los seres humanos daban tanta importancia a las palabras más insignificantes. Casi le había confesado que la amaba y acabaría siendo inevitable que lo hiciera si se quedaba cerca de ella.

Era una locura. ¿Cómo podía haberle pasado esto de forma tan rápida e intensa?

Mariel arrugó la nariz.

—No quiero a alguien normal.

—Pero te mereces a alguien normal —argumentó él—. Alguien que pueda hacer brujería contigo, que te dé hijos y envejezca a tu lado.

—Tú puedes hacer brujería. ¿Ya lo has olvidado?

Con la confusión que llegaba tras el orgasmo había olvidado sus nuevas y extrañas habilidades mágicas.

—No es lo mismo.

Ella había estado haciendo un dibujo en su pecho con la punta del dedo, pero su mano se detuvo.

—Puedes decirme que no quieres estar conmigo —dijo en voz baja—. No tienes que poner excusas.

Esto era lo último que quería que ella creyera.

—¡No! No es eso.

—Entonces, ¿qué es? Por favor, sé sincero conmigo.

Respiró hondo, intentando decidir la mejor manera de expresar todo lo que tenía en la cabeza. Había un motivo por el que nadie pedía a los hombres que realizaran tareas complejas justo después del orgasmo. La sangre se le había acumulado en la polla, no en el cerebro.

Sin embargo, sabía una verdad fundamental.

—No soy lo bastante bueno para ti.

Mariel se incorporó indignada.

—Mentira —dijo, dándole un manotazo en el brazo—. Eres increíble.

Él sacudió la cabeza.

—Todo lo que he hecho en mi vida es llevarme las almas de la gente. No tengo amigos de verdad, ni familia, y pocas aficiones. He sido muy infeliz durante mucho tiempo y tú eres como el sol rompiendo las nubes. Haces que todo sea radiante y acogedor. —Los pocos días que llevaba conociéndola habían sido los mejores de su vida, incluso con sus discusiones y la amenaza del trato pendiendo sobre ellos.

—Eso es muy bonito. —Le temblaron los labios al sonreír—. Tú también me haces sentir así.

Él resopló.

—Me cuesta creerlo. —Se aburriría de él rápidamente.

—¿Estás cuestionando mi opinión? —El tono de voz de Mariel se volvió más agudo. Ozroth abrió los ojos como platos. Se sentó para mirarla.

—No, eso no es…

—Porque no necesito que hables por mí. —Ella se cruzó de brazos.

¡Por Lucifer! Lo estaba echando todo a perder.

—No he querido decir…

—Si no quieres estar conmigo, dilo —dijo ella, levantando la voz por encima de sus balbuceos—. Y si vas a seguir intentando apoderarte de mi alma, dilo también. Quiero saber qué puedo esperar.

—Podría esconderme. —Las palabras le salieron sin pensar—. Cuando te hayas cansado de mí, podría construir unos túneles bajo tierra para que no tengas que volver a verme. —Setenta años allí escondido no sería tan malo. Podría traerse sus libros y hacerse una guarida. Lo bastante cerca para asegurarse de que ella estuviera bien, pero lo bastante lejos para que no tuviera que verlo todo el tiempo.

Un intenso dolor en el brazo le provocó un respingo.

—¡Ay! ¿Me has pellizcado?

Ella no parecía nada arrepentida.

—Estabas en babia. ¿Por qué querría que te escondieras bajo tierra?

—Te lo he dicho. —Empezó a levantar la voz—. Te mereces algo mejor que yo.

Ella hizo un ademán con la mano.

—Ignora esa horrible idea por un instante. Concéntrate en *tus* sentimientos. Si pudieras quedarte en la Tierra conmigo en vez de llevarte mi alma, ¿lo harías?

La pregunta pesaba entre ellos; una línea que separaba lo que era y lo que podría ser.

—Sí.

La confesión fue tan silenciosa que fue menos que un susurro. Sin embargo, Mariel la oyó. Su rostro se transformó con una alegría tan contagiosa que lo dejó sin aliento.

—Entonces arriésgate —dijo, subiéndose a su regazo y rodeándole el cuello con los brazos—. Quédate conmigo. Quizá encontremos la forma de librarnos del trato, pero, pase lo que pase, quiero intentarlo.

Vivir en la Tierra. Desafiar la orden de Astaroth de entregarles el alma de Mariel antes de que acabara el mes. Sería un escándalo en el plano demoníaco y echaría a perder lo que quedara de su reputación. ¿Qué clase de negociador abandonaba su puesto por amor a una mortal? De todos modos, la reputación era algo delicado y podía perderse por muchos motivos. En cuanto tuvo su propia alma, los mismos negociadores que lo habían alabado se apresuraron a tacharlo de fracasado. ¿Por qué lo que ellos pensaran debía condicionar sus acciones?

La idea de arriesgar la seguridad de su pueblo le era más difícil de aceptar, pero había otros negociadores de almas que podrían continuar el trabajo. Ozroth se uniría a sus filas en unas décadas, cuando Mariel hubiera muerto. Sin ella, no tendría nada por lo que vivir, salvo el deber.

—¿Y? —preguntó Mariel, con las mejillas sonrosadas y un brillo en los ojos. Pasara lo que pasase dentro de setenta años, ahora mismo estaba feliz y sonriente en su regazo, y eso era todo lo que él necesitaba.

—¿Qué me dices?

Por una vez, Ozroth no sintió la pesada carga del deber o del honor presionándole. Setenta años pasarían muy deprisa y tal vez ella le pediría antes que saliera de su vista, pero Ozroth aprovecharía todo el tiempo que pudiera. Con Mariel en su vida, los días, meses y años serían más ricos de lo que jamás había imaginado.

—Sí. —Su boca se estiró en una sonrisa tan amplia como la de ella—. Digo que sí.

Mariel soltó un grito y le plantó un sonoro beso en los labios. Él se rio y le devolvió el beso, exhalando en su boca sus tímidas esperanzas. Se le aceleró el corazón y las mariposas volvieron a llenarle el pecho con el aleteo de miles de emocionantes posibilidades.

Ozroth el Despiadado había existido durante más de doscientos años. Esta noche, finalmente, empezaría a vivir.

—Entonces —dijo Mariel contra sus labios después de que sus besos se hubieran vuelto desesperados—, ¿qué pasa con ese período refractario de los demonios?

En respuesta, Ozroth la tumbó, persiguiendo su cantarina risa en la cama.

VEINTICINCO

—¿Qué te parece esto?

Ozroth aceptó el helado que Mariel le acercaba a los labios. Chupó la cuchara de plástico rosa e hizo un mohín.

—¿Qué sabor es?

—Expreso. ¿No te gusta?

Estaban junto a una furgoneta de helados, al sur de la explanada de césped. La calle estaba cerrada al tráfico y las coloridas carpas florecían por doquier. El Festival de Otoño de Glimmer Falls estaba en marcha y Mariel se había alegrado mucho de poder mostrarle a Ozroth una gran variedad de comida, artesanía y extrañas competiciones mágicas durante la última semana.

Ella era hoy todo un espectáculo, con sus rizos castaños sujetos con una pinza dorada y sus curvas ceñidas en un escotado vestido color burdeos. Cada vez que miraba el cinturón, se imaginaba tirando de él con los dientes.

Volvió a centrarse en el tema en cuestión.

—Sabe a tierra dulce —dijo con sinceridad.

Ella puso los ojos en blanco.

—Algún día conseguiré que te guste el café.

Ahora decía cosas así continuamente. «Algún día». Cada vez que ella mencionaba el futuro con tanta naturalidad, Ozroth sentía un rubor de felicidad. Toda la semana había sido como caminar sobre las nubes. Sin embargo, junto con esa sensación llegó con sigilo el miedo de que no duraría, de que acabaría cayendo en picado a tierra.

Ella señaló con la barbilla su tarrina de helado.

—¿Y el tuyo?

Le acercó la cuchara a los labios y sintió una tirantez familiar bajo el cinturón cuando ella la chupó lascivamente con la lengua antes de guiñarle un ojo. No habían podido apartar las manos el uno del otro desde aquella primera noche. Ahora que habían dejado a un lado el asunto del trato, Ozroth se había dedicado a aprender cómo le gustaba a ella que la besaran y la tocaran exactamente, y Mariel le había correspondido con entusiasmo.

Mariel saboreó el helado.

—¿Especias para calabaza? Una elección curiosa para un demonio grande y malvado.

—Me gusta el sabor. —Estaba descubriendo que le gustaban todas las cosas dulces: galletas, miel, té, pastel y, sí, cualquier cosa que supiera a especias para calabaza. Se inclinó hacia ella y le rozó la oreja con los labios—. Pero me gusta aún más tu sabor.

Ella le dio un pequeño manotazo en el pecho.

—Ligón.

A Ozroth le dolían las mejillas de tanto sonreír. ¿Eso significaba algo? ¿Una alegría tan intensa que invadía la piel y los músculos?

—De todos modos —dijo, volviéndose para mirar una actuación en la explanada de césped—, puede que seas una zorra básica, pero eres mi zorra básica.

—Que soy tu... ¿qué?

—Olvídalo. Vamos a ver a los malabaristas.

Ella lo arrastró hacia la explanada, donde una compañía de malabaristas actuaba frente a la fuente. Ozroth miró el agua con desconfianza, preguntándose si habría alguien nadando desnudo.

Uno de los artistas hacía malabares con bolas de fuego. Ozroth se acercó desplegando sus sentidos demoníacos y se sorprendió al advertir que el hombre era un humano corriente. ¿Cómo podía hacer eso sin lanzar un hechizo? Los seres humanos podían ser maravillosos de un modo desconcertante.

Los otros malabaristas tenían habilidades mágicas. Se lanzaban unos a otros orbes de luz, junto con cuchillos, sillas, balones de fútbol y… ¿un *gato*? El público aplaudía mientras los objetos se arremolinaban en el aire, a veces cambiando de trayectoria. Cuando un balón de fútbol se desvió de su rumbo hacia la fuente, alguien salió del agua.

—¡Cabezazo! —gritó la náyade en toples (Rani, recordó que se llamaba), mientras devolvía el balón de un cabezazo. Bueno, eso respondía a la pregunta de si alguien se estaba bañando desnudo o no. Un tentáculo azul moteado salió del agua… y Rani le chocó los cinco. Nadie se inmutó.

—¿Qué es eso? —preguntó Ozroth espantado.

Mariel miró el tentáculo, que ahora volvía a meterse en el agua.

—¡Oh! Esa es Jenny —dijo—. Nuestro querido monstruo con tentáculos.

Ozroth miró con recelo las hileras de ventosas.

—Si tú lo dices…

Glimmer Falls estaba lleno de rarezas parecidas y Mariel lo había arrastrado a participar en muchos eventos y actuaciones inusuales en los últimos días. Había un equilibrista, un adivino, un grupo de hadas que danzaban en el aire, una pantomima representada por seres que cambiaban de forma y mucho más. Entre evento y evento, habían probado magdalenas, vino caliente, sidra con especias y golosinas de numerosos concursos de repostería. Cuando él le preguntó a Mariel por qué no participaba, ella le dijo que cocinaba por placer, no para ganar nada.

—Y además —le había dicho, guiñándole un ojo—, el Campeonato Floral del Noroeste del Pacífico es mi objetivo.

El concurso de flores tendría lugar el 31 de octubre, el último día del festival. Mariel se estaba preparando a conciencia. Visitaba su invernadero varias veces al día para susurrarle a las plantas, regarlas y alimentarlas con magia. Ahora estaba trabajando en su arreglo floral: una gran variedad de flores de colores que estaban plantadas en macetas pintadas a mano y que colocaría en una mesa cubierta con una tela dorada metalizada.

Le había sorprendido su habilidad para pintar las macetas. Escenas realistas de plantas y animales que parecían salirse de la cerámica, con los pigmentos mezclados con brillante polvo de hadas. Themmie le había proporcionado el polvo batiendo las alas sobre un cuenco mientras se quejaba en voz alta de lo indigna que era la situación. El polvo hacía que los pigmentos fueran más intensos y les añadía volumen, con lo que las imágenes parecieran moverse.

Mariel tenía una paciencia y una atención al detalle infinitas para la repostería, la jardinería y la pintura, así que ¿por qué le costaba tanto prestar la misma atención a su magia? Aunque practicaba todos los días, sus hechizos eran impredecibles, y Ozroth había tenido que acorralar a más de un animal que había aparecido en su cocina.

Comer galletas, reírse y acorralar gansos asustados no era la forma en que había imaginado que pasaría el tiempo, pero ahora no quería hacer otra cosa.

—¿Quieres visitar el bosque? —preguntó Ozroth, mirando el sol poniente. Mariel había ido todos los días con sus amigos para manifestarse contra las obras en curso, separándose de ellos para buscar zonas muertas. Por desgracia, había encontrado varias; la podredumbre negra parecía extenderse, rezumando de los tocones de los árboles y convirtiendo las verdes enredaderas en marañas ennegrecidas. Aunque había podido eliminar todas las zonas muertas con su magia (un área en la que nunca había tenido problemas), el esfuerzo le estaba pasando factura.

Ese había sido el único inconveniente de la última semana, aparte de la obsesión cada vez mayor de Ozroth de que esa felicidad no podía durar. Pero Mariel ignoró sus ruegos de que descansara.

—El bosque es como mi familia —le había dicho cuando él la instó a tomarse un descanso, preocupado por las ojeras que ahora tenía—. Hasta que averigüemos qué está provocando esto, necesito hacer todo lo que pueda para ayudar.

Mariel trabajaba por las mañanas, así que Ozroth dedicaba esas horas a investigar en la biblioteca. Mariel le había acusado de ser un esnob con los libros de los seres humanos, por lo que había accedido a investigar las posibles causas de la podredumbre negra, así como la forma de acabar con el trato.

—No es que quiera que te vayas —había explicado Mariel—. Es que quiero que estés aquí por propia voluntad. Quiero que sea una elección de verdad.

Ya era una elección. Estaba eligiendo ir en contra de todo lo que le habían enseñado sobre el propósito de su vida. Pero él sabía lo que ella quería decir. Si solucionaba el tema del trato, no quedaría nada pendiente entre ellos. Bueno, nada excepto los problemas que a un inmortal le acarrearía cortejar a una mortal, pero Ozroth se negaba a pensar en ello. La vida ya era bastante complicada.

Mariel miró el reloj de la explanada de césped.

—¡Ay! Creo que Themmie ya ha llegado.

Caminaron hacia el este, serpenteando entre la multitud de juerguistas. Cuando una voz familiar se coló entre la algarabía, Ozroth dio un respingo.

—¡Mariel, querida! ¡Oz! ¡Hola!

Mariel gimió.

—Esperaba que no tuviéramos que verla hasta la cena familiar.

—¿Tenemos que volver a ir? —preguntó Ozroth entrando en pánico. Era sábado, lo que significaba que solo tenían un día de libertad antes de la locura familiar de los Spark.

—Se celebra todas las semanas. No es una opción. —Aceleró el paso.

—Podría ser una opción si quisieras —argumentó él, alargando sus zancadas para mantener el ritmo—. Solo tienes que decir que no.

—¿Así de fácil? —Mariel se detuvo de repente en la acera—. Pues díselo tú.

—Espera…

Demasiado tarde. Diantha Spark ya se había acercado. Una pequeña pero poderosa figura con un traje de chaqueta azul celeste y tacones de aguja morados.

—¡Creía que no me habías oído! —exclamó. De los lóbulos de sus orejas colgaban dos zafiros del tamaño de un huevo de petirrojo y sus rizos castaños estaban metidos en una boina morada que tenía un dragón en miniatura. Chasqueó los dedos y el dragón abrió la boca y lanzó una pequeña llamarada de fuego—. ¿Te gusta mi sombrero? Me lo ha enviado Wally.

—¿Por qué motivo? —preguntó Mariel.

—Se sentía fatal por haberse perdido el Festival de Otoño de este año, así que me envió este regalo para disculparse. Le tienen muy ocupado con esos parques temáticos, pero estoy segura de que vendrá el año que viene.

Mariel y Ozroth compartieron una mirada cómplice. Parecía que el tío de Mariel le había enviado más un soborno que un regalo para que Diantha no lo molestara.

—Por cierto —Diantha se llevó las manos a las caderas y dirigió una severa mirada a Mariel—, he oído que montaste toda una escena en la asamblea.

Mariel gimió.

—Mamá, déjalo.

—No voy a dejarlo —replicó indignada—. Cynthia me dijo que fuiste muy grosera con ella delante de todo el mundo.

—¡Vaya! ¿Ahora te importan los sentimientos de Cynthia? ¿No ha vuelto a ganar el concurso de tartas?

Diantha jadeó y se llevó una mano al pecho.

—Eso es un golpe bajo. La pillé moliendo Viagra para mezclarla en su pastel para aumentar la libido, que debía ser «solo mágico». Típico de ella saltarse las reglas para poder ganar. —Miró a Mariel con complicidad—. Alzapraz dice que es una persona tóxica sin conciencia de los límites.

—¿Estás segura de que se refería a Cynthia? —murmuró Ozroth.

—Querido Oz —Diantha sonrió mientras se abalanzaba para rodearle el cuello con los brazos. Él se tambaleó hacia atrás, espantado—, he oído que casi electrocutaste a Cynthia —soltó, y luego le pellizcó la mejilla—. Y decías que no tenías poder…

—No lo tengo —dijo Ozroth, frotándose la mejilla para quitarse de encima el hormigueo—. Tan solo me enfadé. —No había sido capaz de repetir algo así desde la asamblea, a pesar de los intentos de Mariel de enseñarle algunas palabras mágicas.

—¿Así que está bien que él le dispare rayos a Cynthia, pero si yo le contesto es de mala educación? —Mariel se cruzó de brazos—. Eso es aplicar un doble rasero.

Diantha se encogió de hombros.

—Las reglas de etiqueta no se aplican a las demostraciones de poder y a Cynthia le vendría bien que la electrocutaran, pero estoy de acuerdo con ella respecto al *spa*. Estoy deseando que me den un buen masaje. —Cuadró los hombros y miró a Ozroth de arriba abajo con lascivia—. Tienes unas manos enormes. Quizá debería contratarte para que me des un masaje hasta que abran las instalaciones.

Lo último que Ozroth deseaba era pasar más tiempo del necesario con Diantha, sobre todo si eso implicaba tener contacto físico. ¡Por Lucifer, cómo odiaba a esa egocéntrica mujer!

—¿Sabes por qué me enfadé con Cynthia? —le preguntó—. Dijo que Mariel era una fracasada.

Mariel lanzó un suave quejido y apretó el antebrazo de Ozroth con una mano. Él se la cogió y la apretó con delicadeza.

Diantha se quitó una pelusa invisible de la manga.

—Mariel, querida, la gente no diría cosas así si trabajaras más.

—¿Eso es todo? —Ozroth estaba horrorizado—. ¿No crees que fue una grosería que insultara a tu hija?

—La gente me insulta a mí todo el tiempo —dijo Diantha—. Normalmente por celos. Ser una Spark significa llamar mucho la atención, tanto buena como mala. —Palmeó el hombro de Mariel—. La mejor manera de silenciar a los que te odian es utilizar la magia para intimidarlos hasta que se sientan como los gusanos que son.

Mariel miraba a Ozroth como si le suplicara que dejara de defenderla. Era difícil no gritarle a Diantha lo que pensaba sobre lo exigente que era con su hija, pero se mordió la lengua. Nada cambiaría en la dinámica familiar de Mariel hasta que ella se defendiera de verdad.

—Ha sido encantador verte —dijo Mariel—, pero tenemos que irnos.

Diantha hizo un mohín.

—¿No vais a ver la batalla? Competimos en una hora cerca del Mercado de Setas de Mothman. Todos los participantes van a desnudarse y tomar setas mágicas.

—Eso suena a receta para el desastre.

—Va a ser un motín. He estado tomando alucinógenos toda la semana para practicar y he aprendido un nuevo hechizo para transformar a mis enemigos en lagartos asmáticos. —Diantha se alborotó el cabello y los reflejos de su alianza casi cegaron a Ozroth—. Roland va a filmarlo para GhoulTube, así que me aseguraré de enviaros a los dos el enlace. Oz, ¿cuál es tu dirección de correo electrónico?

Él todavía estaba asimilando la imagen mental de un montón de brujas desnudas y alucinadas convirtiéndose unas a otras en lagartos.

—No tengo.

—Tonterías. ¿Cuál es el correo electrónico de la facultad de magia en la que enseñas? Algo de las Antípodas.

—La Escuela de Brujería de las Antípodas —dijo Mariel, interviniendo cuando se hizo evidente que Ozroth no iba a inventarse una mentira lo bastante rápido—. No utilizan el correo electrónico tradicional. Los mensajes se envían por… cuervos.

«¿Cuervos?», vocalizó Ozroth en silencio mientras Diantha se lanzaba a explicar por qué las cocatrices y otras criaturas mágicas eran mensajeros mucho más fiables.

Mariel se encogió de hombros.

—Acabo de ver *Juego de tronos*.

Su engreída sonrisa resultaba embriagadora y Ozroth se quedó mirándole la boca, preguntándose cuánto tardaría en volver a saborearla.

—… estaría encantada de teletransportar un *oozlefinch* desde la base militar más cercana para que puedas escribirme —dijo

Diantha—. Son muy rápidos y con su habilidad para los misiles son muy útiles para disuadir a los ladrones de paquetería.

Ozroth recuperó la consciencia justo a tiempo para advertir que Diantha estaba tratando de establecer algún tipo de horrible amistad por correspondencia con él.

—No, gracias —dijo, buscando una forma de disuadirla—. Las cartas son tan… impersonales. —Apartó la mirada, buscando una vía de escape. ¿Debería escabullirse bajo el puesto de manzanas de caramelo? Tal vez podría ponerse a cubierto detrás de uno de los zancudos…

—Eres un encanto, Oz —dijo Diantha—. No hay duda de que debemos pasar más tiempo juntos.

Eso no era lo que Ozroth había querido proponerle.

—Espera… —Diantha pareció recordar algo de repente—. La cena de mañana será maravillosa. Estoy importando paella de Valencia y mojitos del bar más exclusivo de Nueva York. Dime que llegarás pronto para que podamos charlar un poco más. —Agarró el antebrazo de Ozroth mientras batía las pestañas. Sus cuidadas uñas le recordaron a unas garras.

—No podemos llegar temprano —dijo Ozroth, entrando en pánico.

—Entonces a la hora habitual. —Diantha se puso de puntillas (ni siquiera con los tacones de aguja alcanzaba a Ozroth) y le dio un sonoro beso en la mejilla—. Nos vemos mañana por la noche, queridos. Os lo contaré todo sobre la batalla.

Se alejó a zancadas, con los tacones chasqueando en los adoquines.

Ozroth parpadeó mientras ella se marchaba. Se sentía como si lo hubiera atropellado un camión. ¿Cómo podía ser tan destructiva una mujer tan pequeña?

Mariel se cruzó de brazos.

—Gran trabajo diciendo que no a la cena familiar.

Él gimió y se pellizcó el puente de la nariz.

—Me ha pasado por encima.

—Claro que sí. —Mariel le dio un empujoncito—. Anímate, nos pasa a todos. ¿Qué tal una magdalena de especias para calabaza de camino al bosque?

—¿Me estás sobornando para que participe en la protesta?

Ella le guiñó un ojo.

—No, ya sé que lo harás igualmente. Tan solo me gusta ver cómo te emocionas con la comida.

Ozroth estaba tan enamorado de Mariel que haría cualquier cosa que ella le pidiera. Le rodeó la cintura con el brazo y la atrajo hacia sí para darle un rápido beso.

—Entonces vamos a comernos unas magdalenas, *velina*.

VEINTISÉIS

—Dos, cuatro, seis, ocho. ¡Que os jodan, sucios depravados!

Mariel reprimió una carcajada ante la última consigna de Themmie. La *pixie* estaba parada frente a una excavadora junto con otros manifestantes, gritando al operario, que parecía querer teletransportarse muy lejos. Llevaba una camiseta monísima de «¡Salvemos a las salamandras!» y un nuevo corte en su cabello rosa y verde.

—¿Se te han acabado las rimas? —preguntó Mariel.

Themmie batió las alas rápidamente y se elevó del suelo.

—Me estoy volviendo más creativa. —Se llevó las manos a la boca y coreó—: ¡Dos, cuatro, seis, ocho! ¡La alcaldesa Cunnington tiene que dimitir!

Las filas de manifestantes habían aumentado desde que se celebró la asamblea y docenas de brujos, duendes, centauros y seres humanos corrientes gritaban y agitaban pancartas condenando las obras. «LA ALCALDESA CUNNINGTON ES UNA MENTIROSA», rezaba una pancarta. «DETENED EL BALNEARIO», podía leerse en otra.

Mariel estaba radiante de orgullo viendo cómo los habitantes del pueblo daban un paso al frente. Con dos personajes tan poderosos como Diantha Spark y Cynthia Cunnington apoyando las obras, había sido difícil encontrar a personas dispuestas a manifestarse. Al parecer, las imágenes de las obras que se estaban haciendo en el bosque (y el descubrimiento de que estas habían empezado antes de que la asamblea se reuniera para hablar) habían provocado un gran impacto. Las obras se habían paralizado y las criaturas nocturnas retomaban la protesta en cuanto acababa el turno de día. Cynthia había prometido que las obras seguirían adelante en Halloween pasara lo que pasase, pero si conseguían mantener este entusiasmo, la alcaldesa y sus matones no tendrían ninguna posibilidad.

Calladia se acercó acelerando el paso, con la alta coleta balanceándose en su cabeza.

—¿Qué me he perdido?

—Themmie se está volviendo creativa —dijo Mariel.

Justo en ese momento, la *pixie* volvió a corear una consigna.

—¿Qué queremos? ¡Salamandras de fuego! ¿Cuándo las queremos? ¡Siempre!

Esas palabras le recordaron a Mariel a la salamandra de fuego enferma y se le encogió el estómago. Cuando miró a Oz, advirtió que estaba pensando lo mismo. Sus ojos recorrieron el bosque y en su rostro apareció un tenso ceño.

Mariel aún no le había contado a nadie, excepto a Calladia y Themmie, lo de las zonas muertas del bosque. No conocía a nadie más que dominara la magia de la naturaleza y, aunque confiaba totalmente en sus dos amigas, temía que si la noticia salía a la luz, Cynthia lo utilizara como una excusa para arrasar aún más el bosque. Ahora mismo estaba conteniendo el problema, comprobando a diario si había nuevas zonas afectadas, pero no sería sostenible. En algún momento tendría que recurrir a otras personas para averiguar qué estaba pasando.

—Ahora volvemos —le dijo a Calladia.

—¿A dónde vais? —Calladia miró a Mariel y luego a Oz, y gimió—. No me digas que vais a poneros juguetones en un árbol.

Había mantenido a Calladia y a Themmie al corriente de la evolución de su relación con Oz. Themmie había estado encantada, exigiendo un nivel de detalle que Mariel se había negado a darle, y Calladia parecía haberlo aceptado a regañadientes como el nuevo estado de las cosas. Mariel sonrió a Oz, que parecía avergonzado de un modo adorable.

—No puedo ni confirmarlo ni negarlo.

Calladia sacudió la cabeza y le hizo un ademán con la mano.

—Iros. A celebrar la vida o a jugar a las verrugas genitales o a lo que sea.

Mariel llevó a Oz hasta los árboles. La verdad es que no había planeado seducirlo (o no lo había hecho hasta ahora), pero su nerviosismo le pareció encantador. Cuando le echó un vistazo a la entrepierna, se alegró de ver un bulto.

—¿Ya estás listo? —bromeó, olvidando por un instante su preocupación por el bosque.

Oz giró la cabeza para asegurarse de que estaban fuera de la vista de los manifestantes, luego la cogió en brazos y se la echó al hombro. Mariel soltó una carcajada mientras él se internaba en el bosque, con la mano firmemente plantada en su culo.

—Supongo que eso es un sí —dijo sin aliento mientras la sangre se le iba a la cabeza.

—¿Contigo? Siempre.

Oz la bajó para ponerla de pie sobre una roca y Mariel disfrutó del aumento de altura que esto le proporcionó. Dada la forma en que él le miraba ávidamente los pechos, que ahora estaban a la altura de sus ojos, él también lo estaba disfrutando. De repente metió la cara en su escote y frotó su nariz de un lado a otro, dándole besos en la piel mientras ella se reía.

—Unas tetas preciosas —dijo con la voz apagada.

—¿Solo las tetas? —preguntó Mariel de forma seductora. Nunca se había sentido tan guapa en su vida como esta última semana, con su ego alimentado por un sinfín de cumplidos y orgasmos.

Él le apretó el culo.

—Tienes todo precioso. —Levantó la vista. Sus ojos dorados estaban llenos de picardía—. ¿De verdad vamos a ponernos juguetones en un árbol?

Mariel se mordió el labio inferior. Había planeado buscar primero nuevas zonas de podredumbre, pero Oz era tan grande y sexi que el corazón le daba un vuelco cada vez que la miraba.

—Un rapidito —decidió Mariel—. Luego tengo que revisar el bosque.

—¿Un «rapidito»? —Sacudió la cabeza—. Vosotros, los seres humanos, y vuestra impaciencia. Os merecéis una seducción larga y lenta.

—O —dijo Mariel, pasando un dedo por sus pectorales— me follas tan fuerte y rápido que te siento durante una semana. —Se inclinó hacia él y le rozó la oreja con los labios—. Tendremos que hacerlo en silencio, claro. No podemos dejar que la gente sepa cómo me haces gritar.

Él se estremeció.

—Eres un peligro. —Pero sus dedos se agarraron a sus caderas y Mariel supo que había ganado.

Ella le mordisqueó una oreja.

—Atrévete si puedes.

Dos minutos después, Mariel se encontraba inmovilizada contra un árbol mientras Ozroth la penetraba con fuertes embestidas. Su espalda se restregaba contra la corteza, pero su vestido la protegía un poco y, de todos modos, no le importaba que le escociera. Se sentía muy viva, con los nervios a flor de piel gracias al placer que le estaba proporcionando Oz.

Su magia vibraba al unísono con la naturaleza y la pasión alimentaba su poder. Las semillas latentes encontraron nueva vida en el suelo y las flores florecieron hasta que Oz se detuvo sobre un suelo tapizado de rosa y rojo. Una enredadera bajó un zarcillo de una rama y le quitó el sombrero antes de acariciarle la cabeza.

Él gruñó.

—No dejes que las plantas me molesten.

—Solo están emocionadas por mí.

Mariel le clavó a Oz las uñas en los hombros, aferrándose a él con tanta fuerza como quería la enredadera. Los fluidos le empapaban los muslos. Apenas había tenido que tocarla para estar preparada. Sus cuerpos estaban en sintonía.

Le apretó el culo con fuerza, ayudándose con sus enormes manos mientras doblaba las rodillas y la penetraba.

—Clítoris —dijo de repente.

Mariel le rodeó el cuello con un brazo mientras bajaba la mano entre sus cuerpos. Era difícil ser precisa con lo fuerte que se la estaba follando, pero con sus dedos apretujados entre ellos, cada embestida ejercía una deliciosa presión sobre el clítoris. Ella le clavó los talones en el culo, animándole a que fuera más rápido. Iba a sentirlo más tarde, pero le encantaban sus feroces gemidos y la arrolladora intensidad de su pasión.

—Córrete para mí —dijo él salvajemente—. Déjame oírlo.

Mariel apenas tuvo tiempo de recordar que había un grupo de gente a poca distancia. Se tapó la boca con una mano y gimió contra la palma mientras unos fuertes espasmos recorrían su cuerpo. Oz farfulló una maldición y la agarró más fuerte mientras se la metía con más fuerza.

Él gruñó y luego se derrumbó jadeante sobre ella. Mariel le acarició los cuernos y sonrió cuando se estremeció.

Oz la bajó con delicadeza hasta ponerla de pie.

—Tal vez el rapidito valga la pena —dijo él sin aliento. Una sonrisa bobalicona se dibujó en sus labios y Mariel se asombró de lo mucho que había cambiado desde el demonio hosco que había conocido. Parecía una persona totalmente distinta.

Ató el condón y luego, a falta de otras opciones, se lo guardó en el bolsillo con un mohín antes de volver a subirse los pantalones. Los anticonceptivos hormonales le provocaban a Mariel problemas en la piel y subidas de peso, y mientras buscaba hechizos anticonceptivos no quería que le explotaran los ovarios accidentalmente. Por lo que Oz le había contado, los emparejamientos entre demonios y seres humanos no eran frecuentes, pero había algunos niños medio demonios por ahí.

Mariel había sentido curiosidad por esos niños híbridos. No porque estuviera pensando en tener un bebé de Oz (los bebés eran algo *muy* lejano para ella), sino porque quería saber qué rasgos adoptaban de cada especie. Oz le había dicho que el resultado era aleatorio: algunos niños tenían cuernos, otros no y otros tenían algo intermedio. Algunos eran inmortales y vivían en el plano demoníaco, mientras que otros, por motivos desconocidos, adoptaban la mortalidad de los padres humanos y vivían vidas relativamente normales en la Tierra.

—¿Dónde suelen conocer los seres humanos a los demonios? —había preguntado ella.

—Es habitual que los demonios vayan de vacaciones a la Tierra —había explicado Oz—. Y pasan cosas, sobre todo cuando hay alcohol de por medio.

Es verdad que pasaban cosas. Mariel se alisó la falda, deleitándose con el resplandor de algunas de esas *cosas*. Se sentía viva y llena de energía, tan conectada a su feminidad como a la naturaleza.

Entrelazó sus dedos con los de Oz.

—Vamos. Demos un paseo por el bosque.

Se alejaron de las obras. Mientras que las plantas más cercanas a estas se resentían, era un alivio ver árboles y arbustos sanos en lo más profundo del bosque. Un manantial de agua caliente humeaba en el aire fresco de la tarde y los pájaros trinaban en las ramas.

Mariel sintió la negrura antes de verla. Su propia magia había estado dando brincos sobre raíces y piedras, mezclándose con el poder natural de la tierra, pero la magia centelleante de la naturaleza dio paso de repente a algo oscuro e insidioso. Sintió náuseas cuando rozó aquella energía maligna.

—Por ahí —dijo, soltando la mano de Oz y corriendo hacia un matorral de zarzas.

Oz estaba allí antes de que ella pudiera pasar entre el espinoso arbusto. Separó las ramas con cuidado, apartándolas para despejar el camino. Mariel se agachó.

Lo que vio al otro lado la hizo jadear.

Lo que antes había sido una fuente termal de color turquesa ahora parecía una burbujeante cuba de alquitrán. La podredumbre se extendía a su alrededor y a lo lejos como una infección. Parecía como si un incendio forestal hubiera arrasado el bosque, dejando negro el suelo y los árboles.

—Nunca había visto una zona afectada tan grande —dijo Mariel, con el corazón en un puño.

Oz se reunió con ella, quitándose hojas y espinas de la camiseta.

—¿Puedes solucionarlo?

—No lo sé. —Mariel miró el bosque moribundo con desesperación. Revivir las zonas muertas a medida que aparecían resultaba inútil. Cada vez que lo hacía se sentía agotada hasta el punto de casi desmayarse.

Pero tenía que intentarlo. Se arrodilló al borde de la podredumbre y plantó las manos en el suelo.

—*Cicararek en arboreum* —dijo, invocando a la tierra para que se uniera a sus esfuerzos. La magia se volvió más bella y luminosa, y la podredumbre retrocedió—. *Cicararek en arboreum.*

Al cabo de cinco minutos, Mariel estaba sudorosa y mareada. Su visión se nublaba a medida que introducía más magia en la tierra. El bosque estaba añadiendo su propio poder, pero ella podía sentir cómo se agotaba su energía. Entre las obras de construcción y la extraña podredumbre mágica, la red de magia que se extendía bajo el suelo por las líneas ley se estaba deshaciendo.

Mariel volvió a sentarse sobre sus rodillas, secándose la frente con el dorso de la mano, y luego gimió al advertir que solo había eliminado la mitad de la infección.

—No puedo hacerlo, Oz —dijo, con una oleada de desesperación amenazando con ahogarla—. No soy lo bastante fuerte.

Él se agachó a su lado y le dibujó círculos en la espalda.

—No te esfuerces tanto.

—Tengo que esforzarme. —El agotamiento agudizó su tono—. Nadie más puede hacer esto.

—Tiene que haber otra solución. Algo que no te obligue a quedarte tan agotada.

—Hasta que no descubra qué es esta magia, no puedo hacer nada más. —Tenía revuelto el estómago y no solo por los esfuerzos de lanzar el hechizo de curación una y otra vez. Siempre había estado en contacto con lo que sentía el bosque y la corrupción del suelo se estaba extendiendo por su cuerpo.

Cerró los ojos con fuerza, esforzándose por regular la respiración. Este era el área de la magia en la que se suponía que destacaba.

Era lo único que podía ofrecer al mundo y, aun así, no era suficiente.

—Soy una fracasada —susurró—. Y siempre lo seré.

—Tonterías. —Oz le acarició el cabello—. Eres cualquier cosa menos eso.

A ella le ardían los ojos.

—No sabes lo que se siente. Llevo años intentando cumplir la profecía, pero nunca seré lo bastante buena.

Él se quedó callado un instante.

—Cuando fui poseído por el alma —dijo finalmente—, Astaroth me dijo que yo era un demonio patético. Una decepción. Me sentí muy avergonzado.

Mariel debería ser una buena persona y sentir empatía por Oz, pero aun así sintió una punzada de irritación. Era algo mezquino y Oz estaba tratando de ayudar, así que contuvo su frustración.

—Astaroth es un imbécil y no debería haberte dicho esas cosas. —Hizo una pausa para encontrar las palabras necesarias para que él la comprendiera—. Pero Oz… Él solo te juzgó por, ¿qué?, ¿seis meses de problemas tras cientos de años siendo considerado un ganador?

Su silencio fue suficiente respuesta.

Las lágrimas empezaron a rodar bajo los párpados cerrados de Mariel.

—Yo he sido un fracaso toda mi vida. Y ahora lo único que puedo hacer no es lo bastante bueno y el lugar que más amo en el mundo morirá por culpa mía.

—No es culpa tuya.

—Yo no lo he provocado, pero si no puedo solucionarlo, también soy responsable. Soy la protectora del bosque.

—¿Quién lo dice? —preguntó Oz—. Eres una bruja con un talento increíble para la magia de la naturaleza, pero que seas buena en algo no significa que sea tu responsabilidad.

Mariel tenía un nudo en la garganta y le dolía el pecho. ¿Cómo podía decirle a Oz que *quería* que fuera su responsabilidad?

—Si no tengo esto, no tengo nada.

—Eso no es cierto —dijo Oz, ajeno a cómo le había abierto su corazón—. Tienes a Calladia y a Themmie y a mí y a tu jardín y…

—¡Para! —El grito de Mariel lo interrumpió—. Solo quiero que pares —dijo en voz más baja—. No me digas cómo debo sentirme.

—No te estoy diciendo cómo debes sentirte —dijo con obstinación—. Pero tienes más poder del que crees y no es solo mágico. Tienes gente que te quiere y te respeta. Amigos que harían cualquier cosa por ti. No es tu responsabilidad ser la única protectora mágica del bosque.

Demonio testarudo. Parecía casi tan frustrado como se sentía ella.

—Pero lo es. Y estoy fracasando en esto, como fracaso en todo.

La profecía y su posterior fracaso a la hora de cumplirla había definido la vida de Mariel. Ahora, enfrentada a una enorme responsabilidad, había vuelto a meter la pata.

Oz se pellizcó, desconcertado, el puente de la nariz.

—Voy a decirte algo, aunque puede que no te guste.

Mariel lanzó una carcajada carente de humor.

—Eso, haz leña del árbol caído.

A lo lejos podía ver cómo la magia negra se acercaba de nuevo, manchando el suelo que había sanado. Con el tiempo, se comería todo el bosque.

Oz respiró hondo.

—¿Has pensado alguna vez que tal vez tus dudas se han convertido en una profecía autocumplida?

Mariel se quedó boquiabierta. Tenía razón: lo que le había dicho no le gustó nada.

—¿Perdón?

—Eres tan dura contigo misma como lo es tu madre —dijo, perseverando como el demonio testarudo que era—. Cuando no puedes salvar al mundo entero tú sola, lo ves como un fallo personal. Tal vez tienes tantas dificultades con la magia porque te presionas a ti misma de una forma absurda.

Ella se sintió como si la hubieran abofeteado.

—¿Así que es culpa mía que apeste?

Él hizo una mueca de dolor.

—Eso no es lo que estoy diciendo. Digo... que eres increíble tal como eres, y que cuando no puedas solucionar algo, quizá valga la pena que pidas ayuda para quitarte parte de la presión que ejerces sobre ti misma.

—Me niego a pedirle ayuda a mi madre. —La idea le parecía aborrecible.

Oz hizo un mohín.

—A ella no. Pero Mariel... puedo ver lo poderosa que es tu magia y también veo las cosas increíbles que eres capaz de hacer. Pero te has convencido de que nunca vas a hacerlo bien y, cuando haces cosas increíbles, te dices a ti misma que no es suficiente. ¿Y si dejas de lado esas expectativas? ¿Y si renuncias a alcanzar niveles imposibles?

Mariel parpadeó rápidamente, mientras rechazaba con todo su ser esa idea.

—Las expectativas no son imposibles. El legado de los Spark...

—¡A la mierda el legado de los Spark! —dijo Oz con vehemencia—. Tú no eres tu madre ni nadie con quien te estés comparando.

Mariel se sintió fuera de sí. Fuera lo que fuese de lo que habían estado hablando al principio, no era de lo que estaban hablando ahora.

—¿Así que debería rendirme y dejar que el bosque se muera? ¿Es eso lo que estás diciendo?

Él se pasó las manos por el cabello.

—No estoy diciendo esto del modo correcto.

—¿Hay una forma correcta de decirlo? —Su orgullo herido exigía una explicación. Le había dicho que era increíble, pero el resto de sus palabras parecían una acusación.

Oz estaba haciendo un claro esfuerzo por mantener la calma.

—Estoy diciendo que no importa lo buena que seas con la magia de la naturaleza, tal vez este problema es demasiado grande para que lo resuelvas tú sola. Tal vez nadie podría hacerlo solo y tú te estás torturando con la culpa en vez de pedir ayuda o buscar otras alternativas.

El mal genio aún se apoderaba de su lengua.

—Un demonio ofreciendo una alternativa. ¡Qué curioso!

Él apretó la mandíbula y un músculo se le tensó en la mejilla.

—Eso es injusto.

Y sí, lo era. No le había ofrecido un trato; tan solo había dicho algo que la había enfadado. Mariel respiró hondo, haciendo un claro esfuerzo por mantener la calma.

—Lo siento. Necesito unos minutos para pensar.

Él asintió con la cabeza.

—Lo que necesites.

—No sé por qué me pongo a la defensiva —dijo ante su necesidad de explicarse.

—Te has pasado toda la vida diciéndote a ti misma que te pasa algo —dijo con la sinceridad que lo caracterizaba—. Claro que te pones a la defensiva.

—Puede que solo estés intentando ayudar. —Oz la miró con intensidad, así que Mariel corrigió su afirmación—. De acuerdo, estás intentando ayudar. No mereces que te grite solo porque no me gusta que me digan cosas incómodas sobre mí.

—Mariel —dijo, tirando de uno de sus rizos—, también he dicho cosas buenas sobre ti. ¿Recuerdas alguna?

Su mente se quedó en blanco. Le había dicho que se estaba saboteando a sí misma, que intentaba alcanzar niveles imposibles, que debía pedir ayuda...

—No —dijo en voz baja.

—Justo lo que pensaba. —Oz la besó en la sien y la opresión que ella sentía en el pecho se alivió un poco—. Estás viendo lo peor de ti, no lo mejor. Así que vas a tomarte unos minutos para pensar, pero antes de hacerlo, quiero que me escuches. Que me escuches de verdad.

Mariel lo miró, cautivada por su expresión vehemente.

—Mariel —dijo con seriedad—, eres preciosa, inteligente y divertida. Aportas alegría al mundo. Además, eres una bruja muy poderosa que puede hacer cosas increíbles. Necesitar ayuda alguna vez o no ser perfecta no cambia nada de eso, y me gustaría que fueras tan amable contigo misma como lo eres con tus amigos.

Se le sonrosaron las mejillas. Al parecer, el lenguaje del amor que Oz dominaba eran las palabras de consuelo. Una tierna emoción se expandió por su pecho; algo que le parecía abrumador y delicado a la vez. Mariel no supo expresarlo más que echándole a Oz los brazos al cuello.

—Gracias —susurró en el pliegue entre su cuello y su hombro. Olía a especias y a humo, y se empapó con el calor de su cuerpo. Era como su propia fuente termal, algo en lo que sumergirse cuando se sentía maltratada por el mundo.

Él le acarició la espalda y le besó la cabeza. Se arrodillaron juntos en silencio, abrazados y respirando.

Finalmente, Oz se movió.

—Voy a recorrer el perímetro de esta zona oscura. Regresaré pronto.

Le estaba dando tiempo para ordenar sus pensamientos. Mariel observó su ancha espalda mientras se alejaba, con la cabeza gacha mientras observaba el suelo. Apreciaba eso de él: su diligencia, su voluntad de servicio. La fachada del demonio grande y malvado había desaparecido por completo y a Mariel le gustaba lo que veía debajo.

Suspiró y se centró en el asunto que tenía entre manos: la podredumbre que iba extendiéndose por el bosque.

Había fantaseado con la idea de solucionarlo todo ella sola. Levantarse en la cena familiar e informar a todos de que había habido una grave amenaza mágica en Glimmer Falls, pero que ella había sido capaz de detenerla. Por una vez, habría sido la protagonista de la historia, en vez de la ayudante o el bufón del grupo.

Oz tenía razón. Si el problema era demasiado grande para que ella pudiera solucionarlo sola, no significaba que su magia no fuera suficiente. Significaba que necesitaba pedir ayuda. Themmie y Calladia no podrían hacer nada, pero había una persona que había vivido lo suficiente para saber cuál era el problema y cómo solucionarlo.

—Voy a traer a Alzapraz —dijo Mariel cuando Oz regresó a su lado diez minutos después.

Oz asintió.

—¿Quieres que lo encuentre?

—No hace falta. Vendrá a mi casa mañana por la mañana para darme una lección sobre el lenguaje de la magia.

Normalmente, las clases de brujería provocaban que Mariel se sintiera peor consigo misma, pero la intervención de Oz había sacudido algo dentro de ella. Amaba su magia. Le encantaba ser capaz de nutrir con una parte de sí misma a la naturaleza. Estaba orgullosa de esa magia y estaba cansada de permitir a su familia que la hiciera sentir mal porque no encajaba en el molde del perfecto legado de los Spark.

Quizá el problema no era que Mariel fuera mala con la magia… Era que nunca se había defendido a sí misma y a lo que se le daba bien.

Oz alargó la mano para ayudar a Mariel a levantarse.

—Vamos, *velina*, tenemos que participar en una protesta. —Le lanzó una pícara sonrisa—. Y luego tengo algunas ideas para pasar la noche…

VEINTISIETE

—*Ayorva en tigasium* —dijo Alzapraz con voz temblorosa, dando un golpe en el suelo de la cocina con su bastón—. La «um» al final de *tigasium* indica que es tu sartén, no la de otro. Si, en cambio, quisieras calentar la sartén de Oz, tendrías que acabar con «il». O «sen», si te diriges directamente a la sartén. Excepto algunas veces que es «sun». O «sinez», para objetos múltiples. —Se dio un golpecito en la bulbosa nariz, con los ojos brillantes bajo las pobladas cejas blancas—. Hay otras variantes, claro. Si la sartén es tuya, pero una vez perteneció a Oz, puedes acabar con «silum».

Ozroth observó que Mariel se golpeaba en la frente con la palma de la mano.

—¿Por qué cambian tanto los sufijos?

Eran las diez de la mañana de un domingo lluvioso y el pequeño hechicero, ataviado con una túnica de terciopelo púrpura y una tiara de plástico, estaba dando un repaso al lenguaje de la magia. Oz estaba sentado a la mesa, escuchando, mientras Alzapraz y Mariel permanecían cerca de una encimera llena de objetos mágicos. Ozroth tomaba notas (las notas de Mariel eran desordenadas, si es que tomaba alguna), pero las complicadas palabras ya le estaban confundiendo. ¿Cómo iba a deletrear esas tonterías?

—No siempre son sufijos —dijo alegremente el viejo hechicero—. A veces van al principio o puedes añadirlos al verbo en su lugar. *Rotkva en iyiltransformen* es una forma aceptable de decir «Os transformo a todo el grupo en rábanos», pero también puedes decir *transforma a rotkviyil*. Y *tigasi a ayorvum* es otra forma de calentar la sartén. —Se encogió de hombros y luego hizo una mueca de dolor cuando le crujió la columna—. Lo que sea más fácil de recordar.

—Nada de esto es fácil de recordar —dijo Mariel—. Ese es el problema.

Ozroth dio un sorbo a su té con especias para calabaza, fascinado por la discusión. El lenguaje de la magia era famoso por su complejidad y su gramática cambiaba a formas arbitrarias e ilógicas que combinaban las estructuras de varios idiomas. Muy poca gente que no fuera brujo se molestaba en aprenderlo, aparte de profesores de lingüística o masoquistas; una distinción inútil, supuso. Que fuera incomprensible era uno de los motivos por los que los magos poderosos eran tan escasos. La mayoría de los brujos inferiores aprendían lo que necesitaban para hacer su vida más fácil (hechizos para limpiar la casa o arreglar la leche rancia, por ejemplo), mientras que solo los más excéntricos se molestaban en practicar hechizos más arcanos. Y, puesto que una parte de la magia era propósito y concentración, ni siquiera dominar su lenguaje aseguraba que el hechizo saliera bien.

—Prueba con la tiza —dijo Alzapraz, tendiéndole una.

—Creía que era solo para trabajos más ambiciosos. Invocaciones y cosas parecidas.

—Bueno, sí. Pero asociar un ritual a un hechizo ayuda mientras estás aprendiendo. Con el tiempo, no necesitarás la tiza ni ningún otro foco material para lanzar pequeños hechizos.

Mariel refunfuñó y trazó unas líneas en la encimera. Algún glifo que debía indicar «sartén», con unas líneas onduladas que salían de él.

—*Tigasi*.

—¡Espera! —Alzapraz se lanzó hacia la encimera y limpió el glifo con la manga—. Ese glifo es incorrecto, a menos que quieras derretir la sartén.

Mariel soltó un grito de frustración y tiró la tiza, que se estrelló contra la nevera y salieron volando varios fragmentos blancos. Uno cayó en el té de Ozroth y el líquido caliente le salpicó la cara y el sombrero.

Mariel se quedó abatida.

—Lo siento —dijo, corriendo a limpiarle las gotas de la cara—. No debería haber perdido los estribos.

—Yo también me enfadaría —dijo Ozroth—. Y, además, es agradable.

—Como lluvia tibia.

Le habría hablado de las calurosas tormentas que azotaban el plano demoníaco (aunque aquellas olían vagamente a azufre, no a especias para calabaza), pero Alzapraz no sabía que Ozroth era un demonio, y Ozroth no quería que ese hecho saliera a relucir en la cena familiar.

Alzapraz suspiró, pronunció un conjuro en voz baja y agitó una mano. La tiza se recompuso y volvió a flotar sobre la encimera.

—Nada de tiza, entonces. —Se acarició la larga barba blanca y miró a Mariel pensativo—. No entiendo por qué te resulta tan difícil.

—No se lo estás poniendo fácil precisamente —dijo Ozroth, tensándose ante la insinuación de que era culpa de Mariel—. Acabas de darle un montón de palabras confusas para decir lo mismo.

—No creo que sea el lenguaje. —Alzapraz miró a Mariel con los ojos entrecerrados—. La técnica de la tiza es poco fiable, sí, pero creo que el problema tiene que ver más con el propósito. Simplemente no quieres hacerlo.

Ozroth se levantó de su silla, listo para seguir defendiendo a Mariel, pero esta lo detuvo poniéndole una mano en el brazo.

—Tienes razón —dijo ella—. No quiero hacerlo. —Su tono era de asombro, como si se hubiera sorprendido incluso a sí misma. Lanzó un suspiro y relajó los hombros, como si se hubiera quitado un peso de encima—. No me interesa dominar un hechizo para calentar la sartén porque disfruto cocinando y no necesito atajos. —Alzó la voz—. No me gustan las clases de magia en general. De hecho, las odio.

Alzapraz parecía escandalizado, tanto como podía parecerlo alguien que era un noventa por ciento de túnica extravagante y un diez por ciento de cejas demasiado largas, pero Ozroth sintió una oleada de orgullo. Su bruja por fin se estaba defendiendo.

—Cuéntale más —la animó.

Mariel levantó la barbilla.

—Odio que siempre me digan que no soy lo bastante buena. Odio que todos me vean como una fracasada porque no respetan la magia de la tierra. Odio que a nadie le interese ni remotamente en lo que soy buena. —Se rio sin humor—. ¡Puede que ni siquiera sepan en qué soy buena, porque nunca me lo han preguntado!

El hechicero se movió inquieto, hurgando en los flecos dorados de sus mangas.

—Los Spark siempre han sido buenos en magia mayor. Invocación, teletransporte, transfiguración…

Mariel le señaló.

—Me refiero a eso exactamente. Solo el estilo de magia de mamá es «mayor» en esta familia. Mi magia natural se considera «menor», aunque puedo sanar grandes áreas de bosque y mantener las plantas floreciendo todo el año.

La planta araña de la ventana susurró y un helecho que había en una maceta que colgaba del techo extendió una rizada fronda hacia Alzapraz. El hechicero dio un respingo cuando el helecho rozó su tiara. Se apartó, mirándolo con desconfianza. Ozroth no lo culpaba. Si las plantas podían ser amenazadoras, aquel helecho hacía todo lo que podía, erizándose como un gato arisco.

—Hay que reconocer que cultivar bien unas flores no es tan espectacular como invocar a un hada para que cumpla tus órdenes —dijo Alzapraz.

—¿Quieres espectáculo? —preguntó Mariel—. Pues te daré espectáculo.

Se acercó a Alzapraz y este retrocedió hasta que su espalda chocó con la encimera.

—¿Sabes lo que podría hacer ahora mismo? —Ozroth vio por la ventana cómo las hojas otoñales se movían como ciclones en miniatura en el patio trasero de la casa, respondiendo a su estado de ánimo. Mariel tenía las mejillas sonrosadas y el pecho le subía y bajaba con rapidez. Era cautivadora; estaba bellísima enfadada—. Podría invocar a esos árboles de ahí fuera para que sacaran sus raíces del suelo. Podría pedirles que te rodearan los tobillos y te arrastraran bajo tierra hasta asfixiarte, y no necesitaría tiza para hacerlo.

—¡Soy inmortal! —gritó Alzapraz.

—¿Y? Te mantendrían allí para siempre si yo quisiera. —Mariel enseñó los dientes—. Podría pedir a las raíces que crecieran dentro de tu cuerpo milímetro a milímetro. Te pasarías toda la eternidad agonizando, respirando tierra mientras las raíces se extienden por toda tu piel.

A Ozroth no debería excitarle su crueldad, pero por algo lo habían apodado «el Despiadado». Con alma o sin ella, podía apreciar una demostración de poder y sus vaqueros empezaron a apretarle. En cuanto Alzapraz se fuera, Ozroth se llevaría a Mariel a la cama.

Sin embargo, él la conocía. Si se enfurecía, lo lamentaría. Ozroth dio un paso hacia ella.

—*Velina.*

Ella levantó una mano para detenerle.

—Pero ¿sabes qué, Alzapraz? —preguntó, con la mirada fija en el anciano—. No voy a hacerlo. —Alzapraz se apretujó contra la encimera, con el alivio escrito en su arrugado rostro—. No voy a hacerlo porque no soy como mamá ni como nuestros gloriosos antepasados. Celebro la vida y la bondad. Me gusta que las cosas prosperen y no quiero hacerle daño a nadie. —El helecho se agarró a la manga de Alzapraz, que dio un respingo. Mariel sonrió con satisfacción—. Pero quiero que sepas que podría hacerlo.

En el silencio que siguió solo se escuchaba la respiración entrecortada de Alzapraz. Entonces el miedo de su rostro se transformó en vértigo.

—Así que, después de todo, eres una Spark —dijo sonriendo—. No había oído un discurso tan bueno desde que Malevola Spark le dijo a su marido que iba a convertir su polla en un tritón la próxima vez que la metiera donde no debía.

Ozroth se aclaró la garganta.

—¿Vas a responder a lo que ha dicho?

Alzapraz asintió.

—Mariel, tengo que confesar que nunca me había parado a reflexionar sobre la magia que haces con la naturaleza. Y tienes razón, todos la hemos despreciado por considerarla aburrida en comparación con lo que los Spark han conseguido a lo largo de la historia. —Se estremeció—. Pero la amenaza a la que nos enfrentamos me ha convencido de que debemos tenerla en cuenta.

—La magia debería valorarse por algo más que su espectacularidad —dijo Mariel—. ¿Sabías que el bosque se está muriendo? Una especie de podredumbre mágica está matando los árboles y envenenando los animales.

Alzapraz frunció las cejas.

—Eso no suena nada bien.

—Claro que no. La magia está entretejida con el ecosistema. ¿Qué crees que pasará si todos los árboles, flores y animales mueren?

—Los paseos por la naturaleza serán sin duda menos interesantes. —Ante la mirada indignada de Mariel, Alzapraz levantó una mano marchita—. No, entiendo lo que quieres decir. A diferencia de tu madre, a mí sí me preocupa el rumbo que está tomando este pueblo. Cuando vives tanto como yo, sabes cómo encajan las piezas pequeñas en el todo.

—A menos que la pieza pequeña se llame Mariel —espetó ella.

—No eres una pieza pequeña —dijo Ozroth—. Eres una reina. —El calor se extendió por su pecho cuando ella le dirigió una mirada de adoración.

Alzapraz miró a Ozroth con los ojos entrecerrados.

—¡Qué raro! —murmuró. Luego volvió a centrarse en Mariel—. Sé que las líneas ley son delicadas. Necesitan las criaturas vivas tanto como nosotros a ellas. Esperaba que las obras de construcción se retrasaran tras la desastrosa asamblea. —Frunció el ceño—. ¿Crees que la constructora está provocando la podredumbre?

—Tal vez —dijo Mariel—. O alguien más se está beneficiando de destruir el bosque. Hasta ahora, mi magia ha sido lo único capaz de detenerlo, pero ayer encontré una zona afectada demasiado grande para que pudiera solucionarlo yo sola. Esperaba que pudieras ayudarme. *Sin involucrar* a mi madre.

—No sé si te habrás dado cuenta —dijo Alzapraz en tono seco—, pero intento evitar a tu madre todo lo posible. —Dio un golpe en el suelo con el bastón y el cristal de la punta echó chispas—. Consultaré mis libros. ¿Me enviarás un mensaje con la ubicación de la podredumbre? —Ante la mirada incrédula de Ozroth, Alzapraz soltó una carcajada sibilante—. Puede que sea más viejo que Matusalén, pero sé manejar una pantalla táctil.

Cuando Alzapraz se dirigía a la puerta principal, alargó la mano para acariciar a Mariel en la mejilla.

—Eres una buena chica que se merece mucho más de lo que te hemos dado —dijo—. Y siento no haber hecho más por defenderte.

Ella suspiró.

—Gracias, Alzapraz. ¿Crees que podrás convencer a mi madre para que también se disculpe?

Alzapraz hizo un mohín.

—Lo intentaré. Pero ya sabes cómo es.

—Sí, lo sé. —Mariel miró de reojo a Oz con una sonrisa que mostraba sus hoyuelos—. Pero yo también sé cómo soy.

Ozroth estaba desesperado por agarrarla y colmarla de besos. Quería desnudarla, meter la cabeza entre sus muslos y lamerla orgasmo tras orgasmo. Mariel solo se merecía cosas buenas y estaba orgulloso de que al fin estuviera poniendo límites.

Alzapraz se giró al llegar a la puerta principal y miró a Ozroth y a Mariel, que estaban en la entrada de la cocina.

—Te estoy vigilando —dijo, llevándose dos dedos a los ojos y luego señalando a Ozroth.

Ozroth sintió una punzada de miedo. ¿Sospechaba Alzapraz lo que él era o se trataba de la típica amenaza al nuevo novio? Pero entonces la puerta se cerró tras el hechicero y Ozroth se olvidó por completo de él. Por fin tenía a Mariel para él solo y pensaba aprovechar bien el tiempo.

La levantó en brazos, la llevó de vuelta a la cocina mientras ella se reía y luego la sentó en la encimera.

—Ha sido muy sexi —dijo mientras le subía la falda. Le acarició el cuello y le lamió la suave piel. Su sabor era embriagador, con toques de vainilla y flores silvestres, y se estaba convirtiendo en su adicción.

Mariel echó la cabeza hacia atrás para darle un mejor acceso.

—No puedo creer que me haya enfrentado a él —dijo sin aliento—. Me sentí tan bien…

—Ver cómo lo amenazabas me la ha puesto dura —admitió Ozroth, mordisqueando el escote de su vestido rojo cereza.

Mariel se rio.

—Pervertido.

Ozroth le agarró los muslos por debajo del vestido y le manoseó la delicada carne. Le encantaba su constitución: suave y fuerte a la vez, con curvas que lo volvían loco. Estaba hecha para el sexo.

—Todo en ti me la pone dura. —Le recorrió con los pulgares el pliegue entre el vientre y los muslos, y ella se estremeció.

—Estoy mojada —dijo.

Ozroth no aguantó más charla. Le subió el borde del vestido hasta la cintura.

—Sujétalo. —Ella obedeció y él se arrodilló para meter la cabeza entre sus muslos.

—¡Oh! —Mariel le clavó los talones en la espalda mientras él lamía su ropa interior. Podía olerla, almizclada y femenina, y el aroma lo excitó aún más. Ella no había mentido: estaba mojada; sus fluidos empapaban la tela.

Cuando le pasó la lengua por debajo de las bragas, Mariel gimió. Su sabor era como una droga. Con ganas de más, Ozroth le apartó la ropa interior y empezó a lamer y chupar con fruición.

¡Por Lucifer! Le encantaba cómo gemía cuando le pasaba la lengua alrededor del clítoris. Le encantaba lo resbaladiza que estaba. Le encantaba cómo cogía aire cuando él le metía la punta de la lengua en el orificio de la vagina. Usó toda su cara para darle placer, acariciándole el clítoris con la nariz y empapándose las mejillas y la barbilla con sus fluidos. Supo que podría hacerlo para siempre.

Mariel se restregó contra su cara mientras le clavaba los talones en la espalda para hacer fuerza. Apenas podía respirar, pero respirar estaba sobrevalorado. Al final él se apartó un poco, pero solo para meterle un dedo mientras le acariciaba el clítoris con la lengua.

Mariel gritó y su coño palpitó en su dedo. ¿Estaba lista? Él continuó metiéndole los dedos y lamiéndola durante los espasmos. En algún momento, ella dejó caer el borde del vestido para agarrarle del cabello. Cuando luego le agarró los cuernos con las manos, Ozroth estuvo a punto de correrse en los vaqueros. Gimió mientras el placer lo recorría por dentro.

Ozroth se puso en pie y capturó la boca de Mariel en un beso ardiente y desesperado. Ella le devolvió el beso con fervor mientras buscaba a tientas el botón y la cremallera de los pantalones. Él sacó un condón del bolsillo trasero y abrió el envoltorio mientras los vaqueros y los calzoncillos caían a sus pies. Ozroth no perdió el tiempo y se quitó la ropa. Se colocó el preservativo, apartó su ropa interior, encajó la punta de su polla en la entrada de su coño y la penetró.

Ambos gimieron a la vez.

—Esto es tan jodidamente bueno... —dijo Ozroth. Estaba demasiado excitado para ir despacio, pero Mariel no parecía necesitar tiempo para adaptarse. Le agarró el culo, incitándole a continuar.

Ozroth la follaba con embestidas rápidas y profundas. Mariel se apoyó con los brazos en la encimera y giró la cabeza para poder mirar cuando la penetraba. Ozroth también miraba y la visión de su polla entrando y saliendo de su húmedo coño lo puso al borde del clímax.

—Te entra tan bien... —gimió él.

—Más fuerte —ordenó ella, apretándole las caderas con sus muslos.

Ozroth obedeció y estableció un ritmo brutal. Le agarró el culo con una mano para mantenerla quieta y se sujetó con la otra en una vitrina. Los cucharones que guardaba en un tarro traquetearon y, cuando un fuerte empujón provocó que Mariel soltara un grito y recolocara las manos, volcó un bote de metal. El azúcar se derramó, brillando a la luz del sol que entraba por la ventana.

El pene de Ozroth parecía que iba a explotar, pero necesitaba que ella volviera a correrse. Por suerte, Mariel parecía estar en el mismo punto. Pasó una mano entre sus cuerpos y se acarició el clítoris en caóticos círculos. Él mantuvo el ritmo frenético, clavándole las puntas de los dedos en el culo.

—Córrete, *velina* —dijo—. No puedo... Voy a...

La tensión alcanzó el punto de no retorno. A Ozroth se le nubló la vista y soltó un grito cuando la tensión se liberó de golpe. La bombilla del techo se hizo añicos. Mariel gritó cuando llegó al orgasmo a la vez que él.

Ozroth se sintió como si hubiera trascendido a un plano superior donde los momentos perfectos se abrían como flores.

—Te amo —jadeó contra su cuello.

Mariel se puso tensa. Ozroth tardó unos segundos en advertir lo que había dicho.

«¡Mierda!».

Sabía que amaba a Mariel. ¿Qué podía ser sino ese sentimiento doloroso, emocionante, vertiginoso y maravillosamente horrible? Ozroth se enderezó y miró preocupado a Mariel. Tenía los ojos color avellana muy abiertos y los dientes *clavados* en el labio inferior. Era difícil saber qué estaba pensando.

—Lo siento —dijo—. Tal vez haya sido inapropiado para las costumbres humanas.

Para su sorpresa, ella se rio.

—Oz, no creo que las costumbres humanas tengan nada que ver con nosotros. Es solo que ninguna pareja me había dicho algo así.

—¿Nunca? —preguntó incrédulo. La idea de que alguien con quien hubiera salido en el pasado no se hubiera enamorado de ella le resultaba incomprensible—. ¿Cómo puede alguien conocerte y no amarte?

Se le humedecieron los ojos y le rodeó el cuello con los brazos.

—Quizá sea demasiado pronto —dijo, con las palabras amortiguadas contra su pecho—, pero Oz, yo también te amo.

—¿En serio? —Una felicidad efervescente se instaló en sus entrañas como el champán más exquisito. Se sentía capaz de enfrentarse a cien bestias nocturnas con sus propias manos. Siempre había pensado que el amor era una debilidad, pero él sentía el amor de Mariel como una armadura.

Mariel asintió, con la mejilla apoyada en su pecho.

—No me lo esperaba. Cuando apareciste en mi cocina, creí que mi vida se había acabado. ¿Qué iba a hacer con un demonio que estaría a mi alrededor hasta que se llevara mi alma? —Le plantó un beso en el pecho—. Ahora me encanta tenerte cerca todo el tiempo.

A Ozroth también le encantaba. Aún había un poso de culpa bajo la alegría, una punzada de arrepentimiento por haber llevado a Mariel a esta situación, pero si ella no lo hubiera invocado, él nunca la habría conocido. No habría aprendido a amar.

—Odiaba mi alma —dijo Ozroth—. Sentir cosas me resultaba incómodo y creía que me hacía más débil. Pero ahora no puedo imaginarme la vida sin esas emociones. —La apretó más fuerte contra sí—. Sin ti.

Su camino no sería nada fácil. Ozroth tendría que explicar a Astaroth su decisión de posponer el acuerdo y ¿quién sabía cuáles serían las consecuencias? Además, había otros problemas. Qué harían con la necesidad de estar cerca el uno del otro, por ejemplo. Y, en última instancia, qué harían con el hecho de que Mariel fuera mortal y Ozroth no.

Su amor por ella no se desvanecería, de eso estaba seguro. Y no le importaba si le salían arrugas o canas en el cabello. Su alma sería igual de resplandeciente y su corazón igual de grande. Pero verla envejecer cuando él no lo haría… No quería pensar en ello.

—Esto será difícil —dijo.

—Lo sé. —Ella le miró con ojos ardientes de pasión—. Pero quiero ver hasta dónde llegamos.

—Yo también.

Ella se rio y sacudió la cabeza.

—¿Sabes? A Calladia le preocupaba que me mintieras, pero eres tan sincero que duele.

—Nunca te mentiría —dijo.

La sonrisa de Mariel era tierna y delicada.

—¿Prometido?

—Prometido.

VEINTIOCHO

—¡Queridos! —exclamó Diantha, manteniendo la puerta abierta de par en par—. ¡Habéis venido!

Mariel esbozó una tensa sonrisa mientras abrazaba a su madre.

—La verdad es que no podíamos faltar.

Su madre llevaba un vestido de noche amarillo con un volante en el cuello de intrincados pliegues. Las amatistas salpicaban su cabello y brillaban en sus dedos, a juego con su manicura de color púrpura. Lo único que Mariel había heredado de Diantha (la falta de autoestima no contaba) era su pasión por la ropa de colores.

Mariel aún llevaba puesto el vestido rojo cereza de escote redondo que había usado mientras Oz hacía de las suyas con ella. Estaba dolorida de una forma deliciosa entre los muslos y se deleitó con el recuerdo de lo que habían hecho…; de lo que habían estado haciendo casi sin parar desde que decidieron darle una oportunidad a su relación.

Mariel se sentía electrizada de pies a cabeza y no precisamente por la magia recién descubierta de Oz. Nunca había experimentado una pasión tan intensa y no todo era lujuria. Oz era inteligente, comprensivo y divertido a su manera. Ella ansiaba estar cerca de él y él parecía sentir lo mismo. Estaba obsesionado con verla preparar su arreglo floral para el campeonato, comentando su talento como artista y la belleza de las flores.

Mariel se sentía como una de esas flores, abriendo sus pétalos al sol. O a las nubes, ya que se adentraban en el lluvioso invierno del noroeste del Pacífico, pero Mariel sabía mejor que nadie que no había reglas cuando se trataba de florecer.

Vio cómo Oz aceptaba el abrazo de Diantha con clara incomodidad. Aún llevaba su maltrecho sombrero vaquero negro, pero la camisa azul y los vaqueros negros eran nuevos. Poco a poco estaban armando su guardarropa y él incluso había abierto un pequeño portal al reino de los demonios para recoger ropa de su guarida. Había echado un vistazo a su habitación y no le sorprendió ver que era austera y práctica. Oz le había confesado que no se había preocupado por el arte o la decoración hasta entonces. Astaroth lo había educado en la creencia de que el apego a cualquier cosa, ya fueran personas u objetos, lo volvía más débil.

Si Mariel se encontraba con Astaroth alguna vez, le daría una buena paliza, y empezaría probando sus nudillos. Nunca había pegado a nadie, pero estaba segura de que lo haría bien. O tal vez le pediría a Calladia que lo hiciera, ya que así le dolería más.

—Pasad, pasad. —Diantha les hizo señas para que entraran al pasillo de los retratos. Como siempre, Mariel evitó la mirada de ojos saltones del tío abuelo Trenton. Entrar en la casa de la familia Spark era como pasar por la banqueta, rodeada por todas partes de parientes con más talento que ella.

Ella *tenía* talento, se recordó a sí misma. Tan solo que no era el talento que Diantha Spark quería que tuviera. Sin embargo, por primera vez, Mariel tuvo la tentación de decirle a su madre «¿A quién le importa?». Por fin se sentía cómoda en su piel.

La mesa estaba puesta, pero solo su padre y su primo Lancelot estaban sentados bajo las amenazantes cabezas de los autómatas de Wally.

—Creía que te ponías enfermo esta semana —le dijo Mariel a Lancelot mientras se sentaba frente a él.

Lancelot sacudió la cabeza para apartarse de los ojos un mechón de cabello negro.

—Mamá y papá me prometieron una consola nueva si pueden estar enfermos todo el mes.

—¿Vale tanto la pena? —preguntó Mariel dubitativa.

—También me dieron doble paga. —Se encogió de hombros—. Además, la comida es mucho mejor que la que prepara papá. —Le mostró a Mariel la pantalla del teléfono, que estaba repleta de imágenes virtuales de demonios necrófagos—. Y estoy haciendo grandes progresos en *Poltergeist Go*.

—No se murmura en la mesa —dijo Diantha, tomando asiento. Lanzó su hechizo habitual para acortar la mesa y Oz se estremeció cuando Diantha se acercó a ellos—. Ahora solo necesitamos a Alzapraz. ¿Dónde está ese viejo idiota? Roland, ¿sabes algo de él?

Roland negó con la cabeza sin molestarse en bajar el periódico. Diantha pronunció un conjuro y aparecieron unos mojitos frente a los adultos. Mariel bebió un sorbo. Era perfecto, con la lima y la menta suavizando el ardor del alcohol.

Observó cómo probaba Oz el cóctel. Sus cejas se alzaron y se quedó mirando la bebida como si fuera ambrosía.

—Increíble. —Se lo llevó a los labios y bebió.

Mariel hizo una mueca de dolor.

—Es más fuerte que el vino, recuérdalo.

Oz abrió mucho sus ojos dorados por el borde de su vaso, que ya estaba vacío.

—¿Cuánto más fuerte?

—¿Como tres o cuatro veces?

—¡Oh! —Miró el vaso vacío con tristeza—. Debería habérmelo reservado.

—No te preocupes, invocaré otro —dijo Diantha alegremente.

Un segundo mojito apareció frente a Oz. Lo miró con evidente anhelo y Mariel sonrió.

—No pasa nada por achisparse —le dijo—. Hemos venido andando después de todo. —La verdad es que le encantaría ver a Oz borracho. Él la había visto así después de unos margaritas, así que sería justo.

—Está tan bueno... —dijo Oz—. Como si fueran colores explotando en mi boca.

Ese tipo de comentario haría que Mariel se preguntara qué drogas tomaba esa persona, pero Oz le había hablado con más confianza desde que habían hecho oficial su relación. Sabía que los sonidos, olores y sabores podían estimularlo en exceso.

—Bebe despacio —le aconsejó—. Saboréalo.

Ozroth le dedicó una sonrisa ladeada.

—¡Oh! ¿Ahora te gusta ir despacio y saborear las cosas?

—Cállate. —Le ardían las mejillas; podía recordar todas las veces que él había insistido en saborearla.

—Solo digo que deberías ser coherente con lo que dices.

Mariel se acercó y le plantó un beso en la boca.

—Y yo solo digo que deberías plantearte las consecuencias que tiene burlarse de mí.

—¿Hay consecuencias? —Le acercó la boca a la oreja—. Habla.

Mariel sintió el familiar sonrojo de la excitación y le habría dicho algunas de esas consecuencias, pero no era el lugar adecuado. Diantha ya los estaba observando como una mantis religiosa a la caza y no necesitaban darle más espectáculo a su familia.

—Sois unos tortolitos adorables —dijo Diantha—. ¿Alguna novedad sobre procreación?

—¡Mamá! —dijo Mariel mientras Oz se atragantaba con su bebida—. Eso está fuera de lugar.

Diantha hizo un ademán con la mano.

—No necesitas ser tan reservada con tu vida sexual. ¿Acaso no quieres darme nietos? —Luego batió las pestañas, pero si había algo que no se le daba bien era hacerse la ingenua.

Normalmente, Mariel habría evitado el tema o habría puesto fin a un momento tan incómodo, pero un rescoldo de indignación se había instalado en su pecho. Cuadró los hombros.

—Si tengo hijos —le dijo a su madre—, será cuando yo lo decida. Y no tendrá nada que ver contigo, así que no quiero volver a oírte mencionar el tema de la procreación.

Se hizo el silencio e incluso el dedo de Lancelot se detuvo sobre la pantalla de su *smartphone*.

Diantha parpadeó.

—Somos familia. Lo compartimos todo.

—No, no lo hacemos. —La voz de Mariel se volvió más segura—. Mi relación es asunto mío. Mi útero es asunto mío. Así que, por favor, deja de comportarte como si fueras mi dueña.

—¡Oh, mierda! —dijo Lancelot en voz baja, con los ojos marrones abiertos como platos.

El periódico cayó de las manos de Roland. Mariel se enfrentó a la mirada sorprendida de su padre levantando la barbilla. Él siempre dejaba que Diantha la pisoteara y Mariel estaba harta de alimentar aquella dinámica.

Diantha se levantó de golpe y su silla cayó al suelo. Mariel se preparó, preguntándose qué cosa horrible invocaría su madre para castigarla.

—Tú —dijo Diantha, señalando a Mariel— eres una mocosa desagradecida.

Oz hizo un ruido de protesta, pero Mariel lo miró fijamente y negó con la cabeza.

—Es mi lucha —le susurró.

Él apretó la mandíbula y un músculo se le tensó en la mejilla. Luego asintió.

Mariel le apretó el brazo en señal de agradecimiento y luego se puso en pie.

—No soy una desagradecida —le dijo a Diantha—. Solo te estoy poniendo límites.

—¿Después de todo lo que he hecho por ti? —quiso saber Diantha—. Años de pagar las mejores escuelas, la mejor educación, lo mejor de cualquier cosa, ¿y me lo pagas con estas acusaciones? No me comporto como si fuera tu dueña.

—Sí lo haces. —El corazón de Mariel se aceleró, bombeando adrenalina por sus venas. Nunca se había enfrentado a su madre de esta manera y era tan aterrador como emocionante—. Entras en mi casa sin ser invitada. Registras mis cosas. Controlas mi magia.

—Alguien tiene que hacerlo. —Los dedos de Diantha repiqueteaban con rapidez en la superficie de la mesa, como el sonajeo de advertencia de una serpiente de cascabel—. A pesar de todo el tiempo y el dinero que hemos invertido en ti, eres una vaga. Tu brujería es horrible. Me está llevando años de esfuerzo convertirte en una Spark y, aun así, sigues fallando.

En las entrañas de Mariel bulló una familiar mezcla de rabia y vergüenza, y sintió una opresión en el pecho. Todos la miraban: Oz con preocupación, Lancelot con espanto y su padre con una expresión de resignada decepción. Esta era la parte en la que se suponía que se iba a acobardar y disculparse.

Hace unas semanas, Mariel lo habría hecho.

Ahora respiró hondo y se puso firme, imaginando que tenía los pies bien anclados en el suelo y tierra entre los dedos. Bajo los cimientos, la tierra era rica y oscura. Las lombrices se mezclaban con la tierra y las raíces extendían sus finos dedos para sujetarse en lo más profundo. «No nos moveréis», decían aquellas raíces. «Pertenecemos a este lugar».

Mariel tampoco se movería. Esta vez no.

—No soy una fracasada —dijo—. Soy increíble con la magia de la naturaleza, pero no la respetáis.

Diantha se burló.

—Jugar con flores no es tan importante como otras habilidades mágicas.

—¿Qué utilidad práctica tiene el teletransporte? —preguntó Mariel—. Yo puedo combatir las enfermedades de las plantas, hacerlas florecer en invierno, mantener viva la naturaleza. Tú solo puedes presumir en las fiestas.

—Cuida tu tono —dijo su padre—. Tu madre está intentando ayudar.

—¿Que cuide mi tono? —Mariel soltó una desquiciada carcajada—. No, no creo que lo haga.

Diantha puso una expresión de asombro.

—¿Qué te pasa esta noche? No nos hemos gastado miles de dólares en clases de etiqueta para que acabes así. —Hizo un gesto en dirección a Mariel y el dragón autómata de arriba soltó una bocanada de humo.

—Yo no pedí clases de etiqueta —replicó Mariel—. Tú insististe, como has insistido en controlar cualquier otro aspecto de mi vida. Ya me he cansado.

—¡*Cockatrice din convosen!* —gritó Diantha.

Mariel se estremeció cuando un pequeño dragón del tamaño de un gran danés apareció en el centro de la mesa. Tenía dos patas, cola de serpiente y cabeza de gallo. Dejó escapar un estridente graznido; un ruido metálico horrible que provocó que todos se taparan los oídos.

Se rumoreaba que las cocatrices mataban con la mirada, pero se trataba de un malentendido que tenía su origen en la Edad Media, cuando se utilizaban para torturar a los prisioneros. Lo que hacían era emitir unos sonidos tan insoportables que nadie podía estar cerca de ellas; hasta el punto de que hacían sangrar los oídos. Diantha intentaba hacer callar a Mariel por todos los medios.

Al ver las miradas de dolor de Oz y Lancelot, que se tapaban los oídos en vano, Mariel se sintió invadida por la furia. Diantha estaba hiriendo algo más que la autoestima de Mariel. Dibujó en la mesa una estrella de cinco puntas con el dedo.

—¡*Aufrasen di cockatrice!* —gritó por encima del incesante gruñido.

La cocatriz desapareció.

Mariel se quedó mirando boquiabierta el lugar donde había estado la criatura. Le zumbaban los oídos y tardó un instante en comprender lo que decía Diantha. Su madre, contra todo pronóstico, estaba radiante.

—¡Sabía que acabarías pillándole el truco! —exclamó—. Solo necesitabas un empujoncito.

Mariel miró a Oz fijamente a los ojos.

—Lo conseguí —dijo estupefacta—. Lo he hecho desaparecer.

—Lo has hecho. —Su expresión era de orgullo.

—Solo necesitabas que alguien te gritara —dijo Diantha, y Mariel volvió al instante a la conversación—. Puedo ser más dura contigo si da tan buenos resultados.

—¡No! —Mariel dio un golpe en la mesa. La cabeza del grifo rugió—. Este hechizo no ha tenido nada que ver contigo.

Diantha resopló.

—Claro que ha tenido que ver conmigo. Nunca habías conseguido invocar o hacer desaparecer nada.

—Tú no has tenido nada que ver —espetó Mariel—. La magia ha salido de mí.

Entonces Mariel lo comprendió todo y se quedó boquiabierta. Por primera vez vio con claridad por qué su magia funcionaba unas veces y fallaba otras.

Era evidente que nadie más había experimentado una epifanía semejante. Su madre seguía parloteando sobre cómo «dar forma» al talento de Mariel mientras Oz rechinaba los dientes y apretaba los puños intentando quedarse al margen. Lancelot había encontrado un mojito de sobra y se lo estaba bebiendo mientras lanzaba miradas furtivas a la salida.

Para confirmar su teoría, Mariel dibujó otra estrella de cinco puntas invisible sobre la mesa.

—*Aufrasen en mojitoil* —murmuró.

El mojito desapareció, dejando a su primo menor de edad chupando ruidosamente una pajita vacía. Este soltó un grito y se echó hacia atrás en la silla.

Mariel movió el dedo índice hacia ambos lados.

—No puedes beber alcohol hasta dentro de cuatro años.

Él frunció el ceño.

—Tú no eres mi madre. —Luego su boca se torció en una sonrisa—. Bonita desaparición, eso sí.

—Gracias. —Mariel sonrió. Seguía enfadada, pero haberlo comprendido por fin le resultaba estimulante. Cuadró los hombros y miró a su madre.

—Será una pena tener que invocar a una cocatriz cada vez que lances un hechizo —dijo Diantha—, pero si es necesario…

—Me toca hablar a mí —dijo Mariel levantando la voz.

Diantha hizo una pausa.

—¿Sobre qué? Hemos descubierto la clave de tu magia. Solo necesitas practicar.

Mariel negó con la cabeza.

—No, *yo* he descubierto la clave de mi magia. ¿Sabes por qué mi brujería falla cuando estás cerca? Porque me ordenas que lo haga. El impulso no viene de mí.

—¿Y? —Diantha frunció el ceño—. Así aprende todo el mundo.

—No cuando me has acomplejado tanto al respecto. —Mariel se sentía cada vez más segura—. Una parte de la magia es el propósito, ¿verdad? Este no provenía de mí. Tenía tanto miedo de meter la pata que se convirtió en una profecía autocumplida.

Oz le entrelazó los dedos y ella lo miró. Estaba sonriendo, con el rostro transformado por el placer. En el contorno de sus ojos se dibujaban unas líneas de expresión que Mariel deseaba ver tan a menudo como fuera posible.

—Hice desaparecer la cocatriz porque estaba cansada de que me hicieras callar —dijo—. Hice lo mismo con el mojito porque así lo quise. Y mi magia funcionó cuando estaba cerca de Oz porque mi deseo era el que daba forma al hechizo, no el tuyo.

—Solo he intentado que seas la mejor bruja posible. —Diantha se llevó una mano al pecho y su brazalete atrapó la luz. Las amatistas eran tan centelleantes y resistentes como ella—. No puedes culparme de que aprendas despacio.

Ahora que Mariel había empezado a defenderse, no podía detenerse. Las palabras brotaban de ella sin cesar, tras décadas de resentimiento y dolor.

—¿Te estás escuchando? —dijo—. Siempre intentas pisotearme. Me has menospreciado toda mi vida, diciéndome que soy lenta aprendiendo o que no tengo talento, que soy una decepción y una vergüenza para el legado de los Spark. Tal vez pensaste que así me esforzaría más, pero no importa cuánto me haya esforzado porque nunca ha sido suficiente para ti. Y no soy una aprendiz lenta en absoluto; mi magia de la naturaleza ha sido poderosa desde el principio.

—La magia no se limita a las plantas —argumentó Diantha, que, como de costumbre, ignoraba cualquier crítica que se le hiciera—. Hay que ser bueno en todo. Las estrellas, el viento y la tierra auguraron…

—¡Me importan una mierda las estrellas, el viento y la tierra! —gritó Mariel—. Me da igual lo que hayas oído o creído oír. No quiero ser como tú. Quiero ser yo.

—¡Esa lengua! —dijo Roland tras unos segundos de horrorizado silencio.

—Y tú —dijo, girándose hacia su padre— la has dejado pisotearme durante años. Siempre que me ha insultado, la has apoyado. —En cierto modo, eso era lo que le había hecho más daño. Mariel sabía cómo era su madre: difícil, narcisista y ciega a sus propios defectos. Pero su padre era una persona relativamente normal y nunca había defendido a Mariel de las críticas de Diantha.

Él suspiró y se subió las gafas para pellizcarse el puente de la nariz.

—Mariel, sabes que te queremos.

—¿De verdad? —preguntó ella, sintiendo el escozor de una herida profunda e irreconocible. Oz había hecho aflorar ese dolor cuando lo conoció. «¿Crees que ella te quiere?», le había preguntado cuando aún intentaba manipularla. Y había dado en la llaga—. El amor es apoyar a alguien —dijo ella—. Levantarlo, no hundirlo. Amarlo tal como es, no como quieres que sea. —Oz era un demonio gruñón, inestable emocionalmente y con un pasado turbio, y aun así a ella le gustaba tal como era—. Oz me ha mostrado más amor en unas semanas que vosotros en todos estos años.

—¿Por qué nos atacas así? —Los ojos de Diantha estaban secos, pero su labio inferior temblaba—. Después de todo lo que hemos hecho por ti. Tan solo el gasto…

—El dinero no es amor —dijo Mariel—. Si hubiéramos sido pobres y tú me hubieras tratado con paciencia y amabilidad, habría sido mucho más feliz.

Diantha rompió a sollozar. En un instante, Roland se levantó de su silla y se apresuró a estrecharla entre sus brazos.

—Mira lo que has conseguido —le dijo a Mariel mientras acariciaba el cabello de su mujer—. Has hecho llorar a tu madre.

—Lo dudo —dijo Mariel—. Pero incluso si así fuera, vosotros dos me habéis hecho llorar muchísimas más veces. Estoy cansada de callarme y aguantarlo.

Su primo hizo un sutil gesto de victoria con el puño y ella le sonrió. No estaba sola en esta familia: tenía a Lancelot, Alzapraz, Lupe y Quincy, por no hablar de Héctor y Wally, los parientes que Diantha ya había ahuyentado.

Mariel estaba lista para hacer lo mismo que ellos.

—No vendré más a las cenas de los domingos —dijo.

Diantha sollozó con más fuerza.

—Entonces puedes olvidarte de que te pague el posgrado.

El posgrado en Herbología Mágica que tanto deseaba Mariel pendía de un hilo. Si la familia Spark no la apoyaba, tendría que buscarse la vida para pagar la matrícula.

Curiosamente, esa amenaza resultaba liberadora. Como administradora del fideicomiso, Diantha siempre había utilizado el dinero como un arma contra su familia. ¿Valía la pena que la trataran tan mal para no tener que pedir un préstamo estudiantil?

No, no lo valía. Mariel era adulta; ya encontraría la solución.

—De acuerdo —dijo—. Me abriré camino en la escuela. Pediré un préstamo. No voy a dejar que tomes mi futuro como rehén. —Oz le apretó la mano y Mariel agradeció el reconfortante gesto. Respiró hondo—. De hecho, no te veré hasta que cambies de comportamiento. Deja de controlarme. Deja de insultarme. Deja de menospreciar la magia de la naturaleza. Soy adulta y tu hija, y merezco respeto.

—Solo quería que fueras poderosa. —La voz de Diantha estaba lo bastante afectada para que Mariel pudiera creer que estaba llorando—. Tu futuro parecía tan prometedor… Pensé que serías feliz si cumplías la profecía.

Mariel tiró de la mano de Oz. Él se levantó y Mariel se apoyó en su costado.

—Mi futuro *es* prometedor. Y soy feliz. —Sonrió a Oz y le dijo—: ¿Quieres que nos vayamos?

—Claro —gruñó él, y ella advirtió por su mirada que se la follaría en la superficie horizontal o vertical más cercana en cuanto pudiera. Era emocionante lo excitado que se ponía cuando ella conseguía imponerse.

La puerta del comedor se abrió de golpe con un estruendo y una nube de humo púrpura. Mariel dio un respingo y se giró para ver qué nueva abominación había invocado su madre.

Pero no era una abominación. Era Alzapraz, con la túnica manchada de barro y la barba llena de ramitas. Sudaba y miraba enfadado a Oz mientras lo señalaba.

—¡Tú!

Oz parecía desconcertado.

—¿Qué?

—Aléjate de ella, demonio.

Alzapraz pronunció un conjuro, hizo un movimiento brusco con la mano y Oz salió despedido por la habitación. Mariel gritó cuando chocó contra la pared y quedó inmovilizado por la magia de Alzapraz.

—Déjalo en paz —dijo, acercándose a Oz. Pero su cuerpo se quedó congelado y la magia de Alzapraz se extendió para mantenerla en su sitio.

El viejo hechicero rara vez hacía alarde de sus habilidades, pero llevaba siglos practicando la magia. Aunque Mariel lo intentaba con todas sus fuerzas, no podía moverse ni un centímetro, y no conocía ningún hechizo para librarse de una trampa sobrenatural.

—¿Qué quieres decir con «demonio»? —preguntó Diantha, levantando la cara del pecho de su marido.

Alzapraz soltó una risita sombría.

—¿No te has dado cuenta? Yo lo supe en cuanto lo vi.

Pronunció otro conjuro y el sombrero de Oz salió volando, mostrando sus cuernos. Diantha jadeó y Lancelot se apartó de la mesa tan rápido que su silla cayó al suelo.

—¡¿Estás saliendo con un *demonio*?! —gritó Diantha.

—Por favor —dijo Mariel apretando la mandíbula—. No es como los demás demonios. Es amable y bueno, y me quiere…

—Mentira —intervino Alzapraz—. Estaba en el bosque, investigando la podredumbre.

—¿Podredumbre? —preguntó el padre de Mariel.

—Es grave —dijo Alzapraz, ignorando la pregunta—. Y está empeorando. Solo pude limpiar unas pequeñas zonas de tierra y la magia negra las volvió a matar al instante.

—¿Qué tiene que ver esto con Oz? —preguntó Mariel, esforzándose por acercarse a su amado. Él también lo intentaba, pues podía ver la protuberancia de sus músculos mientras lidiaba con el hechizo. Una luz azul crepitaba sobre su cabeza como un halo.

—He visto esa podredumbre antes. —Las tupidas cejas de Alzapraz se juntaron mientras miraba a Oz—. Hace siglos, cuando un demonio intentaba obligar a una bruja del bosque a hacer un trato.

A Mariel se le encogió el estómago del miedo.

—¿Qué estás diciendo?

—El bosque está siendo envenenado, pero no por magia humana —Alzapraz señaló a Oz con un dedo tembloroso—, sino por magia demoníaca.

Mariel se quedó mirando a Oz, incapaz de creerlo.

—Él no me haría algo así. —Pero Alzapraz no tenía motivos para mentir.

Las advertencias anteriores de Calladia resonaron en su cabeza.

«Los demonios son grandes mentirosos».

«Si intentara engañarte para que me entregaras tu alma, lo primero que haría sería amenazar lo que más quieres».

«¿Y si lo hizo Oz?».

A Mariel se le rompió el corazón. Las lágrimas inundaron sus ojos y empezaron a rodar por sus mejillas, y fue incapaz de detenerlas.

—Me mentiste —sollozó.

Oz parecía atormentado. Caían relámpagos y truenos a su alrededor, chamuscando el suelo de madera. Aún no sabía cómo controlar su magia.

¿O también era mentira? ¿La había estado manipulando todo el tiempo, mintiendo sobre que tenía alma para acercarse a ella? ¿Se había inventado quién era para atraerla con todo lo que ella quería: aceptación, amor, un protector al que ella también pudiera proteger?

—No fui yo. —A Oz se le tensaron los tendones del cuello mientras trataba de escapar—. Por favor, Mariel, tienes que creerme.

Alzapraz la soltó. Mariel se secó los ojos y la nariz, dejando un rastro de mocos en el dorso de su mano. Se sentía aliviada, aunque con el estómago dolorido por la pérdida.

—No tengo que hacer nada —dijo—. Ni por mis padres, ni por ti.

Giró sobre sus talones y echó a correr.

Ya había bajado la colina cuando oyó los gritos de Oz detrás de ella. Al parecer Alzapraz había liberado al demonio.

—¡Mariel, espera!

¡Y una mierda! ¿Qué decían los médicos? ¿«Si oyes cascos, no esperes un unicornio»? Bueno, pues Mariel había mirado a Oz, había escuchado su historia y había decidido que era un unicornio: el único demonio con alma de todo el universo y que, casualmente, se había enamorado de una bruja que no le entregaría la suya. Durante las últimas semanas, él se había aprovechado de su soledad y falta de autoestima, animándola a que confiara en él mientras destruía lo que más amaba.

¿Cómo habría acabado todo? ¿Con el bosque moribundo y Oz prometiéndole que detendría las obras de construcción y lo devolvería a la vida si ella hacía un trato? Tal vez le habría dicho que la amaría con o sin su magia y ella se lo habría creído.

Mientras Mariel se enamoraba… Oz había estado conspirando en su contra.

Sacó el teléfono del bolsillo. Apenas podía ver la pantalla entre lágrimas, pero buscó las llamadas recientes. Sonó tres veces antes de que Calladia respondiera.

—¡Hola, nena!

—Tenías razón. —La voz de Mariel sonaba entrecortada por los mocos y las lágrimas.

—¡Ey! ¿Qué está pasando?

—Oz. —Mariel no podía decir nada más. Se le había formado un nudo en la garganta y respiraba de forma entrecortada de tanto correr.

—¡Oh, mierda! ¿Estás en casa?

—Llegaré pronto.

—Voy para allá. Pondremos un círculo de protección tan poderoso que sus pelotas volarán hasta Marte si intenta entrar.

Después de colgar, Mariel puso a prueba sus piernas y sus pulmones. Era una ávida excursionista, pero correr largas distancias nunca había sido su fuerte. Debería haber ido en bicicleta a casa de su familia y dejar que Oz fuera caminando, pero como una tonta enamorada no había querido separarse de él. Del demonio que intentaba robarle el alma.

¿Cómo pudo ser tan ingenua? La vida no era un cuento de hadas lleno de amor verdadero y villanos redimidos. Los villanos se llamaban así por un motivo.

Mariel nunca había esperado que su corazón fuera el arma que blandieran contra ella.

VEINTINUEVE

—¡Mariel! —A Ozroth se le quebró la voz mientras la perseguía.

Ella le llevaba una buena ventaja, pero él tenía las piernas más largas y estaba decidido a alcanzarla antes de que se encerrara en casa.

—Por favor, escúchame.

Estaba aturdido por lo que Alzapraz había dicho. ¿La plaga había sido provocada por un demonio? Los demonios no podían sentir su propia magia como lo hacían con la magia humana y, por lo que él sabía, era el único demonio que había sido destinado al noroeste del Pacífico, así que ni siquiera se había planteado esa posibilidad.

Ahora Mariel pensaba que era un monstruo.

Su tatuaje empezó a hormiguear y gruñó de frustración.

—Ahora no…

Sin embargo, la invocación era insistente y el cosquilleo se convirtió en ardor y luego en un dolor parecido al de ser apuñalado con un cuchillo ardiendo. Se detuvo frente a una casa que tenía unas calabazas de Halloween en la fachada. Sus caras talladas parecían hacer muecas y con las llamas mágicas de su interior parecían moverse.

Alargó las manos temblorosas, con las palmas hacia arriba.

—Le espero, maestro.

«Y será mejor que hables rápido».

Astaroth apareció, vestido con un traje blanco y portando su bastón con espada oculta.

—¿Dónde está el alma de la bruja? —preguntó.

—Necesito más tiempo —respondió Ozroth—. Mucho más tiempo, la verdad.

—Te di hasta final de mes.

—Que no es hasta mañana. De todas formas, no voy a acabar a tiempo para que ganes la apuesta.

Astaroth se puso tenso y la amenaza que vio en su rostro provocó que un sudor frío le recorriera a Ozroth la espalda.

—¿Perdón?

Ozroth necesitaba solucionar las cosas con Mariel, lo que significaba que su plan de vivir en la Tierra no había cambiado.

—Me quedaré hasta que esté lista para entregarme su alma. Puede que en unos setenta u ochenta años. —Muy poco tiempo para pasarlo con la persona que amaba, pero aceptaría cualquier cosa. Incluso un minuto más en su presencia sería un regalo, teniendo en cuenta que ella creía que era culpable.

—De ninguna manera. —Astaroth dio un golpe en el suelo con su bastón—. La apuesta…

—No es mía. —Era el tono más cortante que había empleado nunca con su mentor, pero si Mariel podía enfrentarse a su maltratadora madre, él podía ponerle límites a Astaroth—. Es tu apuesta, por lo que tú debes lidiar con las consecuencias.

El viento azotaba las copas de los árboles, llevándose consigo las hojas muertas. Astaroth clavó sus ojos en Ozroth.

—Te has enamorado de la mortal —dijo en tono de disgusto.

—No es ninguna vergüenza. Tendrás su alma, solo que en mi línea de tiempo.

—Es vergonzoso que pongas en peligro a tu especie porque una mortal se haya abierto de piernas.

—No hables así de ella. —Ozroth se acercó. Astaroth era una proyección, pero deseó poder quitarle a puñetazos esa sonrisita de desprecio de la cara—. El reino puede esperar unas décadas más por su alma.

—No, no puede —espetó Astaroth.

Ozroth dio un paso atrás.

—¿Qué?

—Hay un... problema.

—¿Qué pasa? —¿Había muerto otro negociador en plena acción? ¿Sucedía algo malo en el plano demoníaco? Ozroth estaba cansado de ser negociador de almas, pero aún se preocupaba por su hogar.

—No he sido totalmente sincero contigo —dijo Astaroth. El bastón hizo «tap, tap» contra su bota. «Tap, tap»—. Has hecho un trabajo magnífico a lo largo de los años (dejando a un lado los últimos fracasos), pero cada vez nacen menos demonios con el nivel de poder y control necesarios para convertirse en negociadores. No hemos reemplazado las pérdidas en nuestras filas con la suficiente rapidez.

El miedo le recorrió a Ozroth la columna.

—¿Qué quieres decir?

—El plano demoníaco se está muriendo —dijo Astaroth sin rodeos—. Poco a poco, las luces se irán apagando. El alto consejo lo ha estado ocultando, pero llegará el día en que todos sepan lo que está pasando. Y después... no tardaremos nada en perderlo todo.

Ozroth sintió una horrible sensación de pesadez en el estómago, como si se hubiera tragado una piedra. Ahora podía imaginarse su hogar: los elegantes edificios de piedra, las pasarelas sobre ríos humeantes, los orbes dorados que flotaban como enormes luciérnagas iluminando el perpetuo crepúsculo.

Los negociadores debían ser estoicos e insensibles, pero el resto de la especie tenía más libertad para formar vínculos. Si estuviera en el plano demoníaco ahora mismo, vería las pruebas de ello. Las parejas caminaban a la orilla del río cogidas del brazo. Los niños jugaban en las fuentes de fuego, riendo mientras las llamas les hacían cosquillas en los pies y caían sobre sus cabezas. Cuando el crepúsculo se adentraba en los negros matices de la noche, los demonios se reunían en sus guaridas para cenar y luego cantaban canciones más antiguas que la memoria de los demonios más viejos.

Puede que los demonios no sintieran las emociones con la misma intensidad caótica y desbordante que los seres humanos, pero seguían sintiéndolas. Seguían viviendo y amando. Seguían valorando a sus vecinos.

Si moría la magia, todos los demonios también lo harían. El plano era un ecosistema donde todas las vidas estaban entrelazadas; ninguna podía sobrevivir sin las otras.

Como el bosque de Mariel.

Sentía que el corazón se le partía en dos.

—Necesitáis más almas.

Astaroth asintió.

—No solo más almas, sino almas más poderosas. Y las necesitamos ya.

El mensaje era evidente. El alma de Mariel era muy poderosa. Y sería suficiente para salvarlos del desastre mientras otros demonios negociaban con lo que pudieran.

—Entiendo —dijo Ozroth, sintiéndose paralizado. Tenía que haber una salida, pero necesitaba tiempo para pensar en ello.

—Anímate. —Astaroth le lanzó una sonrisa mordaz—. Cuando regreses con el alma de la bruja, te convertirás en un héroe.

Astaroth desapareció y Ozroth cayó de rodillas. Dejó caer la cabeza entre las manos y gritó en las palmas. ¿Cómo iba a escoger entre su pueblo y su amor? Hiciera lo que hiciese, sería un monstruo. Cambiar tantas vidas inmortales por una mortal equivaldría a un genocidio. ¿Traicionaría a Mariel para obligarla a hacer un trato?

Era una situación imposible, pero también lo eran muchas otras cosas. Era imposible que un demonio tuviera alma. Era imposible que una bruja invocara a un demonio accidentalmente. Era imposible que un negociador de almas y una bruja se enamoraran.

Se levantó tambaleándose, decidido a encontrar una solución. Primer paso: encontrar a Mariel y convencerla de que no le había hecho daño al bosque.

Pero ¿quién lo había hecho?

TREINTA

Mariel no entendía por qué Oz no la había alcanzado en la puerta de casa. Respiraba de forma entrecortada y tenía los pulmones ardiendo de tanto correr. Calladia aún no había llegado, pero lo haría en cualquier momento, así que Mariel se apresuró a cruzar la casa y salir por detrás, en busca del consuelo de sus plantas. Estaba demasiado temblorosa y desconcertada para lanzar un hechizo de protección, pero Calladia podría echar a Oz fácilmente si llegaba primero.

Oz...

Mariel cayó de rodillas frente a su invernadero y empezó a llorar. La hierba moribunda se enroscó en sus dedos y el manzano bajó una rama desnuda para acariciarle el cabello. Las plantas se entregaban con libertad y de forma desinteresada, aunque la gente las pisoteara, las arrancara o las talara para construir edificios. Mariel también había querido entregarse con esa libertad. Entregarle su palpitante corazón a alguien y, por una vez, que lo cuidaran y protegieran. Se había desnudado ante Oz tanto en sentido literal como figurado. Había compartido con él su cuerpo, sus pensamientos, sus inseguridades, todo. Y había pensado que él había hecho lo mismo con ella.

Lástima que todo hubiera sido mentira.

—Mariel.

Sin duda, esa voz grave no era la de Calladia. Mariel se puso en pie y giró sobre sus talones. La figura de Oz se recortaba en la puerta de la cocina.

—Vete —dijo ella con voz temblorosa.

Parecía que él estaba agonizando.

—Por favor, escúchame. No le he hecho nada al bosque.

Ella se burló.

—Claro, debió de ser otro demonio atrapado en un pacto de almas con una mujer que adora el bosque.

—Parece ridículo, pero es la verdad. —Dio un paso adelante y se quedó inmóvil cuando un rosal le rodeó el cuello con un tallo espinoso, amenazándole con hacerle daño si continuaba—. ¿Estás obligando al rosal a hacer esto?

—Sí. —Mariel se cruzó de brazos—. Y no dudaré en arrancarte la garganta. —Esta última parte no era cierta, pero Mariel estaba devastada y no podía pensar con claridad—. Dijiste que tenías alma. Dijiste que eras el único demonio que sentía emociones tan intensas. Dijiste que me amabas. —La voz se le quebró en la última frase.

—Lo hago —aseguró—. Te amo, Mariel.

—Mentiroso. —La acusación fue tan despiadada como las que les había lanzado a sus padres—. Eso es lo que hace todo el mundo, ¿no? Me ven y piensan que podrán mentirme, hacerme daño y manipularme como quieran.

—Mariel...

—No he acabado.

Él cerró la boca.

—Dime la verdad —dijo Mariel—. Si te pidiera que acabaras con la plaga del bosque a cambio de mi alma, ¿lo harías?

La boca de Oz se abrió y se cerró. Finalmente, asintió.

Mariel rio amargamente.

—Contabas con que bajaría la guardia. Que estaría tan desesperada que te pediría que salvaras el bosque. Déjame adivinar: ¿aún me amarías sin mi magia?

Oz torció la boca.

—Sí, pero yo no he hecho esto. Lo juro.

—Entonces, ¿quién lo ha hecho?

Él empezó a encogerse de hombros, pero se detuvo cuando el rosal le rodeó el cuello con más fuerza y le clavó las espinas en la piel.

—Otro demonio. Tengo que investigar un poco, preguntar por ahí...

Ella se burló.

—¿Qué, no podías decir que era magia demoníaca desde el principio?

—No es tan simple. Sentimos la magia humana porque la atrapamos, pero no podemos sentir la de otro demonio.

—¡Qué casualidad! —exclamó Mariel—. Tienes respuesta para todo.

Se oyó algo en el callejón que había cerca del patio trasero, como si alguien le diera una patada a una lata de refresco. Mariel giró la cabeza, pero no vio a nadie. Al parecer, Calladia aún estaba de camino.

—No tengo todas las respuestas —dijo Oz, y Mariel volvió a mirarlo—. No sé quién está haciendo esto ni por qué. Pero sí sé una cosa. —Respiró hondo—. Eres la mejor persona de todos los mundos que he conocido y quiero estar contigo. Tan solo es... complicado. Necesito solucionar algunas cosas.

—¿Como qué? —preguntó ella de forma desagradable—. ¿A qué más vas a hacerle daño? ¿Es mi invernadero la próxima víctima?

—Eso no es lo que estoy haciendo. Pero algo malo está pasando en el plano demoníaco. —Se le formó un nudo en la garganta—. El plano se está muriendo. Necesitan más almas.

Mariel se burló. Si necesitaba más pruebas de que la estaba manipulando, ahí las tenía.

—¿Estás probando la táctica de la culpa? ¿Todos esos pobres demonios inocentes que morirán sin mi mísera alma?

—No es mísera —dijo Oz— y voy a encontrar la manera de ayudarlos. Pero quiero buscar una solución *contigo*. —Hizo un mohín—. No tengo ni idea de lo que está pasando en el bosque. No sé cómo solucionarlo. Pero necesito que me creas cuando te digo que te quiero y que yo no he estado maquinando robarte el alma. No después de los primeros días, al menos.

—¿Mariel? —La voz de Calladia llegó desde el interior de la casa—. ¿Dónde estás?

—¡En la parte trasera! —gritó—. Con el demonio.

—Hijo de puta. —Calladia salió furiosa y luego se colocó entre Oz y Mariel—. No sé lo que has hecho, pero tienes que irte ahora mismo.

—No he hecho nada. —Oz levantó las manos a la defensiva—. Ha sido un malentendido.

Calladia señaló la casa.

—Fuera.

—No puedo. —Miró a Mariel por encima del hombro de Calladia—. Por favor, Mariel. Dame una oportunidad. Podemos solucionarlo.

—No —dijo Mariel—. Jamás te entregaré mi alma. No me importa cuánto tiempo tenga que buscar a brujas de la naturaleza para acabar con la plaga, pero las encontraré. Aunque me lleve décadas, aunque la destrucción casi acabe con el bosque, encontraré la forma de salvarlo. —Se enderezó todo lo que pudo cuadrando los hombros—. No puedes hacerme daño, Ozroth el Despiadado.

Él se estremeció.

Un segundo después, un relámpago de color blanco apareció en el cielo. La tierra tembló y, tras un trueno ensordecedor, se oyó el ruido de unos cristales rompiéndose. Mariel se quedó ciega por un instante. Luego parpadeó para intentar recuperar la visión y vio un revelador destello de color naranja.

—No —dijo, con el horror golpeándola con la fuerza y rapidez de un rayo—. ¡No!

Su precioso invernadero estaba ardiendo. Las paredes de cristal estaban destrozadas; el armazón de metal, ennegrecido y doblado, y las plantas del interior daban alaridos mientras ardían y luego morían.

—¡Apágalo! —gritó, corriendo hacia las llamas—. ¡Apágalo! —La piel de los brazos le escocía y la sangre señalaba dónde le habían impactado las pequeñas esquirlas de cristal.

—¡Mariel, detente! —gritó Oz—. Te vas a quemar.

—Aléjate de ella, imbécil.

Calladia le dio un puñetazo a Oz, que retrocedió tambaleante y se llevó una mano al ojo. La bruja rubia empezó a anudar el hilo que tenía entre los dedos y una nube negra ocultó la luna. Empezó a llover torrencialmente, escociéndole la piel a Mariel. Esta lloraba y temblaba, abrazada a sí misma, mientras observaba cómo subía el humo en espiral donde la lluvia se encontraba con el fuego.

Pronto las llamas se extinguieron, aunque las cenizas siguieron humeando. Calladia avanzó hacia Oz, con el cabello revuelto por un viento artificial, mientras hacía nudos y pronunciaba un conjuro. Una mano invisible arrancó a Oz del suelo y lo lanzó lejos, con su grito desvaneciéndose en la nada.

—Pondré el círculo de protección —dijo Calladia.

Mariel asintió con la cabeza y luego tropezó con los restos de su invernadero. El cristal crujía bajo sus botas. Tocaba todas las plantas que encontraba a su paso, insuflándoles magia y tratando de encontrar un destello de vida oculto en su interior. Algunas respondían agitando sus frondas ennegrecidas. La mayoría no lo hacían.

En la parte trasera del invernadero, Mariel encontró su mesa expositora para el Campeonato Floral del Noroeste del Pacífico. Estaba agrietada por la mitad y en el suelo de cemento de alrededor había unas marcas negras en forma de espiral. Allí era donde había impactado el rayo, en lo que era su orgullo y su alegría.

No quedaban más que cenizas.

Mariel se desplomó, ignorando el dolor cuando una esquirla de cristal se le clavó en la rodilla. Ese dolor no se acercaba remotamente a lo que sentía por dentro. En el transcurso de treinta minutos había perdido su novio, sus ilusiones… y sus queridas plantas, que había cultivado durante tanto tiempo.

Las que habían sobrevivido estaban malheridas y Mariel percibió su dolor. Lo que había sido su refugio en el mundo ahora estaba en ruinas.

Como su corazón.

Detrás de ella se oyeron unos pasos sobre los cristales y la mano fría de Calladia se posó en su cabeza.

—Lo siento mucho —dijo—. Lo siento tanto…

—Él las ha matado. —Mariel tenía la garganta tan seca que le costaba articular las palabras.

—¡Maldito bastardo! Espero que se caiga sobre algo en punta. —Calladia se agachó al lado de Mariel—. Vamos a limpiarte. ¿Necesitas hacer algo más por aquí?

Mariel se secó los ojos, aunque no le sirvió para detener las lágrimas.

—Algunas siguen vivas. Pero están heridas.

La boca de Calladia era una sombría línea recta.

—Haz lo que puedas. Traeré el botiquín y luego prepararé unas bebidas bien fuertes.

El silencio que se produjo tras la marcha de Calladia le pareció espeluznante tras una noche de gritos. Lo único que Mariel oía era el silencioso goteo del agua.

—Lo siento mucho —susurró—. No debería haber confiado en él. —Pero lo había hecho y ahora sus plantas habían pagado el precio. Le ardían las rodillas y tenía un nudo en las entrañas, pero se obligó a levantarse y empezar a cuidar de las plantas heridas. Vertió su magia y su amor en ellas, deseando que los tallos ennegrecidos y las hojas carbonizadas recuperaran su color verde. Tardarían en sanar y volver a estar como antes, pero Mariel se comprometió a hacer todo lo posible por salvarlas.

Ozroth el Despiadado la había atacado donde más le dolía, pero Mariel no le daría la satisfacción de rogarle que salvara lo que había destruido. Reconstruiría todo, empezando por los muros que rodeaban su corazón.

✦ ✦ ✦

Cuando Mariel se despertó se encontró a Calladia durmiendo a su lado. Era de madrugada; Calladia debía de haber gastado mucha energía invocando la tormenta y «lanzando al demonio al condado vecino», como ella había dicho.

El *whisky* también podía tener algo de culpa. A Mariel le dolía la cabeza, pero no sabía si era por la resaca o por las secuelas de una noche de llanto interminable. Calladia había preparado dos Old Fashioned mientras Mariel se desahogaba y, cuando se fueron a dormir, pasada la medianoche, Mariel ya veía doble.

Se incorporó poco a poco. Le dolía todo el cuerpo. Las piernas y el culo de correr, y la rodilla y los brazos de los fragmentos de cristal. Calladia la había vendado, pero los cortes aún le escocían.

Calladia abrió los ojos.

—¿Qué hora es? —preguntó somnolienta.

—Las once.

Calladia gimió.

—Maldito seas, *whisky*.

Mariel se levantó y se acercó a la ventana. Unas cuantas familias estaban dando su paseo diario y Mariel casi esbozó una sonrisa cuando una niña disfrazada de princesa pasó agitando su varita de plástico.

Entonces lo recordó.

—Hoy es Halloween.

Calladia se fue incorporando en la cama.

—Themmie nos invitó a una especie de rave de duendes que hay esta noche. —Hizo un mohín—. Aunque en vez de eso podríamos tomar una copa en Le Chapeau Magique para aliviar la resaca.

—Tu madre dijo que las obras de construcción se reanudarían en Halloween.

Calladia abrió los ojos como platos.

—Tienes razón.

Mariel se mordió el labio inferior. Si hubiera sido un Halloween normal ya estaría en la explanada de césped, montando su arreglo floral para el Campeonato Floral del Noroeste del Pacífico. Se le partía el corazón al recordar sus plantas chamuscadas. Necesitaba barrer los cristales y empezar a montar un nuevo invernadero, pero no creía que pudiera enfrentarse aún a aquel desastre. La ira no tardó en aparecer. Oz le había quitado demasiado; se negaba a que la codicia de Cynthia le quitara todavía más.

—Me voy a la obra.

La cara de Calladia se tensó por la preocupación.

—No creo que lo de mi madre fuera un farol. No dejarán que continúen las protestas.

—¿Qué van a hacer, tirarme encima una excavadora?

—A ver, no sería raro, estamos hablando de mi madre.

—Tienes razón. Aun así, es probable que me arresten.

Ahora mismo a Mariel le importaba un bledo esa posibilidad. Ya había perdido muchas cosas; ¿por qué no debería seguir adelante?

Calladia suspiró.

—¿Cómo hemos acabado con dos madres codiciosas que no ven más allá de sus cuentas bancarias y sus trofeos?

—Más bien, ¿cómo acabaron ellas con nosotras?

—¿Por rebelión adolescente? —sugirió Calladia—. Solo intentamos ser buenas personas.

Mariel se rodeó la cintura con los brazos y se apoyó en la pared.

—Ser bueno apesta.

Calladia asintió.

—No tienes ni idea de cuántas veces he pensado en lanzar esas excavadoras montaña abajo, pero no sería justo para los trabajadores de las obras.

Mariel resopló.

—No, no sería justo. De hecho, sería asesinato.

A diferencia de Oz, esos trabajadores eran mortales. La magia de Calladia podía magullar al demonio (Mariel no esperaba haberse librado de él para siempre), pero los seres humanos acabarían planos como una tortita.

Las palabras de Calladia llevaron un pensamiento a la cabeza de Mariel, que de repente supo lo que haría hoy. Se apartó de la pared.

—Estoy cansada de ser buena. Voy a hacer lo correcto.

Calladia la miró con recelo.

—Reconozco esa mirada. Estás tramando algo.

El corazón de Mariel empezó a latir con determinación. Se negaba a ceder ante otra forma de maldad.

—Voy a detener las obras de construcción.

—Genial —dijo Calladia—. Pero… ¿cómo?

—Todavía estoy dándole vueltas. —Mariel empezó a recoger ropa de la cómoda—. ¿Quieres venir?

—Me encantaría, pero he quedado con mi brujita para comer. ¿Puedo ir después?

Calladia era mentora de Grandes Hechiceros, Grandes Brujas, una organización que emparejaba a jóvenes brujos con otros más veteranos, que les orientaban y aconsejaban. Era una obligación que se tomaba muy en serio.

—Sí, pásate después —dijo Mariel—. Necesito conocer el terreno de todos modos.

Calladia se estiró.

—Entendido. Pero no hagas nada imprudente hasta que yo llegue, ¿de acuerdo?

—Claro —dijo Mariel, sin creérselo para nada. Todo le importaba un bledo y el plano demoníaco no contaba con la furia de una bruja despechada.

◆　◆　◆

Mariel espiaba las obras de construcción entre los árboles.

Rani y unos cuantos manifestantes obstaculizaban, inquietos, el camino de la maquinaria. Los agentes de la policía montada rodeaban el claro y sus pegasos pisoteaban el suelo furiosamente.

—Esta reunión es ilegal —dijo un policía con la voz amplificada por la magia—. Quien se quede estará invadiendo una propiedad privada y será detenido.

Los brujos se dispersaron ante la amenaza. Tan solo se quedaron Rani y el centauro de la asamblea.

—No vamos a rendirnos sin antes luchar —dijo Rani. Llevaba rodilleras, una mochila de La Sirenita y un casco de ciclista, en apariencia su equipo antidisturbios.

El centauro dio un pisotón en el suelo.

—Estas obras son ilegales. La corrupta de nuestra alcaldesa decidió hacerlas por capricho y…

—Es mi última advertencia —dijo el oficial.

—Muérdeme —se burló Rani.

El policía sonrió y le mostró sus colmillos.

—Será un placer. —Hizo una señal y el resto de los policías entraron en el claro, con las porras y esposas preparadas.

Mariel se arrodilló e introdujo las manos en la tierra en busca de su magia.

—*Gabbisinez en machina*. —Había buscado varios conjuros en su *smartphone* mientras espiaba y este era el que más le había gustado—. *Gabbisinez en machina*.

Las plantas que rodeaban el claro se agitaron. Las zarzas se arrastraron por la hierba y extendieron sus espinosas ramas hacia la maquinaria de construcción. Las raíces se ondularon en el suelo y lanzaron zarcillos hacia la superficie. Un pegaso de la policía se encabritó cuando una liana trepadora se interpuso en su camino.

—¿Quién está haciendo esto? —preguntó el policía cuando las lianas serpentearon sobre la cuchara de la excavadora.

Rani miró a su alrededor. Cuando vio a Mariel entre los arbustos, sonrió.

—Corre —vocalizó Mariel en silencio.

Rani le dio un golpecito al centauro en un costado y se puso de puntillas para decirle algo. Él miró el arbusto en el que estaba Mariel y luego asintió.

—Móntate —dijo, flexionando las patas delanteras para acercar la espalda al suelo.

Rani se subió al lomo del centauro y se alejaron al galope. La policía intentó perseguirlos, pero la maleza crecía con rapidez y las raíces y lianas les impedían avanzar.

La excavadora estaba ahora casi cubierta por un enrejado verde.

—*Gabbisinez en machina* —volvió a decir Mariel, insuflando más energía en el suelo. Se estaba mareando, pero se negaba a rendirse. Este bosque era *suyo*.

El bosque respondió a su llamada con entusiasmo. Las plantas también estaban furiosas por la intromisión en el paisaje. Su intensa rabia reverberó en el pecho de Mariel y se mezcló con la suya hasta que no sintió más que una furia ardiente.

—¡Que te jodan, Cynthia Cunnington! —dijo, clavando las uñas en la tierra—. ¡Que te jodan a ti también, mamá! Y, sobre todo, un gran y sincero «¡que te jodan!» a Ozroth el Despiadado.

El recuerdo de sus flores ardiendo acabó de inclinar la balanza. Mariel gritó y un dique se rompió en su pecho. Todo el dolor que había experimentado a lo largo de su vida regresó y el torrente de emociones propulsó una oleada de magia tan fuerte que los árboles se tambalearon con la onda expansiva. Las zarzas se entrelazaron, atrapando ruedas y palas, y los obreros huyeron mientras el bosque se apoderaba de la obra.

Mariel se puso en pie, con el cabello revuelto por un viento mágico. Se adentró en el claro y se rio cuando el policía más cercano alejó su montura de ella.

—No perteneces a este lugar —dijo. Su voz sonaba diferente, con ecos de rocas que caían y ramas que crujían bajo sus palabras, y cada aliento que soltaba sabía a hoja perenne.

El bosque vibraba en sus venas y su magia se mezcló con la propia hasta que se sintió como una extensión de las raíces.

—Basta ya —dijo el policía, apuntándola con una pistola eléctrica.

Mariel echó la cabeza hacia atrás y se rio. Nunca había sentido un poder semejante. Cuanto más le daba al bosque, más le devolvía este, en un bucle infinito de magia furiosa.

Resultaba embriagador.

Una liana le arrancó al policía la pistola eléctrica de la mano. Este desmontó y fue hacia ella, enseñando los colmillos y levantando la porra.

—Te voy a meter en la cárcel.

Mariel ya no se achantaba por nadie. Se plantó firmemente en el suelo y extendió los brazos.

—Me gustaría ver cómo lo intentas.

TREINTA Y UNO

Ozroth llegó tambaleándose a Glimmer Falls alrededor del mediodía de Halloween. Estaba magullado y dolorido tras haber sido lanzado a lo que él calculaba que eran treinta millas de distancia. Por suerte, había aterrizado en un lago y no en una roca, pero aun así le había escocido. A pesar de sus esfuerzos, no había podido regresar al pueblo haciendo autostop (un demonio grande y con la ropa empapada no debió de gustar a los automovilistas), así que aquí estaba, arrastrándose frente a una heladería de camino a casa de Mariel con los pies hinchados y doloridos.

A ella le horrorizaría volver a verle, pero el tirón que sentía en el pecho lo atraía hacia ella. Era insoportable estar tan lejos del pueblo; el dolor solo disminuía con cada milla que avanzaba.

También sentía la culpa como un dolor lacerante en el pecho. No había provocado el rayo de forma voluntaria (ni siquiera había sentido el hormigueo que solía alertarle de un inminente estallido mágico), pero había destrozado igualmente el invernadero de Mariel. Nunca olvidaría el grito que ella había dado.

¿Cómo pudo hacer algo así? Desde luego no había sido intencionado; era lo último que querría hacer. Sin embargo, había visto con sus propios ojos el relámpago blanco y cómo un rayo caía sobre el invernadero. Dominado por una oleada de odio hacia sí mismo, se detuvo para clavar los cuernos en la fachada de ladrillo de la heladería.

—¡Ey! —dijo una voz femenina—. ¿Qué coño te pasa?

Se dio la vuelta y se encontró a Themmie con una tarrina de helado de fresa en la mano. Cuando lo vio, abrió los ojos como platos.

—¡Mierda! ¿Qué te ha pasado?

Él se miró e hizo un mohín. Aunque se le había secado la ropa, estaba arrugada y polvorienta, y estaba bastante seguro de que tenía un ojo morado. Le dolía todo el cuerpo de agotamiento.

—Me equivoqué de bruja.

—¿Qué hiciste? —preguntó Themmie—. ¿Y dónde está tu sombrero?

Él se frotó cohibido el cuerno derecho.

—El sombrero también se equivocó de bruja.

Al otro lado de la calle, una pareja los miraba sin disimulo con la boca abierta. Un padre que se iba acercando por la acera les echó un vistazo, agarró a su hijo y se dio la vuelta.

—No vemos a mucha gente con cuernos por aquí —explicó Themmie—. Y, cuando lo hacemos, suelen dar problemas.

Ozroth lanzó una carcajada carente de humor.

—Puedes añadirme a esa lista.

Para su sorpresa, Themmie le agarró por el codo y tiró de él hasta la mesa de una cafetería.

—Siéntate y cuéntame qué ha pasado.

Diez minutos más tarde, cuando Ozroth hubo acabado su historia, Themmie estaba con la boca abierta. Se le había derretido el helado, pero parecía ignorarlo.

—¿Dices que hay otro demonio en el pueblo?

Ozroth hizo un mohín.

—Eso parece.

—No te ofendas —dijo, reclinándose en su silla—, pero no culpo a Calladia por lanzarte por los aires. Tienes que admitir que pareces culpable.

—Lo sé. —Se llevó las manos a la cabeza—. Y no ayuda que volara el invernadero de Mariel sin querer.

Ella silbó.

—Eso es un problemón. ¿Y dijiste que no lo viste venir?

Él sacudió la cabeza.

—No tuve ningún aviso. Salió de la nada. —Se le nubló la vista por algo más que el cansancio y se apretó los ojos con los nudillos—. Haría cualquier cosa por volver atrás. Cualquier cosa.

—Para empezar, es muy extraño que ocurriera algo así —dijo Themmie—. Mariel hace explotar cosas todo el tiempo, pero solo cuando está probando nuevos hechizos. Tú le lanzaste un rayo a Cynthia durante la asamblea, pero porque estabas enfadado con ella, no con Mariel.

—Claro que no. Jamás le haría daño.

—Mira, estoy tentada de soltarte unas cuantas gilipolleces y darte una patada en las pelotas —dijo Themmie—, pero no controlo mis impulsos tan bien como Calladia. —Metió la mano en el bolso—. Además, tengo deberes de Etnografía, así que tomémonos esto como una entrevista para la asignatura.

Él se quejó.

—No estoy de broma, Themmie. Le hice daño a Mariel sin querer y jamás creerá que yo no estoy envenenando el bosque.

—No tiene buena pinta —dijo, sacando un cuaderno verde fluorescente y un bolígrafo. Garabateó «Entrevista: Oz, el demonio enamorado (¿o mentiroso?)»—. Repítemelo: ¿qué sientes cuando vas a tener un arrebato de magia?

No estaba seguro de por qué Themmie querría esta información, pero ella era su único vínculo con Mariel y necesitaba ayuda.

—Hormigueo por toda la piel. Las luces parpadean y el aire se vuelve, no sé, diferente.

—¿Tienes un sinónimo para «diferente»?

—¿Pesado? O como si estuviera esperando algo. —Sacudió la cabeza—. Eso no tiene sentido.

Ella agitó el bolígrafo.

—La magia no tiene sentido por sí sola. Parece que puedes sentir la electricidad antes de invocarla. Pero entonces, ¿por qué no la sentiste antes de que cayera el rayo? Dijiste que casi freír a Cynthia había sido lo más importante que has hecho con la magia, pero lo del rayo lo ha superado.

Ozroth frunció el ceño tratando de recordarlo todo. Había estado parado frente a Calladia, un rosal había estado a punto de asfixiarlo y Mariel acababa de llamarlo «Ozroth el Despiadado». Aquello le había hecho más daño de lo que hubiera imaginado. ¿Le había parecido que el aire era más pesado? ¿Se le había puesto la piel de gallina?

—No hubo nada —dijo—. Ninguna señal. Ni siquiera estaba pensando en la magia. Y entonces apareció ese destello blanco…

—Espera. —Themmie levantó la cabeza de su cuaderno—. ¿Un destello blanco?

—Sí. El rayo.

Themmie dio un golpe en la mesa con el bolígrafo.

—Oz… ¿Tu rayo no es de color azul?

Esa pregunta detuvo en seco todos sus pensamientos. Se miró las manos e intentó recordar todo lo que sabía sobre su magia. Cada descarga había sido de un azul eléctrico.

—¡Por Lucifer! —jadeó—. Así es.

Themmie cerró el cuaderno y se acomodó en su silla. —Creo que sé lo que está pasando.

—¿En serio? —Esperaba que alguien lo hiciera.

—Hay otro demonio que tiene como objetivo a Mariel e intenta echarte la culpa.

Ozroth frunció el ceño.

—¿Por qué? Un demonio nunca interfiere en las negociaciones de otro. Es una cuestión de honor.

A menos que un demonio tuviera algo importante que perder…

Jadeó cuando la respuesta irrumpió en su agotada mente.

—Es Astaroth. Está intentando presionar a Mariel para que acepte un trato.

¿Cómo no se había dado cuenta antes? Ozroth le había contado a su mentor lo mucho que Mariel amaba el bosque y sus plantas. Y aunque el demonio lo había tildado de aburrido, ¿y si había decidido centrar ahí sus esfuerzos mientras Ozroth lo hacía en la inseguridad y necesidad de afecto de Mariel? El demonio había estado jugando con ambos: amenazando y obligando a Ozroth a ofrecerle un trato mientras atormentaba a Mariel para que lo aceptara.

—Genial. —Themmie recogió con la cuchara un poco de helado derretido—. ¿Quién es Astaroth?

Ozroth se levantó tan rápidamente que casi tiró la mesa.

—Tenemos que encontrarla antes de que Astaroth haga algo aún peor. —¿Estaba el plano demoníaco siquiera en peligro o se trataba de la apuesta que Astaroth había hecho con el alto consejo?

—Puede que esté en la protesta. —Themmie comprobó su teléfono—. ¡Maldición! Se suponía que me reuniría con ellos al mediodía.

—¿En las obras?

Themmie asintió.

—Hoy es el día en que Cynthia Cunnington cumple su amenaza. O nos arrolla con la maquinaria o ganamos.

La idea de que Mariel se enfrentara a una excavadora le resultaba casi tan aterradora como que se enfrentara a Astaroth.

—¿Puedes llevarme volando? —preguntó. Los *pixies* eran más fuertes de lo que la mayoría de la gente pensaba.

Themmie hizo un mohín.

—¿Cómo? ¿Echándote al hombro? Eres demasiado grande; no podría ver por dónde voy. —Lo miró de arriba abajo—. Pero si pudiéramos meterte en una bolsa o algo…

Y así fue como Ozroth se encontró metido en una bandolera hecha con sacos de patatas robados y colgado de una *pixie* vestida de colorines, para volar hacia el bosque y la mujer que amaba más que a nada en el mundo.

TREINTA Y DOS

Mariel apenas podía ver entre la bruma que había provocado la magia. Aunque su poder había aumentado, su magia estaba atrapada en un bucle de retroalimentación con el bosque, y se amplificaba a cada segundo que pasaba.

Estaba rodeada por un muro de zarzas. El policía le propinaba golpes con la porra, pero los arbustos se hacían más tupidos. La maquinaria de construcción estaba totalmente enterrada y una alfombra de flores de vivos colores se extendía en todas direcciones.

Con la ayuda de Mariel, el bosque estaba recuperando la tierra que le habían robado.

Su magia alcanzó zonas afectadas que había a lo lejos. Estas se derritieron lentamente y los nuevos brotes echaron atrás la podredumbre. Pero, cuanto más se extendía su magia, más zonas de oscuridad encontraba ella, por lo que quizá este aluvión de poder no fuera suficiente.

El policía gritaba.

—¡Allanamiento, vandalismo, agresión a un agente de policía! ¡Y eso es solo el principio!

—Interesante —dijo una voz con acento británico.

Mariel pegó un brinco y estuvo a punto de caerse, pero las zarzas la enderezaron con delicadeza. Cuando perdió la concentración, el flujo de magia disminuyó y la niebla desapareció de su vista.

Un hombre rubio que le resultaba vagamente familiar y que llevaba un sombrero fedora negro estaba dentro de la fortaleza de zarzas, examinando el entramado de vegetación.

—¿Quién eres? —preguntó Mariel.

Entonces recordó que lo había conocido en la biblioteca. James Higgins, el periodista. Llevaba el mismo sombrero, aunque ya no llevaba gafas, y se había cambiado el traje de *tweed* por un impecable traje blanco. Si antes le había parecido un profesor distraído, ahora su sonrisa le recordaba a un tiburón.

Se quitó el sombrero y aparecieron unos cuernos negros.

—Astaroth de los Nueve —dijo mientras le hacía una reverencia—. Encantado de conocerte oficialmente.

Se quedó boquiabierta. ¿Este era el malvado mentor de Oz? Esperaba a alguien más grande, no a un dandi británico con un gusto discutible para los sombreros.

—Vete a la mierda —soltó.

Él se enderezó imperturbable. Vio que llevaba un bastón con una calavera de cristal en la empuñadura y que daba golpecitos rítmicos con él en su reluciente zapato blanco.

—¿Qué he hecho yo para que me desprecies tanto?

—Lavaste el cerebro y atormentaste a un niño indefenso, por ejemplo.

Recordó demasiado tarde que esa historia sobre el pasado de Oz también podría ser mentira, pero fuera lo que fuese lo que había sucedido, este monstruo había convertido a Oz en lo que ahora era.

Astaroth se rio entre dientes.

—Supongo que te refieres a Ozroth. No sé qué te habrá contado, pero te aseguro que le he dado lo mejor. La mejor educación, el mejor alojamiento, la mejor posición que pudiera soñar en la sociedad demoníaca.

Esas palabras le recordaron a sus padres. Lo mejor de todo, pero nada de lo que un niño realmente necesita.

—¿Por qué estás aquí? —preguntó—. ¿Y por qué estabas en la biblioteca? —El policía seguía gritando al otro lado de las zarzas, pero ella estaba mucho más preocupada por la amenaza que tenía delante.

Él seguía dándose golpecitos con el bastón. La calavera de cristal era demasiado y su alfiler de corbata era una cruz al revés; si al principio había pensado que Oz era un cliché, esto era otro nivel.

—Me he enterado de que Ozroth no ha estado a la altura —dijo Astaroth—. Y yo conozco una forma de librarse de un trato con el demonio.

Mariel soltó un suspiro de sorpresa.

—¿En serio?

Él lanzó una sonrisa mordaz.

—Haciendo un trato con otro demonio.

La chispa de esperanza se desvaneció. La idea de hacer un trato con Astaroth le parecía aborrecible.

—No, gracias. Con uno es suficiente.

—¿Estás segura? Te has metido en un buen lío. Puedo hacer que la policía se olvide de todo lo que ha pasado.

—¿Y apoderarte de mi magia a cambio? —Ella negó con la cabeza—. No, gracias.

El demonio frunció el ceño.

—¿Ozroth te dijo eso?

—Sí, y ya intentó intimidarme para llegar a un acuerdo. —Se llevó las manos a las caderas—. Si él no lo consiguió, tú tampoco.

Astaroth la observaba con sus escalofriantes ojos azules. El sombrero fedora y el bastón con la calavera habrían hecho reír si los hubiera llevado cualquier otra persona, pero había algo inquietante en la forma en que el demonio se comportaba. Estaba muy quieto, excepto por el implacable golpeteo de su bastón, y había algo en sus ojos que incomodaba a Mariel, que percibió que se trataba de un ser antiguo en un cuerpo joven.

—Ozroth no ha sido claro con este tema —dijo Astaroth—. No te ha ofrecido nada que realmente necesites.

Ella frunció el ceño.

—Voló en pedazos mi invernadero.

Astaroth parpadeó.

—Puedo arreglarlo, ¿sabes? Puedo arreglar muchas cosas.

El malestar iba creciendo en las entrañas de Mariel. El policía gritaba obscenidades, pero ella no se atrevía a apartar la vista del demonio. Le había ofrecido enseguida una solución para su invernadero.

¿Se había ofrecido Oz a arreglarlo? Intentó recordar si había dicho algo después de que cayera el rayo. Le había gritado que se detuviera y que se quemaría.

Se le encogió el estómago. Magia demoníaca en el bosque, rayos demoníacos en su patio trasero... Todo le pareció tan evidente cuando solo había un demonio en Glimmer Falls... Ahora se enfrentaba a un segundo demonio. Uno que no había dudado en ofrecerle lo que quisiera. Uno que había intuido por qué querría intercambiar su alma durante su conversación en la biblioteca.

—No —dijo Mariel, intentando que no le temblara la voz—. No quiero tu ayuda.

—Creo que subestimas lo que podrías sacarle a un trato. —Astaroth se acercó y Mariel se preparó, evitando retroceder hasta las zarzas—. No tienes que intercambiar tu alma por una sola cosa. Podría librarte de la cárcel, arreglar tu invernadero y resucitar tus plantas; también detener las obras de construcción para siempre y retirar la plaga que azota el bosque. Todo eso y más. —Señaló a su alrededor—. ¿Acaso no vale la pena sacrificar tu magia para salvar todo esto?

Astaroth le estaba prometiendo todo lo que ella quería, pero Mariel sintió que un escalofrío le recorría el cuerpo.

—No te he hablado de la plaga —dijo con los labios entumecidos.

Astaroth se encogió de hombros.

—Me he puesto al día con Ozroth. Es un hongo asqueroso, ¿verdad? Pero es fácil librarse de él.

Eso era todo lo que Mariel necesitaba oír para comprender que tanto ella como Oz habían sido manipulados. No era un hongo; ella creía a Alzapraz. Se trataba de magia demoníaca.

Así que este era el rostro de un mentiroso: tranquilo y sonriente, prometiendo cosas maravillosas e imposibles. Sin ceño fruncido, ni respuestas hoscas, ni rudo encanto. Tan solo un trato demasiado bueno para ser verdad.

—¿Sabes? —dijo Mariel mientras la ira le formaba un nudo en el estómago—. Algunos vendedores de coches usados me han soltado rollos mejores. —Él no dejó de sonreír, pero parpadeó rápidamente.

—¿Qué?

—Lo que acabas de soltarme. El mejor negocio de mi vida, bla, bla, bla.

—No es ningún rollo. —Un músculo debajo de su ojo tembló—. Es una oferta para solucionar todos tus problemas.

—Quiero que se solucionen todos mis problemas —dijo Mariel—, pero no gracias a ti.

Astaroth sujetó la empuñadura del bastón con los dedos. A Mariel se le puso la piel de gallina.

—¡Qué egoísta! —dijo con una delicadeza que la hizo estremecer—. Todo lo que amas podría morir y no te importa. Solo quieres conservar tu magia.

La culpa se enroscó en el corazón de Mariel. El demonio era un experto manipulador, ella lo sabía. Y por su culpa se estaban muriendo las cosas que amaba. Pero si Mariel podía salvar Glimmer Falls y las tierras que lo rodeaban, aunque eso significara perder algo que también amaba… ¿No haría ese sacrificio una persona que fuera realmente buena?

—¡Mariel! —El grito llegó desde arriba y la sacó de su ensimismamiento. Un instante después, un gran saco de tela cayó al suelo con un golpe seco—. ¡Ay!

El saco se sacudió y Oz salió magullado de él.

—Podrías haber volado más bajo —le dijo a alguien por encima de su cabeza.

Mariel nunca se había alegrado tanto de ver a alguien. Se arrodilló junto a él y le ayudó a quitarse la tela de encima. Sus ropas estaban arrugadas y sus cuernos polvorientos, pero contemplar su familiar cara (incluso con un ojo morado) bastó para que el corazón le diera un vuelco.

—No le hiciste daño al bosque, ¿verdad? —le dijo—. Ni volaste el invernadero.

Él sacudió la cabeza y la miró con ojos llenos de pasión.

—Jamás haría daño a aquello que amas.

Mariel solo quería llorar.

—Siento haberte culpado. Astaroth ha estado detrás de esto.

—No tienes que disculparte. —Oz miró al otro demonio mientras trataba de levantarse.

—Pero este desgraciado...

—Así que mi testarudo aprendiz por fin aparece —dijo Astaroth—. ¿Vienes a hacer un trato que esté a tu altura?

Oz apretó los puños.

—¿El plano demoníaco se está muriendo de verdad? ¿O era otra mentira para obligarme a hacer un trato?

—Sí, se está muriendo —dijo Astaroth. Pero Mariel miraba al mentiroso atentamente y observó un ligero parpadeo en su párpado.

—Está mintiendo —dijo Mariel—. Le ha temblado el ojo.

—¡Oh, por favor! —dijo Astaroth con esa altivez que los británicos dominan tan bien. Y, espera, ¿por qué era británico el demonio?—. Has visto demasiadas películas policíacas.

—Tuviste el mismo tic cuando mencioné que Oz había destruido mi invernadero. En el póquer, a eso se lo llama «delatarse». —Y que era lo único que Mariel sabía sobre póquer.

—Sabes mucho para ser una insignificante mortal.

—Si solo soy una insignificante mortal, ¿por qué estás tan desesperado por cerrar un trato? —preguntó Mariel—. ¿Por qué has infectado el bosque? ¿Por qué has volado mi invernadero? ¿Por qué has venido hasta aquí para negociar?

Oz giró la cabeza para mirarla.

—¿Te ha ofrecido un trato?

—Por lo que parece, es la única forma de romper un trato existente, aunque no creería ni una palabra que saliera de la boca de este imbécil.

A Astaroth le rechinaban los dientes.

—¿Han olvidado los mortales lo que es el respeto?

—Sí —respondió Oz—. Y, ¿sabes qué?, bien por ellos.

—No has negado ninguna de mis acusaciones —le dijo Mariel a Astaroth—. Has intentado forzar mi voluntad incriminando a Oz para conseguirlo—. Las espinas de zarza se alzaron con su indignación y un zarcillo alcanzó el zapato de Astaroth.

—Si Ozroth tuviera sentido común —dijo Astaroth, esquivando la enredadera—, habría hecho lo mismo. —Su bastón repiqueteaba ahora más rápido—. Eres una tonta por invocar a un demonio y negarte a tratar con él. ¿Qué esperabas? ¿Que fuera tu perrito faldero para siempre?

—No —dijo Mariel al mismo tiempo que Oz—, yo lo sería. —Le dirigió una mirada cariñosa y luego le agarró la mano—. Pero no un perrito faldero —le dijo—, sino una compañera.

—¡Vaya! —dijo Astaroth.

Oz miró a Mariel con los ojos entrecerrados.

—¿Entonces volvemos al plan A? Si el plano demoníaco no se está muriendo, no hay ninguna prisa por cerrar el trato. —Oz dirigió una mirada fulminante a Astaroth—. La apuesta que haya hecho con el alto consejo no es mi responsabilidad.

—Plan A —aceptó ella. Sería duro, pero no iba a renunciar a tener un futuro con Oz.

Cuando miró a Astaroth, se alarmó al ver que sus ojos se habían vuelto negros. Al instante siguiente, Oz se precipitó hacia delante y cayó de rodillas frente a Astaroth. Aunque sus músculos se tensaron, no podía moverse.

—¡Suéltalo! —Mariel intentó moverse, pero la magia demoníaca la retenía como si fuera un escudo magnético.

Astaroth agarró la parte superior de su bastón y sacó una espada. Debajo de la calavera, la empuñadura era negra como la brea, y unas vetas iridiscentes recorrían la hoja plateada. Mariel gritó cuando Astaroth puso la espada en el cuello de Oz.

—Aquí tienes una prueba —dijo Astaroth, clavando sus ojos ahora negros en Mariel—. Eres tan egoísta que dejarías morir el bosque para conservar tu magia. ¿Lo dejarías morir a él también?

—No lo hagas —dijo Oz apretando los dientes—. No es solo tu magia, Mariel. Son tus emociones.

Ella jadeó.

—¿Qué?

Astaroth le dio un revés a Oz.

—¿Quieres callarte?

—El alma —dijo Oz, escupiendo sangre—. Mira lo que me pasó a mí.

El alma del hechicero había entrado en el cuerpo de Oz y le había proporcionado magia… y emociones. ¿Cómo era posible que Mariel nunca hubiera advertido esa conexión? Había estado justo delante de ella.

—¿Qué ocurre? —preguntó.

—Te volverás fría y racional. —Astaroth lo dijo como si eso fuera algo bueno—. Sin la carga de las debilidades humanas, tu juicio estará libre de emociones. Algunas de las figuras más influyentes de la historia intercambiaron sus almas y tuvieron una vida plena.

Pero no sería una vida plena si no hubiera risas ni lágrimas. El ser humano era complicado, pero Mariel no podía imaginar nada peor que perder esa esencia emocional.

—No puedes matar a Oz —dijo—. Es tu mejor negociador.

Astaroth se burló.

—Ya no. —Clavó la hoja y la sangre corrió por su cuello.

—Detente —dijo Mariel, con el pánico atascado en la garganta. No podía perder a Oz. Él poseía su corazón, sus esperanzas, su futuro.

—Ya sabes cómo puedes detener esto —dijo Astaroth con calma—. Haz un trato.

Mariel se quedó paralizada, incapaz de pensar con claridad. Tenía que haber una salida; solo necesitaba un poco más de tiempo…

Astaroth suspiró.

—Muy bien. —Retiró la espada—. Cortémosle la cabeza.

—¡Espera! —gritó Mariel mientras la hoja plateada cortaba el aire.

Esta se detuvo a una pulgada del cuello de Oz.

—Haré un trato.

—¡Mariel, no! —Oz luchaba contra la magia que lo mantenía inmovilizado, con los músculos tensos mientras todo su cuerpo temblaba.

—Por fin. —Astaroth arqueó una ceja mientras miraba a Oz—. Parece que sí quiere algo lo suficiente para hacer un trato.

Oz miró a Mariel con ojos desesperados.

—Por favor, *velina*, no lo hagas. Lo perderás todo.

Mariel tragó saliva.

—Lo sé.

Su magia, sus emociones... Sin su alma, Mariel sería una cáscara vacía. Pero si Oz moría, no podría volver a vivir consigo misma. Si llegaba a un acuerdo, salvaría a Oz, pero también podría salvar el bosque y las criaturas vivas que lo habitaban.

Una idea hizo su aparición entre la bruma de miedo. No quería darle nada a Astaroth. Y, si conseguía expresarlo correctamente, Oz siempre tendría algo de ella.

—No tengo todo el día. —Astaroth consultó su reloj de bolsillo—. El alto consejo se reúne en una hora para tratar la apuesta.

Mariel le fulminó con la mirada.

—Discúlpame por tomarme unos segundos para contemplar el fin de mi vida tal como la conozco.

—Déjame morir —suplicó Oz—. Por favor, Mariel. Ya he vivido suficiente.

Los ojos de Mariel se llenaron de lágrimas.

—No —dijo ella—. Solo estabas existiendo. Acabas de empezar a vivir.

Él también lloraba. Después de toda una vida entumecido, tenía poca práctica con el dolor, pero sabía que lloraría la pérdida de quien ella había sido. Mariel no quería provocarle ese dolor, pero no había otra opción.

—Intercambiaré mi alma —dijo Mariel—, pero tengo condiciones.

Astaroth hizo un ademán con la mano.

—Adelante.

—Me liberarás del trato con Oz. También detendrás la construcción del resort y el *spa*, y no volverán a tocar los terrenos de alrededor de Glimmer Falls para ningún otro proyecto urbanístico.

—Eso es fácil. —Cerró los ojos—. Mmm... —dijo, con una mueca en los labios—. Parece que por fin se ha descubierto la identidad de la propietaria del terreno, que ha dejado un testamento en el que estipula que este seguirá siendo una reserva natural a perpetuidad. En la alcaldía están alborotados y a punto de llamar al capataz para que detenga las excavaciones. —Se rio entre dientes—. Aunque casi lo lograste tú misma. También limpiaré la escena y haré que la policía se olvide de todo, solo por ti. —Abrió los ojos y clavó en Mariel esa inquietante mirada—. Ahora para el intercambio…

—He dicho «condiciones», en plural —le espetó Mariel—. Deberías poner más atención.

—Descarada. —Astaroth blandió la espada—. Tienes suerte de que esté de buen humor.

Mariel lo ignoró y miró a Oz, deseando que viera en sus ojos todo lo que sentía por él. Él le había dado coraje y le había enseñado a quererse por quien era, en vez de por los estándares que le imponían los demás. La había hecho sentirse fuerte y hermosa.

Ella sería lo bastante fuerte para continuar.

—Limpiarás la podredumbre mágica y no volverás a hacer nada parecido. Además, repararás mi invernadero y devolverás la vida a todas las plantas. Y arreglarás mi exhibición del Festival de Otoño. Y liberarás a Oz ahora mismo.

Astaroth refunfuñó.

—Es aburrido, pero de acuerdo. ¿Algo más?

—Una cosa más. —Ella le sostuvo a Oz la mirada—. Que mi alma vaya a donde hay amor.

Oz abrió los ojos como platos.

—Mariel…

Ella sonrió con labios temblorosos, luego respiró hondo y se concentró para pronunciar las palabras mágicas del hechizo más importante de su vida.

—*Almaum en vayrenamora.* —«Mi alma va a mi amado». Ladeó la cabeza—. Estoy lista.

Astaroth se burló.

—¿Qué es esa tontería?

Ella le miró fijamente.

—¿Quieres hacer el intercambio o no?

—Donde hay amor —murmuró para sí—. Vaya sinsentido. Los seres humanos sois ridículos.

Oz temblaba y las lágrimas empezaron a rodarle por las mejillas.

—*Velina* —susurró, y ella se preguntó si sabía lo que estaba haciendo.

Claro que lo sabía. Era Oz y la conocía mejor que ella misma.

Astaroth levantó la mano y Mariel se preparó. Sintió un tirón en el pecho y, a continuación, un intenso desgarro. Gritó de dolor.

Mariel no pudo ver el momento en que su alma abandonó su cuerpo, pero lo sintió. Se le heló el pecho y el cosquilleo familiar de la magia desapareció. Mientras caía de rodillas, las flores se volvieron hacia ella.

Y luego no sintió nada.

TREINTA Y TRES

Ozroth gritó mientras Mariel caía al suelo.

Su rostro se relajó y luego se quedó inmóvil; la chispa se apagó.

Ozroth había sentido muchas emociones desde que la conoció, pero nunca algo así. La tristeza era un torbellino en su pecho; una tormenta tan poderosa que pensó que se moriría.

Y quería morirse. Mariel tenía razón: él solo había existido antes de conocerla. Pero lo que ella no había comprendido es que era la fuente y el sentido de todo. Una vida sin ella no valía la pena.

Su alma flotaba en el aire, un orbe dorado tan brillante que dolía mirarlo. Astaroth la alcanzó.

—¡Vaya, vaya! —dijo—. ¡Qué bonita es! —El alma se dirigió hacia la mano abierta de Astaroth… y luego pasó de largo. Astaroth frunció el ceño.

Ozroth estaba preparado cuando el alma se metió en su pecho. Fue mil veces más intenso que cuando el alma del hechicero lo había hecho. Una efervescencia le abrasaba las entrañas y el torrente de magia le provocaba pequeñas descargas eléctricas en la piel. Podía sentir el pulso del mundo, la chispa que había en cada flor y en cada árbol, la ávida expansión de las raíces bajo tierra. Cuando las flores se volvieron para mirarlo, descubrió que Mariel tenía razón: las plantas la amaban.

Ahora que ella estaba dentro de su cuerpo, también lo amaban.

Ozroth se esforzaba por respirar en el aluvión de magia. No es de extrañar que viera el mundo con tanta esperanza. Su alma era radiante y hermosa, y estaba llena de brillantes emociones que se entremezclaban como piedras preciosas. Estaba lleno a reventar con su esencia.

Ozroth no creía que pudiera vivir así. No *quería* vivir así.

—¡Qué raro! —Astaroth envainó su espada—. Supongo que se ha ido con el autor del trato original. La has enviado al reino de los demonios, ¿verdad?

Al parecer, Astaroth solo había visto que el alma había desaparecido, pero no a dónde había ido. Ozroth asintió aturdido, evitando decir ninguna mentira cuando estaba tan angustiado. Miró fijamente a Mariel con los ojos empañados en lágrimas. Parecía diferente: quieta y solemne cuando antes había habido una sucesión de vívidas emociones en su rostro. Bien podría haber sido una estatua.

Astaroth la ayudó a levantarse.

—¿Cómo te sientes, querida? —Ozroth quería arrancarle las entrañas a su mentor por atreverse a hablarle, y mucho menos a tocarla. En cuanto se liberara, Astaroth estaría muerto.

Mariel se miró las manos.

—Vacía.

Ozroth sintió mucha tristeza por ella. Él había estado entumecido, pero nunca había dejado de tener sentimientos. La mayoría de las personas con las que había hecho tratos eran sociópatas dispuestos a hacer cualquier cosa por poder o venganza. Y el resto se estaba muriendo y pensaba que tenía poco que perder. Mariel, sin embargo, era la persona más amable y llena de vida que había conocido. Debería tener décadas de amor y alegría frente a ella. Ahora hasta la hierba que tenía a sus pies se alejaba de ella.

Astaroth sonrió a Ozroth.

—Sé cómo se siente tu amado. Si pudiera me arrancaría la cabeza con sus propias manos. Pero no tendrá la oportunidad de hacerlo, claro.

Ozroth sabía que Astaroth lo mataría. Mariel le había pedido al demonio que lo liberara, pero no le había dicho qué pasaría después.

Y no le habría importado morir, pero con el alma de Mariel dentro de su cuerpo, necesitaba tiempo para decidir qué iba a hacer. Si ambos morían, sus almas gemelas acabarían vagando sin rumbo por el plano demoníaco y él no estaba dispuesto a renunciar a Mariel.

Una enredadera rozó su mejilla, reconfortándolo a su limitada manera. Se concentró en la magia de Mariel, dejando que su conciencia se entrelazara con la red de la vida. Ella había sacrificado tanto por él y por el bosque que amaba... No dejaría que fuera en vano.

Tenía que haber una manera de traerla de vuelta. Tal vez robando un alma para ella. No volvería a tener su magia de la naturaleza, pero ya que él no podía hacer un trato para devolverle su alma...

Ozroth respiró hondo, recordando qué había pasado justo después de que fuera poseído por el alma. Le había preguntado a Astaroth si podía intercambiarla por algo y el demonio había negado con la cabeza.

—Solo los mortales pueden intercambiar almas. Y, además, no sería un trato equitativo. Estás demasiado ansioso por deshacerte de ella. No sería un sacrificio.

Ozroth le había creído. Claro que los demonios no podían hacer ese tipo de tratos; no tenían la magia de los seres humanos.

Pero Ozroth tenía magia. Había pertenecido a un hechicero, pero ahora era suya, lo que significaba que tal vez podría hacer un trato, después de todo. Y, esta vez, sería un trato equitativo.

Una hoja revoloteó y se posó en su hombro como un pajarillo rojo. Incluso cuando el bosque se dirigía hacia la muerte y la decadencia del otoño, la promesa del renacimiento habitaba en lo más profundo de la tierra.

—Quiero hacer un trato —dijo Ozroth.

Astaroth parpadeó.

—No puedes. Ya lo hemos hablado.

—Eso fue antes de que quisiera algo igual que un alma. —Estaba totalmente convencido. Aunque fracasara y acabara muerto o entumecido, al menos lo habría intentado.

—No eres ningún hechicero —dijo Astaroth en tono paciente, como si le estuviera explicando lo más elemental a un niño—. Los demonios solo pueden hacer tratos con mortales. Así funciona la magia.

Ozroth ya no estaba tan seguro de no serlo.

—Quiero intentarlo. Estás obligado a negociar cuando te piden hacer un trato.

Astaroth clavó los ojos en el cielo plomizo y se pellizcó el puente de la nariz como si quisiera evitar un dolor de cabeza.

—Déjame adivinar. ¿Quieres cancelar su trato? ¿Devolverle el alma y fingir que esto nunca ha ocurrido? Porque no funciona así cuando ya le he concedido sus deseos. —Hizo un gesto y el muro de zarzas se retiró. Los policías habían desaparecido y el suelo volvía a estar intacto. Los lazos mágicos que mantenían a Ozroth en su sitio se aflojaron.

—No —dijo Ozroth, ganando confianza a cada segundo. Podría quedarse arrodillado ante su antiguo maestro, pero el poder lo llenaba y le conectaba a la red de la vida. Tenía una fuerza con la que Astaroth solo podía soñar—. Quiero intercambiar *mi* alma.

Era un truco de semántica, del tipo que Astaroth le había enseñado a emplear. Como Mariel le había dado su alma, ahora le pertenecía a él, lo que significaba que tenía *dos* almas. Las dos almas que ardían en su pecho eran suyas y podía hacer con ellas lo que quisiera... y no le había contado con cuál estaba negociando.

Astaroth era un demonio muy viejo y poderoso, pero nunca se había enfrentado a una situación como esta. No conocía las reglas mejor que Ozroth; de hecho, puede que las conociera peor que él porque no sabía que Ozroth pudiera hacer magia.

—No va a funcionar —suspiró Astaroth—. Pero si insistes...

—Insisto.

El último lazo de magia que sujetaba a Ozroth cedió y este se puso en pie tambaleándose. Buscó a Mariel, pero ella estaba parada, inmóvil, con la mirada vacía. Su amor por él también había desaparecido.

«No se ha ido», se dijo a sí mismo. Le dejó su alma para que la guardara.

—Quiero intercambiar mi alma por mi seguridad y la de Mariel —dijo—. Ni asesinatos, ni torturas, ni acoso, nada. Tú y tus secuaces nos dejaréis en paz para que podamos estar juntos, y tú cortarás el lazo que te permite invocarme.

—Claro —dijo Astaroth en tono sarcástico—. Quédate con el cascarón vacío de tu novia. —Se dio unos golpecitos en la bota con el bastón—. Y, cuando este trato se vaya al traste, te arrancaré la cabeza de los hombros.

—Que así sea. —Ozroth respiró hondo—. Deseo que mi alma vaya a donde hay amor —dijo, repitiendo las palabras de Mariel.

—¿En serio? —Astaroth arqueó las cejas.

Ozroth ignoró a Astaroth y se concentró en su propósito para lanzar el hechizo. En su mente repitió lo que Mariel había dicho, sabiendo que esto podría salir muy mal si cometía un error. ¿Qué había dicho Alzapraz sobre el lenguaje de la magia? «Um» era la terminación de «mío», así que cuando Mariel había dicho «almaum», debía de haber dicho «mi alma». Pero había una variante para algo que era suyo pero que antes le había pertenecido a ella. Se devanó los sesos intentando recordar las notas que había hecho durante la clase de lingüística de Alzapraz en la cocina de Mariel.

«Si la sartén es tuya, pero una vez perteneció a Oz, puedes acabar con "silum"».

Cuando hubo encontrado las palabras mágicas del hechizo y tuvo claro su propósito, Ozroth cerró los ojos y respiró hondo.

—*Almasilum en vayrenamora.* —No tenía ni idea de lo que significaba, pero tenía la ferviente esperanza de que «almasilum» significara «el alma que es mía pero que una vez fue suya».

Astaroth soltó una carcajada.

—¿Has perdido la cabeza? ¿Estás intentando lanzar un hechizo?

—Es un tributo que le hago ella. —Ozroth aguantó estoicamente la mirada incrédula de su mentor. Que el demonio pensara que era un idiota. Si había calculado bien, este sería el mayor truco llevado a cabo en la historia de los pactos de almas.

Astaroth sacudió la cabeza.

—Entonces muere como un tonto sentimental.

Mirando del rostro inexpresivo de Mariel a la sonrisa engreída de Astaroth, Ozroth se preguntó por qué había dejado que aquel demonio vanidoso y cruel moldeara su vida. Había perdido la esencia de su ser; el niño que había cogido la mano de su madre mientras veía florecer los lirios de fuego en la noche más oscura del año. Se había vuelto insensible, sin nada por lo que vivir salvo el deber y el orgullo.

Ahora tenía mucho más por lo que vivir.

—El trato está cerrado. —Los ojos de Astaroth se volvieron negros y Ozroth se preparó, preguntándose si había cometido el mayor error de su vida.

TREINTA Y CUATRO

Mariel observaba con indiferencia la escena que se desarrollaba frente a ella. Ozroth estaba negociando con Astaroth. Sus ojos dorados brillaban por las lágrimas y no dejaba de mirar a Mariel como si estuviera desesperado.

Mariel sabía que alguna vez había sentido algo por él. Racionalmente, sabía que había tenido sentimientos por muchas cosas, pero no recordaba qué significaba aquello. Era evidente que algo le había importado tanto que había hecho un pacto con el demonio, pero mirando de Ozroth a los árboles otoñales, no lograba comprender qué había de especial en ellos.

En cualquier caso, estaba hecho. El trato estaba cerrado.

Se estremeció. Sentía frío por todo el cuerpo, pero el escalofrío no procedía del exterior, sino de un lugar vacío dentro de su pecho. Allí había habido algo, pero solo podía adivinar la forma por su ausencia.

Ozroth estaba murmurando algo: un conjuro. Nunca había intentado lanzar ningún hechizo y Mariel le había preguntado distraídamente una vez si se formaría como hechicero en los próximos siglos.

Astaroth se rio. El demonio destacaba en el paisaje otoñal; una pincelada blanca entre cortezas y hojas de color fuego. Le recordó al hielo y a la nieve, y a un frío tan intenso que nunca se derretirían.

—El trato está cerrado.

Ozroth gritó y se agarró el pecho. Ella no podía ver nada de lo que sucedía, pero parecía ser que Astaroth estaba enviando el alma de camino. Entonces Ozroth sería como ella.

Era más fácil así. No había sufrimiento, ni angustia, tan solo calma.

—Espera…

Astaroth se dio la vuelta y miró asombrado a Mariel. De repente, sintió como si un pequeño sol se metiera en su pecho.

Mariel gritó cuando el calor le caló hasta los huesos. Estaba viva, llena de energía, y cuando cayó de rodillas el calor se extendió hasta llenar el vacío de su pecho.

Las emociones estallaron como fuegos artificiales, un torrente de miedo, tristeza, esperanza, odio y amor, y todo lo que le había faltado volvió a inundarla. Los ojos se le llenaron de lágrimas y, cuando parpadeó, el mundo le pareció más radiante. Los colores eran más vivos y, lo mejor de todo, podía sentir el palpitante corazón de la naturaleza. Los árboles crujían y las flores otoñales que se habían marchitado a sus pies volvían a florecer.

—¡Oh! —jadeó ella, agarrándose el pecho.

—¡¿Qué has hecho?! —gritó Astaroth.

Oz lo ignoró. Caminó hacia Mariel y se agachó a su lado.

—¿Cómo te encuentras? —le preguntó, con los ojos llenos de preocupación.

Una abrumadora oleada de amor la inundó.

—Me has salvado —sollozó, echándole los brazos al cuello—. Eres tan inteligente, *velino*…

Almasilum en vayrenamora. «Mi alma que una vez le perteneció va a mi amada». Oz había manipulado el lenguaje de la magia para conservar su alma original y devolver la de ella.

Le llenó las mejillas y la frente de besos y luego se apartó para observarlo.

—¿Cómo te encuentras? ¿Estás bien?

Asintió con la cabeza, con una sonrisa tan amplia que le marcó unas profundas líneas en las mejillas.

—De vuelta a la normalidad.

—¿Qué has hecho? —exigió saber Astaroth mientras se acercaba furioso. Dio un golpe en el suelo con el bastón cerca de Mariel, pero ella ni se inmutó. El demonio le había asegurado que no volvería a hacerles daño—. Has hecho trampa.

—No —dijo Oz, ayudando a Mariel a levantarse. Se enfrentó a su mentor levantando la barbilla y cuadrando los hombros, con el orgullo escrito en su hermoso rostro—. He hecho un trato justo.

—Solo los mortales pueden hacerlos —espetó Astaroth—. Ni siquiera tienes magia.

Oz miró a Mariel y ella supo lo que quería. Se devanó los sesos, se puso de puntillas y le susurró algo al oído.

Él asintió y se concentró en Astaroth.

—*Spalitisin di canna* —dijo, señalando la espada de bastón de Astaroth.

Un rayo azul salió disparado de su mano y rompió la calavera de cristal. Astaroth farfulló una maldición y retrocedió de un salto, cayendo sobre un montón de hojas en descomposición.

—¡En el nombre de Lucifer!

Alguien pasó zumbando por encima y, entonces, una hamaca que contenía a una persona cayó al suelo.

—¡Ay! —gritó Calladia mientras se arrastraba afuera.

Themmie aterrizó cerca.

—¿Estás bien? —le preguntó a Mariel mientras revoloteaba hacia ella—. Oz me dijo que otro demonio era el responsable de lo que ha estado pasando.

Mariel sonrió y señaló el montón de hojas.

—Te presento a Astaroth de los Nueve, que acaba de perder una apuesta con el alto consejo demoníaco.

El demonio se puso en pie y se quitó las hojas del traje lleno de suciedad.

—Aún estamos a tiempo de hacer otro trato —dijo con nerviosismo—. ¿Quieres una mansión? ¿Un billón de dólares? ¿Tu propia isla privada?

Mariel sonrió a Oz.

—No hay nada que quiera más que lo que ya tengo.

—¿Este hijo de puta es Astaroth de los Nueve? —preguntó Calladia—. ¿De dónde has sacado el sombrero? ¿De una convención de seductores?

—No acepto críticas sobre vestimenta de personas que llevan licra —replicó Astaroth.

—¡Oh, mierda! —dijo Themmie, apartándose.

Calladia se crujió los nudillos y caminó hacia Astaroth. Llevaba unos *leggings* con estampado de margaritas, zapatillas de deporte amarillas y una camiseta de tirantes azul que decía «Suda como una chica».

—Así que tú eres el demonio que ha estado destruyendo el bosque —dijo Calladia, sacando un coletero de su muñeca y empezando a recogerse el cabello.

—Se está haciendo la coleta de pelea de bar —dijo Themmie—. El demonio no se va a librar.

—¿De verdad va a pelearse con él? —le preguntó Oz a Mariel en tono incrédulo.

—Tú solo mira —dijo Mariel alegremente.

—El demonio que ha destrozado el invernadero de mi mejor amiga —continuó Calladia—. El que intenta que Oz y Mariel hagan un trato.

Astaroth se mantuvo firme, al parecer ignorante del peligro que corría.

—¡Qué alma tan bonita! —dijo, mirando a Calladia de arriba abajo—. ¿Quieres convertirte en princesa? ¿Tener una mina de diamantes? —Le dirigió una sonrisa mordaz—. Di lo que deseas y será tuyo.

Calladia se detuvo frente a él.

—Quiero algo, pero ningún trato puede dármelo.

Él hizo un ademán con la mano.

—Tonterías. Puedo darte cualquier cosa.

—Mmm… No, gracias. —Calladia le sonrió con ternura—. Yo siempre cojo lo que quiero.

Le dio un puñetazo en la garganta.

Themmie vitoreaba mientras Oz jadeaba. Mariel se rio, sintiéndose más ligera de lo que se había sentido en mucho tiempo. Se había liberado del trato y estaba a punto de ver cómo le daban una patada en el culo a Astaroth.

—¡Joder! —resolló Astaroth, aclarándose la garganta.

Calladia no había acabado. Mientras aún se tambaleaba por el puñetazo, ella le propinó una patada en el costado, le agarró los hombros para coger ímpetu y le dio un rodillazo en la ingle.

Oz hizo un mohín y lanzó un murmullo de dolor por pura solidaridad masculina, mientras que Themmie soltó una carcajada y aplaudió cuando Astaroth se dobló con un gemido.

—¿Quién coño eres? —le preguntó Astaroth con una voz más aguda de lo normal.

—La bruja que te va a patear el culo. —Calladia se echó la coleta por encima del hombro—. ¿Sabías que lancé a Oz al otro condado cuando pensé que estaba detrás de todo? Deberías haber sido tú el que saliera volando. —Sacó un hilo del bolsillo y empezó a anudarlo.

Astaroth abrió los ojos como platos.

—Espera...

Calladia murmuró unas palabras mágicas en voz baja y le dio un puñetazo al demonio en la nariz.

La última vez que Mariel vio a Astaroth, era una mancha chillona que desaparecía sobre la cima de la montaña.

Calladia se secó las manos y se reunió con los demás.

—Ha sido agradable.

Oz la miró boquiabierto.

—No puedo creer que hayas hecho algo así. ¿Sabes a cuántos enemigos ha derrotado Astaroth a lo largo de los siglos?

Calladia hizo el gesto de quitarse el polvo de los hombros.

—Nunca subestimes a una bruja con un buen gancho de derecha y un excelente control de la ira.

Themmie chocó los cinco con Calladia.

—Buen trabajo. No lo olvidará por mucho tiempo.

—Seguro que no. —La expresión de Calladia se suavizó mientras miraba a Oz—. Siento haberte dejado a medio camino de Oregón.

Él se encogió de hombros.

—Defendiste a tu amiga y al amor de mi vida. Me alegro de que lo hicieras. —Hizo una mueca de dolor y se llevó la mano al ojo morado—. Bueno, casi me alegro.

Calladia le dio a Mariel un fuerte abrazo.

—Me alegro mucho de que estés a salvo.

Mariel lloriqueó contra el hombro de Calladia.

—Yo también.

—Así que —dijo Themmie cuando se separaron— ¿soy yo o parece que las cosas están cambiando? ¿Por qué se alejan las excavadoras?

Mariel se rio.

—Es una larga historia. —Entonces sus ojos se abrieron como platos—. Espera, ¿qué hora es?

Themmie consultó su teléfono.

—Las dos de la tarde.

A Mariel se le aceleró el corazón. Le había pedido a Astaroth que reparara su invernadero, pero ¿lo habría cumplido?

—El Campeonato Floral del Noroeste del Pacífico empieza a las tres —le dijo a Oz—. Y si cumplió el trato…

Sonrió y la cogió de la mano.

—Vamos a buscar tu mesa expositora.

TREINTA Y CINCO

Ozroth se colocó junto a la mesa expositora de Mariel, embriagado por la emoción. Se encontraban al norte de la explanada de césped, en el lado opuesto al reloj, y los jueces casi habían recorrido todos los arreglos florales.

Mariel se recolocó el vestido de terciopelo verde que se había puesto para la ocasión.

—¿Tengo buen aspecto?

—Estás perfecta —dijo Ozroth. Themmie había maquillado y peinado a Mariel y parecía lista para salir a la pasarela. Tenía las mejillas sonrosadas y sus rizos castaños brillaban a la luz del sol del mediodía que, de vez en cuando, se colaba entre las nubes. La curva carmesí de su boca era una tentación.

Mariel lo sorprendió mirándole los labios.

—Puedes echar a perder mi lápiz labial cuando se vayan los jueces.

—Será mejor que vengan pronto —gruñó él, agarrándola por la cintura y acercándola para poder olisquearle el cabello. Olía a prados primaverales y a bosques otoñales.

Se desembarazó de él y soltó una risita.

—Déjame comprobarlo todo.

Observó cómo comprobaba una y otra vez su arreglo floral. Astaroth había cumplido con los términos del trato y las flores estaban tan radiantes como siempre. Cuando Mariel vio su invernadero en pie, su grito de felicidad hizo florecer la alegría en el corazón de Ozroth.

¿Cómo era posible que hubieran llegado hasta aquí después de tanto sufrimiento? Hacía solo dos horas, Ozroth estaba convencido de que había perdido al amor de su vida. Pero aquí estaba ella: entera, sana y aún en posesión de su alma.

Astaroth *no* estaba aquí y ese pensamiento le hizo sonreír de forma malévola. Esperaba que el demonio hubiera caído sobre algo bien duro. No sabía cuál sería el precio por perder la apuesta, pero la verdad es que no le importaba. Lo siguiente que había en su agenda era visitar a un especialista en eliminación de tatuajes. Ozroth había acabado con su mentor.

De hecho, puede que hasta hubiera dejado de apoderarse de almas.

—¿Sientes una chispa de alegría? —le había preguntado Themmie mientras montaban el arreglo floral y, aunque era una forma extraña de decirlo, la pregunta tenía mucho sentido. La alegría burbujeaba en su corazón como el champán cada vez que miraba a Mariel. Cuando pensaba en volver a negociar, sentía el corazón frío y pesado.

—No —le había respondido.

Themmie se encogió de hombros.

—Entonces haz ese rollo de Marie Kondo.

Él parpadeó desconcertado.

—¿Qué?

—Tíralo todo. Averigua qué te provoca verdadera chispa y quédate con eso.

Había sonreído al ver cómo Mariel arrullaba una pequeña flor, elogiándola hasta que abrió más sus pétalos.

—Ya tengo a mi verdadera chispa.

Themmie se había tapado la boca con las manos e imitaba el sonido de una sirena.

—¡Uuuuh, uuuuh! ¡Alerta de chiste malo!

Ozroth todavía no estaba seguro de lo que era un chiste malo, pero sí que lo estaba de una cosa: Mariel lo hacía feliz. Y él, contra todo pronóstico, también la hacía feliz a ella.

—Ya vienen —dijo Mariel emocionada, agarrándose a su manga. Ozroth se metió la mano en el bolsillo y agarró la aguja que había cogido prestada de los materiales de costura de Mariel. Se la clavó en la yema del dedo índice y luego puso la mano sobre el lirio de fuego. La llama empezó a parpadear dentro de la flor.

—¡Tu mano! —Mariel la agarró—. No quiero que te hagas daño.

Él se encogió de hombros.

—Soy un demonio. Se curará enseguida.

Los jueces se acercaron, aunque algunos tartamudearon al ver sus cuernos. Él sonrió sabiendo que la gente tardaría en acostumbrarse a ver a un demonio en Glimmer Falls. Uno de los jueces era el jefe hombre lobo de Mariel, que le guiñó un ojo antes de mirar a Ozroth con desconfianza. Ozroth le hizo un gesto de asentimiento con la cabeza. Le llevaría tiempo ganarse al amigo de Mariel, pero Ozroth solo tenía tiempo.

Eso era lo único que empañaba su felicidad: la certeza de que seguiría viviendo mucho después de la muerte de Mariel. Aun así, estaba decidido a disfrutar de cada momento que pasara con ella.

—¡Maravilloso! —exclamó una jueza mientras se inclinaba sobre el arreglo floral para contemplar la pirotecnia del lirio de fuego—. ¿Qué hechizo has utilizado?

—No hay ningún hechizo. —Mariel sonaba confiada, pero se agarraba la falda con fuerza—. Se trata de una técnica secreta de jardinería con la que he conseguido que ardan.

—Me encantan las técnicas secretas —dijo la jueza—. Háblame del resto de tus flores.

Mariel se lanzó a un apasionado discurso sobre las variedades que había cultivado. Ozroth escuchaba con una sonrisa curvándole los labios. El arreglo de Mariel era, con diferencia, el más hermoso. Había hecho la ronda por toda la exhibición, preguntándose si habría algún competidor al que tuviera que eliminar…, pero el entusiasmo que ella tenía era contagioso. No tenía dudas de quién ganaría.

Los jueces pasaron a la siguiente mesa y los hombros de Mariel se relajaron mientras lanzaba un suspiro.

—¡Uf! Me alegro de que se haya acabado. —Se dio la vuelta y miró a Ozroth—. ¿Tú…?

Ozroth interrumpió su pregunta con un beso apasionado. La echó hacia atrás mientras le presionaba la base de la columna con el antebrazo y, cuando Mariel le rodeó el cuello con los brazos y le devolvió el beso, estallaron vítores a su alrededor.

Cuando volvió a levantarla tenía la barbilla manchada de carmín. Él debía de tener un aspecto parecido, porque Mariel lanzó una carcajada y luego le limpió las comisuras de los labios con el pulgar.

—El rojo te queda bien.

—¡Mariel, querida, estamos aquí! —La voz de Diantha Spark era inconfundible, y Ozroth y Mariel compartieron una mirada de espanto antes de enfrentarse al tornado que se aproximaba.

Sin embargo, Diantha parecía más apagada de lo normal. Con el brazo entrelazado al de Roland y Alzapraz detrás (Mariel había llamado antes al viejo hechicero para hacerle saber que Ozroth era inocente), Diantha se acercó vacilante.

—Nunca habías venido a ver mis arreglos florales —dijo Mariel apretando la mandíbula.

—Lo sé —dijo Diantha—. Y te pido disculpas.

Ozroth se quedó estupefacto. Mariel también, porque se quedó boquiabierta.

—¿Que tú qué?

Diantha hizo una mueca de dolor.

—Te pido disculpas —repitió—. Por todo. Por despreciar tu magia y presionarte tanto. Tienes razón, no valoré las cosas que te gustaban o en las que eras buena.

—¡Vaya! —dijo Mariel, parpadeando rápidamente—. No me lo esperaba.

—Tuvimos una reunión familiar —dijo Roland—. Alzapraz nos dijo que habías tenido una conversación parecida con él, y que hemos sido demasiado duros contigo. —Suspiró—. Yo también lo siento. Te queremos.

—¡Y estas cosas son preciosas! —exclamó Diantha, señalando una flor—. ¿Qué es eso, una margarita?

—Un ave de paraíso —dijo Mariel.

—¿Y esto? —Se inclinó sobre el lirio de fuego—. ¿Le has prendido fuego?

—Algo así.

Mientras Diantha elogiaba las flores, Alzapraz se acercó cojeando hacia Ozroth.

—Lo siento —dijo el hechicero—. En mi defensa diré que eras el único demonio del pueblo que conocía. —Le tendió una mano—. ¿Hacemos las paces?

Ozroth le estrechó la mano con delicadeza, para evitar romperle alguno de sus frágiles huesos.

—Siempre debes defender a las personas que amas. —Ladeó la cabeza hacia Mariel—. Yo haría lo mismo por ella.

—Así que la amas. —Alzapraz observó a Ozroth con sus viejos y oscuros ojos—. Un demonio y un ser humano enamorados. —Sacudió la cabeza, haciendo ondear la borla dorada de su sombrero—. Posible, aunque extraño.

La palabra «domingo» llamó la atención de Ozroth, que se concentró en lo que Diantha le estaba diciendo a Mariel.

—Quizá podamos cenar como en los viejos tiempos.

—No —dijo Mariel con delicadeza y firmeza a la vez—. Todavía no me siento cómoda yendo a la cena familiar. Y, cuando regrese, no quiero que sea como en los viejos tiempos.

Diantha empezó a discutir, pero un suave codazo de Roland (y otro menos sutil de Alzapraz) le hizo cerrar la boca. Apretó los labios y asintió con la cabeza.

—Límites —dijo Alzapraz con aprobación—. No he visto muchos de esos en esta familia.

Tras un poco más de conversación incómoda, los Spark se marcharon a mirar otras flores. Mariel hinchó las mejillas y exhaló el aire.

—Ha sido más fácil de lo que esperaba.

Ozroth la rodeó con sus brazos.

—Estoy orgulloso de ti.

Mariel sonrió.

—Yo también estoy orgullosa de mí. Espero que lo que dice mi madre sea verdad, pero tendré cuidado. Y, si no lo es, me sentiré igual de poderosa. —Apoyó la cabeza en su hombro—. Gracias. Por apoyarme y por ayudarme a ver mi propia valía.

—Yo podría decir lo mismo —dijo—. Eres un milagro, Mariel. Mi milagro.

—¿Se producen milagros en el Infierno? —preguntó. Cuando él le dio una palmadita en el culo, ella se rio.

Un toque de trompeta interrumpió la conversación. Los jueces se habían congregado en el centro de la explanada de césped, donde un fauno con trompeta presidía una mesa llena de cintas y trofeos.

—¡Ya tenemos los ganadores! —anunció el hombre lobo.

Mariel gritó y agarró a Ozroth de la mano, tirando de él para reunirse con la muchedumbre.

—Empezaremos con el Mejor Arreglo Floral y luego pasaremos a los premios por categorías. En el tercer puesto de la División Sobrenatural del Campeonato Floral del Noroeste del Pacífico: ¡Miras Muratov!

Mientras un hechicero de mediana edad con zapatillas de deporte rojas se dirigía al podio, Mariel se reclinó en un costado de Ozroth y empezó a mordisquearse las uñas.

—Tenía unas dalias muy bonitas. ¿Y has visto sus flores de luna?

—No son tan buenas como las tuyas —la tranquilizó.

—En segundo lugar: ¡Rani Bhaduri!

Mariel gritó y aplaudió mientras su compañera de trabajo, la inoportuna bañista desnuda, recogía su trofeo.

—Sé que todo el mundo acusará a Ben de tomar partido, pero, sinceramente, ella es una jardinera increíble.

Cuando los aplausos se apagaron, Ben se aclaró la garganta.

—Y ahora, el premio al Mejor Arreglo Floral en la División Sobrenatural es para… ¡Mariel Spark!

Mariel gritó y empezó a brincar mientras Ozroth aplaudía y vitoreaba tan fuerte como podía. Sonrió con todas sus ganas cuando Mariel fue a recoger su trofeo: una flor de loto de cristal.

Cuando ella regresó al lado de Ozroth, él no pudo contenerse más. La levantó, la hizo girar y luego le dio un largo beso. Cuando acabó, a ella no le quedaba ni rastro de carmín en los labios.

—¿Qué vamos a hacer después de la ceremonia? —preguntó Mariel.

—Tengo algunas ideas —le gruñó al oído—. Tienen que ver con mi lengua y...

—¡Batidos de celebración! —La exclamación interrumpió a Ozroth, que se dio la vuelta y se encontró con Themmie y Calladia sonriendo a Mariel.

—Batidos, *claro* —dijo Themmie.

Mariel miró la expresión de disgusto de Ozroth y luego soltó una risita.

—Primero los batidos —dijo—. La lengua, después.

✦ ✦ ✦

Una hora más tarde, los cuatro se sentaban apretujados en el Café Centauro. Ozroth sorbía su batido de chocolate, que estaba increíble, y escuchaba a las mujeres cotillear sobre el festival. Frente a Mariel había un montón de trofeos: al Mejor Arreglo Floral, claro, pero también al Mejor de su Clase: Floración Exótica por el lirio de fuego; al Mejor de su Clase: *Dianthus*; al Mejor de su Clase: Ave del Paraíso, y a la categoría con el confuso nombre de Mejor de su Clase: Aspecto Apetitoso.

—Los centauros votan en esa categoría —le había dicho Mariel—. Les di unos cuantos pensamientos para que luego pastaran.

—Menudo día —dijo Calladia, recostándose en el reservado mientras sujetaba un batido de vainilla—. Oz hizo magia, Mariel entregó su alma y yo le di un puñetazo a un demonio.

—No olvides el importante papel del transporte —dijo Themmie. Iba por su tercer batido de fresa y parecía que temblaba.

—Tenemos que hablar de tu técnica para dejar a la gente en el suelo.

Themmie resopló.

—Mira, si tengo que sufrir la humillación de volar con tu culo por todo el pueblo, tú puedes sufrir la humillación de hacerlo en un saco.

—El problema no es tanto el transporte —replicó Ozroth— como la caída.

Themmie le apuntó con una uña amarilla.

—¡Tú, ni pío! ¿Quién crees que convenció a Calladia de que no te cortara las pelotas?

Él hizo una mueca de dolor.

—Entendido.

—No iba a cortárselas —dijo Calladia, robándole una de las patatas fritas a Mariel—. Solo iba a hacerlas picadillo.

—No es mucho mejor —resolló Ozroth, doblándose por acto reflejo. Al hacerlo, su dedo rozó el botón de sus vaqueros y una punzada de dolor lo atravesó. Observó su dedo, que aún tenía una pequeña marca roja del pinchazo—. ¡Ay! —dijo.

—¿Estás bien? —preguntó Mariel.

—Todavía me duele —dijo, mirando fijamente la marca. También le seguía doliendo la cara.

Mariel le agarró la muñeca y le besó la punta del dedo.

—¿Así mejor?

—No. Pero, de verdad, esto es muy extraño.

—¿Qué es extraño? —preguntó Calladia.

Giró la mano para mostrarle a las mujeres la pequeña herida.

—Ya me he pinchado antes en el dedo. Una herida así se cura en unos pocos minutos.

—¡Oh! —Themmie sacó su teléfono para hacerle una foto—. El misterio del dedo demoníaco —dijo con voz sepulcral.

—Ni se te ocurra publicarlo en las redes sociales —le advirtió.

Ella puso los ojos en blanco.

—Vale. Pero me debes un *selfie*.

—Ya nos hemos hecho un millón de *selfies* —señaló Mariel.

—¡Siempre hay tiempo para uno más! Pero, en serio, ¿por qué tienes todavía el dedo herido? —le preguntó Themmie a Ozroth.

—No tengo ni idea. —Se palpó con cuidado la piel de alrededor del ojo—. ¿Está mejor el ojo morado?

Calladia hizo una mueca de dolor.

—La verdad es que está peor.

Muchas cosas habían cambiado en su vida en los últimos días, pero esto era nuevo.

—¿Podría ser el alma? Ha provocado todo tipo de síntomas.

Mariel abrió los ojos como platos y jadeó.

—Oz, espera. —Se pasó la lengua por los labios; parecía nerviosa—. ¿Recuerdas lo que dijo Astaroth, que los demonios solo pueden hacer tratos con mortales?

—Astaroth no tenía ni idea de lo que estaba hablando —dijo Ozroth—. Como ningún demonio lo había hecho antes, supuso que no se podía hacer.

—¡Oh, mierda! —dijo Calladia, advirtiendo lo que Mariel estaba pensando—. ¿Crees que…?

Mariel empezó a revolverle el cabello a Ozroth como un mono en busca de piojos.

—¿Qué haces? —preguntó desconcertado.

Volvió a jadear cuando llegó a su sien.

—Mirad —le dijo a las mujeres mientras tiraba de un pelo.

Ozroth se quedó quieto mientras Calladia y Themmie se inclinaban para ver lo que Mariel les estaba mostrando.

—¿Tengo algo en el pelo?

Themmie hizo una foto.

—No *en* tu pelo. Se trata de tu pelo.

—Eso no tiene sentido… —Se interrumpió cuando ella le puso enfrente la pantalla del teléfono para mostrarle la foto que había hecho. Los dedos de Mariel se veían pálidos contra su cabello azabache y estaba pellizcando…

—No —dijo incrédulo. Pero allí estaba, claro como el día: un pelo blanco.

—¿Estaba ahí antes? —preguntó Mariel.

Ozroth sacudió la cabeza. Siempre había tenido el cabello muy negro.

—Tengo una teoría —dijo Mariel, soltándole el pelo y recolocándose en el banco para mirarle a la cara—, y no sé si te gustará.

—¿Qué pasa? —preguntó, aunque él mismo tenía una sospecha.

—Creo que obtener un alma mortal… te hizo mortal.

Su corazón latía demasiado rápido. ¿Mortal? Siempre había sabido que iba a vivir para siempre, o al menos hasta que se cansara de existir y alguien le cortara la cabeza. Pero si era mortal…

—Piénsalo —dijo Mariel—. Tienes alma y magia humana. ¿No empezaste también a comer y dormir con más frecuencia, como lo haría un ser humano? Y si tus heridas se curan más lentamente y tu pelo se está llenando de canas…

—Estoy envejeciendo —dijo, sin apenas creerlo. La perspectiva era aterradora, pero a medida que se desarrollaba en su mente, abría un nuevo mundo de posibilidades—. Puedo envejecer contigo —dijo con el corazón en un puño mientras miraba a Mariel.

Parecía a punto de llorar.

—¿Eso es lo que quieres? Envejecer da miedo y nadie quiere morir.

Se imaginó una vida humana para los dos: viajar por el mundo, casarse, tal vez tener hijos. El cabello de Mariel encanecería como el suyo y sus cuerpos se volverían cada vez más débiles. Y, sí, ambos morirían.

Pero Mariel moriría de todas formas y Ozroth no estaba seguro de querer seguir viviendo sin ella. Ahora, en vez de verla envejecer mientras él se mantenía sano y fuerte, podrían emprender el viaje de la vida juntos.

Echó la cabeza hacia atrás y se rio, mareado ante la perspectiva.

—¿Es una buena respuesta? —preguntó Calladia.

—No sabría decirlo —respondió Themmie.

Mariel aún parecía ansiosa, así que Ozroth se inclinó hacia ella y la besó.

—No veo la hora de envejecer contigo —le dijo contra sus labios.

En ese momento, Mariel empezó a llorar, pero él sabía que eran lágrimas de felicidad, así que se limitó a abrazarla, sintiendo que el corazón le iba a estallar de alegría. Se acabó negociar con almas; se acabó la insensible, indiferente e interminable existencia. En vez de eso, tendría una vida humana caótica de la que extraería hasta la última gota. Y lo haría al lado de la persona que más le importaba del mundo.

—Cuando nos cueste caminar compraremos dos bastones a juego —dijo.

—Sin espadas dentro. —Los labios de Mariel se curvaron contra su camisa—. O, espera, puede que sí quiera una espada.

—Con una espada, sin duda. —Themmie asintió—. Aterrorizad el asilo de ancianos.

Mariel se secó los ojos y se incorporó.

—Será toda una aventura —dijo—. Y estoy impaciente.

—Yo también. —Levantó su batido para hacer un brindis—. Por nosotros.

Mariel sonrió y chocó el batido de chocolate con el suyo.

—Por nosotros… y por lo que nos depare la vida.

AGRADECIMIENTOS

¡No puedo creer que este libro ya esté publicado! Esta novela no habría sido posible sin la ayuda de un montón de personas encantadoras, a todas las cuales intentaré dar las gracias a continuación (que sepas que esto es mucho más difícil que escribir el libro).

En primer lugar, muchas gracias a Jessica Watterson por ser la mejor agente que un autor podría desear. Gracias infinitas a mi increíble editora, Cindy Hwang, por su amabilidad y por arriesgarse con este romance extravagante y, literalmente, muy cuernudo (alerta de chiste malo); me has cambiado la vida. Gracias a todo el equipo de Berkley, incluyendo a Kristin Cipolla y Stephanie Felty por la publicidad; Catherine Barra y Jessica Mangicaro por el *marketing*; Angela Kim por su gran ayuda en general; Stacy Edwards por la producción editorial; Shana Jones por las correcciones (gracias a ti, Oz se pone y se quita ahora un buen número de camisas); Katie Anderson por la dirección de arte, y Jess Miller por la fenomenal portada. Para la edición británica, infinitas gracias a Rachel Winterbottom, Áine Feeney y a todo el equipo de Gollancz por apostar por el libro, así como a Jessica Hart por diseñar la portada británica y a Dawn Cooper por la fabulosa ilustración.

Este libro no habría llegado tan lejos sin la generosidad de los lectores beta: Celia Rostow (que también diseñó mi sitio web y varias imágenes; eres un ángel), Blake Vulpe, Kate Goldbeck, Sarah

Tarkoff y Angela Serranzana. Gracias también a las primeras entusiastas, Vivien Jackson, Jessica Clare y Jacqueline Sewell, que me ayudaron a creer en el libro cuando era una novata ansiosa por publicar (sigo siendo una novata ansiosa, pero ahora con validación externa, lo que ayuda mucho).

Ningún autor es una isla y he tenido la gran suerte de formar parte de muchos grupos de apoyo de escritores/lectores/creadores de ficciones de fans: el Wicked Wallflowers Coven y la aún mayor comunidad de increíbles oyentes de podcasts: Berkletes; el equipo de Words Are Hard (Ali, Rebecca, Julie, Victoria, Celia, Jenna, Claire y Kate); PL (que me ayudó a comprar un portátil nuevo cuando lo necesitaba desesperadamente y que luego utilicé para escribir este libro: ¡gracias!); Fancy Drunk Lady Book Club (Julie, Meredith, Angela y Rachel), y SDLA Sisters, que puede que estén siendo digeridas por un sarlacc justo en este momento (Ali, Thea, Kirsten y Katie, y puede que otras se unan a nuestras filas en el futuro).

Gracias a mi familia, que me anima y me apoya, incluso cuando escribo cosas realmente extrañas (en especial a mis increíbles padres, que no se parecen en nada a Diantha Spark o Cynthia Cunnington), y a los amigos que hacen lo mismo, con un agradecimiento especial a Sarah Tarkoff por ser la mejor, a Amy Prindle por ser mi amiga de toda la vida, a Jenny Nordbak por iniciarme en la novela romántica, a Gabriel F. Salmerón, y a Brittany Hoirup por las flores y los ánimos.

Las ficciones de fans me facilitaron una salida creativa y una comunidad cuando luchaba por abrirme camino en esta carrera, y siempre estaré agradecida a las personas que conocí en *Star Wars* y otros grupos de fans. En Reylos me lo enseñaron de todo, desde el *knotting* (¡!) hasta maquillarme, y estoy encantada de que otros autores de ficciones de fans también estén siguiendo este camino (un saludo especial a Kirsten Bohling por ser mi hermana de *fanfiction* desde nuestro primer día en Flydam; a Ali Humphrey por las charlas sinceras; a Mrs Mancuspia por las increíbles ilustraciones; a Jenna Levine y Katie Shepard por todo el apoyo y por publicar mensajes de pánico, y a Ali Hazelwood por ser la marea que al subir levanta todos los barcos y la persona más divertida y amable que puedas imaginar).

Si me he dejado a alguien en esta lista, le ruego que me disculpe.

Por último, gracias a ti, querido lector, por haber elegido este libro. Espero que lo hayas disfrutado.

¿TE GUSTÓ
ESTE LIBRO?

escríbenos y
cuéntanos tu opinión en

f /Sellotitania   **𝕏** /@Titania_ed

⊙ /titania.ed

#SíSoyRomántica